# 此岸少年

汪守德　著

中国出版集团有限公司
研究出版社

**图书在版编目（CIP）数据**

此岸少年 / 汪守德著 . -- 北京 : 研究出版社 ,
2025. 7 . -- ISBN 978-7-5199-1860-6

Ⅰ . I267

中国国家版本馆 CIP 数据核字第 2025L9Z500 号

出 品 人：陈建军
出版统筹：丁　波
责任编辑：于孟溪　赵明霞

**此岸少年**

CI AN SHAONIAN

汪守德　著

研究出版社 出版发行

（100006　北京市东城区灯市口大街 100 号华腾商务楼）

北京新华印刷有限公司印刷　新华书店经销

2025 年 7 月第 1 版　2025 年 7 月第 1 次印刷

开本：880 毫米 ×1230 毫米　1/32　印张：12.375

字数：324 千字

ISBN 978-7-5199-1860-6　定价：68.00 元

电话（010）64217619　64217652（发行部）

# 自序

这本书我断断续续写了很多年，现在终于完成了，心里也松了一口气。每个人都有自己的少年时光，但每个人的少年时光都是不一样的，我相信我所经历的一切只属于我自己。现在想来，少年时光距今有些太遥远了，有半个多世纪的长度了，但其情其景依然历历在目。在我所生活的那个狭小的世界里，在我成长的过程中，仿佛认识了很多的人，经历了很多的事。那些人已大多离我而去，那些事在故乡也大约不会再有人提及。但我始终对此心心念念，难以忘怀。

我的故乡是平凡庸常的，不是个山水秀丽之地，没有任何值得拿来夸耀的地方。我的少年时光是平淡无奇的，好像并不曾有什么惊心动魄的事情发生。少年时，我的故乡还处于相对贫困的状态，是个名副其实的穷地方，它留给我最真切的记忆，是参差不齐、高低起伏的连片土地，是质朴简陋、风吹可倒的土墙草房，是沉默寡言、风霜满脸的父老乡亲，但我仍然打心里热爱那片给予我生命和滋养的土地。在我的人生历程中，时常会受到一些偶然事件的触动，使我情不自禁地回想起我的少年时光，以及种种痕迹依旧清晰的生活细节，感到那些岁月对于我不仅是可以向外人道的，而且是意味深长、令人沉吟良久的。我想我应该用文字把早已逝去的遥远的一切留住，写一写属于我的少年时光。

在写作的过程中，我尽量以一个少年的视角和眼光，来回想那个时候我至今还记得的所见所闻，记录下我的身体、情感与见识的变化和成长。那些事情构成了我人生之初的体验，是我认知和感受这个世界的基础和前提。我没有能力将其写成自传体式的长篇之作，只能根据从记忆之中抽出的线头，进行片段式的回忆与描写。写作时，我眼前总浮现出彼时故乡的日出与月落、朝露与晚霞、暴雨与急雪、生老与病死、欢笑与哀叹、怨恨与友善、希冀与绝望等，在进一步感受当年人们面对生活时抱有的乐观昂扬态度的时候，体悟最深的是难以尽诉的沉重与艰辛。我有时不禁会想，人们以这种方式循环往复地生活了多少年、多少代了呢？这是个我永远也想不清楚弄不明白的问题。我感动于与我紧密相关的那些生活的时空和生命的存在，感动于故乡的土地对于我人生足迹的有力支撑，感动于乡亲们沧桑双眸投给我的一次次鼓励和期望的眼神。

属于我的少年时光是贫困的，但我并不觉得那时的生活有多苦难，甚至有一种莫名的幸福感。能够来到这个世界，本身不就是一种幸运吗？生活饥寒、岁月艰难让我对任何事情都不苛求和奢望，让我拥有了吃苦耐劳与执着坚忍的品格。如若有一点精神或物质的收获，我都会感到满足和开心，虽然随之而来的缺点是对于远大目标的追求似乎并不迫切，但我也渴望通过脚踏实地的努力改变自己的命运。这些品质，我想一定与那片土地的赐予相关。

少年时光留给我的记忆是复杂的，当我尽力把这一切以真实的面貌写下来时，忽然感到有些茫然无措。这本书与我的少年时光真的相匹配吗？在我的印象中它很大，我几乎没有能力走出这片天地。当我终于有一天走到外面时，回首一望，它竟是如此的渺小与局促。对于我而言，最清晰的是我的那些亲人，我的那些小伙伴，以及地域性的风情、风俗和风物，还有与之相关的眼泪、伤痛和苦难。这一切构成了我生活与成长的背景，构成了我人生的主要内容，使我拥有了属于我的疼痛与欢欣、不堪与荣耀。当我后来怀着深厚的情意一次次回到故乡时，越来越觉得我书中写到的一切，已像云雾一样逐渐飘散了。现在的故乡很难再找到一点点过去的影子，这让我感到某种失去的遗憾与落寞。

在离开故乡奔生活的人生道路上，我接受过各种各样的教育，但就我自己的直觉来说，形象一点也不高大。只上过几年私塾的父亲和文盲的母亲，无疑是生活在社会最底层的农民，但却是对我的行为规范乃至人生观、价值观影响最大的人。他们并没有以什么华丽言词教我怎样做人做事，而是以他们待人接物的方式与行为，以及不动声色、不善言语的爱，给我树立了学习与模仿的榜样。尽管处于贫困的乡间，但是父母、亲友、乡邻们也异常讲究各种礼节与规矩，在相处中既存在着种种不可避免的争执与较量，也充满了友善和智慧，展现出颇具超越性和启发性的精神境界。我对已经故去的父母怀有极为深厚的感情，这不仅是血脉意义上的，更是精神层面上的。我感觉只有父母才能以他们无声的爱，也是最深厚和最无私的爱，成为我真正的人生导师。

少年时光对于我而言是不可忘却的。我尽量把它写得真切、真实、真诚，不加修饰和渲染，我认为这样才对得起生活、对得起自己、对得起读者。令我遗憾的是，也有很多事记不起来了，一个人的脑容量毕竟有限，真正能记住的事情有限，我想只能如此了。我们的生活变化太大了，我笔下的一切所展现的是一个远去的、我再也不能返回的世界。“乡愁”这个词对于我是非常适用的，是我内心深处最真的表达，它像一团温暖深情又冰凉彻骨的雾，时时笼罩着我，渗透在每一个章节与字词之间。

之所以将书名定为《此岸少年》，我想少年时光属于此岸，是我的出发之地，不管途中经历多少风波曲折，现在我已抵达人生的彼岸。当回头瞭望此岸的岁月，时常觉得少年的我还在故乡的田园里奔走。那个早已陌生的身影，让我久久耽于痴痴的怀想和迷恋中。我将书中的文字作为留给自己的一种生命的回望与回响。

# 目录

# 对世界的初印象

有一点我坚信不疑，我对这个世界拥有的最初记忆，源于一次灾难性的事件。

我仿佛是从这个世界中突然醒来似的。那一刻，我发现我被一个人背在背上，在大雨中奔跑，颠得我非常难受。我感到那个人的背很宽，他的衣服被雨淋得湿透了，脚下发出啪叽啪叽的声音，他因奔跑而气喘吁吁。我当然不知道他是谁，只能看清这是一个人的后背。他跑着跑着突然停了下来，同跟在他身旁一起跑着的女人说了一句话。这个女人一边奔跑，一边替这个男人和我打着伞。我朦胧认出来她就是那个经常给我喂奶的女人。两个人同时停下来，站在大雨中，急切地端详着我，眼里好像露出了非常欣喜的神情。他们商量了一阵，就掉头冒着雨朝来的方向回去了。

我永远都能清楚地记得那个时刻，我如同从一场大梦中突然醒来，拥有了属于我的意识和觉悟。那天下着很大的雨，那样的大雨我后来也经常见到。雨水穿过破伞的窟窿落在我的脸上，有种快意的冰凉感觉。这一男一女前行又返回的路，是一条从村子去往县城的公路，他们停下脚步的那段路的旁边有个池塘叫金塘。我还能记得由于雨很大，那条路上没有来往的行人，更没有往返的车辆，雨落在金塘的水面上发出唰唰唰的声音，特别好听。不知是不是因为这雨声成为我最初记忆的一部分，我一辈子都喜欢倾听这唰唰唰的雨声。这一男一女两个人急切而又转悲为喜、长舒一口气的表情，在雨水中从模糊到清晰，使我朦胧感觉到他们与我之间，存在着某种关系。现在想来，属于我的人生记忆，一定就是从那一刻开始的。虽然是支离破碎的，是不连贯和不完整的，但就像一块玻璃被什么东西轻轻地擦干净了，或什么开关被打开了似的，最初的人生影像投射进了我大脑。

后来，我才知道那个在大雨中背着我奔跑的男人是我的三叔，跟在他身旁的那个女人就是我的母亲。有一天，当我把这最初的记忆拿出来试探着询问母亲时，没想到母亲竟然大声地对我说："那一回差点儿把我吓死掉！"显然母亲对此也是印象深刻，而且心有余悸。在经历许多事情之后，我逐渐体会到母亲将爱常常用恨的方式表达出来，看上去有点咬牙切齿，一点儿也不温存。这种方式在乡村的女人们中可谓司空见惯，差不多人人如此。

母亲不止一次地讲起我的那次经历。那是在我三四岁的时候，我的大妹妹出生了，不用说母亲早就给我断奶了，这本是天经地义的事情，但我依旧在母亲的胸前寻找可以充饥的奶头，因为我真的好饿啊！在穷困贫寒的乡村，适合婴幼儿食用的精米细面少之又少，连粗茶淡饭都难以维持。处于幼儿阶段的我，对食物的渴求可想而知，饥饿常使幼小的我对一切可以入口果腹的东西，产生不可扼制的急欲吞下的冲动。那年秋天，正值农村的高级社（即人民公社成立前的一种互助合作形式）时期，村里收获了几亩地的糯米。这是一种先于普通水稻成熟的稻米，它的特点是黏性极强，洁白软糯，喷香可口，甚为稀缺和金贵，是农家偶尔才能吃上的美味佳肴。母亲对这好不容易到口的粮食，并不是简单地将其煮熟了事，而是把糯米饭用油煎成黄亮亮的糍粑，这就更加诱人了。我和长我三岁的大哥守坤眼巴巴地看着在灶上忙乎的母亲，急吼吼地似嗓子眼里伸出手来。当母亲终于煎好糍粑端上桌时，我哥儿俩的口水可能已流了一地。据母亲回忆和猜测，我不仅狼吞虎咽地吃下了两大块儿糍粑，很可能还偷偷吃了放在桌上或篮子里留给父亲的两块儿。因为父亲外出有事没有回家，属于父亲的糍粑成了我的腹中之物。我那习惯于粗茶淡饭，甚至是饥一顿饱一顿的脆弱肠胃，如何能够承受得了这突如其来的超负荷？到了半夜时分，我竟发起烧来，在床上翻身打滚，哼哼叽叽地说胡话。从梦中惊醒的母亲用手摸了摸我的额头，烫得吓人，她又摸了摸我的肚子，感觉如石头般邦邦硬。她判断这一定是我糍粑吃多了撑的，于是一迭连声地自责与后悔起来，轻轻地、焦急地给我揉肚皮，企图化解危机。没想到第二天上午情况不仅没有好转，而且更加严重，我竟到了神志有些昏迷的程度。一向很有主意的父亲仍然未回，母亲情急之下，赶快喊来三叔，背上我就向十里之外的县城跑去。

那时，天正哗哗哗地下着雨。一向憨厚的三叔一路上不说话，只管背着我急匆匆地往前赶。也许是奔跑的颠簸使滞塞在我腹中的食物疏通了，也许是颠簸震醒了我，也许是清凉的雨水把我浇醒了，不管是哪种原因，大概跑了五里的路程，到了那个叫金塘的地方，我突然从迷糊的状态中醒了过来，并且无意识地叫出了声。万分焦急的母亲，听到我的叫声时，惊喜万分。她和三叔在雨中停下来，紧张而又惊喜地看着我，仔细地观察了一会儿。母亲用手捏了捏我的肚子，三叔还挠了一下我的胳肢窝，我便忍不住发出了并不情愿的笑声。他们可能觉得我应该没有事了，而且县医院的医疗费是很贵的，能省还是省了吧，再说人们一向认为乡下的孩子虽然命贱，但命大，于是决定回家观察观察再说。后来我知道村里许多人得了病基本上不去医院，都是这么扛过去、挨过去的，反正治和不治都会好的，或者许多病治和不治也都肯定好不了。

这次吃撑了的经历，使我获得了最初的清晰记忆。至今，我都记得那天雨水落在水塘里唰唰唰的声音，能记得母亲和三叔看向我的满是雨水的脸。可能是我智力发育到了一定阶段，就像人们常说的该记事了。人们也说孩子得病不是什么坏事，每得一次病就会在智力上、身高上成长一块。我这最初的记忆是不是应该归功于这次得病呢？我想可能是有关系的，或是因为这事毕竟有点大，差点要了我的小命。后来母亲又心疼地对我说："你这个孩子怎么这么'普种'呢？""普种"是我的家乡话，大意是指莽撞、冒失、蛮干、愣头青、胆大妄为等，有时也说成是"普头普脑"。我在字典里查不到类似的词汇，所以有些方言永远是独一无二的，形象而精准。不管怎么说，吃撑了的我很快就恢复了，又变得活蹦乱跳的了。小孩子容易得病，好得也快。打那以后，母亲给我们小孩子吃东西都多加小心，防止我们再撑着。其实这样的事后来再也没有发生过，因为在很长一段时间里，我和家人都一直处于半饥饿状态。

有很多次，我看到母亲坐在屋前的空地上，一边簸着稻谷、麦子、玉米，或做着针线活、洗衣服等，一边慈爱地看着我在地上玩乡间的各种游戏。我坐在地上或麦秸编成的草蒲凳上，一边玩儿各种游戏，一边看着母亲做事。我往往会瞪大眼睛，新奇地打量着周围的一切。自从有了吃撑了的经历之后，我感到周围的这一切好像是在突然之间出现在我的眼前似的。阳光很明亮，云彩很白净，空气很湿润。我看见房前屋后都是灌木丛和庄稼地，满眼都是绿绿的颜色，公鸡母鸡围绕在我们周围觅食。我听见牛、驴、猪发出的此起彼伏的叫声，青蛙在田野里呱呱呱叫得很欢，藏在地下的蛐蛐儿也没完没了地唧唧唧唱着。这究竟是怎么一回事呢？好多人在地里干活，或者犁田耙地，或者锄草割稻，或者车水灌溉。男人们边干活边哼着音调拐弯的号子，那声音听起来有点像在哭。女人们则唱着很好听的歌儿，但所有的哼唱也都像是在诉说苦楚。有一天我问母亲：“你会唱歌吗？”母亲说“会呀”，便轻轻地唱了起来，唱得跟那些女人一样好听，也一样像在倾诉内心的苦楚。虽然我并不明白母亲唱的是什么，但我看到唱歌的母亲非常认真投入，唱着唱着，眼睛里还亮晶晶地湿润起来。我不知道母亲为什么会这样，但我想她一定非常喜欢这样的歌。那时候的母亲还很年轻，只有二十多岁，唱歌时一定很美。

自从有了记忆之后，我逐渐开始关注和试图理解人世间的事。令我大吃一惊的是，我竟然是母亲生的，虽然我并不懂母亲生我是一种什么样的含义。由这样一种关系出发，我关心起我是从哪里来的、是怎么来的这样的重大问题，但母亲却始终回避跟我讲这个事，好像是一个小孩子家不应该问、更不应该知道这样的事。在十多岁的时候，从母亲同她的姐妹一次有意无意的闲聊中，我得知了母亲是怎样生的我，委实把我吓得不轻，现在想来依然感到后怕。

我出生在一个炎热夏天的半夜三更，那时候女人怀孩子、生孩子不像现在这样娇贵，哪怕是足月临盆，还得同平常一样在地里干活。挺着个大肚子骄傲地、艰辛地熬过十月怀胎，肚子疼得实在受不了了，才放下手中的锄头或镰刀，自己忍着剧烈的疼痛走回家，在急急赶来的接生婆的辅助下把孩子生下来，更有甚者在匆忙之中直接把孩子生在了回家的路上。母亲生我时也是在地里忙到最后一刻，才摸着黑自己回家来的。我的出生并不是什么了不起的大事，我前面已经有了比我大三岁的哥哥，而且在那一年，接二连三有好多和我同龄的孩子，像是在另一个世界约好了似的，来到了我们那个偏僻的小村庄。虽然添丁增口给人们带来一定的喜悦，但对于贫穷之家来说，生孩子是件再稀松平常不过的事情。我呱呱坠地时，一切都是按当时的条件处理我出生的所有程序。

我是由一个被称为“李老头”的接生婆接生的。一个老太婆被称作“李老头”，让我觉得很新奇，心想这其中一定有什么说道，但我并没有闹明白。不过据说李老头是个富有经验的接生婆，经她的手来到这个世界的男孩、女孩不计其数。李老头没有今天产科医生接生用的任何医疗用具，但她略懂一点消毒知识。为我接生时，她仅仅是从早已扎成篱笆的高粱秆上，扯下一小截篾片。这篾片在撕裂过程中，会产生锋利的边缘，再将篾片放在火上稍微烤一下，就算是消毒了。李老头就是用这段篾片切断我的脐带，切断我与母亲的联系，把我迎进了这个世界。

当我第一次了解了这样的事实时，不禁大吃一惊，原来我是这样来到这个世界的！假如这篾片不洁的话，我很可能早就一命呜呼了。故乡有不少新生儿，就是因为不洁的接生方式而夭折了，我们那里管这叫“七点疯”，不超过七天时间，一个小生命因感染得了败血症，高烧不退就呜呼哀哉了。我有时不禁暗自感慨，有时一个陌生人对于我们的重要性简直大得无与伦比，如果李老头偶然失手，我或许也会患上“七点疯”，闯不过这道令人谈虎色变的鬼门关，也就不会有后来我的生命经历了。我绝没有想到，我的生命除了自己的父母，竟然和这个叫“李老头”的接生婆有着如此密切的关系。从这个意义上讲，我不仅应当感谢给我生命的父亲母亲，也应该感谢那个我完全不知道长什么模样的李老头。似乎是命贱又命大，不怕风吹雨打，我居然就这么经磨历劫地活了下来，即便是在三年困难时期差点饿毙，也还是幸运地走向了今天的幸福生活。

出生后的婴儿时光，我是不可能有印象、有记忆的，按照我记事后的了解，也不外乎是过“满月”和“抓周”之类的风俗。这类风俗对于降生后的婴儿来说，似乎有着极为重要的意义。闯过“七点疯”不容易，因此在“满月”这样值得纪念的时刻，就算是躲过一劫、大局已定了。亲友们都来祝贺，常常是女性亲友在篮子里装上鸡蛋、挂面、油炸馓子之类的食品来看望产妇，这样婴儿也因为产妇有一定的营养补充而奶水充足，从而得到哺育和成长。在那样的年代，每个亲友送来的东西几乎千篇一律，然而这些礼品已属不二之选的好东西了。人们放下礼品后，便开始欣赏和赞美婴儿，品评着丑俊，评判着像谁等，言语中充满着温情和祝福。不过刚满月的婴儿基本上还像只小猫，刚睁开眼，除了睡觉、吃奶，就是发出弱弱软软的哭笑声。大人们所做的事与其密切相关，又好像完全无关。我也曾想象过“满月”时的我怎样躺在晃床里，接受亲人们的欣赏和赞美，也想象过我躺在母亲怀里吃奶的情形。

“抓周”则是另一个重要习俗。在婴儿一周岁之际，女性亲友们再次前来祝贺。这个仪式不仅具有生命的意义，而且具有人生的意义，乃至具有文化的意义。脆弱的生命能安全经历一年的考验，确实是一件值得庆贺的事情。俗话说“三翻六坐九爬爬，十二个月打扎扎”，意思是说婴儿三个月时会翻身，六个月时会坐，九个月时会爬行，一周岁时就开始踉踉跄跄地学步行走了。其中的每个微小的进步，都会引发大人足够的惊喜和称赞。即使穷人家的孩子，这微小的进步也是令人高兴的事。女性亲友们来祝贺，所带来的大致还是那类物品。不同的是这次有了一个重要的仪式，就是在一把筛子或一只簸箕、一个匾子里，摆放上几样性质不同的东西：钢笔、书本、算盘、红头绳、糕点、放牛鞭子之类的物品，让满岁的幼儿来抓，测试他或她对什么东西感兴趣，根据其选择来预测未来的命运。如果幼儿抓的是钢笔和书本，就意味着将来爱学习有文化，前途自然大可期待；如果抓的是算盘，即可能会当上会计之类，或许有一天会很有钱，不愁吃穿是自然；如果抓的是红头绳，则表明女孩将不愁长不成个美女，男孩子则娶媳妇应不成问题；如果抓了糕点，今后大概率不会饿肚子，日子必定过得滋润；如果抓的是放牛鞭子，则就只能认了在农村耕田耙地的命；等等。虽不能说这抓周一定百灵百验，但幼儿在这一天究竟抓什么，父母还是很当回事的。当幼儿毫不犹豫地抓起钢笔时，作为父母的那个高兴劲儿，仿佛孩子明天真的就成了有知识、有本事的文化人。而幼儿抓起放牛鞭子时，父母的那份沮丧简直难以形容。耕作的种种艰辛，确实使庄稼人不想让下一代再受那份罪。

我不知道“抓周”是否真的能够预示未来，因为一个孩子的兴趣决定着对眼中事物的取舍，而这兴趣也常常决定着未来所选择的方向和可能要走的道路。由此说来，这一抓不能说没一点儿道理，或一点儿可能性都没有。但对女性亲友们来讲，这也就是走走形式，热闹热闹，平添几分游戏性的乐趣而已。至于孩子将来如何，那是很久以后的事了，可能谁也不记得幼儿在抓周时究竟抓了什么，也没有人去进行认真的验证。母亲从来没有跟我讲过我在“抓周”时抓了什么，好像她也不记得了，显然她对此并不真正在意。按我后来上学时成绩不错并且考上了北京大学来推想，我应该是抓了钢笔和书本，才可能有如此的造化。但谁知道呢？也许是抓了算盘，也许是抓了放牛鞭子也未可知。因为我小时候曾学着把蕴藏着无穷运算奥妙的算盘打得噼啪响，也曾把仅有一根细棍、一根细绳的鞭子凭空抽得噼啪响，只觉得那些东西都很好玩，有着怎么也玩不够的乐趣。不管抓了什么，都不应当感到意外。

不过，母亲对我有个评价是我没想到的，说我小时候特别乖，几乎从不哭闹，在同龄的婴幼儿中极为少见。有一次母亲在厢房做饭，把我放在堂屋的晃床里让大哥摇我睡觉。母亲边做饭边注意倾听大哥摇我时发出的哐当哐当的声音。没一会儿母亲就听不见响声了，她不放心，走到堂屋一看，晃床竟然四脚朝天地倒扣在地上，原来是大哥摇动晃床时用力太猛所致。刚刚四岁多的大哥知道闯了大祸，吓得脸色煞白地躲在门后不敢出来。母亲赶紧从倒扣的晃床底下抱起了我，一边怒斥大哥，一边擦去我脸上的灰土。母亲说当时我不仅没哭，还咯咯咯笑出了声，这使母亲既心疼又高兴。那时我才一岁多，被倒扣在地上居然没有被吓哭，我真的有那么乖、那么可爱吗？我现在仍对母亲的这个说法半信半疑。也许母亲偏爱我这个二儿子，把我形容得有点夸张吧。在母亲与父亲的描述中，我与大哥的性格的确有很大不同。大哥属于比较倔强的，爱哭是他小时候令人记忆犹新的表现，而且一旦犯性子哭起来还不容易哄好。如果他在一个地方开始哭闹，谁要想哄劝他、拉他走开，他还会固执地走回到原来的地方继续哭闹，为此大哥没少挨父母亲的打骂。但大哥的这种倔强性格在他长大后体现为乐于助人、刚正不阿、嫉恶如仇的特点，所以有人非常忌惮他、讨厌他，但同他关系特别铁的朋友也有很多。这一点我远不如他。

有一点我可以断定，那个时候，除了祖父祖母、父亲母亲，仅仅四五岁的大哥，一定承担了很多用晃床摇晃我的工作。我依稀中还有点仰躺在晃床里被摇晃，注视屋顶花纹图案所产生的舒服、晕眩的朦胧记忆。但再认真一想，似乎任何记忆又都没有了，那还没到可以记事的年龄。今天，随着老境的接近，对儿时的一切，竟然更加关切起来，有时不禁想要把它想个明白，即便这么做是徒劳的。

从篾片割断我同母亲身体的联系，到糍粑事件开启了我的记忆之门，我变得十分关注这位与我血脉相连的母亲。我的心中存储了母亲多种多样的形象：池塘边用棒槌敲打衣服的母亲、春天里打秧草施肥的母亲、水田里插秧割稻的母亲、灶上煮饭炒菜刷锅的母亲、煤油灯下缝补衣裳做针线活儿的母亲、穿着新衣裳走亲戚的母亲、慈眉善目的母亲、喜笑颜开的母亲、闷闷不乐的母亲、满脸怒容的母亲，以及落雨中的母亲、阳光下的母亲、唱歌的母亲、发火的母亲、骂人的母亲，但我从未见过与人打架的母亲。作为一个女人生活在这个世界上，不管她的地位多么卑微，也不管她因为有一群儿孙有多么骄傲，她总是谦和地待人，在亲友和乡邻中有很好的口碑。她也因为有我这样一个在外面做事的儿子，答应了不少人为他们的孩子在上学、当兵、提干、转志愿兵、找医院看病等方面出力，但我自身能力有限，十有其九办不成，落了母亲的不少埋怨。我知道这其中既有母亲的好心和热心，也有母亲为自己挣一些面子的原因。如果问我这一辈子最对不起谁，那一定是我的母亲与父亲，无论内心还是行动上，都有很多对不起他们的地方。因为对于父母亲的很多嘱咐，从客观上讲，有的确实力所不及；从主观上讲，有的也没有完全尽力，还找了很多理由为自己开脱。当父亲母亲撒手人寰之后，那句“子欲养而亲不待”的古话，体察与回味起来真的是极为痛切的。

还有让我同样感到遗憾的是，那个给我最初记忆的三叔，也在多年前去世了。这个在玻璃厂当过制灯泡工人的三叔，一直对我非常好。他始终关切着我，为我的坎坷而忧虑，为我的顺利而欣喜。可惜他后来患上了高血压、心脏病，一年到头，脸都是红红的，这是患这类疾病的明显症状，因为治疗不及时而溘然长逝了。他走的时候，我不在故乡，家里人也没有及时告诉我这个不幸的消息。只是我某一次回故乡时，才有人轻描淡写地告诉我“你三叔汪玉和不在了”，那语气就像讲老天爷又刮风了、又下雨了一样地稀松平常。一个人的离世对于他人，有时候真的一点也不重要，没有什么值得惊诧的。但我听到这个消息时，还是为这个憨厚的叔叔难过了好一阵子。

# 一次预言与一场别离

家里的许多人都说，二十世纪五十年代初某年农历七月的一个中午，是一个很重要的时刻。因为这个中午对于我们家而言，具有某种匪夷所思的预言式的重要意义。

那个中午正值夏末秋初，俗话说“争秋夺伏十八天抵火”，天气依旧酷热难耐。村子里的一些人坐在路边屋前的树荫下乘凉，这是村民们年年如此的一个习惯，树荫下不仅八面来风，给盛夏时节的劳人们以些许的惬意；而且视野也极好，在大树下可以看到东西两个方向公路上来往的行人和车辆，更可以不受遮挡地看到起伏不平、一望无际的绿色田野，那里正生长着连片的水稻、大豆、玉米和高粱，这些都是村民们的希望所在。

这条东西向的路叫作定炉公路，从定远县城向西通达炉桥镇。公路是由沙石铺成的，一点儿也不结实耐磨，而且在那多雨的皖中，被雨水淋得高低不平、坑坑洼洼的。偶有车辆经过时，车子就像是在扭秧歌。阴雨连绵时，车轮驰过，水浆四溅；天晴路干时，则是飞沙走石，尘土滚滚。

公路上来往的行人与车辆本来就很稀少，而酷热难耐的中午就更看不到人影了。这是一个极为平常的日子，似乎又是个异乎寻常的日子。就是这个中午，给我的家族留下了一个并不科学、又不得不信的神秘传说。坐在树荫下边乘凉、边吃饭的人们，在漫不经心的瞭望中，偶然发现从远远的西边公路上，蹒跚着走来了一个拉骆驼的人。有人喊了一声，说是有个拉骆驼的人过来了。虽然村里人都曾见过骆驼，但又是不常见的，对于孤陋寡闻的村民来说，骆驼是个稀罕之物。于是树荫下所有人都抬起头来，一致地扭过脖子，将视线集中在那个慢慢走近的人以及他拉着的那峰骆驼身上。

随着这个人与骆驼逐渐走近，人们看出这是一个老者。他头上戴着一顶挺大的草帽，但因为在如此灼热的骄阳下行走，而且一定走了不短的时间，他瘦削的脸庞上满是津津的汗水。一身看不清楚质地与颜色的衣裤，几乎全被汗水湿透了，不过他的这身打扮，看起来也还算得上干净整洁。他身后高大的骆驼，默不作声地把头高高地昂着，颇有几分卓尔不群、清高自持的气度，这使它在人们的眼里显得更加的高大威武。它的一双眼睛很亮，似乎是在用心地打量和思考着眼前这些陌生的人类，又像是在眺望那不可知的前路。拉骆驼的人身上有一种村民们所没有的悠闲自在、超凡脱俗而又神秘莫测的气质，这一点引起了树荫下乘凉人们的极大兴趣。任何异于村里日常的一切，都会引发人们的好奇心，调动他们关注的热情。人们按照往常的经验来判断，这位拉骆驼的人很可能是个走村串户看相算命的先生，他的到来显然可以为这个酷热难耐的中午增添点乐趣。于是半逗乐、半热情地招呼拉骆驼的人，到树荫下来歇歇脚，喝口水，顺便给大家算个命啥的。

拉骆驼的人先是谦和地点了点头，表示谢意，随后牵着那峰高大的骆驼，在树荫下找了个空地方让它站定，再从人们手中接过盛满水的木盆，让骆驼畅饮一番。看到心满意足的骆驼多肉的鼻孔打了几个快意的喷嚏，四条腿分前后次序跪倒在地上，那个人便面带禅意、大模大样地坐了下来，端起一大瓢水大口大口地一饮而尽。他喝完水之后，摘下头上的草帽用力扇了扇身上的汗，不经意似的把在场的每个人都扫了一眼，脸上露出不易察觉的快意神情。人们的猜测果然没有错，老者的确具有看相算命的本领。为了感谢一水之恩，他极认真且和善地给几个男人女人看起面相和手相来，微言大义又神乎其神地推断和品评他们的过去，指点着他们的未来，以及今后需要注意的种种事项。他那透露天机般的话语，不时地引起人们的一阵阵惊叹。

我的曾祖母此时也坐在树荫下，那时的她已是八十多岁的高龄了，不过身子骨还算硬朗，她默默地听着拉骆驼的人给大家看相算命，听得很认真仔细。但她并没有也要算命的意思，也许处在她这样年龄的人，生怕从这算命的人口中，听到什么于她不利和不想听到的话，对预测未来的事心里有些忌讳。然而拉骆驼的人偏偏没有忽略我的曾祖母，在给一个女人看完相以后，他轻轻地走到了我曾祖母的面前，用一种很温和淡定的声调，对我曾祖母说了一句石破天惊的话："老太太，今年八月十五的月饼您吃不上喽！"这分明是对我曾祖母道出的、她最怕听到的一种诅咒般的预言。也就是说，从农历七月的此刻算起到中秋节，我曾祖母的阳寿还剩下最长不过一个多月的时间了。看相算命的人向来都把话说得模棱两可，含混不清，以使自己始终处于不败之地。然而此刻他对我曾祖母这样一个年事已高的老人，为什么会判断得如此清晰和冷酷？匪夷所思，又招人憎恨！

人们注意到，在那一刻我曾祖母迅即脸色大变，本来就已混浊的目光，立刻变得更加呆滞起来，整个身子像是在瞬间坍塌了一般。没想到这个看似和善儒雅的算命先生，竟长了一张乌鸦嘴，话说得这么不中听。这种晴天霹雳般的预言，引起了在场人们，特别是我祖父那一辈人的集体反感，纷纷反驳：这老太太身子骨这样硬朗，怎么可能就活一个多月了？简直是一派瞎扯胡说嘛！现场本来热情和谐的气氛，因此一下子冷淡了下来。拉骆驼的人像是为了挽回什么似的补充了一句话：“不过您也很有福气了，您在临走前可以见到所有的儿孙！”显然这并不能缓和当时的尴尬气氛，拉骆驼的人脸色淡淡的、讪讪的也没再说什么，在众人几乎是怒视与鄙视兼有的目光中，拉起骆驼默默地走了。

谁也没把拉骆驼的人的话当真，然而从旧社会过来的曾祖母，却把这话听到心里去了。她同村子里的许多人一样是很迷信的，而且她一定最清楚自己的身体状况。拉骆驼的人预言式的判断，不仅给了她重重的一击，而且一直笼罩在她心头。从那以后，曾祖母抱着我们这些重孙子辈时会喃喃自语哭泣道：“你们的老太吃不上八月十五的月饼喽！你们的老太吃不上八月十五的石榴喽！”我们家乡把曾祖父曾祖母统称为“老太”。我的男“老太”早已去世了，剩下女“老太”还健康地活着，以至于后来的我，对男“老太”的历史和事迹一无所知，对他长什么样更是毫无印象。我一定曾经在我曾祖母的怀中或膝上待过，甚至于看相算命的那一刻，曾祖母怀里抱着的说不定就是我，然而我对她也没有一点印象。照相对于那个时代的贫困乡村，实在是一件非常奢侈的事情，所以我的曾祖父、曾祖母都没有留下一张可资纪念与怀旧的照片。

我的祖父有兄弟四人，他们一起来宽慰我的曾祖母，说：“您的身体那么好，您不会有事的，千万别信拉骆驼的人说的鬼话。”我曾祖母却没法不相信拉骆驼的人所说的，还是那么一天天地一边念叨一边流泪，没过几天眼睛居然就瞎了，再也看不见东西了，身子也一天天不行了，真的是到了农历八月十五前几天，我曾祖母忽然就进入了弥留状态。说不清是我曾祖母的寿命真的到了大限，被拉骆驼的人看了个明白，还是拉骆驼的人的毒舌，沉重地打击了我曾祖母的精神和身体，使她再也撑不下去了，从而加速了她末日的到来。不过此时全家人并没有去深究其中的缘由，只是忙着为我曾祖母准备“老衣”。我老家把给死者入殓时穿的寿衣称作“老衣”，以黑色为主。

说来奇怪，我曾祖母在最后的弥留时刻，却迟迟不肯闭上眼睛，她喃喃地、断断续续地念叨着：“我临死了，全家人都看到了，就是在外当兵的一个孙子没看到。”家人这才想起来，真的还有一个人不在眼前。我曾祖母所说的这个孙子，就是我的二叔汪玉清。他于1951年参加志愿军，上了抗美援朝战场。他在志愿军的队伍里当卫生员，曾经在抗美援朝战场出生入死抢救过伤员，停战回国后驻扎在河北省涞源县，到如今已经有一段时间没有收到他的来信了。那时候通信很不方便，即使拍个电报告知消息，他立马回来也不一定能赶得上趟了。再说部队纪律严，不是想回来就能回得来的。所有的人都规劝我的曾祖母，说：“不可能见到你的孙子玉清了，你就闭上眼睛去吧！”曾祖母却依然固执地、断断续续地说：“我的这个孙子不是个平常的人啊！他是个在战场上打过仗的人啊，是个脑袋曾经别在裤腰带上的人呀，见不到我的这个孙子我口眼难闭呀！”这显然反映了曾祖母对我二叔的重视。我至今都不知道这对祖孙之间有什么感动人的往事，但从她的话语中，可以看出她对这个上战场冲锋陷阵的孙子，是相当重视和关爱的。这种心情也许只有当自己到了爷爷奶奶辈，才能深切体会到。

到了那天的傍晚，一切显然都不可能了，我曾祖母却还在顽强地倒着气，所有的人都为此感到悲痛万分，又万般无奈、一筹莫展。忽然有人发出一阵惊呼：“玉清回来了！玉清回来了！”这实在是令人难以置信、惊心动魄的一呼！守在我曾祖母身边的众人忙朝外望去，果然看到身着军装的二叔提着行李笑盈盈地走进了家门。这简直太神奇、太不可思议、太具有戏剧性了！人们被这梦幻般的场景惊得说不出话来。后来听二叔跟大家说，他是从河北坐汽车再坐火车到西边的炉桥镇换乘汽车回来的，本来我们村子是没有车站的，但司机看他是个当兵的，闲聊中知道他上过朝鲜战场，就破例停车把他放了下来，省得把他拉到县城，来回多跑二十多里的冤枉路。看到家里不寻常的气氛，二叔的笑容一下子僵住了，继而一迭连声地喊着“奶奶”向我曾祖母扑过去。汽车的破例停车，争取到了宝贵的时间，使我二叔和我曾祖母见上了最后一面，我曾祖母也就一下子放松了似的，吐出了最后一口气，颓然地、满足地闭上了那双混浊无神的眼睛。微笑停留在她布满皱纹的脸上。

二叔说，本来部队训练任务很重，他是不可能回来的，可是不知为什么忽然感到心里特别不安，特别想家，魂牵梦绕地想回家来看一看，于是便同领导软磨硬泡，磨得领导没了脾气就同意了，而且一路上车子走得都很顺，竟然如此之巧地赶在奶奶咽气之前见上一面。二叔几乎是在用行动证明了拉骆驼的人的预言，这背后难道真的有人们常说的天意吗？拉骆驼的人的话几乎全都应验了，大家纷纷说起差不多一个月前的事，感叹拉骆驼的人预言的灵验。许多年后，我的祖父和我的父亲、叔叔们还经常提起这个事，不知是佩服那个拉骆驼的人的神算，还是相信确有一种力量在主宰着人的命运。

这是属于我们家族的一个颇为经典的故事。写下上面这些文字，并非我要宣扬什么封建迷信，而是记录在我的家族生活中的的确确发生过的事情。我不敢断定这其中有没有夸张的成分，任何故事都有可能在传说过程中被夸大，拉骆驼的人对我曾祖母说的这番话，我以为也不例外。不过，我相信也许拉骆驼的人走南闯北，阅世颇深，善于察言观色，说不定还懂点医道，能大致判断出祖母实际的身体状况和阳寿的长短。而乡下人因生活与医疗条件有限，即使有病在身，其所能用的办法就是硬扛，或服一些简单的药，如此而已。但能凭空料到我二叔的回归，这就有点异乎寻常了。后来我想，也许是哪个在家的祖父辈或父亲辈的谁，早在听了预言之后，悄悄地给二叔写了封信，或拍了封电报，告诉他关于奶奶的预言，或说奶奶病重令他速归，他以此为由便请下假来，而又刻意地不将其说破，维持着这个秘密，使得这件神秘的事件因此显得玄乎其玄，也未可知。

如今能够见到的我的曾祖母，只是一个普通得不能再普通的坟头，在一片埋着各位先辈的坟地里，她与我的男“老太”合葬在一个坟茔之中，与那些逝去的先人们一起，年年与荒草老树相伴。我们家族的人似乎很少再提及这个预言，我只是在回乡给父母扫墓时，顺便给这些先辈们也烧上一些纸钱，而我投向曾祖父曾祖母坟上的目光，每次都不会超过五秒钟的时长。有时我会思考这样一个问题，正常情况下，一辈人对往上数的三四代，往下数的三四代，是有强烈感情的，无论是往上还是往下，再远就一片茫然了。我的二叔转业后，被分配到蚌埠市医药采购系统工作，并且在当地娶了个漂亮媳妇。因为我这个婶婶嫌弃二叔的家乡穷，虽然离得并不远，但不大回来，家里人过去看他，两口子会因此发生激烈争吵，致使他跟父母和兄弟之间关系都很冷淡。现在二叔已经九十多岁了，听说除了耳朵有些背以外，身体依然很健康。从上世纪五十年代后期回来后，在漫长的时光里，他回到家乡的次数屈指可数，几乎没到我曾祖父母和祖父母的坟上祭扫过。为此，我觉得拉骆驼人对我曾祖母说的那番话，忽然变得了无意趣。

# 祖母的田野

祖母究竟是姓张还是姓徐，在我的心里一直很恍惚。从她自北边的大唐刘村的徐家嫁给我爷爷的事实看，她应该姓徐才对。证明她姓徐的还有新近收到的族人编的《汪氏宗谱》，那上面赫然标明祖母叫徐文华，这应该是确凿无疑的。但在我少年时的印象中，她却与这个大唐刘村的张家走得亲热，跟徐家的往来很少，隐隐表明祖母的本姓应该是张。没有人明确地告诉我这其中到底有什么隐情，或者本来是很明白的，只不过那时候我还小，并不了解和理解其中的人情世故。只是在其后时光里，我才从人们的只言片语中，逐渐弄清楚事情的来龙去脉，即祖母在她很小的时候由张家过继给了徐家，因此无论是从伦理上还是情理上讲，似乎都应该姓徐才对。但从血缘与心理上讲，祖母和祖父乃至我的父辈，同张家走得更近。从我的角度来观察，我小时候在张家吃过的饭不下十次，几乎没有在徐家吃饭的印象。然而过继这件事似乎具有法律的意义，所以祖母必须姓徐。不过，尽管祖母有明确的姓名，但凡必须注明她老人家姓名的地方，大都以歪扭的字迹写成“汪徐氏”。实际上，需要写姓名的地方少之又少，而村里人说起我的祖母，一般都用“玉杰他大”来指代。这里的“大”，不同于陕西方言用来指称父亲，而是指母亲。“大”的发音是四声，而不是陕西方言中的一声。玉杰则是我父亲的名字。我脑海里对于祖母姓名的记忆永远是“汪徐氏”，而“徐文华”这样真正的本名，感觉上同我亲爱的祖母似乎毫不相干。

祖母的去世给我的印象特别深，更使我难以接受。那不仅是因为是我亲爱的祖母离我而去，也是我第一次看到一个人死去。大约是1967年冬季的某天，我看到祖母直挺挺地仰面躺在一张被移放到房屋中间的板床上，此时的她身上穿着“老衣”，头上好像还戴了顶帽子一样的东西，一张黄表纸斜插着遮盖在她瘦削惨白的脸上。祖母的脸瘦得脱了形，她是因肺结核病去世的，长期的咳嗽折磨得她生不如死，她以死的方式结束了生命，走向了另一个解脱痛苦的世界。我的父亲在十九年后也是因为得了这种病去世的，所以在我的生命历程中，始终对这种病充满了恐惧。看着祖母静静地躺在那里，我的内心懵懂而惊骇，不完全理解死亡究竟意味着什么，也并没有去深想祖母永远离开了我们这个问题。随着父母、叔婶、姑姑等围着祖母的遗体，发出我从未听到过的悲痛哭号声，我想这应该是一件大事发生了，我亲爱的祖母真的就这么走了。然而看着祖母瘦小的身躯和苍白的脸颊，我不敢相信她就这么走了，竟暗暗期盼她能够突然间活过来。

在我小的时候，祖母是最疼爱我的。在祖父母的十几个孙子孙女当中，有几年，唯独我是跟他们生活在一起的，并且度过了不少的快乐时光，直到小学毕业，才算完全回到父母身边。其中最根本的原因，是母亲娘家当年家境还算不错，差不多够得上地主成分。即便如此，我外婆并不如人们想象的那样穿金戴银，据我母亲说，在寒冷的冬天，外婆身下垫的不是暖和的棉垫，而是芦席一类的草编织物，这实在是超出了我对富裕人家的认知。外婆家的优势不过是比别人多一些土地，粮食收得自然比别人多。母亲嫁给父亲时，给我们汪家带来了几十担大米和小麦、一些布料和其他物品，这些嫁妆对于相对贫穷的父亲一家来说，其重要性自然不言而喻。母亲与我的外公外婆之所以不嫌弃我父亲一家贫寒，看上的则是父亲的聪慧和宽厚，觉得这样的人放心可靠。祖父祖母对我母亲这个算得上半拉富家女的姑娘肯如此下嫁，而且带来相当不菲的嫁妆，无疑是喜出望外、心存感激的。不仅如此，在后来遇到灾年时，母亲娘家又陆续给了一些接济，这就让祖父祖母更觉得欠了母亲很重的情分。于是在我七八岁的时候，祖父祖母与我父母商定，把我接过去跟着他们过日子，作为某种意义上的补偿，以减轻父亲母亲精力上和生活上的负担，于是就有了我与诸位兄弟姐妹和堂兄弟姐妹颇为不同的待遇。

祖母虽然非常疼爱我，但她既不识文断字，更不懂什么教育之道，除了尽其所能给我做一些爱吃的东西，就是情真言重、底气不足的呵斥。祖母由于患上了肺结核，经常脸颊潮红，咳嗽不止，气喘吁吁，对我的呵斥往往上气不接下气。虽然我基本上还算是个听话的孩子，但体内的生命冲动常常是无法遏制的，尤其是跟小伙伴们在一起玩耍时，总会进行着各种下低上高的无穷动般的折腾。经常是祖母唠叨她的，我玩耍我的。尽管祖母脸上是一副很恼怒的样子，但好像也并不真正生气。她身体的状况并不允许她真正生气，对我说的那些车轱辘话大概相当于自言自语、一个人的聊天，似乎以此算是尽了她对于我的抚育管教之责。

我和小伙伴们在场院上、田野里玩耍，时常玩得忘了时间，甚至天黑了也不舍得回家，祖母就站在房前或屋后，转着圈地大声喊我的小名，叫我回来吃饭。我们这些小伙伴经常把自己折腾得灰头土脸、浑身邋遢不说，衣服也被树枝等物挂扯得条条缕缕、破破烂烂，很像是从战场归来的战士，嘴里还模拟打枪的声音“嘟嘟嘟”个没完，作轻易痛快地消灭敌人状。祖母总是一边不停地唠叨“讨债鬼子，我的小祖宗，不知道哪八百辈子欠你的”，一边耐心地帮我擦洗缝补，尽量让我变得干净起来，或者索性任凭我似泥猴子一般在床上躺下，再经过一番作妖后进入梦乡。

说起来连我自己也感到百思不得其解。那时候缺吃少穿，我居然有一个富贵人家子弟都不一定有的爱挑食的毛病，这种毛病一直到中年之后才慢慢改掉。比如我不爱吃芹菜、芫荽，不爱吃鱼肉，甚至不爱吃面条，这给祖母带来了很多的麻烦。每当祖母做面条的时候，都要单给我在面条汤的上面贴一圈薄饼，再将熟了的薄饼下到汤里，盛了端来给我吃。虽然祖母在做这些时，嘴里总是不断地唠叨，甚至是咒骂，但并不影响她尽责地给我做饭。后来我记不清在哪里看到一个解释挑食毛病的帖子，大意是说穷人家的孩子容易有挑食的毛病，因为本身吃不起大鱼大肉，肠胃缺少这方面的适应性培养，所以会对鱼肉较难接受。而富人家从小什么都吃过尝过，肠胃也算得上是“见多识广”，就不会养成这样的毛病。这种说法听起来似乎有点道理，却似乎又与事实严重不符。就拿我的哥哥妹妹来说，同样的生活条件，他们却并不挑食，这是因为什么？显然此说不具有普遍性，我的挑食习惯可能另有缘故。在长大后的走南闯北过程中，这个挑食的毛病渐渐地被治愈了，可谓荤腥不论了。

我还有个更为不可救药的毛病，可能是从小吃惯母乳的原因，晚上睡觉时嘴里总要含着奶头才能睡得安稳。跟着祖父祖母生活的时候，晚上睡觉总缠着祖母，要含着她的奶头睡觉。后来稍微长大了一点，改成手抓着她的奶头睡觉，为此祖母没少刮我的鼻子羞臊我。我从小就胆小，在听了大人们讲的那么多乡村鬼故事后，睡觉时更疑心有影影绰绰、形形色色的厉鬼来捉拿我，经常吓得头皮发麻、发根乍立。于是我蒙头盖脸地躺在被窝里，从背后紧紧地搂住祖母，虽然祖母因患肺结核，晚间盗汗，身体总是汗津津的，但却给我极大的安全感。许多年里，祖母的奶头陪伴我度过无数个被鬼怪困扰的夜晚。令我至今仍然费解的是，祖母患上肺结核那样致命的传染病，而且她最终因此病而死，我整天同她生活在一起，居然没有染上这种可怕的疾病，真是万幸。难道如今天人们对付新冠病毒时所说的那样，在朝夕相处中已经获得了某种抗体和免疫力？

祖母经常带我到地里去挖野菜。她胳膊上挎只篮子，迈着两只在属于她的少女时代未裹足的脚走在前面，我则蹦蹦跳跳地跟在后面。这种画面感很强的场景，使我常常醉心回想。但我在很长时间里想象不出或者记不清祖母究竟是不是也裹了小脚。在写此文章时，我问了我最小的姑姑，姑姑说："你祖母是大脚不是小脚，咱们穷人家裹不起小脚。"这种说法令我感到吃惊，原来只有大户人家才有可能、有资格裹小脚，穷人家的女性要靠两只大脚干活、分担生活重担呢！出身贫寒之家的祖母，竟然因此躲过了少女的缠裹之痛，此时的我为当时的祖母感到庆幸。

带我走向田野的祖母很喜欢叫我"跟屁虫"，我也很喜欢祖母这样叫我，因为这很形象地说明了我和祖母的隶属关系，而且我对虫子之类的生物也并不反感，田野里到处都有这样那样的虫子，它们大大小小、形形色色，很好看、很可爱。跟在祖母身后到田野里去做这做那，使我获得了不少关于动物和植物的知识，比如兔子、麻雀、喜鹊、鹌鹑、乌鸦、天牛、蚂蚱、蜻蜓、蝴蝶、青蛙、蟾蜍、蚂蟥、水蛇、土公蛇、瓷斑蛇以及各种鱼类，再比如猫头眼子、野韭菜、马齿苋、灰灰菜、托栏苗、凤仙花、刺茉苔、地皮菜等，当然还有祖母叫不出名字的，但凡她能叫出名字来的都告诉了我。那时候，我觉得祖母懂的东西真多。祖母并不是为了传授知识而告诉我的，完全是因为实用，即让我区分哪些野菜是可以吃的，哪些是不能吃的，哪些动物是有害的，哪些是无害的。我对土公蛇、瓷斑蛇这种有毒的蛇怕得要命，对水蛇这样无毒的蛇，依旧心生畏惧，因为它长了一副蛇的相貌。

在田野里，我的兴趣点大多只在捉蚂蚱、捕蜻蜓、追蝴蝶上，对挖野菜则不怎么感兴趣，这同祖母带我到田野里来的初衷颇为相悖。但有一件事，我却始终兴致盎然，那就是挖地皮菜。在夏天的雨后，河滩上会长出一片一片的细碎的棕黑色的木耳一样的东西，这就是地皮菜，把它挖回来炒着吃，有一种特别美妙的味道，同我吃过的其他蔬菜大为不同。后来在南京、合肥、上海等地的宴席上，偶尔能看到它被作为一道特色菜端上来。每当此时，我便会想起少年时代的田野，想起田野里祖母的身影。祖母每到挖了满篮野菜之后，便招呼我回家。她依旧一摇一晃地走在前面，篮子有些分量了，使她身子不由自主地往一边倾斜。我依旧蹦跳着走在祖母的后面，两只不消停的手拍打着路边的野草。我永远都能记得祖母穿着的蓝士林布的褂子，黑标准布的裤子。我至今也未弄懂什么叫作标准布，这是那个时候人们对这种布的通行叫法。

夏天的江淮地区极其闷热潮湿，因此每天晚上人们都要洗澡，以除去浑身臭汗，睡个好觉。有时候是祖父给我洗澡，更多的时候是祖母给我洗。祖母先用柴草烧半锅热水，从锅里舀两瓢倒在一只木盆里，再从水缸里舀两瓢凉水兑上，就让我光着腚或蹲或站在木盆里，用毛巾给我擦洗。如果是祖父给我洗，他常常因我的乱说乱动对我进行严厉训斥。祖母给我洗澡的时候，我能听到她因肺病发出的呼噜的喘息声，那时的我并不觉得这有什么奇怪，也没有对祖母怀有怜悯之心，一个少年以为什么都是天经地义、本来如此的，并不能体察祖母当时的痛苦。不仅如此，在祖母给我洗澡的过程中，我还不断地跟她捣乱，不配合洗澡不说，还拍打着澡盆里的水使其四处飞溅，这让祖母感到很累很费事，因此我常常遭到她微弱、生气又疼爱的拍打与咒骂。洗完澡应当是夏天最惬意的时刻，再闷热的天，只要洗过热水澡之后，一下子就会感到舒服了许多。尤其是全身赤裸地躺在乡间的凉席上，虽然有大群的蚊子发起一轮一轮的进攻，但我对奸诈且凶猛的叮咬早就习以为常了。看着天上的星星，听着田野的蛙声，在一种挺享受的氛围中，很快就没心没肺地进入了梦乡。

祖母是在六十多岁时去世的，我后来想，祖母死得早的根本原因可能有不少，其中最重要的是营养缺乏和缺医少药，那个时候不饿肚子就很不错了，至于营养什么的就更谈不上了。其实有一种名为链霉素的药，对治疗肺结核有特效，但这种药在当时既买不起，也买不到，只好任凭病魔肆意折磨。祖母去世的时候我已是十多岁的年纪，还并不能真正理解生与死这个重大问题。但我看着祖母两眼紧闭、脸色苍白，直挺挺地躺在那里，一身漆黑寿衣下的她轻飘飘的，似乎没有一点分量，让我感到异常的陌生。这就是我的祖母吗？这就是给了我那么多温暖和唠叨的祖母吗？祖母那紧闭的嘴唇再也不能唠叨了，就这么永远离我而去了！我听到我的母亲与婶婶、姑姑们的哭诉，那一刻我很吃惊，她们的哭诉竟然既像哭，又像号，还像唱歌，有腔有调、婉转起伏。我感觉我们家像突然陷入了万劫不复的境地，恐惧与悲伤交织的泪水夺眶而出，不过我不敢走过去靠近祖母的遗体，也没有号啕大哭，只是在心中进行着某种无声的默念，觉得那样才不会惊醒祖母，才是对她最好的祭奠。可我仍然为自己这种有些不激烈的态度感到惭愧，为什么自己做不到像女性长辈那样哭天抢地呢？后来我发现，哭丧也许只是一种程式，男性多以一定的哭腔或叹气来表达悲痛；而有的女性晚辈也有一定的表演成分在其中，在表达某种悲情的同时，也是哭给别人看的。假如不哭得像模像样、有声有色，甚至是死去活来，恐怕是说不过去的，容易被人指责为没有感情。所以即便是那种彼此视若寇仇的婆媳关系，在婆婆过世的时候，媳妇竟然也有哭天抢地的。不过哭号本身的确渲染了悲伤的气氛，使亲人的辞世成为一桩令人倍感沉痛的大事。

亲爱的祖母被埋在了我们家的祖坟里，我在故乡时或从外面回到故乡时，都会去看望她，按风俗烧上纸钱、燃放鞭炮。我的祖母留给我十分清晰的记忆是她很像电影中一位常演母亲形象的老演员，因此我对那位老演员有一种特别的好感。有几次，我把此类的影片找出来看，企图重温一下祖母的形象。然而看过之后，又在心里感到某种似是而非的迷茫。祖母的坟上如今长满了她教我认识的那些野草野菜，时不时还有蝴蝶、蚂蚱之类的昆虫在旁边飞来飞去。

# 父亲的三八大盖儿

我第一次看到真正的枪，是在父亲那儿。那时候父亲是村里的基干民兵，不仅如此，他还担任过大队民兵营长这种当时在我看来很了不起的职务。有一天，他背着一根长长的、油亮木棍包着钢管的东西兴冲冲地回家来，显得很不同寻常。我定睛一看，确认那是一支真正的枪：三八大盖儿，我便一下子两眼放光地呆住了。那时我只有六七岁，无数次在打仗的电影里看到过枪，并且能叫出一系列枪的名字。我们小伙伴做游戏时，用木棍之类的东西制作了不少形状各异、粗糙不堪的假枪，玩得也挺开心，但却从没见过这真家伙。

但父亲却不允许我动他的枪，他表情严肃地对我说，这可是真的枪，要是走火伤了人可不得了。我眼前立刻浮现出从电影里看到的各种各样枪响人完蛋的镜头，知道父亲的话一点儿也没有吓唬我的意思。我们在做游戏时不是还模仿过枪声一响应声倒地的动作吗？父亲不让动他的枪，我就远远地看。看父亲把那杆枪神气地背进背出，看他把枪熟练地拆开来擦擦油再装上。父亲虽然个头儿不高，但把那杆真枪背在身上时却显得很神气、很高大、很了不起。这使我相信男人是很需要有一种与之相匹配的配饰的。有时，他擦完枪后，把它平端起来，眯起眼睛，透过窗户向外瞄，并不时地拉拉枪栓，扣扣扳机，枪机发出清脆的吧嗒声，很有点电影里的游击队或武工队的味道。我看着羡慕极了，这是真正的瞄准和击发，虽然枪膛里没有子弹。我们用木头枪瞄准纯粹只是一种象征性的比画，绝对找不到这种感觉。我想父亲瞄准的是房屋后面那棵榆树树干，或者是树冠上飞来飞去的乌鸦、喜鹊、麻雀和一种在我们家乡被称作“沙和尚”的鸟儿。这些鸟儿好像知道父亲枪膛里空空如也，奈何不得它们；或者根本就不知道屋里有一个黑洞洞的枪口正毫无阴谋地瞄准它们，因此在槐树、柳树和榆树上，依旧十分放肆地喧哗。

父亲下地干活时并不总带枪，常把它挂在家里的墙上。那时候世道安宁，屋门终日开着，却并不担心把枪弄丢了，这在今天是难以想象的。父亲不在家时，我便盯着挂在墙上的枪贪婪地看，觉得这个钢铁与木头制成的东西真是太好玩儿，太有诱惑力了，就是这么看着也是一种享受、一种满足。开始时，尽管心里如猫抓似的着急，我也严格恪守父亲的规定，绝对只看不动。但到后来怎么也控制不住好奇心，就壮着胆子，踩着木凳，把枪从墙上拿了下来。令我大为吃惊的是，那枪竟然那么重，差点儿使我连人带枪摔到地上，我使劲挺了几挺才勉强站住。一个六七岁的孩子，怀着兴奋、恐惧甚至小偷一般的心情，第一次接触一杆七斤左右重的真正的枪，的确有点非同小可，慌张是不可避免的。

庆幸的是，虽然我踉跄了几下，枪竟然被我稳稳地拿住了，准确地说是被我紧紧地抱在了怀里。但我的心却在拼命地跳，汗也出了一身。我想要是把枪摔出个好歹，挨父亲一顿痛打肯定在所难免。当然麻烦可能还不止这些。但持枪在手的我，顾不得再想那么多，只是一个劲儿地把枪拿在手里反复端详。我此时才看清楚，这应该是一支旧枪，有些地方已经磨损得很厉害，感觉它就像一个上了年纪的老头。

当时我不知道这枪怎么会是旧的，现在我想它一定是从正规部队退役后，配发给民兵训练和战备用的。尽管枪有些旧，但被父亲擦得锃亮，透着令人喜欢的光泽。我闻到一股浓重的枪油味从枪体里散发出来，那是一种令我十分陌生却又兴奋的气息。我觉得这种味儿好闻极了，枪嘛，似乎就应该有这种不同寻常的味道。

我使尽浑身力气，像父亲一样把枪举起来瞄准。但我根本不知道什么叫三点成一线，加之我又手无缚鸡之力，枪在我手上如有千斤重，直摇晃，就像一条游动不已的蛇。窗外正有两只“沙和尚”在叫，叫得既欢快又猖狂。这些家伙平常是我们小伙伴们喜爱又觊觎的对象，总是想弄下它们来养着玩玩。今天我是多么想用这杆真枪把它们打下一只来，还不能真的伤着它们。但“沙和尚”总在不停地跳来跳去，似乎存心与我作对，因此我的枪口根本就无法做到同“沙和尚”的身影重合。当然即使我能够瞄得很准，枪里没有子弹也是徒劳。于是我只好放弃尝试，把枪管搭在凳子上，从枪口到枪托仔仔细细、津津有味地看起来。

看着看着，我忽然对枪膛感起了兴趣。通过多次的观察，我已把父亲拆枪装枪的动作记得烂熟，现在我也应该试着拆拆看。但这讨厌的枪并不听我的话，枪栓像是锈死了似的，任凭我搞得满身是汗怎么也拉不开。就在我黔驴技穷准备放弃的时候，那顽固不化的枪栓竟奇迹般地被我拉开了。我激动万分、好奇无比地往枪膛里面看去。我觉得那里面深极了、神秘极了。我想就是靠这么一个结构复杂的地方，怎么就能把子弹打出去，并且打老远，可以打死人和别的什么活物呢？我把枪口调过来，放在眼前往枪膛方向看去，圆圆的枪口后面是一圈圈膛线，再后面便是枪膛了。我想扣动扳机时，子弹就是从枪膛向我看的这个方向飞过来的。我不知道这杆枪究竟有没有上过战场，有没有人死在枪口之下。凭它这副身老体衰的样子，我想它一定上过战场，也一定打死过人。一想到这杆枪可能打死过人，我忽然有点儿紧张起来，赶忙又踩着木凳把父亲的枪挂回了原处。

枪是挂回了原处，但枪膛就那么一直敞开着，因为我没有力气也没有办法再把它合上了。父亲回来后立即发现了这一点，他确认没有发生损毁性的问题时，一张瘦削的脸板成了冬天，很严肃地警告我要是再动他的枪一定轻饶不了我。父亲又劝慰我说："别急，等你将来长大当上基干民兵，枪保证有你玩的。"我无条件地接受了父亲的忠告。倒不是我多么听话，多么安分守己，关键在于那杆看起来很好玩的枪，在墙上被父亲挂得更高了，我够不着了，再说它对于当时的我也有些太重了。

我并不理解父亲拥有枪的意义。据我观察整个村里有三杆枪，而且都是清一色的三八大盖儿。拿枪的人都是村子里政治上最可靠、行动最积极的人。他们常常集中起来去干什么，而且晚上出去的次数为多，从表情上看，显得神秘和神圣得不得了。据我现在推想，他们也许就是在村子周围巡逻，或者同别的村子的民兵一起，搞一点儿演练之类的事情。那时蒋介石之流瞎吵吵要反攻大陆，我们安徽那个地方离东南沿海也不算太远，似乎大意不得。当然更为可能的是要培养人们全民皆兵的意识。我看着背着枪的父亲一次次悄无声息而又兴致勃勃地消失在夜幕之中的时候，感到他们虽然不像我们玩打仗游戏时大呼小叫、惊天动地，把场面搞得很热闹，但那才是真正持枪者该有的气派。

在我的印象中，作为基干民兵或作为民兵营长的父亲，从没有抓到过一个坏人。他的老掉牙的三八大盖儿始终像是一件摆设，没有发挥过什么作用，他也从未有过什么可圈可点、值得称道的举动，但父亲却一直把这件事做得很认真。比如他喊过口令带过队伍，雄赳赳地去执行什么任务。父亲喊口令的气势还是有一点的，但水平并不高，枪也背得并不是很标准，我敢肯定都不如正规部队里一个最差的班长。

记得有一天，他把我们这些孩子集中起来，带领我们唱歌喊口令，一副很卖力气的样子。那杆枪正被他很神气地背在肩上。他那种认真的劲儿和那杆枪同时吸引着我们的注意力。那一刻我很骄傲，也有点崇拜父亲。我想象如果有仗可打，父亲起码可以当个出色的游击队长。

父亲有一天背着枪从外面回来，很诡秘地冲我笑笑，问我要不要一样东西。这种表情父亲是很少有的，有了这种表情，说明事情一定很有趣，因此我不假思索就说“要”。父亲伸平粗糙的手掌，两枚黄亮亮的弹壳整齐地躺在上面。我一把就把它们抓了过来，紧紧地攥在手心里，好一阵才松开手，放在掌上掂着玩儿。这又是我从未见过的东西，当然使我喜不自禁。父亲骄傲中带着几分遗憾地告诉我他参加打靶了，三发子弹只中了两发，这枪的准头到底是差了点儿。

父亲又开始擦他的枪了。在父亲擦枪的过程中，我不厌其烦地玩那弹壳。我看到弹壳被撞针在屁股上捅了个深深的眼儿，整个铜质的弹壳都泛出一点淡淡的红黄色，只是在颈部有弹药熏出的黑色。我有点儿弄不懂这子弹用什么力量把弹头送那么老远的。子弹飞那么老远，这弹壳居然还完好无损。我看着空空如也、里面黑洞洞的弹壳有些出神，却始终也没弄明白。但这并不影响我对弹壳的浓厚兴趣，于是我用手擦了擦弹壳上硝烟的黑色痕迹，把它贴在舌尖上，憋足了气猛吹了一下，弹壳竟发出尖厉的属于金属的哨音。我乐坏了，赶快奔出门去，一路跑，一路使劲地吹着，向我的那些小伙伴炫耀。这哨音几乎把我所有的小伙伴都吸引了过来，他们的目光里充满了好奇和羡慕。我得意极了。有一个跟我十分要好的小伙伴见我有两个弹壳，想要其中的一个，这我如何能愿意？便断然拒绝了他。为此，他好多天都不搭理我。但那时的我绝对认为友谊轻于弹壳，根本不把他的感受放在心上。晚上，弹壳被我细心地藏在枕头下面或衣兜里面，或紧紧地握在手心里入睡。那种硬硬的金属的感觉，真是太有意思了，能让人把觉睡得很香甜、很充实、很安定。

我记不清那两枚弹壳是什么时候丢的和怎样丢的，我同样也记不清父亲的三八大盖儿是什么时候上缴的。当我发现这一点时，我的衣兜早已空了很长时间了，墙壁上同样也早已空了很长时间了。没有了枪的父亲却很平静，好像什么事都没发生过似的。也许在他那个年龄，有没有枪对他是无所谓的，他已经过了热衷于舞枪弄棒的岁数。再说即使他喜欢枪，那时已经不再是兵荒马乱的战争岁月，不需要他拥有枪了，他只得把它心疼地上缴了。父亲是个很温和的人，外柔而内刚，在我的印象中，他从不和人争执什么，也从没有同人恶语相向。因此没有了枪，他一点儿都不觉得有什么不自在、不正常。也许，生活在和平之中的人们，会感到枪是一种提醒，除了军人，谁会把它当作年年月月天天过手的把式呢？以农为本的父亲，虽然在我们的程桥人民公社和生产大队兼有职务，但扶犁拽耙才是他真正的本行。不管如何，反正父亲没有了枪。

父亲有枪这件事本身，对我的影响十分深远。后来，我参军了，把一生中最美好的时光献给了军营。虽然使我长时间留在部队的原因是多方面的，但要拥有比我的父亲那时候更棒的枪，当一个真正意义上的军人，可能早就存在于我的潜意识中了。在我入伍之后，我对所有摸过的兵器都玩得并不在行，主要的时间和精力以及自己的才能都放在了舞文弄墨上，但我还是不能抹去所有生活轨迹中，父亲的三八大盖儿给我留下的某种尚武精神的痕迹。因此，在我的军旅生涯中，无论是接近兵器，还是捉笔为文，都忘不了老家墙壁上曾经悬挂着的父亲的三八大盖儿，犹如油画静物一样的图像。

对了，顺便补充一句，那种被家乡人称作“沙和尚”的鸟儿，实际上就是灰喜鹊。在我今天住处附近的林子里，经常能看到它们飞来飞去的身影，聒噪不已。

# 母亲的煤油灯

小时候，当我半夜被尿憋醒，准备起床撒尿的时候，抬头常能看见母亲还在昏黄的煤油灯下做针线活。煤油灯如豆般跳动着的亮光，把母亲专注的、那时还算年轻的脸庞照亮。乡村的夜晚往往非常宁静，母亲纳鞋底抽拉麻绳或丝线的刺啦刺啦的声音，常常显得很响亮。我在这声音中睡去，也在这声音中醒来。

那会儿，除了参军的二叔汪玉清一直在外，大姑汪玉华嫁到北边不远的大唐刘村，祖父祖母，父亲和另外两个叔叔都还没有分家，只比我年长十岁的老姑汪玉兰还小，算起来也是热热闹闹一大家子的人。这么多的人最难的事是什么呢？就是吃和穿，而全家人着衣穿鞋的针线活，大都要靠母亲来承担。作为汪家的大儿媳妇，母亲做衣做饭似乎天经地义，责无旁贷，必须率先垂范，任劳任怨。更主要的是，母亲的针线活在妯娌们之间，甚至是在村子里的女人们中间，都是有口皆碑、首屈一指的。于是多数的针线活、家务活，就自然地落在母亲一个人身上，这其中既符合能者多劳的铁律，也不乏母亲捍卫荣誉的激情。

对于任何一个人，什么东西最重要？除了平常讲的面子，就是身上衣、头上帽、脚上鞋，而所谓的面子也往往与鞋帽穿戴密切相关。从这个意义上讲，母亲肩上的责任就关乎汪家的脸面，因此这份责任显得格外重。须知，母亲每天都是要下地干农活的，像所有的乡下女人一样，去地里劳作挣价值不高的工分。把地里的农活干完，一身疲惫地回到家里后还要做菜做饭，填饱全家人的肚子，并且把锅碗瓢盆洗洗涮涮收拾停当。之后，才能利用“业余时间”去做针线活——这种更能体现女人本事和角色特征的事情。

母亲做针线活的时间一般分为两种，一种是在下雨天。江淮流域一年一度的梅雨季节几乎雷打不动，总在某个时间如约而至，下起雨来像是天空被捅漏了一般，或狂泻如注，夜以继日，或轻纱曼舞，密不透风。人们即使戴着斗笠，穿着蓑衣，打着赤脚，也无法下地干活。男人们借此机会，集合在生产队的一个大屋子里，搓绳、选种、修农具。一刻也不闲着的母亲，就会在自家的地上、床上、桌上，铺开一家人的被褥衣服，缝缝补补、钩钩连连。虽然因为穷，每个人也没几件衣服，但放在一起也是一大堆。或者，母亲同婶婶、姨娘、邻家的女人们，凑在一起边做针线活，边拉家常，边比谁的手艺好。从早上开始忙起，不知不觉天就黑了下来，下雨天比晴天要黑得更早一些。要是放在冬天，白天就更短了，好像还没开始忙天就黑了。

另一种是在夜晚。一年中的三百六十五天都有夜晚，都是母亲做针线活的好时光，因此我不知多少次看到，在夜晚煤油灯下，母亲凑向暗灯、穿针引线的身影。在我的记忆中，那是一个永恒不变的温暖形象，一个昼夜忙碌辛苦操劳的形象。后来，虽然有二十万伏的高压输电线从门前凌空而过，但输电线下我们的村子，仍然用不上电，晚上照明依旧全靠煤油灯。这就跟今天的高铁从一些村庄侧畔呼啸而过，人们遭受噪声的日夜袭扰，却因为这些村庄离两头的站点距离遥远，依然很难坐上高铁一样。而点灯用的煤油属于定量供应范围，因此必须节约着用，母亲常常将灯头捻得很小。我还清楚地记得当时生产队每月发放和领取煤油票的情景，村民们的脸上皆是一种如饥似渴的期盼表情。当时定量供应的还有其他各种日用品，如买粮要粮票，买布要布票，买火柴要火柴票，买肥皂要肥皂票，买食用油要食用油票，等等。其中特别走俏抢手的是全国通用粮票，拿着它可以在全国任何地方买粮吃饭，不至于忍饥挨饿。它的等级要大大高于省里的粮票，因为后者只能在全省范围内使用，显然是有着很大局限性的。不过，那时的村民又有几人能跨省流动呢？说到底只是心理上的差别而已。这种物资紧缺年代的往事，是今天的人们所难以想象和理解的。

煤油的燃点高，适合将其灌在一个小玻璃瓶里，在瓶盖上钻个小孔，装上薄铁皮包着的细纱捻子，就可以用来点灯照明了。这几乎是我的家乡每个家庭主妇度过乡村之夜、打理家务的唯一照明方式。如果没有煤油灯，一到晚上，就黑灯瞎火的什么都做不成了。虽然乡村也有其他照明方式，如传说中的用小磨香油点灯，那是万万不可取的，因为那东西实在太昂贵了，一个小小的灯头，是贫困农家无论如何也承担不起的。又如可以使用蜡烛，但那也照样很贵，一般人家也不敢问津。还有用含油量高的松木，做成筷子状的松明子点燃，但这种材料非常不易获得。人们也使用过马灯和罩灯，都因太过耗费煤油，且调理起来很费事，只有在晚上到农田里做什么，或家里来了重要客人时才会使用。晚上的日常照明，种种方式都被厉行节俭的主妇们坚决放弃，煤油灯便成了经过岁月检验的、节能高效的照明工具。

母亲晚上常常以一个固定的姿势，坐在床头做针线活。劳累一天的她，以这种方式半倚半靠在床上，好在继续忙碌中获得不用费多少体力的休息机会。通常是在靠近床头的墙上钉一枚铁钉，满是油渍的煤油灯就挂在这枚钉子上。点灯的时候，母亲拿出火柴嚓的一声，把煤油灯轻轻点亮，然而又把灯头尽量捻到最小，这样可以最大限度地省油。因此母亲在做针线活的时候，就必须把手中的针线尽量凑近灯头的位置，才能看清楚看仔细。有时候煤油质量不好，或者买来的煤油被人兑了水，灯头就会发神经似的不断跳动；又时常有风从门缝或窗户吹进来，煤油灯会在骤然间被吹灭。这都大大影响了母亲看鞋底上的针脚，或使她难以再将针线活做下去，此时的母亲便会发出几乎是无声的诅咒。

我经常是在做完作业后，在母亲身边躺下来，看着她低头做针线活。她是那么专注，那么用心，感觉比我做作业认真多了。她有时会停下来，用手比画尺寸；有时会用针在头发上划那么几下，让发际的油脂润滑一下手中的针，好使缝衣纳鞋能顺溜省力一些；有时母亲会长叹一口气，恨恨地唠叨着什么；有时母亲还会让我猜谜语："枣核尖，枣核长，个头虽很小，能装三间房。"我故乡把猜谜语叫作"破命猜"，在我印象中，这种"破命猜"有好多，也算是一种常见的乡村文化游戏。母亲的这个谜语的谜底，就是彼时正放出微光的灯头，第一次我并没有猜中。后来母亲又说了几次让我猜，自然就猜中了。也许母亲早把曾经让我猜谜的事给忘了，或者母亲只有那么些知识积累，也可能是为了打发夜晚漫长的时光，才给我重复地出这种"破命猜"的题目。不过面对母亲的出题，每次我都装着不能立刻猜出来，而是经过思考一会儿才猜中的样子，这可能让母亲感到很开心很满意。煤油灯不仅散发着一种有些呛鼻的味道，而且在煤油燃烧过程中，会生出一股淡淡的、长长的黑烟向上飘去，时间一长，墙上就被熏黑一大片，看上去像一只巨大的黑色的火把。母亲有时做针线活儿能做到大半夜，脸上和鼻孔都被熏黑了，这使母亲身上总有股煤油味儿。

后来母亲告诉我，大约在她十六岁那年，一支新四军队伍从她的娘家张桥村经过，一个干部模样的人看母亲是个聪明伶俐的女孩，便要母亲参加新四军队伍。当时的母亲也有点动心，但可能是兵荒马乱的缘故，她颇有些家产地产的父亲与母亲却没有同意，不放心自己年纪还小的女儿去当兵打仗，母亲因此没能参加新四军。我不知道这里面是否存在阶级立场的问题。对此我颇为感慨，要是真的参加了新四军，母亲就可能完全是另外一种命运了，如若不在战斗中牺牲，解放后说不定就成为人民军队的军官或国家的干部了，不用受农家劳碌之苦了，更不用为一个农家点灯熬油做针线活了。她自然也不会嫁给我的父亲了，在这个世界上，也不会有我的出现了。一个人瞬间的选择似乎是不经意的，却会深深地影响和决定一生的命运。所以我有时不禁会思考这样的一个问题，即一个人来到世界上，既有其必然性，真的也有很大的偶然性。

还有件令人费解的事情，母亲和她的亲大姐，也就是我的大姨，居然共用着同一个名字：张开英。离过婚又再婚的大姨，用乡村的标准来评价，绝对是个很漂亮的女人，起码在我看来，比我母亲要好看一些。因为生活处境困难，她从别的地方迁到了我们村子里。人们为了区分她与母亲，便把大姨称作大张开英，管我母亲叫小张开英。在生产队的记工分的本子上，也是这么明明白白地写着，而她们俩似乎对此并无不适之感。这是一种真正的共名，同世上许许多多同名者是不一样的，那是在不同空间、时间无意识撞上的。而我母亲与大姨的共名，似乎是绝无仅有的，其中一定有其特殊的原因。这谜底或许只能到我的外公外婆那里去寻找，但当我对此开始注意的时候，他们早就不在人世了。我没有对此深探究竟，也没有询问过母亲和大姨，当时可能觉得那是一种冒犯。在平凡普通得如同一棵荒原上的草芥的乡村，仍然有不少对于我而言像谜一样的东西存在，但我时常选择不去寻根究底。

据说，母亲还有一个很了不起的举动。在我的大妹妹守玲与相差十岁的小妹妹守芬之间，母亲还生过两个男孩，但都没有存活下来。

在生下守芬之后，母亲不知是因为伤心，还是不胜劳烦，到县医院做了绝育手术，成为我们县第一例做此手术的女人。那个时候国家还没有实施计划生育政策，而母亲完全是主动作为。虽然这算不上什么惊天动地的大事，但我仍然觉得母亲真的有点不简单——敢在自己身上动刀子。一个平凡普通的女人，对自己也是够狠的。

夜晚，煤油灯依然如豆般地亮着。在母亲的身边，我与灯头对望着，感到它像一只明亮的小眼睛在看着这个农家的夜晚，看着我辛劳的母亲，也看着无忧无虑的我。在母亲做针线活的时候，我经常长时间地盯着煤油灯光中的母亲看，看母亲的一举一动，看母亲的身体在房子里的巨大投影，心里常常好感动。我有时会问母亲，明天还要下地干活，你不累吗？母亲轻轻地说“不累”。灯里的煤油在微光下一点点减少，直到灯干油尽的时候，母亲才脱衣睡觉。当时我想，要是有什么办法把母亲的影像拍下来该有多好。后来我又想，我要是个画家尤其是个油画家就好了，一定要把母亲的这个形象画出来，使她成为一个永恒的影像。我在看俄罗斯或西方油画中的母亲形象时，总一次次地产生这样一种深深的遗憾与冲动。

就是在这乡村一夜又一夜的单调重复中，母亲做好了全家的衣服和鞋子。虽然都很简单，拿今天的标准看，甚至可以说是非常的土气，但毕竟可以使全家老小在夏天不至于赤身露体，冬天不至于挨冻受寒，春节还能穿上一两件新衣、一两双新鞋。母亲做的新衣裳总是很合我的身，我会穿上新衣裳浑身是劲地到处疯跑，或者在同学和小伙伴面前显摆。母亲做的新鞋就不那么令人舒坦了，一开始穿上去会感到很紧，挤得双脚生疼，影响走路，只有在穿了一段时间之后，布帮布底的鞋子才逐渐让我感到舒服一些。那种被新鞋挤着的疼痛，至今想来仍可让我感受到一种令人记忆犹新、倍感温暖的母爱。

我现在的衣柜里，还存放着母亲来北京帮我看孩子时纳的鞋垫。

那是母亲离开北京返回安徽之前，一口气给我做的十几双鞋垫，说是让我留着慢慢穿。当然，母亲给我做鞋垫的时候，用的不再是煤油灯，而是明亮的电灯，或者干脆就在大白天、她的孙子孙女上学之后，轻轻松松地做。母亲做鞋垫的姿态和神情，让我想起煤油灯下做针线活的那个经典的母亲形象。我今天在寻找衣物时，偶尔翻到母亲给我做的这些鞋垫，便情不自禁地拿在手里端详一会儿。那上面的针脚绵密而整齐，像尺子量好似的平直匀称。母亲纳的鞋垫穿起来也非常舒服，而且一直到被汗水浸黄、被脚趾磨烂，露出里面一层层其他布料，都从来不卷不皱。而我从外面买来的各种材质的鞋垫，即便是价格不菲，不知为什么，穿不了多久就会皱成一团，硌得脚掌很难受。我不知道这买来的鞋垫质量究竟差在哪儿了，是技术原因，还是用心问题？

后来我的家乡装上了电灯，回到家乡的八十多岁的母亲，连孙子媳妇都有了，她的眼神依然很好，却不用再做针线活了。现在的乡下人穿鞋穿衣，都直接到城镇去买现成的，旧了破了扔了了事，很少有人会自己费力气地剪裁缝补。

如今，母亲带着一生的操劳、一身的本事，离开了我们。但母亲在煤油灯下做针线活的情景，成为定格在我心中永远的画面。

# 大哥的二三事

大哥守坤中学没读完就辍学了，可能觉得上那些枯燥的数理化课程，没有太大意思，后来改去上了凤阳农校。这一改，决定了他一辈子的命运。他从农校的兽医专业毕业后，跟着一位高姓兽医学徒。这位高兽医我见过多次，是一位面孔黧黑、很有风度、和蔼可亲且医术不错的长者，与之相处令人肃然起敬。不过真应了那句古话，教会徒弟饿死师父，大哥与他业务范围重叠，人们越来越多地请大哥给家畜看病，请高兽医的人则越来越少。这一来因为随着年纪的增长，高兽医腿脚越来越不方便；二来大哥在医术上逐渐超过了他，这自然让师父非常郁闷，偶有牢骚话传到大哥耳朵里。不过知恩图报且心怀歉意的大哥，不仅时常包上一些红糖点心等去看望师父，而且对人们的邀请故意拖着不去，把活儿让给师父。最终师徒俩仍然保持了较好的关系。

大哥有时有点儿当哥的霸道作风，他觉得他的守坤之名不是很好，认为我的守德之名也不太好，于是同我商量，想把他的守坤的“坤”字改为“昆”字，把我的“德”字改为“仑”字，合起来就是一个词：昆仑。他说中国有个大山叫昆仑山，听起来很有气势。我被他说得有点儿动心，觉得这个意思还真不错。但我从内心却不喜欢这个“仑”字，因为我莫名其妙地把它同车轮的“轮”字联系起来，似乎并不好听，还不如“德”字呢，犹豫再三后表示不大同意。大哥的脸上露出一副深表遗憾的样子，似乎一个好主意竟未被理解和采纳，实在不可思议。不过他并没有为难我，这事也就不了了之。

作为亲兄弟，我和大哥的性格和爱好截然不同。如大哥有两大爱好，我压根不感兴趣：一是养狗，二是种树。用今天的时尚标准来衡量，大哥的这两种爱好都颇为现代。在当前的任何一个城市，都有为数众多的尊男贵女，抱着、牵着各种名贵的狗招摇过市，而且边走边亲切地呼唤着能酸倒人牙的昵称，颇有千娇百宠之感。从直观感受而言，狗的数量大概快超过人的数量了。树这种植物在城市的空间里，更是有着无可撼动的崇高地位，大树小树都被有关部门登记造册列入档案，这使树木得到了法律意义上的最好保护。钢筋混凝土造就的高楼林立的坚硬城市，变得越来越绿树成荫，也越来越柔媚动人。

毫不夸张地说，大哥对于养狗的兴趣和热情，同现代城市的爱狗一族相比，有过之而无不及。他常常不知从哪里抱来一条小狗崽，黑的、白的、黄的或者花的，然后充满无限怜爱地一点点把它们精心养大。即使在生活比较困难的时期，他也常常舍得把碗里的饭菜，拨到一个小碗里给狗吃，甚至宁愿自己饿肚子，也要把饭菜省下来喂狗。大哥总喜欢有事没事地揪揪狗的耳朵，摩挲摩挲狗的皮毛，做着各种友好爱护的动作。这时在狗的脸上，会表现出一种无底线的媚态，及享尽人间清福似的舒坦。狗是非常喜欢奔跑和善于奔跑的动物，大哥于是从狗还是小狗崽开始，就带着它们在乡间的小路与田野上疯跑，去追逐野兔或野鸡。大哥作为少年的英俊姿态，狗作为犬类的优美神态，也都只有在奔跑时才更加展露无遗、动人心弦。

大哥外出时经常会带上狗，这时的狗四肢触地，尾巴摇动，完全是一副舍我其谁、又深懂感恩的出征架势。大哥带着狗风尘仆仆地归来时，狗哈哈哈地吐着带有黏液的舌头，那股欢实劲儿简直无法形容，活脱脱像个凯旋的战士和功臣。如果大哥哪次外出没有带上它，它就会情绪低落，坐立不安，进进出出，六神无主地不停折腾，嘴里不断地发出嘤嘤嘤的怪叫和呻吟，以此明确表达其深深的不快与愤懑；或者是愤青式地卧在地上，不停地用尾巴敲击桌椅；再就是脑袋紧贴地面，专注地谛听外面的动静。当大哥回来时，它能准确迅速地判断出来，随之一跃而起，奔出门去迎接大哥，并且毫无廉耻地一下子扑到大哥身上，用长长的舌头舔大哥的脸或手。这通人性的畜牲，一点儿也不掩饰自己的情感，那股亲热劲儿像极了久别重逢的恋人。

在我们这个家庭里，似乎只有它和大哥才是真正的朋友，它也只对大哥抱持最为忠诚的态度。大哥对狗的指挥，可以说是到了得心应手、人狗合一的地步。狗也只听大哥的指令，无论大哥表达了什么意思，狗都能执行得非常及时且准确。我想这不仅在于狗是一种智慧的动物，也在于它完全感知到了大哥对它的喜爱和呵护，以及大哥身体与语言所传达的各种信号。我虽然对狗有些漠然甚至讨厌，但看到大哥对他的狗比对我这个兄弟都亲，心里还是免不了有些嫉妒。这狗见了我则是一种爱搭不理的神情，没有表现出哪怕是丝毫的亲昵。也许它知道我对它的冷淡，或是因为我并没有丢过什么好吃的东西给它，它当然没有理由也没有必要对我表现出应有的热情。

大哥开始养狗的年龄，可能是在十多岁的时候，还处在少年轻狂的人生阶段。我不知道在狗的身上，是不是寄托着他的某种好恶。说起来大哥是个嫉恶如仇的暴脾气，路见不平时不管你是谁，都要像鲁智深似的亮出禅杖舞动一番，因此在村子里既受到夸赞，又讨人嫌。他的这种性格并没有随着他年岁的增加而有任何改变，在他的人生之路上可以说始终如一，爱他的人把他当成行侠仗义的铁哥们儿，恨他的人有点怕他说话不留情面，背地里用恶毒的话咒骂他。大哥养的狗大多长得个大体壮，凶猛异常，对于外来的人常常凶相毕露，对村里的熟人却能低眉顺目，这也许是它们在按狗性狗道忠诚地履行自己的职责，这恰恰又是我所不喜欢的。因为我曾很多次孤身一人经过别的村子去上学，去走亲戚，常有狗大老远地狂吠着，甚至不分青红皂白地追过来试图咬我。这使我一个少年郎对狗的这种习性，对狗的凶恶形象，甚至对整个狗类，在潜意识中都产生了挥之不去的、深深抵触的情感。所以生活在北京这个大都市里，很多被人们豢养的狗虽然并不咬人，但我对狗以及它们的主人，都有种无法改变的拒斥感。

大哥酷爱种树可与他酷爱养狗等量齐观。

我的家乡既不是山地，也不属于平原，是一种称作岗坡地的地形。按理说自然条件还是很优越的，温暖的气候和充足的雨水，使什么样的大树都可以长得出来，但事实却是像样的大树难得一见。房前屋后，沟边路旁，坟茔地头，只生长一些不成材的低矮杂树。刻意种下的树能长到碗口粗就算相当命大的了，那也被早早地砍来做盖房用的檩子，或者做扁担和锄把了。这类岗坡地之所以长不出像样的树木，就是因为它们还来不及成为参天大树，就因为人们的贫困与贪婪，以及当地生产和生活资源的匮乏，丧命在锋利的刀斧之下了。

大哥有着令我赞叹的植树激情，常常是在春天刚刚来临的时候，他就不知从哪里弄来一捆捆小树苗，在我家的房前屋后，挖出一个个小坑，细心地把它们栽下去。通常都是他一个人在忙乎。他一只手把树苗放置在小坑的中间，另一只手用铁锹往坑里填土，待填好土踩实后，再从池塘提水来浇，这些树就算栽下了。我对大哥栽树也并不太感兴趣，但我可能在一旁观看，一点儿上前帮忙的主动性也没有。只有在大哥的命令下，我才会不太情愿地来帮忙——扶苗、填土、灌水。有了我打下手，大哥栽树的速度就会有所提高。我感觉大哥不仅狗养得好，还是个植树造林的能手。在帮忙的过程中，我也会想象这些树长大后，我们家的房前屋后浓荫蔽日、小鸟鸣唱的情景，心里多少还是有些期待的。

大哥种下的都是一些极为普通的树种，如槐树、柳树、杨树、梧桐等。栽下这些树后，他天天去看，常常浇水，因此它们很容易就成活了，春天发芽，夏天里就长出满树的绿叶。我感到大哥在栽树这件事上，很有灵性，虽然树不像狗那样，对大哥百般殷勤，但三年五年下来，就有点不同凡响，绿树成荫则是可以想象的了。但这些树却不容易长粗长大，很快就被人明着暗着砍去，派作各种各样的用场了。似乎我们那个地方的人见不得有大树存在，只要一看见它长到一定粗细，就觉得已经成材了，于是就心里痒痒，忍不住生起杀伐之心。到如今，在少树的故乡，树仍然是个难以发展壮大的悲剧性角色。

不过大哥却并不气馁，每年春天仍旧坚持栽树。我被大哥所带动，也多少被激发出一点栽树的兴致，但却并不深谙栽树的科学常识，这使我招致了一次失败且很有挫败感。那大约是在一个初夏，我同大哥一起，截来一根根拳头粗细的柳条棍，要把它们插在池塘边。我截的柳条棍上面还带着新鲜好看的枝叶，大哥说你必须把所有的枝叶全撸光，只留一条光棍它才能活得下来，因为这活着的叶子会消耗养分，而没有根的柳条棍不可能供给叶子充足的水分与营养，它也一定是活不了的。我看着依然新鲜的枝叶有些舍不得，一心想着让这柳条棍带着叶子成活，因此并没有听进大哥的话。我插在泥土里的柳条棍，当晚依然保持着新鲜模样。我还有点得意地看了看大哥，意思是说“你看怎么样？这不是好好的吗？”大哥则面无表情，根本就不打算再同我讲道理。第二天早上起来一看，那枝叶差不多还是那么新鲜，我就更坚信了自己的主张和判断。但经过太阳一天的曝晒，到了傍晚，所有的枝叶全都耷拉了脑袋，原本新鲜的枝叶差不多成了一缕缕干草。

而大哥插下的柳条棍于几天后，陆续冒出了茁壮的柳芽。在事实面前，我被狠狠地打了脸。从那时候起，我隐约懂得了事实胜于雄辩这个道理。

今天的老家房前屋后，长着一些七高八低的树木，但依然不是很粗很壮，树龄看起来都不会超过二十年。令我倍感吃惊的是，在大哥的老屋门前居然长了一棵高大的棕榈树。不知大哥是从哪里弄来的这种树的树苗，它长在故乡的那片土地上，堪称独一无二的存在，显得异常另类和奇怪。这也许反映了大哥酷爱栽树的爱好，几十年来一以贯之。我始终认为大哥的才能与毅力都在我之上，只是由于种种的不幸与挫折而被埋没了，这棵树似乎就是他命运和处境的象征，倔强、挺拔而孤独。眼下乡村早属于承包责任制，虽然土地所有权仍为公有，但土地上的一切为个人所私有。我希望那些树可以无忧无虑地、不受打扰地长大长壮一些，能为我的故乡贡献更多的绿色。

与共和国同龄、已经七十多岁的大哥，要强而困顿，刚烈而灰暗，有许许多多故事可写，甚至可以用一本书来写，我只是拣两三件最不重要的往事说说，以表达一下作为兄弟的敬意与歉意。对了，大哥前些年就退休了，每个月还可以拿几千块钱的退休金养老。高兴了，他便发挥所长，养猪卖钱，一年下来栏里能出几十头肥猪。听说性子改了不少，不再那么暴烈了，每天一睁眼就去下棋打牌的地方，平静快乐地消磨自己的晚年时光。

# 表姐的婚事

每一个姑娘都是美丽的，出嫁时的姑娘就更美丽。我的表姐秀英出嫁时，在我眼里简直有种天仙般的美丽。

表姐秀英那年出嫁时，我跟母亲去了外婆家，即西北方向三四里地一个叫作张桥的村子。秀英表姐是我二舅的大女儿，她有一个妹妹和两个弟弟，年龄都比我大。现在我已经完全不记得外婆和二舅的模样了，但能记得秀英表姐，以及她的妹妹秀凤，弟弟秀根和秀春，更能清楚地记得表姐出嫁时的情景。

为了表示对表姐出嫁的重视，那天母亲穿了一身很干净很整洁的衣裳，也给我穿了新褂新裤，显得很不同寻常。虽然我当时并不完全明白母亲要带我去干啥，但我却非常地高兴，因为不仅可以出趟远门，关键在于新衣裳不是平常想穿就能穿的，只有逢年过节父母才允许我们穿，一旦节日过了就要脱下来，留着下一个节日再穿。母亲曾经不止一次念叨穿衣经："平时无新旧，出门无好衣。"意思是说平常不分时机、不分场合地把新衣裳穿了，重要的场合就没有有别于平常的新衣裳穿了。因此母亲对我们兄弟姐妹的穿衣问题，往往是很上心且严加管束的。那天随母亲去外婆家，心里别提有多高兴了，我高兴不是因为表姐的出嫁，而是因为可以在不过节的时候，也能穿上新衣裳。

在去外婆家的路上，我陶醉于新衣裳穿在身上的惬意，而并不明白表姐出嫁究竟意味着什么。以往我虽然曾看见过村子里娶新媳妇的热闹场面，但那时候我小小年纪，对人间的婚丧嫁娶这类过于高端的事情，自然是茫然无知的。因此当看到穿红着绿的新娘子，不知从哪里走来，顶着盖头伴着炸响的鞭炮，跨进贴着红双喜和红对联的乡间大门时，我们这些愣头愣脑的小伙伴，心里只有一个念头，就是冲锋陷阵般地去捡因制作质量低劣而未炸响的散炮，再把它们一个个对折掰开来，放在石板上相对着摆成一个圆圈，用火柴或烟头把它们点燃，以观察其火药滋滋喷发的壮观场面，使之产生不同的效果。我们这些小伙伴并不觉得这婚礼本身有什么意思，而在惊天动地的噼啪声中，冒着硝烟去捡那些未炸的散炮，才是真正刺激和有趣的。

去外婆家的这三里左右的路程，在当时的我看来十分地遥远。同行之中还有我的大姨，其实表姐秀英要嫁的正是大姨改嫁的这位姨父的大儿子，在我的家乡把这种情况叫作亲上加亲，而这个即将做新郎的人，和我们家在同一个村子。我们出发的时候接近于傍晚时分了，我和母亲、大姨沿着纵横的阡陌，走过好几道起伏的洼冲，跨过好几条潺潺的小溪。此时，少年的我心情很像田野里的蝴蝶与蚂蚱一样随意地飞上飞下、跳来跳去，不好好走路是那个年纪的我的显著特征，身体里像是被谁安上了无数个弹簧，身上好像蕴藏着使不完的劲儿，所有脚下的水洼、小溪、小坑和田埂等，都是在我蹦跳之中跨过去的。母亲与大姨指着前方不远处的一个村庄说："那就是你的外婆家，我们快到了。"我之前应该是来过的，但在心里好像并没有特别的印象。我抬起头来看，首先并未注意到母亲与大姨所说的我外婆家的村庄，而是看到了作为背景的远处的山峦。它们在斜阳的照耀下隐约可见，像个让人怎么也看不清、猜不透的谜，让我心里微微地一动。我始终非常喜欢山的连绵，喜欢山的朦胧，大概就是从这小的时候开始的，或者我与生俱来就有这样一种天之所赋。

我们到达外婆家的时候已是傍晚。门前挂着几盏红灯笼，照得天地间一片红彤彤的。屋子里到处都是人，他们七嘴八舌、大呼小叫的，洋溢着一派喜洋洋的气氛。很多我不认识的人都来亲切地同母亲和大姨打招呼，母亲也频频让我喊这个人舅舅，喊那个人舅妈。人一到了外婆家，仿佛陷入舅舅和舅妈的海洋里了，多得认不过来，这对于我这个口吃的孩子，无疑是个巨大的麻烦。不过舅舅、舅妈们并不计较，甚至还有人很热情地夸奖我。至于当时他们夸我什么，我似乎并不在意，我的注意力主要放在桌子上摆放的一些很有诱惑力的、看上去花花绿绿的应该能吃的东西上。一个被母亲介绍为舅舅的长辈，顺着我的目光似乎洞察了我的心思，从桌上抓了一把糖果塞进我的口袋，这使我有一种被理解的喜悦。然而我因为心里激动反而变得有些发傻，竟忘了应该叫他一声舅舅，只是咧开嘴冲他美美地笑笑，算是表达对他的感激。

比我年龄稍大的秀春跑过来和我玩，这个一辈子都对我很友好的二表兄，后来参军当了汽车兵，无数次地跑过川藏线。退伍回乡后，仍然当一个农民。他在那个时候一定对姐姐出嫁的事亦无深刻理解，拉着我在人堆里毫无顾忌、撒欢儿似的跑来跑去，高声大嗓地喊这喊那。我觉得这哥怎么这样好玩，我初来乍到的陌生感和局促感，因为他的存在很快便烟消云散了。于是我们俩把舅舅家送嫁的现场，当成了我们俩的游戏场。

我们在追逐打闹的过程中，不经意地闯进了一个房门虚掩着的房间。这个房间一片喜气洋洋的，满眼都是红红的颜色，一个穿着红衣红裤的人侧身向里躺在床上。秀春很大声地喊了一声大姐，在听到我们的脚步声和喊声后，躺在床上的这个人转过身来，依旧以侧躺的姿势看着我们。看来这就是大表姐秀英了。大表姐看了我一眼，轻轻地叫了一下我的小名，说："你也来了？"我点了点头，有些奇怪她怎么会认识我，也有些手足无措地站在离她不远的地方看着她。我隐约觉得她就是今天的主角，因为她的穿着实在是太不寻常了，同我们村子里其他进门的新媳妇如出一辙。这位今天晚上的主角，在众人热热闹闹忙乎的时候，此时倒成了个局外人似的。看来秀春也没见过这种状态下的姐姐，也有些诧异地愣在那里，我更是不明所以地呆呆地盯着大表姐看。这是我第一次这么近距离地看一个将要出嫁的女人，我感到很新奇。在我后来的人生中，经历了许许多多未曾有过的经历，有的是预设的，有的是突然闯入的，面对这些经历的时候，我可能很镇定，也可能很慌乱，我就在这些经历中不断增加着自己的阅历。

我感到眼前的大表姐怎么那样好看，红衣红裤都是簇新的，在灯光下显得格外的鲜艳，映得她的脸红扑扑、亮堂堂的。那时候的大表姐只有十六七岁，正值二八妙龄阶段，青春得像一支鲜艳的花朵。只是她的脸上有哭过的泪痕，眼圈也是红红的。我不知道大表姐为什么要哭，是不是有谁欺负了她，或者是打了她。我不知道其他人都在外面说笑，都很开心快乐，为什么只有她独自一人在这间屋里流泪。

大表姐从床上坐了起来，用手巾之类的东西擦了一下眼泪，忽然又笑了笑。我注意到她两只耳朵上戴着的一对银耳环，在粉嘟嘟脸庞的衬托下，银光闪闪的显得很漂亮。大表姐和我们说话的时候，那对银耳环轻轻地摇晃着，有一些动人的韵致。这给从未见过银耳环的我，留下了非常深刻的印象。我感到它们真是美极了，把本来就算漂亮的表姐映衬得非常迷人。但那时候我并不懂得耳环与女人之间的联系，不理解女人为什么要戴耳环，好好的两只肉耳朵，为什么要钻出两个洞眼，难道不疼吗？后来逐渐懂事时，才明白"女为悦己者容"的道理，才悟出耳环对于女人而言，确实是一种挺重要的装饰。精心设计制作出的首饰不计其数，作为点睛之笔的耳环，的确可以使原本就好看的女人，立刻变得更加好看。大表姐出嫁时留给我的最深的记忆，就是那张红扑扑的脸，以及那对闪着银光的耳环。

很快，接亲的花轿来了，唢呐吹了起来，不少女人走了进来。这些人中，有老有少，除了我的母亲和大姨，还有一些可能是我的舅妈、姨娘、表姐之类等，她们一个个都是满面笑容的，一边劝说着大表姐，一边扶着她在床上坐正，整个过程充满了万分柔情蜜意，又不容商量似的。按照我们当地的风俗，出嫁的女人从床上到轿里的这段路，双脚是不能着地的。我记不清大表姐家的一个什么人，弯腰把她从床上背起来送进了花轿。许多年后，我也是以这样的方式背着我的小妹妹，把她送上来接她的车子。这种风俗未变，但接亲的交通工具由轿子改成了小汽车。坐上轿子的大表姐被抬走了，我听见大表姐在花轿里放声大哭。跟在轿子后面追了一段路的二舅妈等人，也是哭成一片，好像是正在做一件很伤心、很不情愿的事情。我不明白，这样令表姐和二舅妈等人看似很伤心、很不情愿的事为什么还要做，而其他人的脸上，又全都是一副很高兴的神情，我觉得这对大表姐很不公平。花轿抬走表姐的时候，天已经完全黑了。习吹习打的响器班子，把乡村夜晚的气氛营造得很喧闹，特别是其中的唢呐，呜哩哇啦的好大声响，好像它才是这喜事的真正主角。

表姐坐的花轿往东南方向走的路，正是我和母亲、大姨来的路。我借着微弱的天光和灯笼的红光看那花轿，发现它也是红红绿绿的，喜庆热闹得很。载着表姐的花轿，要在高举着的灯笼的照明下，走三四里的夜路，跨过阡陌与沟渠到达表姐的婆家，也就是我们的那个村子。从某种意义上讲，大姐出嫁的距离，同我母亲嫁给我父亲的距离完全相等。大姨既作为娘家人，又作为婆家人，在这边扮演大姑的角色，到那边还得扮演婆婆的角色，随同花轿去那头参加婚礼了，那边才是真正的主场。我的老舅作为送亲的嘉宾，一路护送大表姐过门，到那边接受一生难得的尊贵待遇，顺便享受一下同样难得的酒肉。而母亲和我则留在了舅舅家，二舅妈摆上了宴席招待来恭贺的亲友。我站在屋前的红灯笼下，空望着掩去了大表姐花轿的夜色，想象着她的耳环随着花轿的颠簸，一定在不停地、美丽地摇晃着。

那个时候的婚嫁习俗同今日不同，新媳妇都是摸着黑才进门的，人们把这叫作晚亲，我认为晚亲很符合人们的生活规律，是天经地义的。其好处在于，在噼啪作响的鞭炮声中与柔和的灯光下，青春靓丽的新娘子，会带给人某种朦胧的美感和令人向往的神秘感，并且在闹洞房之后，紧接着的便是新郎新娘的新婚之欢，所有的过程都是一气呵成的。缺点是贺喜的宾客要摸夜路返回，不仅多有不便之处，甚至还可能发生由于饮酒过多，而通宵醉卧野地之事，搞不好会出什么大事。现如今故乡办喜事基本都改为上午了，自然而然就成为早亲了。早亲的不足也是显而易见的，新娘子于光天化日之下堂而皇之地进门，高矮胖瘦美丑都一览无余，没有一点儿想象与遮掩的空间；好处是远近的宾客皆可以早早离宴，于天黑之前安全回家，除了那些过分好酒贪杯之徒。

我和母亲没有目睹表姐的婚礼盛况，于第二天上午才回到家。回到家的母亲和我，专门去看秀英表姐和她的新婚丈夫。满地的鞭炮残屑还散发着硝烟的气息，我为没能加入争抢未炸的散炮的行列而沮丧。表姐一改昨晚的带泪表情，脸上漾出喜悦开心的神色，姐夫从友不高的个头儿、结实的身板，看起来同表姐颇为般配。后来，大表姐成为生产队干活的一把好手，但没想到竟是个脾气火暴的女人，经常因为一些鸡毛蒜皮的小事，白沫喧天地与人吵架。因此大表姐又留给我另一种深刻印象，即她两眼冒火、骂声不绝的战斗者姿态。从一个美丽少女到泼妇般强悍，其间经历了多少生活磨难以及人与人之间的争执，我似略有所知，又似乎不得而知。

一转眼几十年过去了，大表姐与姐夫都老了。那年我匆匆回到故乡又匆匆离开时，见到了已经满脸沟壑、眵目糊眼的老两口，不禁感慨从大表姐花轿进门的那一刻幸福开始，到垂垂老境的今日，她与他生育了两儿两女，这两儿两女也都有了自己的家庭和孩子。在那两张老脸背后，究竟隐藏了多少雨雪风霜和甜酸苦辣？也许无尽的快乐与凄苦始终搅拌在一起，让她与他岁岁年年地品尝。

表姐还平静地告诉我，秀根和秀春都不在了，秀根患的心梗，秀春是喝毒药而死。比较起来，我更愕然于秀春，这位在川藏线不知跑了多少个来回的汽车兵，怎么会选择这样一种激烈的方式来结束自己的生命。从川藏线走一遭是我的梦想，却一趟也没有走过，他却在最年轻的时候，走了那么多趟，这一点令我很羡慕。秀春退伍后继续务农，春种秋收，娶妻生子，小日子过得还是蛮滋润的。有一年我回乡探亲时，他请我吃饭，让他的媳妇为我一个客人做了十几道菜，摆在秋天的大树底下，看起来甚是壮观实惠，散发出家乡菜才有的那种诱人的味道。他嘴里竟还满含歉意地说没有什么好吃的，将就着吃一点儿。他的这种谦逊竟让我不知说什么好。他边频频与我碰杯边对我说："外面虽好但又有多大的待头呢？你要常回老家来看看，让你表嫂继续做这家乡菜给你吃，这些菜你在外头是吃不着的。"这副热心肠真的令我十分感动，可我却没有挤出时间再去看他。究竟是什么事情让他想不开，竟以这种方式了却了自己的生命？面对表姐平静的述说，我既没有也不敢深问，我不想让生活与命运交织得太深的苦难刺痛我。曾经说好了的约定却没有兑现，我只能骇然愧然仰天长叹。

我从大表姐和姐夫苍老混浊的眼神中，仿佛看到了人生的深长与短暂，岁月的苍凉与难测。

# 红鸡蛋与花馒头

当我还是一个刚刚懂事的孩子的时候，特别喜欢看见婶婶、姨娘、嫂子们挺着圆圆的大肚子。因为她们挺着大肚子的时候，无疑告诉了我们这样一个信号——又可以吃上红鸡蛋了。

经常是天麻麻亮，一串鞭炮便突然炸响了。母亲把我从梦中摇醒，说谁谁谁家又散红鸡蛋了。我顿时睡意全无，一骨碌从床上爬起来，趿上鞋一阵风往鞭炮炸响的方向奔去。在熹微的晨光中，有许多同我年龄相仿的男孩或女孩，呼啸着，络绎不绝地向那个鞭炮炸响的地方会集。

这时仍有浓烈的鞭炮的火药味缭绕着，刺激着我们的情绪。我们自觉地排起队，依次接近散鸡蛋人家早已洞开的大门。大门里常点着红蜡烛，虽然看起来比越来越明亮的天光稍微暗淡一点，却透出乡间那种特有的温暖喜庆的味儿。里屋常常传来婴儿毫无顾忌的啼哭声，还有产妇幸福而含混的絮语。一切都是我们所熟悉的那种司空见惯的氛围。

等待散发的红鸡蛋，就放在一个大大的匾子里，即使在昏暗的烛光下，也红出一片诱惑，使我们两眼圆睁，兴奋不已。我特别希望从婶婶、姨娘们大而圆的肚子里，生出来的是男孩。如果那样，我们每个人就可以得到两个红鸡蛋，外加两个细细的白面蒸出的香喷喷的馒头。那馒头上用筷子或蓖麻籽蘸上洋红印的梅花瓣似的图案，鲜艳得令人馋涎欲滴。这是最令人神往、最令人满足的收获。

记得有一天生孩子的是一个远亲，拐着弯子论起来，我应该叫她表婶。看见表叔乐不可支、兴高采烈的样子，我们也立刻兴高采烈起来。我断定他一定是得了个儿子，我们因此也一定可以得到两个红鸡蛋、两个印花的白面馒头了。果然，排在我前面的小伙伴们，每个人都拿到了我所想象的红鸡蛋和白面馒头，并飞一样地跑走了。轮到我时，都没来得及向表叔致一声谢，像抢人东西似的，迫不及待地接过鸡蛋和馒头撒腿就跑，表现得很没出息。红鸡蛋在我的手里温乎乎的，暖着我压抑不住的快乐心情。白面馒头散发出的醉人清香，一阵紧似一阵，撩拨着我的鼻子。我禁不住口水直往外冒，便停下来，低头仔细而贪婪地看那红鸡蛋。用同一种洋红染出的鸡蛋，红得却不同，一个红得很重很匀，另一个却花里花哨的，呈现出一片妖冶的桃红。不过，不管是哪般的红，那圆溜溜的感觉都使我欢喜不尽。

在我小时候，村里的一般人家都把生孩子，特别是生男孩子，视为一件莫大的喜事，即使再穷，也要倾其所有，来进行庆祝。要是生女孩子，好像就差了一点，能散点馒头就很不错了，这种态度对女孩子是有些不公的。这笔开销在现在看来也许算不得什么，在那时候却是相当大方的了。生孩子的人家，希望散尽所有准备好的红鸡蛋和白面馒头，这说明他们的人缘好，人们愿意来共同分享他们添丁增口的喜悦；如果没有小孩子去，或稀稀拉拉地只去了几个孩子，便会觉得脸上很无光，本应是红红火火的喜事，也因此而显得黯然失色。

这种现在看起来很平常的东西，在当时可是稀罕之物，我们会把人家生孩子散鸡蛋，看成属于我们孩子的一种特有的节日。要不是有时受大人之间关系远近的影响，我们愿意要遍每一个生孩子人家散的鸡蛋和馒头。那东西真是太诱人了。我不会独享得到的食物，会把它们拿回来同家人，特别是同妹妹们一起品尝。因为我去了，妹妹们就失去了再去的资格。这是一种风俗。如果去的人多了，散鸡蛋的人家便会明确地告诉你已经有人领了，弄得你很无趣。散多少鸡蛋或馒头是要经过精打细算的，有重复领取的，就必然会使一些本可以领到的人家却领不到了，这不仅会引起不满，也让散鸡蛋的人家显出寒酸相来。所以散鸡蛋的人家必然要观察哪家的孩子已经来了，哪家的孩子没有来。当然也有生孩子不散鸡蛋的。有的确实穷得散不出鸡蛋来，有的则因为孩子生下后便夭折了。但那时的我们却理解不了这些，只为没有照常得到红鸡蛋而有些悻悻然。

拿到鸡蛋后，我同妹妹们一起高高兴兴地剥去红红的蛋壳，露出瓷样的蛋白和香香的蛋黄，无比开心地吃着，这会使我们好长时间都有着晴空般的好心情。不过见别人家的鸡蛋散得多了，我便有了一个愿望，就是希望我们家也能轰轰烈烈地散上一回。要是那样，该多好啊！

这个小小的愿望居然一直让我等了八九年。

那是在我大嫂生孩子时才得以实现。散鸡蛋的任务当然是由大哥来完成。那时大哥只有十八九岁，看起来还像个大男孩。散鸡蛋时，他的脸不知是因为激动，还是因为害羞，几乎和鸡蛋一样通红。看着一个个红鸡蛋握在一只只小手里，我有了一种如愿以偿和惬意无比的感觉。不过，我又有了些莫名其妙的感觉，那一张张小脸上洋溢的不再是饥饿，而是好奇的表情，好像没有了当年的那种热切和期待。很快我又释然了，散红鸡蛋不再承载填饱肚子的功能，而回归风俗的意义不是更好吗？

我听到侄儿的哭声从里屋响亮地传来，很劲道。虽然他出生已经两天了，我却还没有见到他。我忽然想到我现在所做的这一切完全是因为他，而他本人却对此一无所知。当他有朝一日能够搞懂这个仪式的风俗意义时，属于他的这个仪式，已经离他十分遥远了。我好像悟出某种意思，即这散红鸡蛋的举动，似乎并不仅为了孩子，那些大人也一定能从这通红的颜色上，获得什么生活的色彩与希冀。

如今，被我吃过红鸡蛋的那些孩子，他们的孩子也早已过了散红鸡蛋的年龄。无论是看见他们，还是看见他们的孩子们，我都会情不自禁地想起红鸡蛋，想起与红鸡蛋联系着的我的童年。红鸡蛋，它给我的童年以温馨的、色彩鲜艳的记忆。我不知道我的故乡现在是否还保留着散红鸡蛋的风俗，但愿这个风俗还能保留着。倘若有一天我能再回到故乡，并且赶上这样的机会，我是不可能去拿红鸡蛋了，但可以让我的孙儿辈去，以此体会一下童年时的乐趣与心情。

# 少年的水世界

我的家乡虽不在江南，水却并不缺少，沟渠池塘，河流湖泊也算是星罗棋布，这给我们从小学游泳提供了得天独厚的条件。

不过，我学游泳首先是从洗澡盆里开始的，我家乡的大部分孩子大抵都如此。还在婴幼儿时期，祖母和母亲就开始用木盆给我洗澡了。那是一种浅浅的、大大的木盆，用桐油油得发亮的木盆。通常是在夏天，我被祖母或母亲脱光了身上的衣服，扔进放了半盆温水的木盆里，清洗我因为满地乱爬而弄得浑身污垢的身体。在洗澡的时候，我获得了大赦一般的自由与快感。我发现那无色无形的水，居然可以被我从木盆里拍打到木盆外面去，这个发现使我兴奋异常，于是不断地拼命地拍打着盆里的水，还直接用一双小手捧着水不停地往外泼，洒得木盆四周到处都是水。当一盆水所剩无几的时候，我的身上除了象征性地弄湿了，污垢却并未减少一点儿，这使祖母或母亲又好气又好笑，于是我小小的屁股上挨一通巴掌就在所难免。但下次见了这盆中的水，早把屁股挨打的疼痛忘了个一干二净，又如法炮制地在木盆里兴风作浪，直拍打得水花四溅，不亦乐乎。

在木盆里戏水，使我从小就对水有了某种天然的喜爱，以至于我每见了水，就想伸手去抓去捧去拍。说起来令今天的我自己都感到难以置信，到四五岁的时候，小小的木盆已经容纳不下我对戏水的渴望和冲动了，村子前后左右皆有池塘，这种更广大的由水组成的世界，引起了我对于水的浓厚兴趣。因为有不少比我稍大一些的男孩子，都在热得无处躲藏的夏天，纷纷下到池塘里去游泳，这种示范与引导作用实在具有太强的诱惑力，使我禁不住跃跃欲试。不过游泳这个词，对家乡人来说是很陌生的，他们把游泳说成是“洗澡”，以至于我在后来的很长时间里，都习惯性地把游泳称为“洗澡”，为此还被朋友们嘲笑为老土。我看着那些大孩子在池塘里玩得那么开心，也想像他们一样到池塘里去“洗澡”。那时候，我并不知道对于我们来说，必须面对一个严酷的事实，即我们的村子和邻近的村子，都有小孩子在“洗澡”时被淹死。因为大多数时间里成年人都在地里干农活，没有多少工夫看管自家的孩子，发生淹死孩子的可能性是很大的。我那时还小，哪里懂得这里面的天高地厚、生死存亡，于是胆大妄为地跟着那些大孩子一起，跳进村边的池塘里“洗澡”。

当然，乡村池塘里的水一般都比较浅，但这比较浅的水也足以没过我们的头顶。更为严重的不安全因素，在于水底下有很深的淤泥，这很容易使人陷进去。而且池塘里长满了各种水草，扎猛子潜水什么的，不小心就会扎到水草底下去，一旦扎了进去被水草缠住，就很难再钻出来了。不要说小孩，据说有时连高大有力的成年人，也对淤泥的深和水草的险心怀畏惧。下到池塘里“洗澡”的，一般多达七八个孩子，大家互相打闹推搡，出入水中，玩得十分开心，于是迷眼呛鼻喝脏水之类的事是常有的。有的大孩子甚至恶作剧地把年龄更小、力气更弱的孩子，用力按进水里闷着玩，体现出强者对弱者的肆意欺凌，以及弱者的软弱无助。但也有弱者奋起反抗，反而把以为自身是强者的打翻进水里。这就很容易出事，但大家依旧司空见惯，满不在乎，玩兴不减。现在想来真的有些后怕，因为孩子们的“洗澡”，似乎永远只是孩子们自己的事，很少有家长在旁监护，做安全保障。传说中被淹死的那些孩子，想必就是在这种无人照料与救助的状态下，不幸出事的。

尽管“洗澡”存在着种种风险，却并不能阻拦孩子们下水的脚步。我看到许多比我稍大一点儿的孩子在水里玩耍，他们浑身赤裸，皮肤黧黑，跳着嚷着闹着打水仗，水塘里风起云涌，浊浪滚滚，一派翻江倒海的热烈气氛。我觉得这种场面有一种让人无法抵抗的吸引力。当然也有许多小手热烈地向我招呼，喊着我的名字要我赶快下去。那一刻，我是既冲动又胆怯，对不知深浅的池塘，在心里还是感到非常害怕的。在水里招呼我下去的人见我犹豫不决，便做出了一连串刮鼻子的动作羞臊我。这使我颇为冲动、热血偾张：“人家都能，我为什么不能？”心头一热就跳了下去。随着“扑通”一声，我的大脑一片空白，仿佛坠进了无边无际、深不见底的水世界。如若书写我游泳的私人历史的话，四五岁就是我真正的起点。

我跳下水塘的一刹那，真的感到有点害怕了，那感觉比之于木盆根本不可同日而语，脚踩不到底，手摸不着边，一种无依无靠的恐慌感、绝望感立刻向我袭来。原本在水里玩耍的大孩子们，有个使坏的家伙向我脸上洒水泼水，弄得我更加惊恐万状，晕头转向，我恐惧地倒抽着凉气，完全陷入不知所措的惶恐之中。但有一个大我一些的男孩子过来拉我托我，让我先在池塘靠边的地方慢慢适应，还把我驮在他的背上，一边划水一边为我做示范，教我掌握某种游泳的动作。我感觉他的身体真有劲，划水的本领也很强，使我感受到了某种强大的可依靠感。后来他又把我放下来，让我自己学划水。起初我怎么划也不得要领，既产生不了浮力，也不能划向前去，身子还直往下沉。好在有的地方水不是很深，我踮着脚能够着底儿。他一直很有耐心地比画着给我讲解要领，并多次做划水动作给我看，慢慢地，我好像也有所悟，对水也不那么害怕了，还能往前进了。这种大哥哥似的人，在我的人生中一再出现，他们伸出援手给予我帮助。从那时候起一直到现在，我都相信，人的一生离不了他人的帮助，人的一生也总会有人帮助你。反过来，在别人有困难的时候，也应该对人施以援手。

初识水性的那一天，我喝了不少池塘里混浊的水，虽然没有完全学会游泳，但与木盆里截然不同的感受，使我学“洗澡”的热情大增。那天天快擦黑时结束“洗澡”，大家一起爬上岸的时候，我既觉得浑身瘫软，又觉得还没玩够，特别渴望第二天能尽快再来“洗澡”。

我在池塘里学会了狗刨、仰泳、扎猛子等这几样我最拿手的游泳动作。比较起来，狗刨又是最经典的，没有规范的老师教授我们，完全是互相观摩学习的结果。在各种深度的水中，四肢并用的狗刨，可以产生一定的浮力和推力，深深浅浅的水都能涉之而过，作为一种很实用的游泳技巧被广泛采用。即使后来我当上了海军，在宁波那个地方也有游泳的机会，但狗刨仍作为看家本领而被保留着。仰泳是我最喜欢的，优点在于人可以仰躺在水上，比较省力，呼吸顺畅，四肢平直轻轻划动，有一种优哉游哉的感觉；不足之处是不大容易看清楚方向，划行的速度也比较慢。这种本领我无师自通，作为游累了之后的辅助动作来使用，经常仰脸观看天上的云彩，静静地休息好大一会儿，还是很惬意的。扎猛子则是一种很刺激的动作，关键是看憋气的能力，令我最佩服的是一个记不得名字的少年朋友，竟然可以从池塘的这一头一猛子扎到另一头，而那个池塘足有五六十米长，他似乎并不需要费太大的劲儿。而我最长的扎猛子的长度，不过两三丈远，单从这一点来讲，我对他佩服得五体投地。

回想起来，我并不是为了学“洗澡”而去“洗澡”，而是觉得“洗澡”实在是太好玩了，特别是在赤日炎炎的夏天中午，在水里待着太凉快、太舒服了。三伏天的午后，我们几乎全是在水中度过的，见到每一个池塘都想下去游上一番，因此我们游遍了故乡的每一个池塘。在那样的日子里，我们是著名的光屁股一族，人人浑身晒成了泥土色或炭黑色，一身赤裸地呼啸而来，又呼啸而去。最多，我们只穿一个裤头，而裤头穿在身上的感觉，又是那么让人觉得麻烦和不舒服。所以在稍微离开村子的地方，我们就把裤头脱下来拿在手里，旗帜一般地举着，赤条条地奔跑。仅是在接近村庄时，我们才很不情愿地再把它穿上。当然红裤头我还是很愿意穿的。那是在六七岁的时候，母亲给我做了一条红裤头，我现在已经记不清那一年有什么讲究，一定要给男孩子做红裤头，也许是为了避邪防灾吧。不仅是我，许多男孩子也都有一条这样的红裤头，我们穿上它到处疯跑，很像是一支红裤头军团。多年后，看电视上播放西班牙斗牛士，用红布片与凶猛的公牛缠斗，很容易让我想起少年时的红裤头。不知道其他小伙伴们怎么想，反正我喜欢穿红裤头的原因，是觉得它很招摇、很惹眼，平常不注意我们的人，都会情不自禁地多看我们一眼。我晚上睡觉都愿意穿着它，并且用手下意识地拉着裤腰带，生怕一不留神就把它弄丢了。红裤头好像成了我们这支“洗澡”队伍的标志，一去“洗澡”就会有一批红裤头从四面八方会集过来，使我记忆中的那些夏天变得更加的火红。

记不清后来是哪一年了，在一个叫草塘的池塘里又淹死了一个孩子，当然那不在我们“洗澡”的小伙伴之列。但听到这个消息的时候，我们产生了极大的恐惧感，长辈们开始对我们担忧起来，向我们发出了极为严厉的警告。我们不敢再去那个草塘“洗澡”了，害怕自己也遭此噩运。如果有什么事不得不从草塘经过时，对宁静的塘水也产生了一种莫名的恐惧，幻想着那个淹死的孩子的灵魂还在池塘里游荡，他可能会突然跃出水面，对我们哭或笑，甚至强行把我们拖下水去。因此我们在很长一段时间里，对这个池塘都望而生畏，不敢靠近。不仅如此，我们对所有的池塘都害怕起来。

不过，在漫长酷热的夏季，我们还是敌不过“洗澡”的诱惑，而且对死亡的恐惧也会日渐淡化，因此还是要下塘去“洗澡”的，有那么几次之后，我们把那危险可怕的事，又通通丢在了脑后。很多事情不都是这样吗？一旦发生什么骇人的事情，一开始人们的心头抽得紧紧的，时间一久就会慢慢淡忘，一切如常了。再说乡村的孩子不“洗澡”，炎热的夏天还能玩什么？去哪儿玩呢？还有什么更有意思的事可做呢？在人们常说的“七八九，嫌死狗”的年龄，我们其实对危险既缺少清晰的感知，又似乎并不真的感到害怕，更重要的是在我们小小的身体里，蕴藏着无穷无尽的巨大能量。这种能量，也许是我们未来一辈子的生命原动力。

因此，在我的整个少年时代，“洗澡”成了夏天的最大活动选项。我们征战于每个池塘，在池塘里为牛洗澡，骑在牛背上蹚过深水。牛滚圆宽阔的后背就是我们的娱乐平台，我们或蹲或骑或站在牛背上，放飞着我们少年的快乐与梦想。牛在水里游时，只把一对犄角和头露出来，鼻子呼哧呼哧的，显得非常舒坦。我们在池塘里采摘莲蓬、莲藕、菱角、荸荠、鸡头米等，还潜到水下去抓草鱼、鲢鱼、黑鱼、鲇鱼，去摸河蚌、螺蛳、泥鳅、黄鳝等，心里常常会被一种大丰收的快乐充满。但我们常常也会被藕秆在腿上划出一道道血痕，会被背上长刺的名叫棘花的鱼刺得满手流血，但莲藕的香甜和棘花鱼的鲜美，能大大抵消我们被扎的疼痛之感。

在我们长到十多岁的时候，已渐渐不满足于在池塘里“洗澡”了，而要问津于江河湖泊了。对我们最具挑战性的，或者说最触发我们激情的，就是村子前面的那座解放水库。这个长约十里、宽约五里的水库，是由若干条河汊被一道大坝拦腰一截形成的，远远看去水面浩大，颇有气势，在我这个少年眼中如同海洋一般的存在。当水库蓄满水而成十里汪洋，泛起千顷粼粼波光的时候，我们这些长大了不少的孩子，就有一种豪情在心中荡漾了。我们聚在一起商量横渡和畅游水库的可能性，同时为最初的提议者、勇敢的附和者的大胆感到自豪与激动。不过在如此宽阔深邃的水库里“洗澡”，毕竟同一般的池塘是不大一样的。我们听长辈说过那水库的深度，有超过五根扁担接起来那么深。那确实有些太深了，我们不能轻易地发起挑战，必须很好地衡量一下我们的“洗澡”水平，以及我们身上究竟有多大的力气。看着近在眼前、远接蓝天的水库，心里既发虚又痒痒，但在经过一番激烈的探讨和争吵之后，我们还是决定一试，不能枉费了这么多年来，我们征战各种池塘所积累的经验和水性。时至今日，我仍认为那是一种属于少年或男人才有的冒险精神和磅礴激情。

正式发起挑战是在一个附近有成年人劳动的下午。长辈们都在水库上面的地里干活，这既使我们多了一份勇气，也就是说有大人在旁边可以壮胆，同时还有某种我们不愿意讲明却实际具有的心理，即一旦出现危险，他们一定会出手相救，因为在这些成年人当中有水性好的。后来我想，这是相当不靠谱的想法，因为假如出现了意外情况，水那么广那么深，水性好的成年人，也很难把我们从水库里捞出来。

我们并没有对此深想，就付诸行动了。在斜阳的灿烂照耀下，我们下水了，并且奋力地向对岸游去。我使用的姿势自然还是最拿手的狗刨，其他几位伙伴用的也是狗刨。水库的水果然跟池塘里的水不一样，水体晃动得很厉害，我的身体仿佛一片轻飘的树叶在水中漂荡，有点不由自主、随波逐流的感觉。我试着往下扎猛子，发现真的深不见底，而且深处的水很凉很凉，似乎根本不是夏天应该有的水温。我忽然想起一个警告，水凉很容易让腿肚子抽筋，而如果腿肚子抽筋的话，就很难再游起来，整个人很容易沉下去，这是“洗澡”中的大忌。

我不能再往深处扎猛子了，而是奋力地往上往前划。斜阳照耀下的水面一片辉煌，我感觉整个世界都是水组成的一般。我们几个人排起队来，有节奏地一起往前划。我被我们的壮举震撼了，多年来在池塘里练就的功夫，在这里得到了充分的展示，而且我们一边大呼小叫着，一边尽量把姿势游得更潇洒漂亮一些，更自信豪迈一些。尽管我们被激情所驱使，有些忘乎所以，但多少还是有点儿小小的恐惧，因为这里毕竟不是池塘，是又大又深的水库，一旦出了问题，真的是谁也救不了我们的。

我们的举动果然引起了长辈们的注意，他们纷纷从地里站起身来，手搭凉棚遮住斜阳，朝我们这里张望。这样的横渡在我们那个村子里似乎还是破天荒的第一次，有点开创性的历史意义。从长辈们那里传来的是一迭连声的大喊，意思是让我们赶快回来，不要去当"淹死鬼"。我想这喊声中一定有我的父亲母亲，或者是我的叔叔婶婶们，以及经常见面的邻里乡亲们。但长辈们越是这样急切地呼喊，越是让我们振奋不已，我们把划水的动作做得更漂亮、更夸张了。在划水的过程中，我们蓄意做一些潜泳的动作，目的是让身体从水面集体消失，以引起长辈们更大的紧张和恐慌。我们肯定是越游越远了，因为长辈们的喊声完全听不见了。于是大家不约而同地停下了狗刨，换作仰泳的姿势在水面上休息。我们分别往前往后看看，两边都是茫茫一片，差不多游到了水库的中央，也就是游出了两三里，我们为自己取得的成就感到很骄傲。

当我们在水面上休息片刻之后，关于是前进还是后退出现了不同意见。直接游过去肯定是最有诱惑力的，但游过去再想游回来，体力绝对是不够的。水库虽然挺大，但一条船也没有，只能绕道往回走，起码要走上二三十里路。这让大家犹豫不决。正在争执不下的时候，一个大一点的，主张返回的男孩，率先掉头往回游了，于是其他人也就不再讨论了，转身向来的方向游去。我觉得那是当了一次知难而退的逃兵，缺少真正可以夸耀、敢于硬扛到底的勇气，而且也真的有些意犹未尽。但在那样的年少之时，我们在不经意间创造了此生最长的游泳纪录，加起来有四五里，也就是两千多米吧，以后再也没有机会打破这个纪录了。

返回后一上岸，我们全都瘫在了地上，夏日傍晚的阳光很舒服地照在我们疲惫不堪的身体上。长辈们纷纷走了过来，在我们的面前站定，个别的人对我们的行为大加赞扬，更多的则是大声地呵斥我们，说出来的话很难听，大致是说要是活腻了想喂鱼就早点儿说，只是不要在他们的眼皮子底下发生这样的事，看见了扎眼睛。不过我们什么也听不进去了，实在是累得不想再吭一声，只觉得做了一件很了不起的事，想打想骂随便吧。

不过，这狗刨的基本功后来几乎救了我一命。21 世纪初的一天，我和几位同事到广西北海出差，事毕后去银滩游泳，我仗着少年的基本功向海的远处游去，正赶上退潮，汹涌的海水不断地把我往海的深处拽，那力量全然不是涉险池塘和水库里的水可以比拟的。我拼尽全身的力气划着狗刨，同海水进行在我看来有些史诗意味的搏斗，终于划回了浅滩。当我脚踩细沙回望大海时，感到那蔚蓝色的深处，在某种诗意中藏着说不清的冷酷与无情。

# 想飞行的孩子

做一个想飞的孩子，是我小时候的痴想与向往。时常，我坐在门前的池塘边，看各种灰的、绿的、红的、黑的、白的、花的鸟儿在眼前飞过。那些想往哪儿飞就往哪儿飞，想飞多高就飞多高的属于鸟的自由境界，实在让我这个只能在地上走、地上跑的笨蛋羡慕不已，心想要是能像鸟儿一样飞上飞下，飞来飞去该多好啊。因此，我特别希望我的两只胳膊能变成两只带羽毛的翅膀，在天上尽情地飞呀飞呀。

不用说，我对从天上偶然飞过的飞机就更向往了。某一天，一架墨绿色的双层翅膀的飞机，几乎是贴着村子的屋顶树梢，震耳欲聋地飞过去。村子里的人似乎从来没见过这样的飞机，更没有见过飞得这么低的飞机，全都从地里抬起头来，惊掉下巴般地看这快速掠过的飞机。人们在地上可以很清楚地看到飞机上的人，连他们穿的衣服、脸上的表情也都能看清楚，还能看到飞机上的人也在往下看。飞机巨大的轰鸣声，差不多要把村子里的草房子给掀翻，要把村边的树木连根拔起。我们这些被突然间出现的飞机给惊吓到了的孩子，在经过一瞬间的愣怔之后，立刻拼命地追着飞机跑啊跑啊，喊叫着向飞机发出不明所以的召唤，企图让飞机停下来。可那架飞机一转眼就飞到了天边，只留下越来越弱、隐约可闻的嗡嗡声，供我们回想和回味。

一架与我们毫无关系的飞机的突然出现与消失，竟然成了村子里的一件大事。在好多天里，人们为自己的大开眼界而兴奋不已，茶余饭后都在兴致勃勃地谈论着这架飞机，评价说“它们看上去不是很大，但肯定要比地上的拖拉机要大很多，跑得也比拖拉机快很多，一眨眼的工夫就飞没影儿了，那速度一定比射箭都快。它那么大的身子，又飞得那么快，该有多大的劲儿。啧啧啧，这外面的事真是太……，太……，啧啧啧，啧啧啧”……剩下来的全是一迭连声的，找不到合适形容词的赞叹。

头一次看见天上的真飞机，在我心里产生的震撼是巨大的。心想它既然也会飞，那它就是另一种鸟，是一种由人驾驶的大鸟，但它比鸟儿更神奇、更厉害，一般的鸟儿哪有它那么大，哪有它飞得那么快啊，这更使我对飞翔充满了向往。多少年之后我当兵到了宁波，在一个海军航空兵部队服役，有一次执行较为紧急的任务，我们一批人从宁波到路桥，从路桥到义乌，又从义乌回到宁波，转了一个不太远的三角，乘坐的就是这种涂成墨绿色的双翅膀飞机。它的型号为安-2飞机，我们部队也将其称为运-5。我们单位有个女战友叫吴家振，她的丈夫就是驾驶这种飞机的飞行员。

后来我们村子的天空又飞过外形不同的几种飞机，不过它们都飞得老高，像是蓝天上一个个急速移动着的银白色的小点，影影绰绰、似有若无的，不大容易看清楚。但只要能听到飞机的轰鸣声，即使是飞得再高再远，我都要抬起头来在无垠的蓝天里，或云朵间专注地进行寻找，从发现它们的踪影起，一直目不转睛地盯着它们看，直至它们彻底消失，然后满足而又失落地收回自己的目光。我看着它们那渺小的身影，以蓝天白云为背景在天空高高飞翔，不禁想到这样一个问题：是什么样的人在“开”着它们呢？他们有本事将飞机“开”得那么高，该是一些什么样的了不起的人呢？他们是怎么把飞机“开”上天的呢？

令我更兴奋不已的是，偶有战斗机出现在我们那儿的天空。我是从小人书上认识它们的。有时一架，有时两架，有时更多，它们虽然看上去个头儿小但飞得更快。它们在天上飞翔追逐的时候会拉出一道道白烟，可以横贯整个天空，在那白烟的顶端飞行的飞机，就像一个个小小的箭头。那时我当然不懂得那是喷气式飞机留下的尾迹，是飞机飞行时排出来的灼热的废气，与周围环境中的冷空气混合后，导致水汽凝结而成的特殊云系。因而我时常为它们深深地担心，飞机肚子里的烟拉完了之后，会不会一头栽下来。当然我的担心是多余的，我并没有看到任何一架飞机，因为拉完了烟掉下来，但我始终为飞得那么高的它们捏着一把汗。最让我感到震撼的是战斗机在飞行时会突然发出炸雷般的声音，那声音震得地动山摇。打过炸雷的飞机会急速地向高处爬去。我当时当然不懂得那是飞机在给自己打“加力”，而是以为飞机在开炮，把它们想象成了在进行如电影中的空战演练，练好了本领好去打击入侵的敌机。

好多年后，我对这些种类不同的飞机的来源，有了一定的了解，原来在我们的邻县，就有一个海航的军用机场，而且还和我们属于同一个部队，这一点在当时是万万没有想到的。我当时看到的那种战斗机应该就是今天已经被淘汰，却有过光辉战斗历史的歼 -5、歼 -6、强 -5 等飞机吧。

可以说在那个时候，所有能在天上飞的一切都能引起我的极大兴趣，我和小伙伴们也想模仿鸟儿与飞机的飞行。我们选择了打谷场上高高的草堆，试图模仿鸟儿，从上面往前往下跳，以产生飞翔的效果。但不管我们使出多大的力气也无济于事。即使是身轻如燕、小小的我们，也跳不出一丈远，还是急速地往下坠落，重重地摔到地上。不过我们不会被摔伤摔坏，因为打谷场的地上，一般都铺有厚厚的稻草或麦秸。摔跤一点儿也不会让我们担心，只会让我们徒劳地发出叹息。我们虽然长着两条胳膊两条腿，却赶不上鸟儿那两只单薄的翅膀，实在令人感到遗憾。

但我们总算找到了与飞行相似的方式，使我们的愿望得到了极大的满足，即学会了放风筝。我已记不清是谁把做风筝的方法传授给我们的，少年时代就是学习的时代，根本不会去想谁教会了什么，也不去想学了什么究竟有何用处，只要感兴趣就能学会。我们找来竹片、纸张、麻绳一类的东西，用刀细心地将竹片削平切齐，用麻绳捆紧扎牢，再糊上一层牛皮纸或彩纸，就做出了我们能够想象的、形状各异的风筝。我做出的第一只风筝是老鹰形状的，由于技术不过硬，它看上去很粗糙简陋，不过我还是很开心的，它毕竟是与我真正相关的第一个飞行物，能托着我的飞行梦想上天。在我们用细麻线给它找好并固定了一个迎风的角度后，让一个小伙伴将风筝高高地举过头顶，我边拽边放着细麻线拉起风筝迎风跑去，它居然就摇摇晃晃地飞起来了。风筝在空中一直扶摇上升，飞到了用眼睛几乎看不到的高度。我亲手扎的风筝真的飞起来了吗？我望着天上的风筝，心里好激动，眼泪都流下来了。我牵着风筝线的手在颤抖，感到天上的风筝与地上的我连成了一个整体，或者风筝就是我的身体与愿望的延伸，就是代替我飞翔的翅膀，正在高处深情地看着我。

我和小伙伴们又琢磨着扎出了蜈蚣风筝、蜻蜓风筝、五角星风筝等，这些既激发了我们的想象力，加深了我们的友谊，又在天空中增加了许多新的图案，吸引村里的人前来观看。我们听到了说我们心灵手巧的称赞。有时我们把几个风筝绑在一起放飞，这种具有新创意的方法，更加吸引了人们驻足观看，我们也更为自己的成就感到骄傲了。我们忘记了吃饭，甚至对睡觉也失去了兴趣，一门心思就是扎风筝、放风筝。遗憾的是，制作风筝的材料太少了，没有花样更多的结实纸张，甚至连竹片都不容易找到。更难找的是放风筝的细麻线，它既要结实均匀，还要分量轻，以前都是从母亲纳鞋子的麻线团里偷来的。母亲编织这种麻线团费时费力，一开始她很愿意支持儿子的行为，后来用得多了，母亲那里也没有了。但我们还是挖空心思找来了一些替代品，尤其是一个从县城来的朋友，带来一卷不知道什么材料的彩色线绳，为我们做出和放飞新的风筝，创造了必要的条件。

在我的记忆中，那时故乡的天空只属于风筝，我们居然不再对鸟儿感兴趣了。因为鸟儿总是一惊一乍的，从不愿意让我们接近。在我们放风筝的时候，鸟儿们像是遇见了劲敌，更是飞得远远的了。我们甚至对飞机飞过也至多就是瞭上一眼，不像以前那么狂热了。因为飞机来去不定，神出鬼没，即使出现也十分短暂，让人看得不过瘾。没有什么比风筝更忠诚可靠，它是我们亲手所造，日夜伴在我们身边，随时可以按我们的意愿升上天空；而且也没有什么比风筝更让我们为之着迷的了，原因在于我们不再仅仅满足于把风筝放飞起来，还给它添加各种必要的装饰。如我们把过年时用的红纸剪成彩条挂在风筝上，它们迎风飞扬时，会给风筝增加更多观赏的美感。我们还把鸽哨绑在风筝上，它凌空翱翔并有劲风长吹时，鸽哨就发出悦耳动听的声音。我们根据鸽哨声音的强弱远近，判断风筝飞翔的状况，来调整我们控制它的力量和姿势，这都给我们的少年时光，增添了说不尽的乐趣。

我故乡的冬春两季，风高而稳，是放飞风筝的最好季节。而且农村没有高大的建筑和树木，十分开阔，许多人家都有人出来放风筝。其中有成年人，但更多的是与我年龄相仿的少年。我们把风筝放飞到天上时，便静静地看着它在天上久久地飘呀飘。有时候天上的风会小一些，风筝则渐渐地往下坠落，弄不好会一头栽下来。为了避免它们坠落，我们就拽着风筝线迎着风，在长满麦苗的田野里猛跑，这时的风筝在气流的作用下又再度上升，回到原先飘扬的高度。风筝飘在天上的时候，我们的心是陶醉的。我们虽然飞不到那样的高处，但我们的风筝却能。我们多想有一天也能飞到天上去呀，飞到天上去的我们，一定可以看得很远很远。还有那风中的鸽哨，就像是代表我们在天上歌唱，它传得那么远，把我们的心也带向了远方。但当农忙开始的时候，当学校开学的时候，我们就不再放风筝了。不过，每当我从学校回家看到墙上挂着的风筝，心里头仍旧是痒痒的，始终怀有一种将其放飞的冲动。

如今，由于工作的原因，我经常在全国各地间穿梭往返，甚至还到过欧洲的莫斯科、圣彼得堡、巴黎、柏林、罗马、威尼斯，美国的华盛顿、纽约、旧金山、洛杉矶，巴西的圣保罗、里约热内卢，阿根廷的布宜诺斯艾利斯、卡拉法特，澳洲的奥克兰、悉尼、墨尔本，非洲的开罗，以及亚洲的平壤、东京、大阪、吉隆坡、沙巴、伊斯坦布尔等，可以说各种型号的飞机几乎都坐过了，而且对于各种短途或长途的飞行早已司空见惯、习以为常了，但仍然对飞行有一种刻在骨子里的偏爱。即使各种高大上的飞机，使我见多识广了，我仍旧忘不了在故乡看飞鸟、望飞机、放风筝的日子，忘不了那时对于飞行的热切向往。

# 少年的游戏形式

看到儿女给孙儿辈买来各种我见所未见的玩具，我不禁想起我的少年时代。虽然那个时候没有今天这么多现代和时尚的玩具，但也有无数属于我们的游戏形式，可供少年时代的我们玩耍，并且玩得照样很开心、很来劲儿。我至今能记得的游戏，有下象棋、扎方、抓石子、拍卡片、吹柳笛、打水漂、转陀螺、踢毽子、滚铁环、打雪球、打老跪、拿大顶、斗斗鸡、跑马神、荡秋千、拍皮球、弹玻璃球、滋卜叽筒等。尽管那都是就地取材、十分老土的玩意儿，有的说出名字来，别人也未必能明白究竟是什么游戏，但我的少年时代生活还是很丰富多彩的，我甚至很怀念和珍惜这些游戏形式，因为它们与我的童年和少年紧密联系，并且给我带来无穷的快乐。

我不想对少年时代玩过的每项游戏都作一番描述，这对于他人来说可能是不感兴趣的，也是毫无意义的。因为时代显得过于久远了，落后过时自不必说，现在的乡村孩子似乎也玩起了颇为新潮的游戏，对于这些土得掉渣的玩意儿，可能早就不屑一顾了。在此我想只列举几样，算作对我少年时代的一种回顾与怀念。

春天是花红柳绿的季节，在春雨春风中柳树长出了千万根枝条。

我们选择粗细适度的柳条，从中间截取约三寸的长度，轻揉几下后褪去中间的柳棍，留下圆筒状的柳皮便是柳笛了。我们把这柳笛的一头含在嘴里，变换着运气的大小，便哇里哇啦地吹出与这春天相和的声音。这种柳笛并不是真正的笛子，只是我们对它的称呼而已，因为它是吹不出节奏和旋律的，只能吹出响动。但那是我们在春天里吹出的响动，以此来抒发我们对于春天的心声，并试图引起人们的注意。其实制作柳笛并不是我们的唯一目的，我们还用大约三寸长的柳棍，做成五花八门的造型，并给它们起了各种各样的名称，如原封不动的叫青皮，完全剥光皮的叫白棍，两头保留中间剥皮的叫扁担，中间保留两头剥皮的叫中心，剥留相间的叫花棍，并衍生出三花、五花、七花或九花等样式。我们还按照臆想把它们分成各种等级，一边自得其乐地吹着柳笛，一边把各式柳棍放在手心手背上，上下抛着玩儿赌输赢。有时候能将手里的柳棍输得一个不剩，有时候能赢回来一大堆。无论是赢是输，我们都把柳笛吹得震山响，或者是为了在气势上压倒对手，或者纯粹就是为了气人。

我最拿手的游戏要数踢毽子了。虽然我的身体并不属于很灵活的那种，但我对此道却颇有心得。毽子都是我自己做的，所用的材料就是古钱币、布料、公鸡毛和鸡毛管这几样，用针线把剪好的布料和古钱币精心地缝起来，把鸡毛管一端劈开四岔缀在钱币一面的中间，再插上若干公鸡毛，一只毽子就做好了。所谓热爱是最好的老师，在少年时代我就深有体会，做毽子真可谓无师自通，而且做出来的毽子也很有形。一个新做的毽子拿在手里准备踢的时候，仿佛浑身都是劲儿。我叫不出各种技术性动作的名称，反正我能踢出许多高难度的花样，那毽子像是非常听话似的，在我的脚上、腿间、头顶、肩头，令人眼花缭乱地翻飞腾挪，落点准确稳当，真有点英姿飒爽、技艺超群的意思。我们经常在一起开展踢毽子比赛，踢得不知太阳西落、月亮升起，母亲吆喝我们回家吃饭也被当作耳旁风。在与少年朋友踢毽子的比赛中，我是输少赢多，这使我很自得。现在常能看到大妈大爷级的男男女女，在公园里踢毽子健身，那技术实在不敢恭维，根本不能与我们小时候的水平相提并论。

我爱玩的游戏，还有转陀螺和滚铁环。这两种极其简单的游戏，使我认识到世界的某种奇妙之处，在我心灵深处产生的冲击是很大的。在今天的城市里，只要看到平直的公路和宽阔的广场，我很自然地就会想到少年时的转陀螺和滚铁环，那一幕一幕自然地浮现在眼前。我和小伙伴们转陀螺，大多是在夏天和秋天的打谷场上。父辈们为了粮食脱粒，经常会把打谷场修整得十分平整光洁，正好为我们转陀螺提供了极大的方便。陀螺一般都是一小截木头削出的，也有用塑料制成的，它们上圆下尖，像个矮墩墩的胖子。我想不起我是如何得到第一枚陀螺的，只记得我曾拥有过两三个大小不等、材质不同的陀螺。我们一旦看到父辈们撤去了新打出的粮食，空出平坦宽阔的打谷场，心里就有一种说不出的高兴。我们用一根类似鞭竿的棍子，在棍子头上拴着一根长长的布条或细绳，再将这布条或细绳一圈圈地缠在陀螺上，然后将陀螺尖的一端朝下放在地上，突然用力拉动陀螺，它便就地急速旋转起来。我们一边心花怒放地看着它旋转，一边挥着鞭儿不停地往陀螺的腰部猛抽，目的是给它加速。陀螺在离心力的作用下，疯了似的不停地旋转着，并且发出嗡嗡嗡的好听声音。

这时的打谷场常常有各式各样的蜻蜓在飞，最好看的是那种通体火红的红蜻蜓。它们有时会飞过来，想在旋转的陀螺上降落，但它们很快发现那是不可能的，运动中的物体哪里能够找到落点，便心有不甘地纵身飞走了。当然还有那种被我们称作“老龙管”的、黄黑相间的大个头蜻蜓，也试图来看个新鲜、问个究竟，但也照样无法在陀螺上立足，试了几次之后便知趣地展翅而去。我和小伙伴们比赛看谁的陀螺旋转的时间长，于是一个劲儿地抽打它们，它们便不知疲倦地转啊转啊，在地上画着一圈又一圈美丽的弧线，跳着潇洒的不知疲倦的舞步，让我们的少年之心充满了无尽的欢乐。等我们终于累了，或者是用来抽打陀螺的布条或细绳断了，陀螺也就慢了下来，滚出一段弧线之后，身子一歪颓然地倒在地上。这个旋转的家伙一旦结束了运动状态，就好像一下子失去了全部的魅力，变得毫无生气可言。不过，我们会精心地把它们收起来，擦干净它们身上的灰尘，以便在我们恢复了体力和修复了鞭子以后，再让它们延续着我们的快乐。转陀螺好像让人特别上瘾，一旦有空我们就相互招呼着去转陀螺，直到我们逐渐长大。

滚铁环同转陀螺一样有趣，那是一种令我着迷的圆周运动。准备好一个铁圈，或者用铁丝弯成的铁环，再用铁丝弯成一个一头带有细柄、一头带有槽沟可以推动铁环的工具，就可以推着铁环在公路上或打谷场上疯跑。当我第一次推动铁环飞快地滚动时，感到十分的惊奇。这不仅是在它滚动时，有一种如同唱歌一样的悦耳声音，铃铃铃地响起；更重要的是它的滚动，既需要我去轻轻地推动，也需要我去拼命地追赶，从而给我注入一种难以描绘的激情。它使我认识到了这种运动形式，是以前很少意识到的，即圆周运动。我当时也琢磨过铁环与陀螺，为什么旋转不倒，只觉得它们都很神奇有趣，但并没有也不可能从运动力学的角度去认识，运动中的平衡在我眼中，留下的只是一种客观形象和直觉经验。我只懂得怀着极大的好奇心拼命地去推、去推、去推，让它滚得更快更远，直到我精疲力竭再也迈不动步子，直到我的浑身被汗水湿透。

我至今都能记得那个大铁环，它在那样的年代给我带来极大的乐趣。然而，那是一个属于别人的铁环。那是从县城来的一个与我年龄相仿的少年带到乡间来的。这个少年文静而秀气，脸上总带着病态的却又聪明过人的笑容。他同我聊天时仿佛与我是知己，又那么陌生而有气无力。他好像对滚铁环并无多大兴趣，只是在与我一起玩的时候，偶尔推上几下。于是这个大铁环在那段时间，几乎成为我的专属，任由我随意地推来推去。这个大铁环直径大而分量重，比我曾见过的要高出几个档次。这令我倍感新奇，也禁不住地在想，这个大铁环来自外面的世界，而外面的世界还隐含着多少我所不知道，却令我着迷的东西呢？从县城来的少年很快就离开了，走的时候带走了那个大铁环，这让我在很长一段时间里都很失落，时不时地还向县城所在的方向望上一眼，盼望着那个少年和大铁环能够再度出现。然而，那个少年再也没有回来，我甚至连他叫什么都不知道。那个时候，我多么想拥有一个属于自己的大铁环啊！

但那时的乡下，钢丝铁丝都是稀罕之物，要想做一个可以用作游戏的铁环是很难的。好像是过了很久之后，我终于如愿以偿，拥有了一个大铁环，大概是父亲从县城回来时，给我带回来的。虽然质量上逊色于那个少年朋友的，但毕竟我有一个属于自己的铁环了。白天我推着它在公路上疯跑，晚上则把它放在枕头边抱着它睡觉，和它一起入梦。我和小伙伴们举行过公路滚铁环比赛，那时公路上汽车相当少，半天也不见有车来去，因此并不担心被车撞着。我们常常几个人一边并排推动铁环奔腾前进，一边在嘴里声嘶力竭地叫喊着，把一幅无忧无虑的图景，编织进乡村的生活之中。这些游戏作为我那时生活极为重要的一部分，有时甚至成了我心灵的全部，使少年不知愁滋味的我，感到的是说不尽的快乐。那个由吹柳笛、玩柳棍、踢毽子、转陀螺、滚铁环等各式游戏所构成的村庄，就是我少年时的天堂。

现在看着孙子辈形形色色的、买来之后新鲜不了几天就弃之不顾的玩具，心里有着某种无言的感慨——这是属于他们的童年或少年，我的童年和少年都随着时间逝去了。我的那些不能叫作玩具的玩具，以及我曾醉心其中的游戏方式，都消失在了遥远的岁月中了。

# 跟祖父去赶集

有很多次，祖父带我去县城赶集。

开始我并不懂赶集是怎么一回事，人们为什么要赶集。后来才明白所谓赶集不就是到一个聚集着很多人，可以买卖很多东西的地方去吗？怎么就叫赶集呢？这个集大概就是聚集，聚集人与货的地方吧。

祖父是一个热衷于赶集的人，只要是赶集的日子，他几乎风雨无阻，从不错过。

祖父在我到了一定年龄的时候，大概六七岁，就喜欢带我去赶集。或者让我骑在他的脖子上——美其名曰骑大马——去赶集；或者用手拉着我，让我自己走。

现在我还十分清楚地记得，到定远县城赶集是农历逢三逢八的日子，这就是说，每十天就有两天是“集”。这样的日子看上去很频繁，但仍然给人很稀少的感觉。

往往在赶集这一天，从太阳还没出来的大清早，到日落西边的傍晚，在通往县城的道路上，行走着很多手提肩挑的赶集人，络绎不绝地向县城汇集，或从县城方向归来。

我能明显地感到，赶集的人的穿着与表情，与平常下地干活有很大的不同。风雨泥泞中劳作的他们，并不是很在意衣服遮不遮体，更不要说穿戴整不整齐、好不好看了。赶集时则要讲究许多，穿的大多是最新的或最好的衣服，把手脚、脸面洗干净也是必须的，而且都是一副兴高采烈、欣逢喜事的样子。即使身挑重担也走得格外有精神，显得浑身是劲，令人感到赶集的确是一件令人神往、颇为开心的事情。

祖父身材高大，仪表堂堂，我同祖父比起来，只能让人想起一个词：相形见绌。他长得很像我后来见过的照片上的那个也是安徽人的大清中堂李鸿章，不同的是祖父只是个识字不多的乡野村夫。不过他到过南京、合肥、滁州、芜湖、马鞍山、蚌埠、淮南等地，算是个见过世面的人。当然他不是去进行诗与远方的旅行，想必他没有那个雅好，更没有那个闲情，而是做个小商小贩倒卖点货物，使他这个乡巴佬的人生活动半径，比一般村民大不少。他非常乐于给村里的人，描绘外面的各种人和事，这使他常常产生了某种见多识广、居高临下的优越感。当然也使小时候的我，对祖父很崇拜。

祖父走在赶集的路上，兴致一向都非常高。他那张有些沧桑的脸上泛着红光，讲话的调门也比平日上扬了不少，听起来很有感染力。一路上他不断地和路人打招呼，其中不乏以互相取笑与咒骂的方式，显示某种亲昵的关系。我暗想祖父认识的人可真多，这使我觉得祖父算得上是个了不起的人物。碰到特别熟悉的人，祖父会让我称呼他们，这使我大为不满。那些人的辈分往往高得吓人，可我还处在对辈分无感的年龄段，而且天生又不是个嘴甜的人，这使我很有心理障碍，见到这样的长辈就尽量把头低下来，装作没听见。祖父便充满歉意地对来人说这孩子嘴笨。

一年到头赶集的日子雷打不动，而赶集路上的景致则周而复始，变化无穷。春天的莺飞草长，夏天的雨骤风狂，秋天的遍地金黄，冬天的大地苍茫，都激发了人们赶集的好兴致。但我并不知道耕耘在天地之间的村民们，对四季的变化是早已麻木，还是保持一种依旧的盎然兴趣。

定远县城所在地是定城镇，当年是由东西南北两条十字交叉的街道贯通而成的，其所交叉的中间地带，以及往四个方向延伸的街道，是最热闹、最繁华的地带。祖父一次次地扛着或牵着我，走进这堪称熙来攘往、人头攒动的人群。在我的眼睛已经不够用的集市上，祖父仍然同擦肩而过的所有熟人，不断地打着招呼。街道两边摆着各种各样卖东西的小摊子，有蔬菜果品、白米细面、鸡鱼肉蛋之类的农家产品，也有衣帽鞋袜、牙膏牙刷、锅碗瓢盆、油盐酱醋之类的日用百货。到处充斥着令我很不适应的喧嚣的声音，飘动着使人口水直流的各种小吃的香味。每当这个时候，我总是用我的小手在祖父的大手上用力抠捏，企图提醒祖父在某个卖吃食的摊子上停下来。但明察秋毫的祖父似乎并不为我所动，依然我行我素地按照既定的节奏前行，使我馋嘴的欲望一次次高涨，又一次次落空。

那时的集市远没有今天这么丰富，这么有档次，尤其是日用百货，如衣帽鞋袜，都是比较粗糙简陋的。但蔬菜果品和鸡鱼肉蛋，却是非常新鲜的，用今天的标准来看，那绝对是非常环保的食品。尽管价格非常低廉，然而人们仍在讨价还价，七毛钱一斤猪肉或一斤鸡蛋，按照当年的收入水平来衡量，那是相当贵的。哪怕是为了一分钱，人们也会各不相让，直争得个面红耳赤、唾沫四溅。卖东西用的都是杆秤，秤杆抬起的或高或平或低，秤砣的细绳压在秤星位置的或里或中或外，都是必须认真计较的，往往会被买卖双方，上升到道德人品的高度来评论。每一次买卖的成交几乎都成为重大的、惊心动魄的事件。

祖父好像对到集市上买什么或卖什么兴趣并不大，我知道他兜里其实没有多少钱，这可能是他之所以“不感兴趣”的真正原因。我渐渐地觉察出祖父有事无事到集市上来，闲逛与转悠本身就是目的——

一定是单调的乡村生活，使他有些不安分的内心感到了寂寞，而县城的集市相对而言还是很多彩的，是无趣的乡村生活，无论如何不能相比的。他到集市上来主要是为了凑热闹、寻开心。

当然祖父也会买一点什么有用的、没用的东西回去，给自己找个来赶集的理由，表明并不是单纯为了来玩。后来我逐渐确认祖父是个好玩的主儿，远的如前面提到的滁州、蚌埠、合肥、芜湖、南京等大城市，近的如县域之内的十八里岗、西三十里店、炉桥、东桑涧、岱山、张桥等乡镇，都留下了他的足迹。在我当兵以后不到半年时间，他就到我部队驻地宁波来看我，并且在我热心战友的带领下，居然把周围有名的景点都看了。我在宁波将近五年的时间里，父母一次也没有到部队来，理由是怕给我带来什么不好的负面影响。这或许就可以看出，祖父与我父亲性格上的差异。

我对那时候集市上卖什么东西却大感兴趣，如玻璃瓶里装着的五颜六色的糖豆，那小小的、圆圆的糖豆，竟是如此的香甜，对于我来说既是一种遥远的颜色，也是一种陌生的味道。我很想让祖父多买一点糖豆给我吃。然而任凭我如何软磨硬泡，祖父每次至多给我买十粒左右，这与我希望中的数量，显然有着不小的差距。现在不用想就明白，那是因为祖父局限于当时的经济实力，他在众多孙子中最疼爱我，否则不会那么抠门。

令我颇感意外的是，集市上居然还有卖蛐蛐儿的，在一串串篾片编织的小笼子里，装着一只只鸣叫的蛐蛐儿。这声音我太熟悉了，我不禁十分好奇，这种小虫虫也可以捉来卖吗？我们村子的田野里，到处都能听到它们的叫声。它们现在就像我熟悉的朋友一样，被关在小小的笼子里，失去往日的自由，叫声远不如过去那样欢实和任性。我不是也可以捉它们来卖吗？这样我或许可以拿蛐蛐儿来换糖豆了。不过这个想法一直没能实现，因为我想到捉蛐蛐儿的时候，田野已是一片秋冬萧瑟的景象，蛐蛐儿的叫声听不到了。等到能看到蛐蛐儿、捉到蛐蛐儿的时候，我忽然对这事又没有了兴致，并且觉得拿那种可爱的小东西换钱，有点不咋地。从这一点似乎可以看出我的特性，即在我的人生中，始终缺乏经商的意识与品质。

祖父还有其他奖赏我的方式，他会领我到街边的一个货摊，在与摊主打了声招呼之后，摊主就从废弃的汽油桶做成的烤炉里，取出一块烤饼笑眯眯地递给我。那是一种被做成长方形的、有点弯曲的、鞋底状的烤饼，上面撒着芝麻粒，黄乎乎的，香喷喷的。我们家乡把这叫作“馓尖子”，刚出炉的馓尖子别提多诱人了。它一下子就吸引了我的注意力，我好没出息地一把接过来，沿着馓尖子制作过程中形成的缝隙撕开来就往嘴里塞。饥饿有时会让一个人变得没有尊严，更何况我那时还是少年。我大口吃着馓尖子的时候，留意了一下祖父给摊主多少钱，令我诧异的是，一块馓尖子竟值五分钱！那时的五分钱可不是个小数目。为此，我吃得有些不安了。摊主好像和祖父很熟识，在递我馓尖子、收我祖父的钱、同祖父聊天的整个过程中，脸上始终是一副油腻腻的、和蔼可亲的表情，很多年以后，我都能记得那一张和蔼的脸。

热衷于赶集的祖父终于赶不了集了。他后来患上了一种被称作“扎心的”病，后来我想可能就是胃溃疡之类的顽疾，每天半夜都在疼痛难忍中醒来。在别人都已酣然入梦的时候，他却痛苦地爬起来，几乎整夜地在屋里屋外转圈儿溜达，只有在吃下一些东西后，才能得到些许的缓解。到县城的医院看了很多次之后，吃了一些药也未见好转。这时候，祖母已经去世多年，在他的生命最后阶段，再也没有了来自女性的温存。在长达十多年的时间里，他真是受够了这种病痛的折磨，脾气变得越来越暴躁，内心也越来越绝望。在我上大学期间，这个疼爱我的、八十多岁的祖父，用一根绳子把自己吊死了。当时我并未获悉这一悲惨的消息。在我从北京放假回故乡度假时，父母才告诉了我这件事。我到祖父祖母的坟上，怀着无限的悲伤，为他们烧上纸钱，点燃鞭炮。望着荒草萋萋的低矮坟头，思索着风流的祖父、委屈的祖母，眼前浮现的是两张蜡黄的脸，它们亲切、沧桑又悲苦，于是有种异常痛苦复杂的感情，潮水般涌上心头。

通往县城的那条道路，由石子的变成了柏油的，成为了有编号的省道。人来人往的行人，被车来车往代替了，平常需要步行的道路也通上了公交车。人们上县城赶集的概念好像也没有了，天天都像是在赶集，而且想什么时候去，就什么时候去。我的侄儿辈，甚至是孙儿辈都买了小汽车，县城的大街小巷车水马龙，比以往的赶集不知要喧嚣上多少倍，还时不时地像大城市一样，闹起塞车来。我不喜欢县城这种纷乱的、爆炸式的繁荣，我觉得它既不属于我，更不属于我的祖父了，实在让人找不到一点当年赶集的趣味。由祖父背着、牵着赶集的情景，也像被风吹得无影无踪。故去的祖父和离乡的我，都已经到了一个与其无关的遥远的远处了。

# 以花为景的照片

那一年，大概是我八岁的时候，父亲说要带我上县城照相馆照相，这个提议让我听了不知是高兴还是不高兴。在此之前我看见过相片，那是一张张黑白的、长方形的、切成花边的照片，人影被逼真地定格在相片上，让我有种说不出的惊奇和羡慕，并且想象不出人的样子是怎么被印在那些薄薄的纸片上的。我从未期待过我也有可能照一张属于我的相片，就同后来陆续做了许多原本不曾以为可能做到，但最终却做到的一系列的事情一样。

我不曾期待能够拥有一张属于自己的照片，首先是照相这件事之于我实在有些遥不可及，其次是对自己的相貌缺乏足够的自信，更不愿意使其固定下来任人评说。虽然母亲后来总说我小时候长得挺俊的，很讨长辈们的喜欢，好几位年长的亲戚只要来我家串门儿，总是乐此不疲地将我抱在膝上逗我玩儿。但我对此毫无印象，因此常以为是母亲出于对自己儿子的偏爱，才那样说的。当我有了一定的审美意识之后，便偷照镜子做一下自我判断，发现自己不仅不俊，而且越长越丑，每次照镜子都算得上是对我自信心的一次打击。因此对照相这样的事，我并不那么热衷。这一点似乎贯穿了我的一生。

是父亲的提议和催促，让我鼓足了去照相的勇气。一来既然是父亲的提议，那一定是要听的，我从来不愿意违逆他的意志；二来顺便也可以到县城去逛逛，县城是我最向往的、常常令我眼花缭乱的地方。如果父亲高兴了，说不定还会给我买点好玩好吃的东西，如糖果甜豆等，或者学习用具什么的，如文具盒、圆规、三角板之类。

一旦决定真的要去照相，我却有点担心起来。因为听村里照过相的人危言耸听地说过，照相机在给人照相的时候，会从照相的人身上吸血，而且还吸得不少，简直就跟吸血鬼差不多。你要是不信的话，看看相片底版就知道了，那上面人的脸部同其他地方不同，是一片奇怪的红色。如果是多人的合影，人脸能红成一片，底片只有吸了人血才会这样红，不然的话，平白无故怎么会红呢？现在看来这种说法很愚昧无知，但当时我并不知道其是否真有根据，听起来让人感到毛骨悚然。我转念一想，如果照相时真的会吸人血，为什么还有人去照相呢？即使吸血的话，大概也不会吸很多吧？平常磕着碰着不是也会流很多的血吗？不是不会死人吗？何况是父亲带着我去的，他总不会害自己的儿子吧？虽然他的个头不高，但他在我心目中的形象却很伟岸很可靠，有他在我还怕什么呢？

不过我还是怀着惴惴不安的心情，跟着父亲去了县城。那天天气很好，有云在天上飘浮，有花在路边开放。我穿着母亲给我缝好的最新的衣服，这使我在不安的同时，又有些兴冲冲的。进城之后，我的眼睛有些不够用了，街上来来往往、吵吵嚷嚷的人可真多，街两边的店铺卖着各种各样的东西，我什么都想看看，一双眼睛根本就看不过来。

我清楚地记得我们去的那家照相馆，是街道南边坐南朝北的一个不大的店面。父亲领着我走进了照相馆，一个男人从凳子上站起来，问我们是照相吗，我父亲肯定地点点头。我依稀记得那是一个相当简陋的地方，一位男照相师，一架带着三脚支架的照相机，一面墙上摆着一大块画着风景的、落地式的背景板，靠背景板的地上摆放着一盆齐我胸高的花。我说不准那是一盆塑料花，还是一盆真的花。就是这样一个光线灰暗的地方，让我感到十分压抑和拘束，就跟我以后凡涉足从未去过的各种隆重庄严的场合，总会感到莫名的紧张一样，我忍不住要瞪大眼睛，把既陌生又好奇的一切，视而不见似的审视一番，好让自己尽可能地放松一点。

父亲要我先照，但我却不知如何是好。那个照相师和蔼地走过来，把我拉到靠近背景板的位置，又把那盆花往我身边挪了挪，很亲切地吩咐我要尽量站直身子，两眼平视镜头，脸上要带着微笑。那一刻我觉得手心冒汗，浑身僵硬，像个木头人似的随他摆布。笑肯定是笑不出来，因为在那样的场合笑，实在是一件很难办到的事情。后来我碰到戏剧导演，让演员根据剧情需要，做出各种动作和表情，我就会情不自禁地想起这位照相师，他就是我人生中遇到的第一个非常初级的导演。

照相师大概把我摆弄到他认为差不多的状态，便回到照相机后面。这是一架非常古老简陋的照相机，方方正正的一个大箱子上蒙着一大块黑布，一个圆圆的镜头从箱子中间幽深地探出来。照相师上下左右、前前后后地调整着位置，又把头从箱子后面的黑布中抬出来，看着我说“不要眨眼啊，不要眨眼啊，再笑一点啊，再笑一点啊”，便按动了快门。只听“咔嚓”一声，灯光一闪，我想这相就算是照了吧。同时我真的有一点眩晕的感觉产生，猛一想坏了，照相还真的是要吸血的，不然头怎么会晕呢？不过好在并不碍事，也没见照相机有什么针头和管子扎在我身上抽血。事后我想，头晕的原因可能是闪光灯闪的，或者跟我第一次照相紧张有关，跟吸不吸血没有任何关系。

我照完相之后，照相师让我从照相的位置离开，叫父亲走过去接着照。父亲照的时候，照相师把那盆花移走了，搬来一只凳子让父亲坐下照。后来我想所谓的花儿与少年是不是就这样相联系的呢？以花为背景给八岁少年拍照是恰当的，而父亲作为一个大男人，照相时的确不宜以花为伴。照完相的我依然有点发懵，心想这就是照相吗？是不是有点太快太容易了呢？我甚至有点不相信我的影像，真的会留在那圆圆的、黑洞洞的镜头后面，留在那个大箱子里面。出于好奇，我走到照相师的身后，想看清楚这相究竟是怎么照的。照相师的头又蒙在那块黑布里面，像给我照相一样，不断地调整着父亲在镜头中的位置。我从照相师的腋下与黑布的缝隙看进去，里面的情景让我大感意外。我从相机后面的方框里看到的父亲影像是倒立着的，怎么会是这样的呢？我当时当然不懂得照相机的光学成像原理，这大大超出我小小年纪的生活经验和知识范围，比照相吸血的说法还要让我吃惊。我甚至怀疑我照相时的头晕，是否与这影像的倒立有关系。

我扭过身子抬头看一眼父亲，发现他依然端坐在凳子上，没有任何异样。我再瞄一眼照相机镜片上的父亲，他又变成倒立的了。我忽然觉得这很有趣、很奇怪、很不可思议。这究竟是为什么呢？我一直琢磨不透。这件事对我产生了不小的影响，觉得这世界上的事好奇妙，以至于我后来对数学、物理、化学等课程大感兴趣，因为这些课程能逐渐解开我心中的谜团，甚至引领我走进更加未知的领域。我后来在县城一中和二中上学时，理科成绩一直名列前茅，好奇心和求知欲应该是起了很大作用的。毫无疑问，在学习的过程中，我很轻松地弄懂了照相机的光学原理。虽然我不可能懂得从人类文明进步的角度来看待这样的事，但世界在我心中逐渐清晰明亮，是毋庸置疑的。

在县城照相馆成功地照了一次相这件事，对于我来说可谓意义非凡，因为那是我平生第一次照相。同样不可思议的是，照相这件平淡无奇的事，竟然使我从一开始的不大情愿，变为异乎寻常的兴奋无比。

在从县城回来的路上，我几乎激动地逢人便说，我跟父亲到县里照相去了。这种表现同我往常不爱言语、不事张扬的性格很不吻合，亢奋得有点过头。

照相之后的数天里，我一直在掐着指头算时间，盼望着取照片时间的早点到来。过去我也期待过这样那样的事，但都与这次的期待不同，这种期待似乎是更为高级的，是令人向往和骄傲的。终于等到父亲把照片取了回来，我从父亲手里接过照片时，手竟然止不住地有些颤抖。那是一张两寸的、被切成花边的黑白照片，照片上的我有些傻傻的、僵僵的，一点儿孩子的天真活泼劲儿都没有，脸上没有一点儿照相师所要求的笑容。只是作为背景板的风景，特别是那盆花，那盆我紧张地倚着的花，才使照片显得生动和好看起来。我从照片上看清自己的长相，原来就是这个样子，心里不禁暗想：这就是我吗？虽然我从家里的小镜子中，从池塘河溪的流水中，照见过自己，大致清楚我长的模样，但我还是对着照片上的那个变得很小的我，默默地辨认着，寻思照相机是怎么把我大大的一个人的影像捉住，印在这张小小的照片上的。因为同样拿回来的照片上的父亲，则完全就是我的父亲，我想这照片上的我肯定就是不走样的我，我对照片的真实性变得坚信不疑起来。

我的第一张照片被父母同其他照片一起，摆放在家中新买来的相框里，并且被挂在中堂边的墙上，我进进出出都能看到它。我时不时地还凑上前去，一遍遍去看我自己和父亲的照片。一直到我参军离开家乡时，它所代表的少年的我，好像还在那个相框里傻傻地站着。我在外面的时候会偶尔想起这张照片，觉得它像另一个我留在家里，留在那片我远离的土地上。不知从何时起，它被家里人弄丢了，所有的人都不知道它的去向，我回到故乡时，再也见不到我的第一张照片了。或许因为我的家乡地处江淮之间，年年有梅雨光顾，夏季气候炎热潮湿，纸质的照片很容易发霉变质。加之家里的房屋几经翻修，家具等物免不了一再地折腾搬弄，从而导致相框中的照片逐渐斑驳，连影像都看不见了，因此就可能被谁随意地扔掉了。但我对这一张照片仍念念不忘，当今天每每翻看成堆的纸质相册，以及电脑中的电子相册时，总会想起我的那张“处女照”，有一种把自己的童年弄丢了的心疼之感。我甚至遗憾地想，如果能像今天这样用手机把我少年时代的众多瞬间留下来，该有多好啊！当我回首往事时，就能够更加清晰地看清我自己曾经的轮廓与模样。现在保存的最早的照片，是我十八岁中学毕业时照的同学合影。尽管看起来陌生得不太像我，但那就是我，是确凿无疑的。我把这张照片精心地放在一本相册中，仔细地保管好，再也不能把它弄丢了。

由于我的第一张照片丢失，我的心中产生说不尽的遗憾，也由于今天摄影条件的充分现代化与方便，我和家人随时随地给我的孙儿辈，拍摄与留下了无数影像。甚至在外孙长长和孙女可可诞生的第一时间，就分别拍下了他与她人生啼哭的第一张照片、第一段视频。以至于我们的手机与电脑的巨大储存空间里，装满了小哥俩儿各式各样的照片与视频。在某些时候，把这些照片与视频翻出来看看，几乎是爆笑般地回看和欣赏他们星星点点、扎扎实实的变化，从中感受这些照片和视频所记录下来的从人之初伊始、明显成长进步的轨迹。如今，我的这种拍摄的热情依旧没有消退，还那么乐此不疲地拍拍拍，并且不时地在朋友圈里晒晒晒。

从我的那张以花为背景的照片，到今日照片、视频拍得铺天盖地，几十年的时间里，这世界，这生活，发生了多么巨大的变化啊！

# 我的小学

有三年的时间，我特别羡慕比我大三岁的大哥能够背着书包上学。其实仅是羡慕而已，我并不清楚上学究竟有什么意义，只是看着大哥上学放学的，把口哨吹得山响，更重要的是，他竟然认得了很多字，而且还会算算术，很神气的样子，用今天的话说就是牛哄哄的。看到父母脸上露出某种满意的神情，我猜想大哥一定是在做很有意义的事情。于是我暗暗想，我也要去上学。

三年之后我也真的上学了。我还清楚地记得，那是一个天气晴朗的上午，阳光照耀的天空蓝得有些发白。田野里的庄稼开始走向成熟，有蚂蚱在水稻田里蹿上蹿下，要是平常我会下到地里去捕捉它们，但那天我却没有这样做，因为这是我上学的第一天，像父亲说的应该收收心了，更重要的是此刻我的兴趣完全放在上学这件事上了。尽管因为不了解上学究竟要干些什么，心里不免有点忐忑不安，但一颗小心脏兴奋得都要跳出来了，毕竟我可以和大哥一样背起书包上学了。一路上我不是在走，而是极不安分地、蹦蹦跳跳地行完从我们村子到我要上的光明小学——那段位于东北方向约有三四里的路程。

是我的老姑汪玉兰送我去上学的。后来某个时候回忆起这件事时，她居然说忘了是她第一次送我到小学去报到的，这使我感到非常的惊讶和遗憾。她当时是程桥人民公社的一名女干部，不知是性格使然，还是工作需要，她从来都是一个未开口先带三分笑的人。后来她成为我们定远县的妇联副主任和总工会主席，是我们家族中在我之前最大的官。送我上学这样的事，也算是个出头露脸的事吧，她当时一定很感兴趣，也像是作为姑姑的当然之责。可能在那个时候她有很多的事情要做，谁能记住所做过的每一件事呢？从老姑忘记送我上学这件事，我悟到了一个道理，即某件事对于你自身很重要，可能永远记忆犹新，但对于别人则未必。

我背着空书包跟在老姑的身后走，既觉得很快乐，又感到很羞涩，我一遍遍地问自己，我真的也能像大哥那样上学了吗？我也是个小学生了吗？上学究竟难不难啊？学习成绩不好，老师会不会打板子啊？在以后漫长的生涯中，每当进入一个新的角色，我都会情不自禁、不敢相信地自审一番，在心里产生很多的狐疑，经历很长时间后才能逐渐适应。

我上学的学校因为是在光明大队，所以叫光明小学，名字倒是自带十分阳光。学校就是一个面积不大的院子，一排教室全是草房土墙。校园四周长着高高低低的树木，树木的外面是农舍以及阡陌相连的农田。教室门前的空地打扫得很干净，居中的一棵树上挂着一截长两尺多的 T 字形的钢轨，我记不清在哪部电影里看到过，那是报告敌情用的。在学校里出现，想必是用来敲击以发出上课下课信号的。现在想来，这和我在当今媒体上看到的，某些贫困地区的小学一定非常相像，甚至可能还不如那个水平，但我当时仍然觉得它给我一种天堂般的感觉。这里是我学习生活的开端，对我的一生都非常有意义。

老姑把我带到报到处，一边热情地与老师打招呼，一边帮我领了一本语文书、一本算术书，以及几个作业本，小心地帮着放进我的空书包。在老师的指点下，我找到一年级的教室，在指定的座位上坐了下来，老姑又嘱咐我一番“听老师的话，好好学习，不要淘气”之类的话，便像是完成任务似的离开了。在老姑离开的那一瞬间，我忽然产生了某种莫名的紧张感，虽然我过去渴望上学，但这里毕竟是我备感陌生的地方，老师看起来很威严，同学也都很生分，平常和我一起玩的小伙伴，竟然一个都没来，我因孤独和惶恐感到手脚都不知道往哪里放。

我独自坐在座位上，紧张地打量着教室里的一切，以及比我早来的那些同学。教室是木框、玻璃窗户，桌凳都是土坯做成的，虽然条件异常简陋，倒也被打扫得干干净净。同我一齐来上学的同学，男孩子多女孩子少，看上去差不多与我一般大小，他们乱吵吵地互相戳捣推搡着玩儿，我想他们一定都是小学周围的人，离得可能更近，原本就很熟悉；或者他们在一瞬间就热络了起来。似乎上学这件人人向往的事，也给他们带来同我一样的快乐。我天生有些胆怯的性格，导致我没有立刻融入他们，而是木木地坐在座位上看着眼前的一切。想到今后就要和他们在一起学习了，可以一下子增加好多朋友，我又觉得很开心。那一刻，我不可能意识到，从乡村到外界，从学校到单位，从军队到社会，都是人在一生中认识人的非常重要的途径。尽管后来有的人成了非常要好的朋友，有的则成了有很深隔阂的对头，但那一刻在我平静的外表下，包裹着的是一颗怒放的心，不可能把人生的事想那么多、那么远。

这时候一位老师走了进来，就是刚才在报到处接待我们的那位老师，教室里一下子安静了下来。这是一位面孔白净、表情严肃的男老师，他叫什么名字我已经忘了，讲的什么内容我也忘了，当时只觉得脑子嗡嗡的，什么都没有听进去。现在推想也许是一些入学要求之类的事项，可能有点枯燥不易入心。这是我一生中经常表现出的最大短处，就是对各种框框条条之类的东西，不敏感也记不住。更大的原因也许是这种新生活对于我个人而言，无异于开天辟地，巨大的兴奋感使我的心一直在颤抖，总也静不下来。心静不下来，注意力难以集中，耳朵就什么也听不进去。

好在这种兴奋感很快就过去了，注意力也容易集中了，耳朵立刻变得十分清澈，于是一个崭新奇妙的世界，逐渐向我这一颗懵懂的心打开。我们上语文课，老师在黑板上写，并带着我们念“人手足，口耳目”“马牛羊，鸟虫鱼”“大小多少，上下来去”，然后由少到多，由浅入深，由易至难。我逐渐知道还有唐诗宋词元曲，知道有“红军不怕远征难”这样的毛主席诗词。这是我最爱的一门课程，随着一个个汉字的认识，一组组词语的习得，一首首诗词的背诵，我好像可以真正走进语文课本了。但因为我从小有轻微口吃的毛病，最怕老师让我站起来朗读课文，那会让我出洋相，所以“朗朗书声”是我颇为忌讳的成语。

我们上算术课，老师教我们背诵各式各样的口诀，“一二三，三二一”“一二三四五六七，七六五四三二一”“一一得一，二二得四……”等等，循序渐进地学习加减乘除四则运算，后来我知道还有数学几何方程式。我从一开始就迷上了数学，觉得数字这个东西非常动人奇妙，似乎藏着无数猜不透的奥秘在其中，所以我对做数学题非常着迷，几乎到了上瘾的程度，而且数学作业本总是整整齐齐的，可以说从小学到高中，这科成绩始终很好，并且立志要当个华罗庚式的数学家。只是因为当时各种无法改变的原因，并没能如我所愿，甚至在参加 1978 年的高考时，各门课中，数学得分竟然是最低的，这对我的自信心打击很大，而且后来做的又都是文字工作，我对数字也变得越来越不敏感，甚至到了对数字很头痛的程度。

我们上音乐课，学唱“五星红旗迎风飘扬，胜利歌声多么响亮。

歌唱我们亲爱的祖国，从今走向繁荣富强”，学唱许多今天看来老掉牙但当时很流行的革命歌曲。音乐课是由其他授课老师代上的，用今天的标准来衡量，一定是不具备音乐老师资质的，不能说五音不全，悦耳动听肯定是够不上的，也就是把需要完成的教唱任务，勉强完成了事。尽管如此，我们还是学会了唱一些该唱的歌，并且印象很深，也很喜欢唱。在上学放学的路上，我都会扯着嗓子唱歌，本来以为很远的那点路，在歌声中很快就走完了。

我们上体育课，现在想来有点匪夷所思，一个乡村小学的体育课竟然也是有声有色的。如随着敲打钢轨的声音响起，每周两节的体育课开始了。说实话，我从来不喜欢体育课，其中缘故可能与我身高缺陷有关，与同学比起来，不仅显示不出优势，还感到非常的吃力。不过我还是积极地参与，做广播体操、游戏赛跑、跳高跳远、拍皮球荡秋千、到乡间的道路或田埂上拉练等。这其中的确包含着其他的课程所没有的乐趣。

我们还上劳动课，这对于乡下孩子来说似乎不大必要，但用处还是有的。我们要学的一个课本叫《农业常识》，其中有关于“土、肥、水、种、密、保、管、工”这“农业八字宪法”，以及氮磷钾、叶绿素等知识。我们还在老师的带领下，到附近的生产队做助民劳动，除草插秧割麦子。小小年纪的我们，所谓的助民劳动，添乱要比帮忙多，经常吓得社员们带着嬉笑的语气，要我们赶快停下，别毁坏了庄稼糟践了粮食。

我对学习始终保持高涨热情。我不光在课堂上异常专注，下了课或回到家，也手不释卷地翻看各种课本。在我当时看来，世界上没有比那些课本更可爱、更有趣的东西了，印制课本使用的纸张是那么洁白，上面印的字又是那么规整，仅是看着就让我打心底里欢喜。于是课本上的那些内容，就在这种充满喜悦的端详中，滚瓜烂熟地装进了我的脑子里。同今天那些压力巨大、身心俱疲的小学生相比，学习所带给我的幸福感和快乐感无与伦比，而他们因精神上的负担过重所产生的厌倦，可能是影响学习成绩的根本原因。虽然那个时候我并不能清楚地意识到，处于贫穷家境与少年时代的我们，心中满怀着一种对字纸的敬惜。

我的作业不断地受到老师的夸奖。所有的语文作业，我都尽最大努力写得规规矩矩。每一道数学题的等于号，我都用塑料尺子来打，稍微不满意，我都会用橡皮擦去重画，保证交上去的作业清洁工整，不留一点儿瑕疵与遗憾。虽然敬惜字纸到了病态的程度，但有时为了作业本的工整，如果出现了严重的错讹，我也会坚决撕下那一页作业纸重做。对这样的浪费之举，我虽深感不安和自责，然而出现差错时因追求完美的冲动，还是抑制不住地要把它坚决地撕扯下来。如此反复，往往致使原来的作业本，最后剩下了不到原先一半的厚度。这样做是有效果的，老师毫不吝啬地给我的作业打上“100”的得分，或“好”“很好”“甲”“甲下”之类的评语，并且还加上重重的惊叹号。甚至有很多次老师把我的作业，作为样板与范文张贴在教室后面的学习园地里展览。每当这个时候，我知道有同学很嫉妒，有人会悄悄捅我绊我摔我，让我吃点苦头以解心头之恨。但我心里别提有多美了，又在表面上装得若无其事，吃点小亏也就忍了。

早上我迎着初升的太阳去上学，一路上哼着歌儿走，心里的感觉就像路边的草尖上顶满了露珠，清新而滋润，快乐而明亮。晚上迎着夕阳放学时，却不愿意早早地回家，独自一个人坐在田埂上，朗读和背诵课文。这既因为我喜欢那些课文，也因为我想通过朗读改掉我口吃的毛病。田野里到处是青草的气息和流水的声音，我能够感觉到沁人肺腑的清香与凉爽。挤挤挨挨的麦穗或稻穗在夕阳下窃窃私语地摩挲着，并且闪出一束束绿色的光芒。大片大片的豌豆花开了，像千万只蝴蝶在田野上飞舞，我对这种猫脸似的花朵尤其着迷。夕阳返照中的天空空阔而辽远，我的学校就在身后不远处空阔而辽远的天空下，那个草房土墙的简陋而宁静的古朴造型，那截钢轨敲击出的当当当的美妙动人又雄壮有力的金属之声，在我心中都有一种巨大磁性，令我感觉到是那样的温暖、美好和神圣。

当然上学放学的路上，也一定会遇到狂风暴雨、漫天大雪、天黑路滑等不美好的天气与路况，但在我看来那都不是事儿。有时是在大哥带领下一同往返，而更多的时候是独自来去。也许是穷困中的生活使然，我并没有觉得这其中有什么苦和累可言，这一切似乎都天经地义、自然而然。哪怕浑身被突如其来的雨水淋了个透湿，也照样穿着湿漉漉的衣服上课，根本没有可能换上一件干的衣服。班上所有的同学都是如此，如同坐满了一屋子的落汤鸡。即使大雪飞舞，小小的身子冻得像一根冰棍，也哆嗦着在课堂上全神贯注地听老师讲解课文、演算试题，或用脚在地面轻轻地摩擦取暖。冬天亮得晚而黑得早，天生胆小的我，仍义无反顾地踏上上学与回家的乡间小路。上学之于我，不是一种负担，而是一种乐趣，那茅屋土墙的低矮教室，那土坯垒成的桌凳，那写了又擦、擦了又写的黑板，都有着吸引我的巨大魔力。

上学的美好和有趣并不是我努力学习的唯一动力，我能体会到父母劳作的艰辛，这给我的警示和压力都很大。辛劳对于父母而言那是家常便饭，他们对此早已习以为常。贫困的生活不仅在于苦累，更在于饥饿。我上学的时候正值三年自然灾害期间，已有一些人陆续因饥饿而死，我们家也是处于饥饿的边缘，经常是有上顿没下顿的，尤其是母亲往往将仅有的能够填肚子的食物留给我们，自己则拿凉水当晚饭，还频频地解释说自己不饿。劳累使他们的体力达到了极限，甚至是过度的透支。父亲因为劳累身体虚弱，被传染上了肺结核之后经常咳血，他的身体也就江河日下，再也没有恢复，直到在 59 岁时溘然而逝。每当我坐在教室里，过着风不打头、雨不打脸的学习生活，我就情不自禁地想起父母在田间汗流浃背的劳作场景，眼前浮现出他们风里来、雨里去的忙碌而疲惫的身影，心里有一种无法形容的沉重。我感到从他们身上洒落的颗颗汗珠都有掂不动的分量，如果不好好学习，真的对不起他们对我的供养。虽然他们从不询问我的成绩如何，想必从夜晚我依然温习功课的上心，想必上过私塾、粗通文墨的父亲翻看过我的作业本，想必耳闻过我在学校的种种表现，他们能够做出某种不必督促我的判断，因此他们对自己的这个儿子在学习上很放心。从他们的身上，我能感受到面对艰辛生活，应该具有的某种能够咬碎一切的坚韧，那是一种无言却强大的力量，对于我的人生道路而言，既是激励，也是参照。

不过，上学的遭遇也并不总是那么光彩和有趣，有几次也做下了即使今天看来，仍令人感到汗颜的糗事。大概在我九岁左右的时候，有一次父母早上下地干活没来得及喊我，当我猛然惊醒之后发现睡过了头，便匆忙喝下父母留在锅里的两碗稀粥，急急慌慌地赶到学校。标志第二节课已经上课的钢轨敲击声已经响起，说明我整整耽误了一堂课。更为糟糕的是，由于走得太过匆忙，昨晚做好的作业本没有装进书包，受到了老师的严厉批评。在课间，老师并没有因为我学习成绩不错而给予特别的宽宥，足足训斥了我好几分钟。更加让我不堪的事就出在这顿挨训上，由于我内心羞愧加之没有时间去上厕所，所以第三节课刚一开始就觉得尿急了。因为做了错事而不敢跟老师请假去上茅房，怕错上加错。但尿急难忍却不以我的意志为转移，早上喝的清汤寡水的稀粥，此时正浩浩荡荡、百川归海般往膀胱里汇集。于是，我只觉得下腹部越来越胀、越来越痛，课再也听不下去了。我双腿紧并，拼命地想坚持住，以挺到下课铃声响起。然而意志终于被肉体打败了，一股热流溃堤般极其痛快而悲惨地喷涌而出，顺着我的裤腿奔流而下，然后小溪般向前排的过道间蜿蜒淌去。立刻就有同学指着我尿的小溪大声疾呼起来。此时我的大脑一片空白，简直无地自容，恨不得马上能找个地缝儿钻进去。正在讲课的老师被喊声打断了，走过来看了看，再看向我时，完全是一副轻蔑的、嘲笑的、恨铁不成钢的表情，平常对我颇为欣赏的表情在此刻则荡然无存。从这件灾难性的事情中，我悟出了一个道理，即使是某个方面再招人喜爱，只要你犯了错，立马就会改变原来的一切，后果常常非常严重。我看到老师极为不屑的眼神中，有种让我滚出去的意思，我便拿起书包狼狈地夺路而逃，羞愧难当地一溜烟跑回了家。同学们把我这次尿裤子作为笑谈，时不时地将其拿来羞辱我。由于教训太过深刻，为了不再重蹈覆辙，我再也不敢心宽大睡而迟到旷课了，并且每到课间的头等大事就是直奔厕所，开闸放水，这成为我日后经常自省的一种习惯性动作。后来的我慢慢地把这件事看淡了，并视之为成长中不可避免的尴尬与烦恼。

与同学的相处和交往也是学习生涯中的重要内容。一般来说，我能够和大多数同学保持好的关系，但也总有人同我过不去，在后来所有的学习阶段，甚至在工作中我都会遇到类似的情况，大概只要与人相处就会如此。且不说学习成绩差会被人看不起，在班里基本上是抬不起头来，连说话都未必敢高声大气，除非心理素质特别好，或者是那种脸皮厚的。而成绩好的同学一般不大欺负人，但你成绩好遭到嫉妒则是必然的，于是总有人想方设法给你找茬儿，存心给你制造点难堪。找茬儿的同学往往未必是成绩最差的，中不溜儿的居多。一个班上的同学之间总有互相看不顺眼的，你长我短，言高语低，造成了许多鸡毛蒜皮大小的恩恩怨怨，有时还拉帮结伙，阵营分明。回想起来，当时看似几乎势不两立的对头，时过境迁之后再看是那样的毫无意义，又是那样的可笑可叹。

有一位我已经记不清姓名的男同学，仿佛天生就是我的冤家。他长得人高马大，有把子力气，有不少同学都被他欺负过，我自然也是他欺负的目标之一。有一次，他公然把贴在“学习园地”里的我的作业给撕了，并且出言不逊，嘴里发出“呸呸呸”的声音。对这样的“牛人”，我自然避之唯恐不及。更有甚者，在课间休息的时候，他竟然紧随着我，用他明显比我强壮得多的身躯挑衅般地挤压我，直至把我撞倒在地，弄得我浑身都是灰土。一次，他又如法炮制推倒了我，使我刚上身的新衣服满是泥，这有点儿把我惹火了，我对他发出了警告，说如果他再这样，我就不客气了。他大笑了起来，并且笑得很响亮、很开心，完全是一副你敢拿鸡蛋往石头上碰的藐视神情。积蓄已久的愤怒使我一改往日的胆怯，突然像一头幼狮发疯般地向他发起了攻击。那一刻我真是怒火中烧，失去理智般地连连在他的腿上重重地踢了好几下，同时向他的肚子展开了攻击。他一下子愣住了，脸上的表情变得不自然和慌乱起来。真的应了那句话，软的怕硬的，硬的怕不要命的。自知理亏的他当然是要还手的，但我明显感觉到他力气不足，这使我更加玩命似的冲向他，不计后果、不分上下地又是一顿胡乱的攻击。当我们俩继续撕扯搏斗时，同学们围上来把我们拉开了。我原本以为会因为打架受到老师责骂，奇怪的是老师并没有责骂我，而是皮笑肉不笑地冲着那个同学，送去一个意味深长的表情。更奇怪的是，自打那次斗殴之后，这位同学居然对我变得客气了起来，真是哪里有压迫哪里就有反抗，只有进行反抗才有可能取得胜利。不过在当时，我对此是大惑不解。

对于小学，我还有一个特别的记忆。那是 1966 年夏天的一个傍晚，我一个人沿着弯曲的小路回家，迎面看见的是一轮又大又圆的无声夕阳。这一天我小学毕业了，参加中学考试的成绩还没有下来，心里有一种惶惶不安的感觉。因为，我只是在我的小学成绩不错，能不能考上中学则很难说，一种莫名的忧虑弥漫在心头。如果考不上的话，我可能就永远告别书本，日夜耕作于田间了，这是我所不甘心的。虽然那时我只有十三四岁，但却奇怪地往 2000 年想去了——到那时，我就将四十七八岁了，那该是多么大的年纪啊？我会干些什么呢？我在田埂上坐下来，暂时不想回家，让自己在一种茫然之中陷入冥想，与那轮夕阳对望和共处。彼时虽然“文革”的风暴初起，但远没有波及我们那个小小的乡村。那时的我，觉得我处的这个世界，我的那个乡村，真是安静极了，似乎只能听到自己的心跳。

我能记得的小学生活大概就是这些了，充满快乐又平淡无奇，有的事让我感到无比荣耀，有的事则让我羞于启齿。但小学生的学习生活在我的少年时代肯定是最重要的，令我刻骨铭心，终生难忘。几十年后的一天，我和侄儿维忠开着车沿着一条坑洼不平的道路，去给安息于一片杨树林中的父母及祖辈们扫墓。当经过路边几间房屋时，维忠说那就是原来的光明小学。我不禁大吃一惊。它已完全不是我记忆中的模样，也不再是原来的草房土墙，而是在原址上又盖起了现在瓦房砖墙的新房子。维忠继续介绍说，现在这里已不再是一所小学了，产权已经被他和其他几个合伙人给瓜分了，准备办一个什么小工厂。

在那一瞬间我有些迷惘，感慨岁月的流逝和人世的沧桑，觉得有一只大手把我的小学，把我许多清晰的记忆，像揉起一个纸团那样给轻轻地扔掉了，一点儿痕迹都不留给我，使我在那一刻只能无言地面对着我小学的过去和现在。

# 南飞的大雁

在人们的印象中，大雁是一种很浪漫、很诗意、很高贵的鸟类。它是真正属于天空的鸟儿，当它展翅高飞、尽情翱翔在蓝天的时候，确实让人产生无限美好的感受和想象。许多歌曲、诗作、文章都把它当作一种不朽的抒情载体。

我对大雁这种鸟儿一点儿都不陌生，早在少年时代我就认识它们了。每到秋冬来临之际，成群的大雁总是不期而至。我们村子前的解放水库上面，有着秋收之后播下种子的大片麦田，此时已长出柔弱身躯的麦苗，在这秋尽冬来的天底下泛着暗绿色的光芒，准备迎接严寒的挑战。这时候可能有从天而降的小雪花，或浩浩荡荡，或似有若无地飘落着，使大地呈现出无边无际、花花塌塌的凄凉图案。麦田边的水库里逐渐结起了一层薄薄的冰凌，一直向远处的天边延伸。如约而来的大雁，每年都把这里当作驿站，从遥远的但不知何处的北方飞来，纷纷降落在这大片的麦地或宽阔的河滩上，一边发出高亢凄厉的鸣叫，一边啄食着田地里的麦苗，像是在为下一步的继续南飞加油。那时的我，并不在意大雁肆无忌惮地啄食麦苗会不会影响来年麦子的收成，我只关心它们在这里能够停留多久，因为它们是不常见的候鸟，仅能在短短的这一小段时光，同它们见上一面。

我非常喜欢这种个头儿很大、看起来憨态可掬的鸟儿。它们的身躯与步态像极了家养的灰色大鹅，不同的是它们会飞，而且可以飞得很高很远。它们从遥远的天际飞来时，总是排成一字形，或人字形，看上去似乎非常地渺小。一旦落到麦田里时，个头儿却显得那么大，把家养的鸡鸭鹅之类的寻常家禽，都统统比下去了。我总是会和小伙伴们一起追着它们看，想认识一下这些天外来客。它们却没有要接近我们的意思，甚至对我们的试图接近抱有高度的警觉和敌意。它们看我们的眼神非常陌生而遥远，但绝无任何羞涩与胆怯的意思。从其姿态看，它们既有能征善战的自信霸气，又有独步天下的高贵优雅。无论是起飞降落或啄食饮水，都那么旁若无人，从容不迫，如同生活在自己古已受封的领地上，所做的一切似乎都是天经地义、理所应当的。它们的爪子有着战士般的强健，羽毛有着天使般的美丽，特别是颈部的羽毛，闪着蓝盈盈的光芒，是大雁身上最为迷人的部位。它们在觅食期间，时常表现得很不安分，起起落落，走走停停，跳着迷人的舞蹈；又高高低低，刚柔并济，似在抒发自己的心声，完全把我的故乡当作它们可以无拘无束、尽情尽兴的自由乐土。

可能出于对雁爪的畏惧，我和小伙伴会邀约更多的人，结伴去看大雁，去捡拾大雁吃饱喝足后排出的雁粪。村里的人都知道，鸟粪是种植瓜果类最好的肥料，施了鸟粪的甜瓜，不仅个头儿长得更大，而且更甜。这种完全凭实际生活经验，而非科学根据得来的知识，让善于栽种甜瓜的祖父深信不疑，每当这个季节到来，就会派给我捡拾雁粪的任务。大雁数量多、个头儿大，捡拾雁粪的数量自然也就很可观，不到一会儿工夫就能捡上半筐。因此我常常把这从远方来的不速之客，看成某种利益攸关者，因而特别希望北来的雁阵，个头儿能够更大一些，数量能够更多一些，在我们这里待的时间能够更久一些。

因此，我们对这种大鸟无不充满好奇和好感，经常呆呆地望着它们，把它们的起舞、争执、相爱等细节，仔仔细细地看在眼里，而且一看就是半天。看得多了，我们差不多能分辨出它们了，判断出它们是不是去年乃至前年来的那些大雁。因为它们羽毛的图案，以及它们在旅途中落下的伤痕，使它们有了某种辨识度。我们还凭借我们的想象力，给它们起名，如灰头怪、大尾巴、蓝脖子、矮墩墩等，还将我们小伙伴的名字转送给它们，就像它们真的是我们的朋友一样。有时我也和小伙伴们发出“勾嘎勾嘎”的喊叫声，拿姿作态地闹着玩儿要驱赶它们，但它们并不真正害怕我们，想必早已洞察我们这些少年的善良，不会加害它们，因此顶多扇动几下翅膀，滑翔到不远处继续大快朵颐。玩儿心大涨的我们却并不就此罢休，而是踏着碎雪薄冰及稀疏麦苗继续追逐着它们，倾听着它们发出的、已经有些不太满意的“勾嘎勾嘎”的叫声。而我们的心中，则被自己的恶作剧带来的快乐充满了。

大雁真正害怕的是背猎枪的人。它们无疑也是通人性的动物，能够清楚地分辨出谁才是真正的威胁者和加害者。看到这样的人来了，大雁们便不再在这里逗留徘徊，而是扑簌簌、齐刷刷地向天上飞去，顾不上排成一字或人字形，以凌乱的阵形向着南边的天际急速飞遁而去，提前奔向下一个驿站。不过大雁也并不总能幸运地逃脱，常会有一两只大雁被鸟枪击中。我认识一个猎人，不知道他来自何方，一年四季都在腰间横挎着一支猎枪。那是最简陋的一种猎枪，有一根简单的长长的铁枪管，被粗糙的木身木柄托着，火药和铁砂从枪口倒灌进去，鹰嘴一样的枪机处，贴上红纸包裹的药芯，瞄准猎物后一扣扳机，铁砂和火药便从枪口喷射而出，能够在三十步左右的近距离射杀飞禽和走兽等小型动物。

我们那里以打猎为生的人极少，只会偶尔出现一两个，这些人都是形单影只地在山洼荒野里游荡，不仅练得一副好眼力，而且常常出手很快，枪法极准，是野生动物的冷酷无情的杀手。我经常能看到在他们的腰间，悬挂着猎杀所得的野兔、野鸭、斑鸠、山鸡等，那种滴里当啷、招摇过市的劲头，无疑是在向人们炫耀他们的战果——他们将可以此换取钱物，即将拥有一顿美味佳肴。我知道，这些野味的确是很香的，无论是油煎烹炸，还是清蒸水煮，都能馋得人直流口水。

我所认识的那个猎人，个头儿挺高，面无表情，目光隐蔽，从不跟我们这些小屁孩说话，完全是一副高深莫测的模样。我们视为稀罕之物的大雁，当然也在他的猎物名单上。他在接近大雁的时候，对我们也是视而不见，装得若无其事，把视觉上的威胁性、危害性尽量降到最低。当大雁反应过来并迅速撤离时，就有个别大意的大雁因猎人的突然出手而惨遭射杀。不幸被击中的大雁或就地栽倒，或从半空颓然坠落，开始时还会绝望地扑腾着、挣扎着、惨叫着，殷红的血洒在麦苗上、雪地里，染血的羽毛飞舞得到处都是。这时猎人的嘴角则露出一丝不易觉察的得意微笑，或者发出“嗬嗬嗬”的惬意笑声，踌躇满志地赶过去捡起可能仍在做垂死挣扎的大雁，得胜似的扛在肩上，或别在腰间。死去的大雁的头颅、翅膀或两脚，随着猎人的行走前后摇晃着，从此再也不可能在蓝天上排成一字形或人字形了，遥远的飞翔、迁徙之路永远不再属于它了。

我眼睁睁地看着可爱的大雁在我眼前惨死，看着猎人那无比得意而又傲慢的神情，我的心里和眼里不仅只有哀伤，而且简直要冒出火来。好像自己最喜欢的玩具被人极其粗暴地摔坏了、自己最亲密的好友被人杀害了，我真想也能从哪里弄来一杆猎枪，或者性能更加优良的什么枪支，在猎人击中大雁的一刹那，冲着他那得意洋洋的嘴脸，狠狠地来那么一下子，让枪管里喷出的火药与铁砂或者其他威力更大的弹药，打得他满脸开花。

然而，我却什么都做不了，我凭什么能管人家呢？在那个年代，猎人的行为并不犯忌违法，不受任何指责和约束；而且我也手无寸铁，手无缚鸡之力，只能任由心中的怒火在眼中燃烧。在那一刻，我眼中除了喷射谁也烧不到的怒火，还有薄冰覆盖的茫茫麦田，还有越来越有力的凛冽寒风。我只能在心里为死去的大雁愤怒、哀悼，并且遥望着消失了大雁飞行踪迹的天空，默默地祈祷大雁向南方飞得再远一些，祈祷那里没有我身边这样凶恶的猎人。我的内心又是深感不安的，因为在它们远征的路上，可能还会碰到这样的猎人，它们的命运是很难预测的，这些看上去诗意满满的鸟儿，真的让人牵肠挂肚。

离开故乡之后，我再也没见过那些大雁，这既因为我回乡的时间不对，很难凑巧赶在大雁飞临故乡时返回；也因为它们的生命周期有限，一般只有八九年的寿命，可以称为我朋友的那群大雁，在我远行的几十年中早已不知所踪，成为我记忆深处一种动人的符号。一次我与朋友在京郊密云的阁老峪一个赵姓农民家里，看到了两只被缚的大雁。这两只体形硕大、囚徒般的大鸟，眼睛里尽是高贵不屈又绝望悲伤的神色，挣扎着的爪子粗大、锋利而有力，这不禁使我想起少年时那些殒命于麦田的大雁。我忽然意识到落难似乎是这种即便能远走高飞、搏击长空的鸟类也难以逃脱的宿命。难道说遭受噩运并非只是某些大雁的个例，而是一种普遍性的现象吗？我不禁为它们拥有此种命运而陷入深深的悲悯之中。

我甚至想，这两只被缚的大雁是不是少年时飞临我故乡的大雁们的后裔呢？这一点我无从确定，但我很想从赵姓农民的手中买下它们，让其重返蓝天，回到属于它们南去北往的候鸟生活状态。然而可惜的是，它们已经失去了飞行能力，天空也不再可能接纳它们曾经强健有力的翅膀了。我暗暗想，作为候鸟的大雁今天一定还会途经我的故乡，还会在我故乡门前的麦地落脚停留，由于人们对于鸟类保护意识的增强，那些可恶的猎人的猎枪必定已在禁止之列，南飞的大雁再也不会受到威胁了。在返回城市的京承高速公路上，我看到夕阳余晖中有一群鸟儿从头顶飞过。我虽然驾驶着车辆，仍深情地向天空送去一瞥，私底下固执地认为它们就是一群大雁，就是一群寻找落单伙伴的大雁。但它们既不曾排出一字形，也排不出人字形，并且很快地消失在路边的丛林中了。这种飞行只能属于蓬间雀，而不是大雁所为，大雁只属于高远的天空，只属于诗和远方。

# 漆黑的夜晚

那时候在我故乡及周围的一些村子，赌博似乎是人们农闲时热衷的娱乐活动。也许并不只局限于农闲，有的人在农忙时也会犯了赌瘾组织赌局。这种从旧社会传下来的恶习，在新社会曾一度被扫荡却并没有被彻底根除。有不少回，尽管县里与公社两级派人到各处抓赌，大张旗鼓地没收赌具、赌资，甚至把一些主要赌徒拘禁起来，关上十天半月以示惩戒，也并没有真正使其销声匿迹，可以说赌博这种有害的形式，始终在乡村若明若暗、时断时续地顽强存在着。

我从小的时候起，就对乡村的不少赌博形式，诸如牌九、麻将、锅牌、纸牌等并不陌生。这要归因于我的祖父，他算得上是我进入赌场的领路人。他主观上并不是要把我引入歧途，而是他自己着迷于观赌使我遭遇了池鱼之殃。经常在漆黑的夜晚，祖父就肩扛着我到处找赌场观战。祖父好像十分清楚何人何处设有赌局，因而经常不费力气就找到了赌场。乡村的生活是很无趣的，尤其是漆黑的夜晚就更无趣了，我相信祖父完全是为了打发寂寞时光才去赌场的。在漫长而寒冷的乡村冬夜，人们连如豆的煤油灯都舍不得点，经常在黑暗中枯坐或睡觉，是难以熬过那取之不尽、用之不竭的时间的。女人们一般而言只得枯守在自家床头，伺候看管着孩子睡觉。不甘寂寞的男人们，总会生出一番活泛的心思，与其被黑暗压得喘不过气来，不如高一脚、低一脚地赶去赌场，赌博一番或只看看热闹，让时间在感觉上消磨得容易一些。

据我观察，乡村赌博的方式是较为单调的，只有比较初级的那么几种。其中推牌九属于最惊险刺激、激动人心的玩法；打麻将拼的是智慧、算度和运气；打锅牌则比较普及，堪称妇孺咸宜。祖父似乎对推牌九热情最高，对打麻将兴趣尚可，对打锅牌则不屑一顾，因此祖父领我去推牌九的地方最多。祖父带我到达赌场的时候，往往已经比较晚了，通常在一个较为宽敞的大屋子里，挤满了来自本村或邻村的赌徒和看客。身材偏高的祖父让我骑在他的脖子上，好让我能够将赌博的场面一览无余，如果我什么都看不见的话，就会闹着要回家。据我现在仍然具有的清晰记忆，还可以大致描绘出那样的场景。几乎所有推牌九的场面都千篇一律，由两至三张八仙桌拼成一个大大的台面，一两盏大煤油灯或罩灯明亮地照着，阔绰一些的还有用汽灯的。参加或观看赌博的人少则十几人，多则几十人，紧紧地围在牌桌前。庄家一般坐北朝南，右手为下家，对面为对家，左手为上家。为了体现公平和机会均等，庄家是轮流坐的，人无分老幼，可以独资坐庄，也可以合资坐庄，只要能凑够一版子的钱就可能坐庄。所谓一版子钱视场面输赢的规模而定，没有一定之规，五角、五元、十元、二十元等都有可能。出资形式定下来后，赌博就开始了。三十二只木背骨面的牌九，先是由庄家将其摊在桌面上哗哗地洗牌，然后按上下两层、每层两排、每排八张的常规整齐地码起来，每次发牌都是从右侧推出八只牌，两只一堆地分成四堆，点子大小就看牌的组成情况了。下家、对家、上家此刻开始押注，待押注完毕之后，庄家捏着两只骰子在一只碗里用力地一掷，待其激烈地翻滚停歇后，各家按照骰子所示数目各自抓牌，再比较牌上点子大小决定输赢。我们那里将骰子不叫骰子，而是叫猴子，大概是因为骰子被掷下去那种活蹦乱跳的劲儿，很像两只调皮的小猴子。输赢就在这种猴子的滚动和翻牌之间决定了。

比较有意思的是一个叫“看堆”的角色。担任“看堆”任务的人紧挨着站在庄家的右侧，其身兼两重之责，首先是资本的保管者，庄家所有的资本都掌握在他的手中；其次是算账，待牌九全部翻过来后，自然就知道了彼此的输赢，以及输赢的幅度，他按照各家投注的大小收钱或付钱。在此过程中，“看堆”的人会以一种简单重复的旋律，唱歌一样念叨着对方押注的大小和钱的进出，听起来既抑扬顿挫、清晰明了，又颇有意趣、余味无穷，是赌博过程中的重要一环和不可忽略的看点。

一次庄家坐下来，随着骰子的滚动和骨牌的打开，自然会有各种很难预料的输赢。赢了的就说这锅“扒”了，大概有往里搂的意思，把别人的钱“扒”进自己的腰包。如果输了，就说这锅“打”了，应该有容器碎了，自己的钱撒出去的意思。如果说赌博让人上瘾，可能就在于难以预测的输赢之间。我不时地能听到有人说，这牌九麻将里都有鬼，意思即是说，有时一个晚上坐庄家的，不是连续地“打”就是连续地“扒”，好像在冥冥之中有一只神秘的手在操控。有时候也体现在某个赌徒身上，不是连续地赢，就是连续地输。但据我懵懵懂懂的观察，赌场输输赢赢，风风雨雨，那战况真的谁也无法预料。牌桌上赌徒们的眼睛经常要亮过灯光，我很纳闷，怎么一上赌场，人们都像变成了战士，激发出了战斗的豪情。以今天的标准来看，那些赌博都是小赌，一次不过几角几块的，最多不超过二十块钱。但以当时人们的收入水准来衡量，那已经是相当大的数字了。人们每年能从土地上收获几个钱的粮食呢？鸡窝里能喂几只鸡呢？围栏里能出几头猪呢？我偶尔也能发现赌得比较嗨的人，从衣着和表情来判断，一定不是乡下人，一打听原来是从县城来的，出手也大方许多，因而很容易就把村里的那些人给比下去。不过，别看这种人看起来气度不凡，但就赌技而言不一定是高手，几个回合下来很可能大败亏输，落荒而逃。那时候我就发现，人只要一上赌场，输赢之心就会变得很重，似乎输赢不仅在于利益，还是个面子问题，因而上了赌场的人很容易冲动，有时能到不可理喻的地步，即使面前有万丈深渊也敢往下跳。我就目睹过一次疯狂的行为，一个输红了眼的人，对身边观他的人念叨：大不了把房子卖掉！我搞不清他后来有没有卖他的房子。理智不属于赌场，只属于平淡的人生。这时候摆在桌面上的，表面上看是输了赢了、进进出出的钱，其实就等同于田地里的稻子麦子，鸡窝里的公鸡母鸡，围栏里的大猪小羊。这些东西除了渗透着自己的心血，更凝结着女人们的辛劳。那时候，我完全不懂得这一点，所以不明白为什么会有女人半夜时分，冲到赌场来大吵大闹，更有甚者会把牌九抓起来扔得到处都是，会将灯盏打碎使赌场陷入一片黑暗。一般来大闹的女人，一定是获得了自己的男人输得精光的消息，才会如此不顾一切地把自己心中的怒火发泄出来。可见赌博这种事在乡村是很不得人心的。

使我至今仍然颇为遗憾的是，在那样的赌场上出现过很多白花花的银圆。那时我只有七八岁，关于钱的概念仅仅止于那些纸质的“毛票子”。白花花的银圆的出现，令我感到十分新奇，它怎么会被人们用来当作钱呢？而且看起来它比“毛票子”更值钱，一块银圆可以换很多张“毛票子”。新中国成立后统一使用人民币了，银圆应该不再具有合法流通的身份了。但赌场上的人们好像不这么认为，他们大多都是从旧社会过来的，对于他们而言，这银圆可能并不容易得到，牌桌上出现银圆会不会让他们回想起过去的日子呢？或者他们还能记起这银圆的分量，因此将其拿来下注似乎没有障碍。我发现，银圆分为两种，一种是上面刻有袁世凯头像的“袁大头”，可以换四块人民币，而另一种是刻有孙中山头像的“孙小头”，可以换三块人民币。银圆在赌桌上不断地进出，不断地更换着主人，伴随着这个过程，经常会发出丁零零的悦耳的声音。说实话，我觉得那种声音有一种动人的魅力，我好想拥有这样一块银圆，不管是“袁大头”，还是“孙小头”。这不是出于占有财富的欲望，而是觉得它们很好玩儿，说不定可以用来做一只上下翻飞的毽子。至于银圆的财富意义是我以后才明白的。我现在想，当时如果有钱，把那些银圆都换下来保存，到今天肯定是一笔价值可观的收藏，有不可小觑的文物意义。而当时在桌面上滚来滚去的那些白花花的银圆，现如今可能早就不知去向了。

现在看来，祖父既不是个赌博的高手，甚至也不是个赌博的爱好者，因为我很少看到他正儿八经地当回庄家，或坐下来下注赌钱，他充其量是个赌博的忠实观察家、赌局形势的分析师。他不仅准确地知道晚上在什么地方有赌局，而且总是风雨无阻、不辞辛劳地前去观战，对赌局的风云变幻以及胜败趋势，也似乎尽在掌握之中。在牌局进展过程之中，他对庄家和三门对家经常做出一些颇为玄妙、颇具深意，当然也是模棱两可的预测。这种预测如果出现了偏差和错误，祖父便认真检讨或对局势进行推理，把毛病推给客观，同时也力求今后的算度能够更精准。如果推测准确了，祖父便流露出颇为得意的神情，仿佛万事均在他的料定当中，比赢家赢了钱还要高兴。假如他的预测对了，而赌家未曾采纳，那祖父的脸上则完全一副竖子不足与谋、恨铁不成钢的鄙夷表情，比自己输了钱还要痛心疾首。其实据我观察，赌博经常是难以预知的，输输赢赢，胜胜负负，都是个谜一样的不确定的存在，让人想哭想笑，捶胸顿足，禁不住痴迷其中而灵魂出窍、欲罢不能。

在整个赌局进展过程中，祖父始终全神贯注，精神抖擞，这让我百思不得其解。后来我逐渐有点儿想明白了其中的缘故，这还要从祖父的性格和经济实力上找原因。在那样充满搏杀气氛的赌场上，祖父肯定是渴望一战的，无奈囊中羞涩，且他又是个能守得住自己的人，深怕赌博的激情，最终导致下场悲惨不可收拾。因此他总是在水边看潮起潮落，把这当作人生一乐，而很少下海搏风击浪。我陪着祖父也成了一个看客，去看赌场的云起云飞和风雨雷电，去看赌局的胜负无常和大起大落，去感受漫长的冬夜是怎样在激烈的搏击中悠然而过。当然，我时常会趴在祖父的肩上，在赌场的喧嚣声中睡着。在观赌中，我认识了人生的另一面，家败人亡时有出现，因此我始终对参与赌博心存畏惧，但有时又像祖父一样有颇浓的观战兴趣。

我后来渐渐知道，不是随便什么人都可以做一个设赌局的东家的，那是很有身份、很有面子的人，甚至是标准的赌徒，才可以做的。因为东家可以坐地分钱，一个晚上不论谁输谁赢，东家都要从庄家的一个版子中抽头 10%，是稳赚不赔的，所以一个晚上下来，东家差不多是唯一的赢家。东家经常要做出热腾腾的面条、饺子之类的食物，端上来犒劳各位赌家。如果哪一个忠实的赌友，某段时间输得太惨了，大家便商议让这位赌友摆一次赌局，用抽头的方式弥补一下损失。这里面很有点儿哥们儿义气的意思。一个出手小气，而且在赌场上品行不佳的人，要想自己做东摆赌局抽头那是不可想象的，得不到人去捧场，只能自讨没趣。因而有资格摆赌局，也是这个人声誉的象征。

我一般不大去回想这样漆黑的夜晚，虽然这是我少年生活的一小部分，但那是没有光亮的人生一角。我希望这样的场景在我的故乡不再重现，因为它毕竟是一种非常有害的娱乐形式。

# 长满野菜的土地

那是一个时常被提及，却又很忌讳被提及的年代，因为它与两个字直接相联系：饥饿。今天，我们也会有饥饿的时候，那可能是两顿饭之间的间隔稍微长了一点罢了，很快就会有各种食品填饱肚子，绝不会构成对于生命的真正威胁。在一些大城市里，还能见到很多身体偏胖的人，尤其是那些看上去比较年轻的人，因为食物过于充足而体态肥胖行动不便，平添了不少的烦恼，想必他们更体会不到饥饿是一种怎样的滋味。然而，我有一些少年的小伙伴，以及他们的父母都没能度过那个饥饿的年代。在如今丰衣足食的日子里，我总不由得想起生命停止于六十多年前的他们。

那个年代我不仅记事了，而且很多事已经记得比较清楚了。男人女人们都奉命去大炼钢铁，担负起这种他们前所未见却需要工业技术的任务，然而所有人身上散发的热情，比燃烧的炉火还要旺、还要高涨。村子里只剩下一些老弱病残，没有壮劳力来收获已经成熟的庄稼。加上那年的冬天好像来得特别早，特别寒冷，许多长势很好的水稻全都倒伏烂在了地里。在秋末初冬的季节里，濯了雨的稻穗上竟生出了密集的嫩芽。连埋在土里的地瓜也都冻烂了，扒出来的时候像一摊摊稀泥，拿它来喂猪，连猪都不吃。在大炼钢铁中遭遇失败，斗志严重受挫的村民们，回村后看到田地里的这番景象立刻就哭了。也就是从那年冬天开始，家家户户渐渐就揭不开锅了。

这样的岁月居然长达三年之久，村里人开始了漫长的饥饿之旅。

我一开始并不懂得问题的严重性，成天还是跟小伙伴们在一起玩耍打闹，听不见父母愁苦犯难的叹息。每天从饭锅里盛出来的内容，数量越来越少，质量也越来越低，让人感觉到了情况的不妙。鸡鱼肉蛋本来就是难得一见的稀罕之物，现在则完全绝迹了。麦面做的大饼和馒头，大米做的干饭和稀饭，也是隔好多天才能吃上一回，后来竟连影子都见不到了。用来充饥的主要食物，如果还能称为食物的话，逐渐换成了榨过油的黄豆饼、磨出过面的麦麸子、机出过米的砻糠、褪去籽粒的玉米芯子之类的东西。这样的东西怎么咽得下去呢？母亲说得最多的一句话是："肚饥好下饭。"果然，在饥肠辘辘的时候，饿得两眼冒金星，也真能吃得下去，而且还很香。比如黄豆饼，虽然已经榨去了油，但它总还有一定的营养，也还有一些香味，在那个年代是相当美味了。然而麦麸子和砻糠是放在锅里炒了之后，磨成粉做成饼子放在锅里再蒸一下才吃的。其固然有些植物的香味，但基本上不再有什么营养了。玉米芯子更是一点儿营养都没有，只有充饥的作用，人吃过之后，大便秘结拉不下来。我无数次地目睹大人给自家小孩子捅屁股通便的情景，这样的"食物"让人们吃尽了苦头。在这年的大年三十晚上，我不知道母亲变的什么戏法，饭桌上竟然摆上了一碗碗白生生、暄腾腾的米饭。这大概就是母亲常说的"过日子要有扣手"的注脚吧，即使在困难的情况下，也要勒紧裤带为极端局面做点准备。面对这久违的美食，那真是一种让人眼里冒火抢食的感觉，还没怎么反应过来，每人仅能分到的那一碗米饭，就如风卷残云般无影无踪了。

翻过年之后的日子就更难熬了。除了继续吃豆饼、麦麸、砻糠、玉米芯子之类，人们眼巴巴地渴望着大地能够返青。在这样难熬的时刻，人们似乎并未思考一个问题，即与豆饼、麦麸、砻糠、玉米芯子相关的豆油、白面、大米、玉米都到哪里去了。人们也似乎不太擅长思考这样的问题，能够以最低的生活条件活命，就是老天爷最大的恩赐了。就在人们漫长的等待煎熬中，大地逐渐返青了，男人女人老人孩子们，纷纷挎着篮子到地里采挖野菜，我自然也加入了这个行列。我是跟着母亲或祖母去的，既觉得这很好玩，也能在采摘数量上帮她们的忙。荠菜、茼蒿、榆树皮、槐树花、豌豆头、芝麻叶、地瓜秧、野芹菜、打碗花、马齿苋、地皮菜等等，我就是通过这些为了填饱肚子的采摘行动，从母亲与祖母的言传身教中，认识了家乡田野上的无数野菜。采挖了成筐的野菜回去，则可确保全家人不至于挨饿，而且按今天的观点看，这些野菜具有丰富的维生素，对于身体是相当有好处的。奇怪的是，这些野菜在当今的宴席上，竟然可与山珍海味比肩，变得十分地高大上，并且不断地被同桌的人喋喋不休地介绍价值，引导品尝，这实在让我这个肚子里曾经装过很多野菜的人，在脸上露出难言的苦笑。

在那个饥饿的年代，我体会到时间的难熬。早上，母亲煮了野菜粥给我们吃，粥里基本上看不到任何粮食的影子，我们家乡都把这种过于稀薄的粥称作“老鬼汤”，其含义我没有进行过严格考证，我猜想可能有两解：一是以此来糊弄鬼，二是可以鉴照人影。我们兄妹几个每天早上起来都喝得肚子鼓鼓的，貌似吃得饱饱的，可顶多半个钟头撒几泡尿下来，肚子里就空空如也，开始咕噜咕噜拼命地叫唤了。那个时候，我们乡村的男孩子都因为这老鬼汤把自己吃出了个大肚子，被人戏称为“大肚汉”。这个“肚”子，发音不是四声，而是三声，声调不对，叫起来的感觉是不同的。肚子大挡不了饥饿。饥饿是什么感觉呢？这我太有体会了，像有熊熊烈火在胃里燃烧，像有千万只手狠劲儿地撕扯。头脑似乎更加活跃，却又常常一片空白发昏，明知需要吃东西，却没有东西可吃，想哭又哭不出来，想笑又没有那个错乱的神经，心头被不可逆转的绝望所笼罩。我渴望午饭时间能早点到来，但往往离中午的时光还早着呢！于是盼望太阳能够走得快一些，不断地抬眼望天，只看到天空真高真蓝，太阳真大真圆，可气的是太阳走得真慢，像被谁死死地钉在天上似的。我时常在心里无缘无故地对太阳充满了怨恨，甚至是臭骂一顿。午饭时间好不容易到了，等来的还是“老鬼汤”，我们便又盼望晚饭的到来。下午的太阳移动得似乎更慢，它好像也饿得走不动了。

也正是在那个年代，我深刻认识了什么叫“母亲”。生活虽然很贫困很艰苦，母亲却总是里里外外忙个不停，用单薄的身体支撑着这个家，像一只不知疲倦的成年母鸡，想方设法弄吃的喂养我们这群小鸡。那时候依然年轻的母亲，脸庞早早地消瘦憔悴，布满了沧桑的皱纹。在中午或晚上，我们经常像饿死鬼似的争抢着，喝完从锅里盛起的野菜粥的时候，才发现母亲没有动碗筷，还在忙着什么，就问母亲为什么不吃饭，或许我们刚意识到锅底已经朝天了，母亲却面色坦然地说：“我今天不饿。”年幼粗心的我们也就信以为真，认为母亲可能真的不饿。我却无数次地看到，在下午或晚上的什么时间，母亲从水缸里舀水喝，一喝就是好几瓢。如果被我们兄妹看见了，母亲就说她渴了。到底是大哥比我们年长几岁，明白母亲的举动，知道她是为了省下少得可怜的食物，给长身体的我们吃，给患病的父亲吃。有一天，大哥告诉我们这个事实时，我真的有点惊呆了，有一种悔恨从心头漫过。在那几个饥饿的年份，母亲就是以这样的说法，不知多少次搪塞过我们的询问，让自己忍受着饥饿带来的日日夜夜的折磨，她又是以吃什么挺过那样的岁月的呢？这里面包含着多么深沉的母爱啊！至今想起来，我都感到异常的心酸，眼泪不由得夺眶而出。

连续三年的自然灾害，使我们那个地方的粮食收成减少到了令人绝望的程度。虽然几度春去秋来，却并没有改变人们遭受饥荒的命运。后来我才从有关资料中了解到，当时的自然灾害是全国性的，但我们安徽和河南、四川是其中最严重的三个省份。在这三年里，我多次目睹了村民们到粮站领救济粮和返销粮的场景。人们在领取了粮食时的那份激动与兴奋，使我至今都感念不已，觉得人们领的不是粮食，而是一家老小活命的希望。要不是有那些上面拨下来的粮食，局面和后果更加不可想象。三年之后，饥饿的年代终于过去了，人们又可以吃上精米细面了。村里人传说有的人一顿能吃上八碗米饭，或能吃下五张大饼，而且不需要佐以任何菜肴。对这种传说我坚信不疑，因为我小小年纪就能吃三大碗米饭，或两张大饼，那些壮劳力能吃那个数一点儿都不稀奇。吃上精米细面的感觉，真的是好极了。但事实上，像噩梦一样的饥饿，并不是马上就烟消云散的，在其后的好几年里，不知因为什么缘故，仍然不是旱就是涝，粮食还是歉收的，只是情况有了明显的好转而已。其表现是，在一天三顿饭里能见到米面了，自家地里种出的蔬菜，也逐渐代替了野菜，直到1968年前后，才基本上算是能够吃饱了。吃饱之后的人们，不仅没有完全抛弃野菜，而且还对它们很有感情，荠菜、槐花、豌豆苗、地瓜秧之类的，时常被村里的人拿来尝鲜，或者说是为不定再来的饥饿做点心理准备。再后来，人们也不大吃这些东西了，那种东西所代表的苦滋味，并不是所有的人，都愿意想起来且一直记挂在心里的。

虽然饥饿的岁月过去了几十年，但我永远不会忘记那些未能闯过来的人们，特别是我儿时的小伙伴们，至今，我还朦胧地记得他们的模样。我为所有因此而逝去的人们感到惋惜。尤其是当我看到各类形形色色、富丽堂皇的饭店、酒馆、食堂，经常有大量饭菜被糟蹋浪费，我就有一种莫名的惆怅和遗憾。假如这些被肆意扔掉的食物，放到那个饥饿的年代，它们将不只是许多人见所未见的上等美味佳肴，更可以救活不知多少人的性命。

# 野草滩

村前的大水库没修起来前，那里有一片被河道包围的野草滩。春夏秋三季的野草滩，芳草萋萋，繁花盛开，是一块放牛割草的好去处。这个野草滩是我少年时的天堂和乐园。

特别是春天来的时候，大片大片的野草在风中摇曳，黄的粉的红的紫的蓝的花，就像千万张美丽而快乐的笑脸，在草叶间翩翩起舞，那是令人心醉的时刻。白花色的、黄花色的、黑花色的蝴蝶，如同挣脱枝叶束缚的飞翔的花朵，在花草枝叶间飞来飞去，起起落落。在云朵飘移不定的明暗交替中，蝴蝶的飞翔给人一种扑朔迷离的神秘之感。

有一种名为叫天子的鸟儿，时常一飞冲天，在空中洒下一串串急促而快乐的啼叫，那叫声让人心动又沉醉，仿佛是野草滩酿出的醉人的浓酒；忽而它又直插入地，倏地消失在长满花草的河滩上，留给世间诗一般的猜测与想象。在野草滩上飞飞停停、隐显不定的还有燕子、斑鸠、麻雀、螳螂、蚂蚱、蝗虫，它们似乎个个都身怀飞行的绝技，把野草滩演变成一个施展飞行技能的、生机勃勃的航空展览场地。

我常常小心翼翼地蹚着野草滩的花草往前行走，去寻找叫天子的踪迹，到它们起飞与降落的地方，看那里究竟有些什么。野草滩上的草或疏或密，花或浓或淡，都那么干净自在。在丛生的花草间，我能偶然发现鸟儿用枯枝细草编织起的圆圆的鸟巢，鸟巢中静静地躺着四五枚长满褐色斑点的鸟蛋。我不敢肯定这是什么鸟儿的蛋，但我心里为自己的发现涌起巨大的惊喜。此时我能听到有鸟儿在我头顶的天空疯狂地叫着，那声音比平常听到的要激烈不知多少倍，我想一定是我这个不速之客，闯入了本属于它的禁地，危及了鸟蛋们的安全。否则它不会不顾敌强我弱的事实，大有一种立刻要冲下来，与我血拼一场的激愤！我并不理会鸟儿在我头顶的威胁，依旧贪婪地欣赏这诞生于自然界的精灵。鸟蛋是那样可爱，在鸟巢中像是睡着了，以至于我都不忍心去触碰它们一下。在我的记忆里，我从没有从鸟窝里拾起过鸟蛋，哪怕是在饿得头脑发昏的时候。我至今也没想明白这究竟是因为什么。我在鸟儿叫声中继续往前走，又在花草间发现了类似的鸟巢，我想这些作为父母的粗心的鸟儿，把鸟巢筑在地面，把鸟蛋放在如此暴露的地方，该是多么的危险！它们不怕吃草的牛羊什么的，在无意间践踏了它们这脆弱的儿女吗？后来我想，大概是因为河滩上很少有树，这些需要繁殖的鸟儿只得如此吧？随着我在草丛中的慢慢移动，我能够听得出来，鸟儿们接力般地在我头顶鸣叫。我知道我一定是为了满足自身的好奇心，侵入了它们的领地。

有蚂蚱在草叶间跳动，可能是草叶肥美的缘故，它们的肚腹都是肥肥大大、胀鼓鼓的，好像藏着好多的脂肪。我到野草滩来的一个潜在目的，在很多时候不是为了玩儿，不是为了闲情逸致，而是为了抓蚂蚱。因为它是人们传说中的害虫，又在体内贮藏了大量脂肪，所以成为人们捉拿的对象。过于肥大的蚂蚱飞起来很慢，翅膀啪啦啪啦的，显得很笨拙，因而我很容易就能抓住它们。我在花草间奔跑着，专拣大个儿的蚂蚱抓。在抓它们的时候，我先从草丛中拔出一根根细长的草茎，再将抓住的蚂蚱从颈部后面串起来，一会儿的工夫就能串起一根根蚂蚱串儿。此时的蚂蚱成了任我宰割的受难者，在细草茎上痛苦而绝望地挣扎着，口吐红褐色的液体，把那些草茎染得颇为淋漓。然而对这些徒劳的反抗者，我并不怀有任何怜悯之心，害虫之名使我对待它们的心肠，变得像铁一般坚硬。看着它们徒劳无助的挣扎，我甚至感到非常开心，谁让它们是糟践庄稼的祸害呢？抓蚂蚱的重要目的还在于，我把成串的蚂蚱拿回家，祖母就会把它们放在锅里炸了吃，或直接用火烤了吃，它们散发着一股诱人的肉香。村里的不少孩子乃至成人，也都有这样的习惯或举动，使人们在野草滩捕杀蚂蚱的场景，显得颇为壮观。

我有时到野草滩来，并不是为了看鸟或捉虫，而是祖母让我来割草。一般是到了金色的秋天，我拿着一把磨得锋利的镰刀，一条小巧的扁担，两根丈余长的绳索，来到野草滩。此时遍地的野草接近于枯黄，割了晒干后可作烧火做饭之用。那些茅草、辣蓼、芦苇等植物，在野草滩上长得很茂盛，广阔无边，高可没腰，有的甚至能没过我的头顶。我喜欢看这野草滩上的草，它们随风起伏，如波浪滚滚，使我心里有一种说不出的感动和陶醉。更重要的是，这遍地的野草意味着可以变为一个个高高的草垛，有了这些草垛，眼下的做饭和冬天的取暖，都有了切实的保障。一个农家的孩子，看问题的角度，已经变得非常实际。我低头弯腰一把一把地割草，那“刷刷刷”割草的声音，有时能激发一种催我成长般的激情。在我割草的过程中，青草和芦苇散发出清新的好闻气息，辣蓼散发出的辛辣刺鼻的味道，都让我心情变得很舒畅，身上更焕发出使不完的劲儿。偶尔我会抬起头来，任凭野草滩上的风吹凉我满头的汗，看蝴蝶继续翩翩起舞，听叫天子翻飞歌唱。割下来的草在我身后整齐地排列着，秋天的太阳把它们很快地晒干，等待祖父来和我一起担回去。有些年头在我们家的房前屋后，堆着一个个草垛，那里面就凝结着我的汗水和功劳。

割着草前进，我能看到地老鼠的窝，看到它们从窝里奔出来，或钻进窝里去，那副惊恐万状、抱头鼠窜的模样让我十分得意。因为鼠辈都是我十分讨厌的，地老鼠偷了农民地里的粮，家鼠偷了屋里的粮，与人争粮的鼠类让人必欲灭之而后快。我还能看到水蛇鬼魅般地出入，这是一种胆小无毒的蛇，在我的家乡很常见，见到人总是无声地溜走，但它总在野草滩留下蛇蜕，或者发臭的尸骸，暴露自己的踪迹。它是青蛙的天敌，经常在辣蓼、芦苇间，特别是水田的秧苗间，无情地缠绕着气鼓鼓的青蛙，大快朵颐。每见此情此景，我都会迅速出击，打死或赶跑水蛇，解救青蛙于困厄危难之中。当然，我也会碰到毒蛇，如土黄色的土公蛇，它样貌丑陋，阴险狡诈，懒惰且隐蔽性极强。我割草割到它的身边，它都淡定得动也不动，我知道它在等待和选择最好的时机向我发动攻击。猛然发现时，它常常已近在眼前，它的土黄色身影会吓得我魂飞魄散。我的父亲以及村里的男女老少，有不少人都被土公蛇咬伤过。刚一看到它的影子，我便挥起镰刀以最大的仇恨和快意把它打死。这很影响我的心情，对毒蛇的恐惧使我时时注意着前面是否有蛇存在，担心它趁我不注意时对我发动突然袭击。

不过令我放心的是，我们后面村庄有个村民，堪称专门治疗蛇咬伤的土郎中，如果谁被蛇咬着了求到门下，他只要到地里转上一圈，采些草药回来捣个稀碎，涂抹在伤口上，很快就能好，伤者完全没有生命之虞。而且据传说，只要毒蛇从冬眠中苏醒，这种草药就会从地下露出头来。这世间之物的相克相生，真的让人感到奇妙，又匪夷所思。不过，疗治蛇毒的草药配方是保密的、祖传的，土郎中从不拿来示人。敷在伤口上的草药，都是一坨乱糟糟的、看不清面目的东西，然而它却具有令人惊叹的奇效。

割草割累了，我就坐下来，欣赏野草滩的风景，摘一朵小花放在鼻孔前闻。花香淡淡的，平凡得与这野草滩很相称。我会向河道看去，河道里没有水，在这晴朗的秋天里，河水早已流向了远方。河滩上长着很茂盛的红高粱，已经成熟的高粱仍高高地昂着头，好像怀着某种成熟的羞涩与骄傲。连绵红高粱的远处，是河对岸的一片高岗，在高岗的上面，便是层层叠叠的悠闲的白云，它们从西往东无声地移动着。我喜欢看这白云，它们飞得那么低，仿佛伸手可触；又自由自在，随意来去，给我这个少年以很多的想象。这算是我的家乡最美，也最耐看、最常见的风景了。从那时候起，我就一直爱看天上的白云，觉得它是那么的纯洁与诗意。由此，我将此变成一种始终如一的移情，如青藏高原奢侈的白云，内蒙草原旷远的白云，南方潮湿滞重的白云，北京难得一见的白云，我统统都那么喜欢。

在野草滩的中央，有一块曾是坟地的高处。坟地主人的后人似乎已不可寻找，因此它渐渐地矮了塌了，没有人来给它加高盘圆。坟地边长了几棵人胳膊粗细的树木，它们的名字应该叫楝树，是野草滩具有地标性意义的植物。村子里一个外号叫黑驴蛋的男孩，经常赶着一大群猪羊在野草滩放牧，就到楝树下躲雨乘凉睡觉。年复一年的风吹日晒下，他的全身皮肤墨黑如炭，泛出油亮的光泽，只有一口牙显得非常地白，特别像非洲人。他是我儿时最要好的玩伴之一，在不上学的时间里，我喜欢同他在一起玩儿，有说不完的话。因为野草滩经常没有人来，或者只有为数不多的男人不知因何目的来此转上两圈，因此黑驴蛋常常可以毫无顾忌地把自己脱得精光，在野草滩上一丝不挂地赶着猪羊随意地来去。他之所以这样做，我看不是为了追求心灵上的自由，而是为了节省裤褂。久而久之，衣服穿在身上时，反而让他有些不大自在了。我始终学不会他的那份洒脱，不好意思像他那样光着腚，面对这荒草闲花的野草滩，也总要穿着一件红布或其他什么布做的裤头。我尤其爱穿着红裤头与他一道在野草滩上奔跑，这时候，尖锐的草根会扎破我的脚心，草叶也会划破我的小腿，但红色仿佛能够给我以激情，只要与他在一起，我似乎什么都可以不在乎。一个光屁股的他，一个穿红裤头的我，在好几年的春夏秋季里，把足迹洒在野草滩的每一个地方。

坟地的楝树枝杈上，有两个大的鸟窝，有喜鹊在树冠上飞来飞去。那鸟窝很吸引人，黑驴蛋和我打赌谁能够到它。那时的我们都是骨瘦如柴，身轻如燕，手脚麻利，自信满满地攀着树枝往上爬，但越接近鸟窝的地方树枝越软，尽管我们体重很轻也无济于事，最高处的细细树枝差不多快要折了，我们才放弃这种努力。不过我们似乎并不真的想去掏鸟窝，更不想去破坏其中的鸟蛋，只是出于某种好奇心，或想证明我们爬树的能力。在我攀爬的过程中，喜鹊并没表现出足够的惊慌，而是飞在别处远远地望着，这使我们既感挫败又很无奈。喜鹊的筑巢并不是件简单的事，也是千万年间积累下了丰富的经验，使它们在筑巢时就已经有了充分的考虑，要在一个适当的高度产卵孵雏，不能让可怕的人类，轻易地破坏了它们的安居乐业和子孙繁衍。

更多的时候，我和黑驴蛋会邀请其他少年朋友，来到树下玩扎方、抓子、打牌等各种乡间的游戏。风雨来临的时刻，我们在树下戴着斗笠披着蓑衣，任凭风吹雨打，电闪雷鸣，看着野草滩的苍茫烟雨和有些瑟索的猪羊。我现在想起来，不免有些心存余悸，在那种雷雨天气，在那种无边旷野，在那几棵树下，怎么没被闪电击中？是那几棵矮树不够高吗？以至于连闪电都懒得理我们。不知为什么，在野草滩能看到的雨后彩虹却特别多，彩虹出来的时候，挂在雨云逐渐消散的天际，给人以绵延不尽的遐想。那时候我并不懂太阳七色光的原理，于是在心底始终存在着巨大的疑惑，究竟是谁、又是怎样把颜料涂到天上，让天空变得那么绚丽漂亮的呢？当彩虹消失的时候，我又产生了巨大的遗憾，它为什么总是那么悄然而至，又稍纵即逝，如此的来去不定呢？假如这美丽的彩虹能够始终挂在天上，给这荒凉的野草滩增添一道道迷人的装饰，这不是一件非常美好的事情吗？为什么一定要把它收了去呢？

我们在野草滩的树下，也观赏过无数夕阳西下的景象。太阳将落的时刻，似乎变得更大更圆更温柔，阳光透过云彩返照回来，天空显得那样高远，野草滩更是被蒙上了一片金黄。遍地的野草野花好像不再是花花草草，而是俯拾皆是、闪金烁银的珠宝。沐浴在夕阳的金色光芒里，我有种天地永恒的感觉，尽管当时我还不知道，或不懂得“永恒”这个词的意义，我所感受到的正是这个词的含义。那时的我曾经以为，夕阳之下我的家乡真是美呀，世上一定没有比这更美的地方了。

当夕阳即将彻底消失的时候，也到了我们从野草滩返回的时候，应该也是我们最轻松的时候。我们把放牧的鞭子甩得啪啪作响，而且那响亮的鞭声，差不多都是在猪的牛的羊的耳朵附近炸响，绝不会真正打到它们的身上。在一串串如此响亮的鞭声中，它们按着既定的路线乖乖地回家了。只要把一天放牧的猪牛羊，如数地赶回了家，这一天的任务就算是圆满完成了。此刻，我们的心情会很畅快很放松。即使是平安地到了家，让猪牛羊进栏入圈了，我们仍陶醉与骄傲于我们甩鞭子的精确和有力，那声音似乎还在傍晚村庄的泥泞小道上回荡，听起来是那样的清脆与响亮，不久又渐渐消失在被黑暗淹没的野草滩上了。

# 田野上的花朵

我的故乡曾经是贫穷的，但也是很美好的。

小时候我并不觉得我的故乡穷，只觉得我的故乡很美。我甚至坚定地认为我故乡的一切都是美的。天空是那样的蓝，总有一朵朵白云在天上飘，轻悠悠、慢悠悠的，给人以无尽的向往和遐想，使人想长出一对翅膀在天上飞。地上是那样的绿，被花花草草等各种植物铺满，并且从脚下一直向远处延伸，不断地散发出好闻的草味花香，使我对土地有一种说不尽的喜爱。

给我留下最美好印象的是那些田野里的花朵。因为我特别喜欢土地上长出的形形色色的花朵，对它们便有了更多的关注。我一个男孩子竟然喜欢花花草草，大概不能算是什么高尚的趣味吧。有人说过，大丈夫之好，应该在大江大河、金戈铁马和经国大事，不能在花草这类小女子的喜好上。这使我常感到自责和愧疚，但还是改不了这种癖好。

我最喜欢的花叫大麦秸花，这是这种花在我故乡的名字。今天在北京我的住所四周，我常常可以看到它的身影，就是那种一丛丛的、直直的茎上，长出一串串大而扁的紫红、鲜红、粉红、白色的花朵，因轰轰烈烈而十分引人注目。它就像农家的女孩，虽然并不富贵却也有朴实耀眼的美丽。不知为什么，我在这高楼林立的大都市里，每当看到这种花时，总认为它应该属于田园，属于我的故乡。因为这座城市里，各种各样的名贵之花实在太多了，显示不出它的美丽了，这多少让我为其感到遗憾。我在网上一次不经意的浏览中，发现了介绍这种花的帖子，才知道它的学名叫蜀葵。之所以被称作蜀葵，在于其原产地是中国四川。拜四川所赐，蜀葵在今天已有了很广的分布，华东、华中、华北均有种植，这才让我有了见到它的机缘，有了从少年时的心仪到老年时的欣赏之情。据介绍，它还有一丈红、大蜀季、大麦熟、戎葵等别名，看起来也都是些不错的名字，同它在我故乡的大麦秸花之名也颇为相像。

让我感到不可思议的是金银花，这是一种经常长在墙角或路边的花儿。它刚开时是晶莹的白，后来渐次变为金色的黄。由于一棵树上的花朵开得有早有晚，由白变黄的时间也并不一致，常常是黄白相间，故称为金银花。它为什么会有这种特性，发生这样的变化呢？我百思不得其解，觉得它真的挺神奇。当金黄色的花瓣落满地时，就呈现出一种逝者的壮烈，我常为其被命名为金银花而惊叹其冠名的准确，也悲伤于金银花零落成泥的不幸。令人欣喜的是，秋天之后的金银花，结出一种细小褐红的果实，像极了人们传说中的寓意相思的红豆，而且它在秋风中总是满树满树地红着，密密匝匝的，在乡村的僻陋处竟显出某种与环境并不十分协调的高贵气质。

凤仙花可能是一种令我稍感有些距离的花，它植株低矮，花却开得很努力、很娇艳。常常是一丛丛地开出指甲盖大小的花朵，或是红色或是粉红色的，展现出独具风韵的美丽。然而我却并不十分喜欢它。有一天，我终于弄明白了我不喜欢凤仙花的缘故。我看到女孩子们把凤仙花掐下来往指甲上涂抹，把两只手的指甲盖涂得红红的，似乎很好看。因此我故乡的人们把凤仙花也称作指甲盖花。那好看的花朵被涂抹到指甲上时，我感觉到了一种美丽被破坏的狠心。形状美丽的花朵被捣成了一摊红红的稀泥一样的东西，往指甲盖上涂抹的时候，我觉得它变得有些脏、有些腻，因此在心里总产生一种说不清的伤感和憎厌。我不知道那些自在而又无辜地生长着的凤仙花，又将在什么时候，会被爱美的女孩们随意地采下来捣成红泥。

令我感到畏惧的是一种叫作猫头眼子的花。这种贴着地面生长的低矮花草，有一种令我恐惧的特异之处，即当你有意无意折断其叶片或花茎时，它就会在折断处冒出白浆。如果不小心让这种白浆沾在人的皮肤上，皮肤会发红、刺痒难受。它的花朵被茎顶在尖上，到了一定的时候，随风而逝，像飘扬起的一把把小伞。想必这种花的味道也不怎么样，牛羊在吃草时会刻意避开它。然而它的学名竟然被诗意地命名为蒲公英，一种在乡村土得掉渣的花朵，一种人嫌狗不待见的花，却有如此美丽的名字，这实在令人感慨不已。不过听说它还拥有别名叫黄花地丁、婆婆丁、华花郎等，典型的中国式的土气的名字，与猫头眼子也不相上下了。

其他还有南瓜花、豌豆花、槐树花等，在我心中既美好，又异常地亲切。或许它们与饥饿年代时能填饱人的肚子有比较直接的联系。又大又黄的南瓜花盛开时，就意味着又大又圆的南瓜即将长出来了。南瓜花有雄雌之分，雄花小而短，雌花大而长。从雌花的数量与个头儿，即可判断每条藤上能结出几个、多大的南瓜。看着黄得非常厚实饱满的雌花，我每每感到十分惊喜，不仅因为它本身就很好看，也因为它还能结出又甜又面、我很爱吃的南瓜。有一句歇后语叫“南瓜花打鸡蛋”，虽是比喻一样的货色，但却也真是一道味道鲜美的菜肴。

豌豆花也在朴素的韵致中，透出紫红色的美丽。那种近似于蝴蝶的花朵，能给人痴迷的想象。花谢后，随之长出豌豆荚。豌豆粒在嫩的时候是可以生吃的，稍微老一点的时候则有了口感强烈的腥味，但若煮熟了吃则是相当可口的。因此豌豆花在人们的眼中就更多了一份动人和实惠的韵味。

槐树花长在树的高处，春天到来时开得像一片片白云。那是一种染着浅绿的白，给人翡翠般的感觉，朴素平凡，香气袭人。比较起来，在挨饿的年代，村子里的人看到槐树开花了，心里就会高兴起来，它不只意味着有可以充饥的食物了，而且预示着夏天不会远了，人们饥饿的肚子又向夏收迈进了一步。

田野里还丛生着其他各种野花，如刺茉苔（应该是一种野玫瑰）、牵牛花、野菊花、野萝卜花，池塘里长着菱角花、鸡头花、水葫芦花，以及许多我根本叫不出名字的花朵。虽然它们无名无姓，但却让人对故乡花的丰富性难以想象。田野里开着的数不尽的小花更加让人喜爱，它们都是小小的个头儿，但却五颜六色，在和风与狂风中轻摇或挣扎，既有一种随风而醉，又有一种视死如归的感觉。它们是装点大地的精灵，深情地为人间舞蹈。我于春夏秋季经常走在田间，去欣赏那些应季开放的小花。它们总是把自己小小的花朵高高地举着，很像是学习刻苦用功又颇为自得的小学生，把自己漂亮的作业本和获得的好分数拿给人看。

冬天来临的时候，所有的叶子都落了，所有的花朵更是消失得无影无踪。即使再盛极一时的花朵，也都逃脱不了凋零的命运，让人寻找不到一丝踪迹，好像在这个世界上，它们从来就不曾存在过。村子里的人们从不因此而悲伤，他们知道，这一切是再自然不过的事了。冬天来了，叶落花谢理所应当。人们更多关注的是耕耘播种，对于不当饭吃、不当衣穿的花花草草，有什么必要为其付出闲心事呢？但当春天姗姗而来的时候，所有的花儿又会争相开放，又会像去年一样美丽和纷繁。人们对此仍然不惊不诧，在我看来，花朵的美丽与纷繁对于村里的人来说，远没有五谷杂粮的生长让人感到那么实在。

故乡田野里的花朵是我永远的怀念。我时常思索，凡是今天依旧开放的，一定都是生命力极强的花儿。它们不知从何时起就在这片土地上开放或凋谢了，也许已经有亿万年了，甚至比亿万年更长，它们还会亿万年地开放下去吗？用不了多久，我就会因衰老而灰飞烟灭，灰飞烟灭的我，不知会成为哪朵花的茎或瓣中的一个分子。我寻思如果能成为其缤纷色彩中的组成部分，也是件十分美好的事情，因为我可以借助花的开放，化成世间这种我所喜爱的美丽形象，无论是哪一种花的花瓣。

# 树影婆娑的荷塘

我们村子的西南方向有一个池塘，池塘边长了不少杂树。夜晚总有凄厉瘆人的鸟叫声，从那片杂树漆黑的影子中传来，使人们春夏与秋冬的梦境，始终笼罩在一种不安的氛围之中，仿佛那片被月色笼罩或夜幕沉沉的树丛，是一片魑魅魍魉的世界。

那是夜晚的感觉，其实当太阳升起的时候，这里却是一片土里土气，又十分美丽的风景。在皖中的土地上，这样的风景几乎俯拾皆是。所不同的是，只有它与我有关。在我的少年时光里，它年复一年地用既单调又丰富的色彩，装扮着我的欢乐和悲伤。

这是一个香肠般弯曲的普通池塘，离我家不足五百米远，沿乡间小路几分钟即可到达。池塘的塘埂高过一般的农田，上面长满了低矮的柳树、槐树、皂角树，以及萋萋的荒草。树与草的中间，有条小路穿过，通向紧挨着的南北或东西的田埂。这是往来劳作的村民们，用双脚踩出的小路，无论晴天雨天，都在人们的眼睛里闪闪发亮。在这条小路的中央，也即一棵个头稍大、枝叶纷披的柳树下，有一片平展展的空地，居中位置有一个不知何时何人支起的石凳，而空地与塘水的连接处有一块青石板搭起的栈桥。石凳和栈桥均可供村民们路过时稍事歇息，或做一点简单的洗涮，这使此处看起来有点微型公园的味道。

我曾经无数次地坐在这石凳上，看这池塘的景色；或坐在栈桥上，将双脚伸进水里，让各种鱼儿来啄，感受沁心的清凉。池塘里生长着各种茂盛的水生植物，特别是在夏天，植物几乎把整个水面都占领了。荷叶、睡莲、菱角、鸡头果（学名芡实）以及大片的茭瓜草（学名茭白），在水分充足和阳光温暖的条件下，把这样一个平淡无奇、荒秽寂寞的池塘，变成一个动物和植物百家争鸣、争奇斗妍的瑰丽世界。森林般的茭瓜草，在风中优雅地轻拂着它的长发，用永无休止的沙沙声，来抒发生长的激情。菱角开出米粒般大小、密如繁星的白色花朵，并凭借胖胖的枝叶吸收天地精华，把孕脂含香的果实，隐藏在尖锐带刺的硬壳里。鸡头果则一身戎装地把花与果高举在空中，畅快地呼吸着雨露阳光，结出如石榴般儿孙众多的籽实，也从而将自己撑得东倒西歪。

最引人注目的还是荷叶，它是池塘无可争议的真正主角。从小荷露出尖尖角的时候起，它就不断地给人带来惊喜。刚露头的小荷还有些微的羞涩，但很快就展露出绿玉一般令人心动的绰约风姿，在水中央亭亭玉立、迎风摇曳。荷叶的精妙在于其雨天的喷珠吐玉，晴天的流芳飘香，使一个草木环绕的池塘，成为令人心醉神迷的清净世界。接着便是荷花的惊艳登场，最初是百般羞赧地秀出水面，然后让孕育的花朵渐渐长大，一朵两朵，百朵千朵，突然就开出满湖超凡脱俗的荷花。在那一刻，你会感悟到这世界的壮阔、奇妙与灵性，从而深深地为之着迷。在我看来，荷花是世上最美艳、最圣洁的事物，它能使人心灵变得纯净，能给人无尽的遐想，甚至使人渴望就在这荷花瓣中永远地睡去。在荷花轰轰烈烈地盛开之后，便是莲子的珠胎暗结，又大又圆的莲子会撑破莲蓬的胎衣，把自己释放在丽日蓝天之下。于是又有了秋之浩荡，枯荷如林，沧桑坦然地面对着一天的凄风苦雨。

我时常以一双少年之眼望着荷塘出神，植物缝隙间的水面平静如镜，世间的一切都像是定格了，静止了。婆娑的树影落下来，让人怀疑也是水生的植物。红色、蓝色、黄色或褐色的蜻蜓，是一群灵巧无声的飞翔者，或悬停，或急转，或爬升，或俯冲，高低不定地飞来飞去，给宁静中更增添一分宁静。还有精灵一般出入的各种小鱼，怡然自得地游弋在水草的中间，偶尔用唇吻啄破水面，制造出一道道几乎看不见的波纹。天空浓浓淡淡的云倒映在水中，使池塘的一切都藏匿在一片迷离之中。

有时，我会跟随长辈坐上一只小船，划到池塘中央去采摘茭白、菱角、莲蓬和鸡头果。小船是非常小的那种，连古诗中的“扁舟”都算不上，划不好会随时翻船入水，因此我们总是小心翼翼的。小船在池塘里发出窸窸窣窣的声音，那是船体与水生植物亲密接触时发出的。我们边竭力保持小船的平衡，边顺手掰下茭白、菱角、莲蓬、鸡头果扔到船舱里，一会儿工夫就在船舱里堆了很多。我们摘下荷叶倒扣过来戴在头上，当作帽子防止太阳暴晒。我们也会仰面躺在小船上，任凭小船自由自在地荡漾。有蓝天和白云悬在高处，有荷叶和菱叶在低处轻拂船帮，也有蜻蜓好奇地飞来准备降落。那些蜻蜓十分警觉，在我企图伸手去捉的时候，它们意识到并不安全，便倏地飞走了。

我们会采摘很多的荷叶，送给一个叫老夏的店主，他在公路边开了一家代销店。他应该是我在生活中遇见的第一位从事正规商业活动的人，其经商的地位和规模，都要高于走村串户摇货郎鼓的老黄。当然我至今都没有弄清楚，这位老夏与老黄是一种什么样的关系。老夏瘦瘦高高的身材，使他看起来有些弯腰驼背，因此被村子里的人称作“老爪虾”。他之所以留给我极深的印象，一个重要原因在于其小名叫三罩子的儿子。这个年龄稍大于我的淘气家伙，居然企图偷窃从公路上走过的大车上的毛竹，不料被车上摇晃不定的竹尖，深深地扎进了右腿的膝盖，不仅流了很多血，还留下了终生的残疾，这让我想起来都觉得疼。另一重要原因是老夏留着模样怪怪的小胡子，我们把荷叶送给老夏的时候，他那模样怪怪的小胡子总是一撇一撇的，露出很快乐开心的表情。他的这副长相和气质，与土里土气、从不蓄胡子的村民相比，显得很是另类。看他的长相，我总联想到电影中的潜伏特务，认为他可能不是个好人，但村里人都说他其实是一个很和善的人。老夏从县城用大桶趸回来的黄酱之类的咸菜，就是用我们送给他的荷叶，一包一包地包了卖给村民和路人的。现在想来，我们从池塘里采摘来的无污染的荷叶，无疑是最干净、最环保的食品包装材料。

当长辈们划着小船到附近的小河里捕鱼的时候，我和小伙伴们就自己蹚水下塘。池塘里的水一般只深及腹部，水的清凉在炎热的夏天会给人带来异常惬意的感受。不过在荷塘里涉水而行，并不是一件愉快的事。荷秆自上而下都长满了短而尖的刺，我们赤裸的腿上、身上常被划出道道血痕，从渗血处传来一阵阵火灼般的痛感。你能想象得到美若仙子的荷花，竟有如此厉害的自我防护能力吗？似乎美丽与扎人总是连在一起的。还有许多藏在水面下的水草，丝丝缕缕地缠绕过来，给我们的前行造成不小的困扰。叫不出名字的神出鬼没的小鱼，也三三两两好奇地围过来，轻啄我们的皮肤。还有阴险狡诈的水蛇弯曲着身体，从植物的深处闪出来，又于倏忽间消失于无形，能惊得人心底丝丝发凉。不过这一切都可能由获得满把长得十分饱满的莲蓬，或者是从深泥中挖出的雪白莲藕所补偿。浑圆的莲蓬，雪白的莲藕，都带着新鲜的泥土气息，给人以清脆香甜的口感。当我们折下莲蓬高昂的头颅，挖出沉睡中的莲藕，包括疼痛与惊吓在内的一切好像都被忘在脑后了。

白天的荷塘真的像一幅美丽风景画，同我后来欣赏到的许多风景油画作品很接近。它有一种静谧的美、荒芜的美、自然的美，美得让人心动，又美得让人心净。夜晚的荷塘却是另一番景象，虽然荷叶的清香依旧，甚至更为浓烈，但随着光亮的消失，它的色彩也随之消失了。月黑风高之夜，即使有朗月清照，它也是黑黢黢的，让人望而却步。且不说夜夜总有鸟儿盘桓在塘边的树上，发出刺耳的怪叫。连田园诗般的蛙鸣，也让人听出嚎叫般的感觉。萤火虫似有若无地翔集于枝叶藤蔓之间，时隐时现的，如眨动的鬼眼，给人阴森可怖的感觉。而有意无意听来的鬼怪故事，在这种氛围中，更增加了某种恐怖的想象。似乎有妖精鬼怪在暗夜里窥视着我们，随时准备对我们下手。因此，夜晚我很少单独到荷塘边去，害怕那里有猛兽或鬼魅伏伺于此，抓我一个正着。

漫长的夜在睡梦中悄然过去，无论是美梦还是噩梦，天亮后的一切又光明如昨。荷叶还是那样清香飘逸，鸡头果的狰狞形象依然故我，茭瓜草如墙的阵列继续书写婉约的诗篇，岸边的树影不再那么鬼影幢幢了，而是复归绿色，清新葳蕤得如同恬静的少女，在风中婆娑着轻柔的舞蹈。我忘记了夜的惶恐，心情又像昨日一样空明，于是又有了邀约小伙伴采莲摘菱的兴致。毕竟这一片荷塘是我们少年不可或缺的嬉戏天地。

其实荷塘并非是个可有可无的桃源，从某种意义上讲，它是村子里一个颇有用处的蓄水池。每到稻田需要浇灌的时候，它就必须源源不断地贡献出它的全部库存。无论是自流而出，还是水车水泵的抽取，荷塘外的土地就像趴在母亲身上吃奶的孩子，吮吸尽她的每一滴奶水。它周围的良田就会长出健壮的秧苗，把农家希望的丰收，可靠地标示在这绿意常驻的大地上，也让父老乡亲们脸上的愁苦被笑意所代替。皖中的土地上这类星罗棋布般的池塘，皆是为了写丰收这篇大文章而埋下的伏笔。

# 爬满蝎子的墙壁

夏天的夜晚，我最害怕靠近墙壁。因为那些被雨水淋得坑坑洼洼的土质墙壁上，可能盘踞着几只或几十只毒辣的蝎子。在我的故乡，蝎子的恐怖，几乎可以和毒蛇相提并论，一旦被蛇咬了，被蝎子蜇了，那滋味很不好受，重则可能送命。将狠毒的人用“毒如蛇蝎狠如狼”这句话来比喻，可见蛇蝎之毒。以致今天一提起蝎子，或是在荧屏银幕上看到蝎子的蠕动，我的心里或皮肤上，竟会下意识地掠过一种麻酥酥、火辣辣的冰凉而又灼人的痛感。

在漆黑闷热的夏夜，田野里此起彼伏地响着阵阵蛙鸣，村庄就像一只船，漂泊在这海潮般无休无歇的蛙鸣之上。那聒噪的蛙鸣又似能给人无比寂静的感觉，让人在这种噪声澎湃的潮水中，听得见一切细小微末的声响。因而在这喧嚣的寂静中，常常会突然听到一声凄厉惊悚的尖叫：“哎呀哎呀，我被蝎子蜇了！”随之传来一阵倒吸凉气的哀叹。假如挨蜇的是个男人，你能听到的是一串痛心疾首，却又无处发泄的咒骂；假如挨蜇的是个女人，便能听到哭天抢地、怼三怼四的抽泣与责怨；要是个倒霉的孩子，便能听到天塌地陷般的哇哇大哭之声……都是可以想见的。不管是什么人挨了蝎子的蜇，所传导过来的信息，都会使人心惊肉跳，异常胆寒。加之这一切又发生在黑暗之中，这更增加了某种恐怖的气氛，小小的蝎子几乎被渲染成了令人毛骨悚然的洪水猛兽。

人们似乎并不是只扮演受害者的角色，其复仇的激情，或许在一瞬间就被激发出来。挨螫者于是端着煤油灯或打着手电筒，气哼哼地去寻找这于暗中下毒手的罪魁祸首，他们料想这作奸犯科的蝎子一定没有走远，必须在最短的时间里，将其捉拿归案加以处置。一种场景就自然而然出现了，犯下滔天罪行的蝎子，不知死到临头需逃之夭夭，仍高举着毒钩威风凛凛、神气活现地盘踞在土质墙壁上，守株待兔般地准备袭击下一个目标。结果可想而知，它顷刻间就被仇恨满腔的人们，用鞋底之类的东西拍成齑粉。也有自知干了坏事没有好下场的蝎子，罪恶目的得逞之后，早已在人们的惊叫声中，一溜烟儿地落荒而逃了。连那些当晚并没有犯事的蝎子，也随之逃得无影无踪了。任凭你天上地下寻个遍，四处茫茫皆不见。被蜇的人只好忍着剧痛，气咻咻、骂咧咧的，最后不停地拍打着自己的大腿，吸气抽气。

人们被蝎子蜇后，竟有对付疼痛的自欺欺人的办法，即念念有词道："蝎子蜇到板凳腿了，蝎子蜇到板凳腿了。"据说这样就不疼了，因为据说蝎子或蝎毒都是有灵性的，当它们从人们的念叨中，得到某种欺骗性的神秘信息，即螫到的不是人的血肉之躯，而是板凳腿这种木板质地的物体时，就会非常地气恼，其向人体注入的蝎毒，毒性就会在陡然间消失，挨蜇的人也就不觉得疼痛了。这显然是自欺欺人的骗人鬼话，但在很长时间里，我都对此深信不疑。每当有人被蜇了的时候，我总是怀着对蝎子的憎恨，对受害者的同情，赶过去与其一起，一迭连声地念叨"蝎子蜇到板凳腿了"！这种时候，我总有些异常的紧张和兴奋，常常半同情、半幸灾乐祸地夸张地嚷嚷一番，把乡村本是静静的夏夜吵得像开了锅。小小的乡村平常有多少能引人注意的大事呢？这挨蝎子蜇的事件，在我看来已经是相当严重的了，可以把这看作是平淡生活中陡起的波澜，因而我对这样的事表现得既热心，又开心。不过凭我判断，不管我们再怎么歇斯底里地叫喊，似乎根本不起作用，挨螫的人的那份痛苦丝毫不会减轻，一直咬牙切齿地呻吟到深夜，第二天早上可以看到在挨蝎子蜇的地方，竟长出个红肿的、很吓人的大包来。

侥幸的是，我从未被蝎子蜇过，我相信这与我的运气好有关。不过我并不因此漠视蝎子的存在，没有遭受过挨蜇的痛苦，未体验过疼痛的程度，心里的恐惧反而更甚。特别是那些不幸者的痛苦呻吟，一次次地加重了我的恐惧，好像下一个挨蜇的人就是我了。黑灯瞎火的夏夜，我害怕房前屋后茂盛的灌木丛，因为那里经常有带毒的蛇和无毒的蛇出入；更害怕那些近在咫尺的、黑黢黢的土质墙壁，我简直视之如寇仇，觉得那每寸泥土都是蝎子的天堂，是蝎子的狩猎场。那在墙壁上盘踞着的蝎子，十分阴险毒辣和身手敏捷，随时准备用竖着的毒钩，伺机给不小心误入其领地的人以狠毒的一蜇。因此在那样的夜晚，我总谨慎小心，加倍提防，不使蝎子得逞；同时也常常惊恐万状，如临大敌，噩梦连连。在这样的梦中，我陷入过遍地是蛇的窝洼，到处是蝎子的洞穴，从而在一身冷汗中惊醒。我之所以从没有被蝎子蜇过，可能与我过度的恐惧与小心有一定的关系。

我听长辈们说蝎子虽然有毒，却是一味很好的中药，学名叫作全蝎或全虫，具有清热去火的作用，假若把它们捉了焙干，可以拿到县城的药店去卖钱。钱！这对于贫困岁月的人们来说，是很有诱惑力的，对我当然也是如此。又解恨又挣钱的事为何不干呢？我和几个小伙伴相约，在闷热漆黑的夜晚，怀着泄愤和挣钱的双重冲动去捉蝎子。那种感觉无异于新兵第一次上战场，内心里既高度紧张，但也十分兴奋。我们左手握着一个手电筒，右手拿着一双筷子，这二者是捉蝎子必不可少的简陋却有效的工具。手电筒圆柱般的光亮照过去，被风吹雨濯的墙壁，在夜晚仅有的光照之下，更显得七高八低粗糙不堪。蝎子们就三三两两地蛰伏其上，犹如窥测方向、以求一逞的散兵游勇。因为它们有毒，虽然只是小小的昆虫，却又像身披铠甲、不可侵犯的铁血军团，颇有股先声夺人的气势。看见手电筒的光亮，有的蝎子一动不动地装死，企图蒙混过关，躲过灭顶之灾。可以看得出来，它们虽然纹丝不动，却阴险地高举大螯，随时准备奋力一击。有的则健步如飞地爬行，想以最快的速度逃出光亮的区域。它们在奔跑的时候，仍然把带毒的尾巴高高举起，像战士挥舞着兵器，有种气势汹汹、以死相拼的架势。但它们显然是外强中干，虚张声势，逃之夭夭才是其真正的目的。对于人类，蝎子的制胜手段往往是在暗中偷袭，一旦正面交锋，两者力量对比上的悬殊，只能意味着它们的迅速灭亡。

对于静止不动的蝎子，我们自然照单全收。对于企图逃跑的蝎子，我们会以最快的速度，赶在前面伏击它们，待它们慌不择路地逃到埋伏点时，我们便以迅雷不及掩耳之势，用筷子轻轻地、狠狠地按住它们的尾巴，再轻轻地把它们夹起。切记，这个时候一定不能过于用力，太用力就会弄断蝎子的爪子，因为不是全蝎品相不好就卖不掉了，我们也就白费劲儿了。被筷子夹住的蝎子，仍在拼命地挣扎抗拒着，妄图夺路而逃。它们细细的透明的节肢在泥墙上抓出刺啦刺啦的声响，做最后徒劳的挣扎。别看它们穷凶极恶，不屈不挠，却再也无力抗拒，只好束手就擒，任凭我们用筷子一只只地把它们夹住，小心翼翼而又快乐无比地放进玻璃瓶子里，这时候已经有很多蝎子如俘虏般被囚于其中。看着玻璃瓶里蠕动着的蝎子，我们既感到解恨又颇为享受。

令人费解的是，有时候一个晚上捉不到一只蝎子，仿佛它们都消形遁迹了一样。我们不知道这蝎子都跑到哪里去了，因而为一无所获感到很气恼；有时候一个晚上能捉上满满一瓶子，又在心里乐开了花。

这里面存在着怎样的规律，我们始终没有弄懂。当我们捉到满瓶蝎子的时候，会把瓶子举过头顶，借助煤油灯和手电筒的光亮，仔细观赏它们在瓶子里如何互相挤压、如何互相踩踏、如何不甘心地折腾，那感觉很有点像观看一大堆缴械投降、焦躁不安的俘虏。它们的身体在光照之下，闪着亮晶晶的、金属般的光芒，看上去还挺迷人。仅隔着一层玻璃，它们就无奈我何，这使我感到某种胜利者和统治者的自得。但看着这一只只既熟悉又陌生的蝎子，我身上又往往会长出一层鸡皮疙瘩，一阵寒战袭遍全身。生活在乡村的祖祖辈辈，都是同这些生物为伴的，如蛇、蝎、蜈蚣、虱、跳蚤、老鼠等，仿佛它们是远离不了，又亲近不得，让人只有憎恨却无法清除的沉默老友，岁岁年年给人们带来数不尽的麻烦与伤害。小小少年的我，只是延续了先辈们亘古已有的生活，如果没有特定外力作用的话，我依然会继续生活在这片天地中，像先辈一样与其相处或斗争。

我时常会产生这样一种幻觉，觉得泥土的墙壁下隐藏的仿佛全是蝎子，它们密密匝匝的有千万只之多，只要夜幕四垂，它们就会从洞穴里钻出来，肆无忌惮地横行奔走于乡间的墙壁之上，伺机给人以狠毒的一蜇。于是我对乡村夏夜的静谧不再感到那么美好，总以为满世界都有蝎子在爬，都有魑魅在游走，由于心底惊惧而冷汗迭出。但从实际情形来看，蝎子并没有我想象的那么多，要刻意去找它们的话，也并没有那么容易。后来我想这也许与需要维持生态平衡有一定关系，蝎子数量太多了，也会有个资源短缺的问题。有时找遍所有的犄角旮旯都见不着一只蝎子，它们好像从这个世界彻底消失了一样，或者压根儿在这个世界就不曾存在过似的。我真想它们能满墙满地地爬，好让我们尽情尽兴地捉上一回，拿到县城去卖很多很多的钱。

实际上，我们把能够捉到的蝎子，拿到县城的药店里去卖，也换不回几个钱，店铺收货的人精明小气得出奇，每次换回的钱总是离我们的期望差得很远。现在我十分怀疑药店的人，是不是欺负我们是少年，即使是再多的蝎子，他们也只是象征性地给我们几个小零钱糊弄我们，反正我们小孩子并不懂得斤两。不过即使如此我们也并不在意，哪怕是得到一分钱的钢镚儿，我们也兴高采烈得像过年，因为这个钱毕竟是我们自己挣来的，而不是从父母腰包里掏来的。细想起来，捉蝎子本身就是我们的全部乐趣所在，有了解恨解气的复仇快意也就足够了。

# 家里有个燕子窝

我打小认识的第一种鸟儿，应该是燕子。当我还不懂事的时候，一定是躺在屋里的晃床中仰脸看着屋顶时，就看见了我们家椽子上燕窝里的燕子。记得我故乡家家户户的二道椽子上，都垒着一两个燕窝，那土墙草房既是我们人的家，也是燕子的家。

每年春天到来的时候，燕子也从南方飞回来了，也总有两只燕子飞进我的家。它们重归老宅的时候，先是上上下下、前前后后地审视一番，再叽叽喳喳地喧闹、议论一番，就又飞出去了。再飞回来时，它们嘴里衔来了青草和春泥，开始在二道椽子上加固去年的老窝。在好多天里，它们频繁地进进出出，一边垒窝一边用动听的燕语交谈。后来母亲不止一次对我说，她认得这两只燕子，它们就是我们家的燕子，也就是去年深秋飞走的那两只。这两只燕子中的一只，肚皮的羽毛上白里透着点红，另一只燕子的眼角好像有点划痕，而且它们的叫声，她也能分辨得出来。现在是春天了，天气变暖和了，它们就又从南方飞回来了。

尽管我还处在懵懵懂懂之中，但我仍然对此感到很神奇，难道这种小鸟真的能认识返回的路，真的能记得这个家吗？它们是凭借什么印象和记忆找回来的呢？它们以我这个汪姓的家为家，应该是两只汪氏的燕子吧？燕子是不是也有它们的姓氏呢？也许有，只是我们人类不知道而已。去年秋天，它们飞到哪里去了呢？它们在南方把窝筑在一个什么样的人家里呢？那个主人家又该姓什么呢？那个姓氏一定可以在百家姓里找到，但我却不可能知道，燕子当然也不可能告诉我，我们家与南方的那个家，共同拥有和厚待这两只可爱的燕子，却相互之间又都不认识，想想都让我觉得有趣。

白天，我们家的两只燕子到外面衔泥衔草，捕捉飞虫。家家户户的燕子，似乎也都到外面衔泥衔草，捕捉飞虫。于是田野里到处都有燕子在高高低低地飞翔，把春天的气氛渲染得热闹非凡。它们回来时又是那样的熟门熟路，似乎闭着眼睛都能找回来。如果两只燕子同时回来，它们好像各有各的分工，协作地或顾自地干着什么，完全是一副埋头苦干的作风。如果两只燕子相隔较长时间才返回，一见面时欢愉得简直要闹翻天，仿佛争抢着讲述各自在外面的见闻，或者是倾诉对彼此的思念之情，叽叽喳喳地说个没完没了，喧宾夺主般地把我们家的房屋，完全变成了它们自由自在、旁若无人的天堂。晚上，忙碌累了的燕子缩在窝里休息，彻底闭上了它们絮絮叨叨的嘴巴，二道椽子变得悄无声息的，好像它们根本就不存在似的。

我不知道燕子是不是也像鸡那样下蛋，如果下蛋的话，它们一定不会像母鸡那样在下蛋之后大叫大嚷，而是在悄悄之中进行的，反正我是没有看到过。不下蛋哪里来的小燕子呢？它们一定是把蛋下在它们的窝里，在那高不可攀的地方，我与家人根本无法看到，更无法够着，因此至今我都说不清楚燕子蛋是什么模样。不仅如此，就算攀爬腾跃的高手——馋嘴猫，也拿它们毫无办法。我曾看到过猫儿抬着头，端详椽子上的燕窝，很有某种扑上去以求一逞的企图，但它的身手不足以支撑其罪恶目的实现，只好无奈地舔舔嘴巴，悻悻然作罢，不再做这种非分之想。

不知何时，小燕子诞生了。其实这也是有征兆的，两只燕子轮流外出，总有一只燕子守在窝里，那一定是在履行孵化任务，只不过是我的感觉十分迟钝罢了。某天，我忽然听见燕窝里发出密集的、尖细的声音，我才意识到可能是小燕子出壳了。从这一天起，每当大燕子飞回来时，燕窝里就齐刷刷地露出四五只小燕子那毛发稀疏的稚嫩脑袋，黄黄的嘴巴迫不及待地迎向父母亲要吃的。这段时间把为人父母的燕子老两口儿忙坏了，它们更加频繁地出出进进。它们每一次回来，嘴巴里都叼着东西，蜻蜓、螳螂、蚂蚱、马蜂、苍蝇、蝴蝶、蛾子、蚯蚓、洋剌子，以及我看不清形状的各种小虫子。乳燕的叫声如同幼儿缺乏奶汁般的哭喊，燕子父母必须拼了命地在田野里奔波，以捉到更多的昆虫，来充填小燕子们永远也填不满的肚皮。这个时期一定是它们最辛劳、最沧桑、最快乐的阶段，当然也是消灭害虫最高峰的时期。

这也是我所赶上的最倒霉的时候了。当我还在晃床之中时，必定会仰面好奇地或无意识地观看小燕子。吃饱喝足的它们，居然懂得把屁股调过来冲向外面，不容商量地就把大便拉了出来。这很容易不偏不倚地把屎拉到我的脸上，有点温热咸腥的燕屎，往往使我不知所措，下意识地用手去划拉，不用说我满脸布满了燕屎的图案。母亲看见后并不生气，而是笑弯了腰，拿来抹布给我擦干净，因为落上自家燕子的屎，并不意味着有什么不好。小燕子们似乎并不以此为满足，它们会冷不丁地把屎拉在我与家人的饭碗里，这突如其来的袭击总把人吓一跳，被袭击者顶多在嘴里发出呸呸呸的声音而已。燕屎落进谁的碗里，谁只是把燕屎和粘了燕屎的饭拨拉掉，剩下的部分则继续吃，一点儿嫌弃的意思都没有，好端端的饭菜，是无论如何也舍不得倒掉的。

在我印象中，每年都有燕屎落在我的身上和饭碗里的事发生，我已经对此习以为常了，也并不觉得它们有多脏，只是费点儿事把燕屎从身上脸上抹掉或洗去罢了。看得出来，故乡的人们对燕子没有恶感，似乎这一切都是天经地义、无可厚非的。从人们的言谈话语中，我渐渐体会到，有没有燕子在家里落户筑巢，是关系到家道和人气兴旺与否的大问题。有燕子来仪，说明一家兴旺，五谷丰登，如果连燕子都不屑于光顾，则意味着情况有些不妙。因此燕子来否，是某种预示兴衰吉凶的征候。人们对这种天性活泼、美丽可爱、与人无害的小生灵，是常怀极大的欢迎与怀柔之心的。

小燕子很快就长得体格健壮、羽翼丰满，跟着自己的父母外出觅食去了。我看到外边的世界里有很多的小燕子在飞，它们像黑白相间的精灵和闪电，掠过枝叶浓绿的树冠，掠过宽阔无垠的田野，做着各种飞行或滑翔的动作，漂亮的、经典的剪式尾翼，在蓝天下画出各种美丽的图案。在老燕子的带领与示范下，小燕子逐渐掌握完美的飞行技巧，捉蜻蜓、捉蝴蝶、捉蠓虫、捉青虫，通过有效而诚实的劳动，把自己的肚子填得饱饱的。我和小伙伴们有时发起狂来，在田野里追着小燕子们奔跑。我看不出在天上飞着的燕子，是不是我家的那一群，只管拼命地追着它们跑。它们闪电般来去，是那样潇洒自如、尽情尽兴，把村庄周围当作它们恣意飞翔的世界，旁若无人般地把我们耍得团团转。它们好像认识我，又好像并不认识我，只是自顾自地快乐地飞来飞去。它们也时常停下来，在电线上、在树枝上、在屋檐上，排成一排排，叽叽喳喳地交谈，用细细的爪子挠挠嘴巴，用嘴巴梳理羽毛，全都是一副衣食无忧的模样。

人都说燕子是益鸟，它们在传宗接代、哺育幼鸟、生长发育的过程中，需要捕捉大量的虫子来作为食物。这完全是出于本能的行为，由它们的天性决定，并不是刻意要去为人类做好事。然而正因为如此，才使那些为害庄稼的昆虫葬身燕腹，使农民辛辛苦苦种出的庄稼，能够健健康康地成长。因此人们喜欢燕子是有道理的，它们是庄稼忠实的守护神。群燕的穿梭往来，不仅给人视觉上的美感，更让人想到的是其善举。正因为如此，它们才可能成为家家户户房梁上受到欢迎的不速之客，不受干扰与伤害地起居和繁衍。假如它们有害于人类，一根长竹竿就可以彻底改变它们的命运了。

不过我也曾目睹过燕子的忧伤。有一天，我看到一只猫拖着一个黑白相间的物体，在肮脏的地上戏弄，看上去十分起劲。我好奇地走上前去看个究竟，猫爪下原来是一只半死不活的燕子。我不由得心生怜悯且怒火中烧，抄起一把笤帚向猫砸去，猫“喵”的一声逃走了。令我难过的是，这只燕子虽被我救了下来，却没能被我救活，扑拉了两下翅膀就不再动了。我不敢确定这燕子的死，与这只猫有无直接的因果关系，但也不能排除其下了毒手的可能性，我真的很想抓住那只猫，狠狠地教训一顿，但它早已逃得无影无踪了。而那只死了的燕子可怜地躺在地上，完全失去了飞翔的美丽。我不忍任其被猫食狗戏，蚁啃虫噬，便找来一把小铲子，在田埂边挖了个小土坑，把它埋了。

此后又发生了一件事，更让我惊骇不已。好像是在接近黄昏的一天，不知从哪里突然飞来一只老鹰，急速地闯进燕群，追逐正在觅食的燕子，有一只躲闪不及的燕子被这只凶恶的老鹰凌空抓住了。同老鹰比较起来，燕子是一个真正的弱者，根本没有任何反抗能力。罪恶目的得逞的老鹰，停在不远处的一棵树上，用尖利的鹰爪紧紧按住燕子的身体，以带钩的鹰嘴一下一下地拔掉燕子的羽毛，又凶狠地撕扯着燕子的身体，连血带肉地吞了下去，一只刚才还在天空翱翔的燕子，转眼间就在鹰爪下消失了。我被一种突然而生的怒气驱使着，但无奈平常不离手的弹弓此刻不在身边，只得从地上捡起一块土坷垃，紧走几步又紧走几步，将土坷垃狠狠地向老鹰投去。老鹰像是非常不屑地向我看了一眼，然后扇动硕大的翅膀，带着吃了开胃小菜似的小小满足，从容而优雅地飞走了。呆在田野里的我，被沮丧与失败的情绪笼罩着，那一刻好想手里能有一杆枪。

庆幸的是，我故乡的老鹰并不常见，这只老鹰可能只是个过路游神，那只燕子仅是因偶然事件，而招致的无妄之灾，但并未对整个燕群造成根本性的伤害。那天傍晚的屠杀事件发生之后不久，惊魂甫定的燕子们，又在田野上高高低低、来来去去地飞翔了。好像人类一样，即使有生老病死，即使有坎坎坷坷，即使有各种变故，即使有战火纷飞，生活仍要继续。燕子以它们顽强不屈的生命力、繁殖力，依旧成为我故乡鸟类的主角。

那些长大了的小燕子，还会回到我家来，但燕子的窝则明显地有点挤挤扎扎的了。燕子是怎么解决这个问题的呢？它们大多数时间游荡在野外，还是准备寻找属于自己的家了呢？就像人类一样，孩子长大了，也必须要分家了吗？分家之后的它们，又会在哪里找到落脚的地方呢？对于这一点我没有再做细致的观察，从后来的书本上也没有找到答案。只是觉得空旷的田野上，有很多很多的燕子在不停地飞啊飞，把春天、夏天和秋天的天空与大地，飞得那样热闹、那样生机勃勃。这使我相信，聪明的燕子一定有办法找到安家的地方，并且一代一代地繁衍下去。这一点根本不需要我们人类操心。

转眼到了深秋，就难再见到燕子的踪影了，作为候鸟的燕子再度往南方飞去了。我时常望着南方的天空，也就是燕子飞去的方向，好奇地想：是燕子身体里的什么东西，告诉它是时候应该飞走了呢？南方的另一个家，到底是什么样子的呢？那个家里也有和我一样大小的男孩子吗？多年后的今天，我忽然在微信推文中看到一则令我诧异的内容，说是北京的雨燕越冬路径并不是一路往南，而是一直往西，经过我国新疆、中东的伊朗、非洲的东部，再转向南到达遥远的南非。这完全颠覆了我对燕子的认知。这种说法如果确凿的话，表明燕子飞行能力实在太强了。不过我又不大明白的是，我故乡的燕子同北京雨燕是一回事吗？假如是的话，我的那个家居然与万里之遥的南非，建立起了某种无法想象的联系。以燕子为代表的世界上的万事万物，还有多少东西是令我不明就里的呢？

# 春天的鸡雏

春天是生命萌动勃发的季节，春草长出了小芽，树木冒出了嫩叶。一串串逗号似的蝌蚪，在池塘或水渠里摇头摆尾的，画着只有它们自己才懂的图案。黑羽白腹的燕子，掠过田野寻找解冻的春泥，衔回农家修补着去年的旧巢。这时候，便也是小鸡雏粉墨登场的时候了。

春天应该是母亲和姑姑婶婶们，以及左邻右舍的女人们，特别忙碌的季节。在开春之后不久，她们就使劲儿地给老母鸡喂食，或者是五谷杂粮，或者是虾蟹螺蛳，只要是鸡爱吃的尽量满足供应，好让它们把蛋下得又大又实。当攒足了一筐筐鸡蛋时，母鸡们就到了该“抱窝”的时候了。而即将“抱窝”的母鸡们，就到了冲动的发情期，像恋爱中的人们一样，性情乖张，不思饮食，鸡毛凌乱，叫声怪异，只有美美地卧在铺满鸡蛋的窝里，才如情有所托，瞬间安定下来。

对此，母亲和姑姑婶婶们自然十分清楚。而且她们每个人，都是协助母鸡孵小鸡的行家里手。她们首先严把鸡蛋的质量关，每一个用来孵小鸡的鸡蛋，都要拿起来对着太阳看。她们不仅能看出鸡蛋是否散黄，而且能看出是否为受精卵，即哪些鸡蛋能孵出小鸡，哪些鸡蛋不能。我的家乡将公鸡和母鸡交配称为“打融”，只有“打过融”的鸡蛋才能孵出小鸡。母亲和姑姑婶婶们有非凡的眼力，对是否打过“融”的鸡蛋，能够分辨得清清楚楚。

无论是柳筐或竹篓等，只要底部铺上稻草或麦秸，都可以用来做母鸡孵小鸡的窝。孵小鸡的母鸡十分忠于职守，在二十一天时间里，几乎不吃不喝，寸步不离，用自己的羽翼和灼热的身躯，孵着身下神圣不可侵犯的蛋。无论是饲养它的人，还是猫狗之类的友朋，都是不得近前的。谁若胆敢逼近鸡窝，它便奓起浑身的羽毛，对来犯者进行恫吓。我曾试图接近过孵小鸡的母鸡，竟被它极快极狠地啄了一口，在我可怜的小手上，立时显现出一道红红的血印。不过我发现也有例外的情况，即当母亲帮助母鸡翻动身下的蛋时，母鸡虽然也表现出极强的防范姿态，但它还是任由母亲这样做了，也许它明白这其中的必要性，帮助翻动它身下的蛋，是为了让其更为均匀地受热孵化。在整个孵蛋期间，母鸡像得了一场高烧不退的大病，因此当所有的小鸡出壳后，母鸡几乎是毛褪骨显，形容不堪，但它却可以此来证明，它作为称职母鸡的伟大与非凡。

但也并非是所有的母鸡，都拥有孵小鸡的幸福待遇，似乎大多数母鸡都不会有这样的资格。不被委任孵小鸡的母鸡，其遭遇是很尴尬的。可怜且可悲的是，此时的它们，可能意醉情迷于孵小鸡的生理需求与伦理幻想之中，你能够看到它们失恋似的迷狂，上蹿下跳，急躁焦灼，几乎是见到石头子儿，都要当鸡蛋焐一会儿。为了让情迷心窍、望子心切的母鸡，很快迷途知返，及早担负起下蛋换钱的使命，狠心的主妇们便把母鸡抓来，不断地将其头朝下放在水里浸泡，让它死去活来地反复经受残酷折磨和警醒。如此这般几日之后，它们终于迷迷瞪瞪认清现实，或者是激情消退，无奈地放弃其纯洁朴素的梦想，跟跟跄跄地下地觅食去了。看着它们嚎叫着跌跌撞撞奔去的身影，我不禁对它们怀有一种深切的同情，为什么同为母鸡，它们却没有做母亲、孵小鸡的权利呢?

生命真的是有固定密码的，不多不少二十一天，小鸡们就如约般啄壳而出了。立刻，春天的农家到处充满叽叽叽、叽叽叽的快乐叫声。那刚出壳的小鸡雏，全都是毛茸茸的，像一团团黄色的小球球，胆怯地、无意识地簇拥在一起。无比消瘦的母鸡，此时流露出幸福无比的神情，咕咕咕地呼唤着不谙世事的小鸡雏们，带领它们练习啄食主妇们投下的小米等粮食，殷勤而尽责地履行着一个母亲的职责。春光明媚而灿烂，小鸡雏的绒毛在阳光下泛出金色的光芒，让人对新的生命，泛起一种情不自禁的喜爱与感动。同时让人喜爱与感动的，还有小鸭和小鹅，它们竟像是同时在这个世界出生，把一种弱小但强大的生命力，在春光下表现得淋漓尽致而又感人至深。

小鸡雏渐渐地可以满世界走了，开始时的行走像是在地上滚，继而就表现出奔跑健将的姿态了，像它们的经验老到的母亲一样去觅食与玩耍。满世界都有草叶、草根、草籽和昆虫，草叶、草根的甘甜，让它们流连忘返，蚂蚱、蛾子的香腻，吃起来有趣而实惠。在种种快乐的游戏中，它们就可以把肚子填得饱饱的。水洼里有明亮而清澈的水，既可以拿它来解渴，还可以照出自己好看的模样。小鸡雏们真的开心极了，就在这自由散漫的开心中，属于鸡雏的时光就这么一天天地过去了。跟随着母亲，它们从春唱到夏，从夏唱到秋，或者伙伴们成群结队，或者一只鸡独自行动，把村子周围的世界转了无数遍，该看的都看了，该吃的也都吃了。在领略了广大世界之后，小鸡雏们渐渐显出雄雌的本相，也渐渐丰满了成熟而性感的羽毛，母鸡线条饱满，公鸡姿态英俊。

但当它们真正成为公鸡或母鸡时，它们的命运就等待着宣判了。一般来说，由小鸡雏成长起来的公鸡母鸡的数量大体是相当的，但一个家庭只能留下一只做种的公鸡。农家没有足够多的粮食，供公鸡们逍遥自在地只打鸣、不下蛋，因此大多数公鸡在秋天来临之际，都要灾难临头了。农家来客之时，便是小公鸡、大公鸡落难亡命之际，这是无奈的农家最方便也最简省的待客之道了。如能佐以斤儿八两当地的烧酒，那就相当丰盛和够意思了，特别是在不年不节的时候，主家能拿出一盘像样的炒鸡肉招待，客人就会相当满意，颇感脸上有光了。此时的小公鸡也仅羽毛初丰，还未成长为精壮的雄性，连报晓的啼叫还显得十分稚嫩，远称不上洪亮的粗声大嗓，便一命呜呼了。主妇举刀一抹小公鸡的脖子之前，还念念有词："小鸡小鸡你莫怪，你是桌上一道菜。今年早早去，明年早早来。"居然还与小公鸡预约了明年的生养、孵化与杀戮，冷酷中的温柔实在让人无语，让人心惊肉跳。当殷红的鸡血滴在瓷碗里，映在碗中的太阳也是血红的了，这时流尽周身热血的小公鸡被扔在地上，蹬动双腿做最后的挣扎，看起来竟有几分令人不忍的惨烈和悲壮。

剩下的最后一只公鸡，便过上了妻妾成群的美好生活。不过要说起来它也是苦乐参半。它不仅要司晨打鸣，按时把大地从黑暗中唤醒，还要与邻家的公鸡争斗，以捍卫自家的地盘和权利，有时直斗得鸡毛飞舞，鲜血淋漓，甚至还可能命丧黄泉。举起屠刀取性命的不仅有人类，还有虎视眈眈、凶相毕露的同类。当然还有黄鼠狼之类的觊觎，被暗算的也未必只会是母鸡，即便是战斗力颇强的公鸡，被叼走也是大有可能的。因此生存在这个世界上，作为雄性的公鸡，也是危机四伏。不过做公鸡的好处也是显而易见的，不光是任何一只母鸡都会向它大献殷勤，还有领着一群母鸡四处溜达的帝王般的感觉，似乎是令人陶醉的。它站可以在最高处，歇可以在最宽处，吃可以是最好的，无疑可以一切从优。心情郁闷或者是对谁厌烦时，可以随时啄去一只小母鸡的鸡毛，或将其压在身下任意蹂躏，不管它与自己曾经有过一段怎样亲密的时光。这时的公鸡完全是威风凛凛、杀气腾腾的，全然没有了小鸡雏时期的天真可爱和稚嫩孱弱。在鸡的王国里，它要纵横驰骋，把统治者的霸凌之气和强者感觉，谱写进每一个早晨与黄昏。

一只公鸡作为王者的时间，大概只有三四年的时间，每一年都可能从小鸡雏中脱颖而出一只新的王者。这王者的生长与确定，既可能取决于主妇的意志，也可能源于意外之灾，更可能是经过你死我活、以命相搏的较量，后起之秀取代老的王者成为新的王者，这是鸡界的寻常规律。“王朝”的更替千万年来就是如此默默地进行着，不足为奇又地动山摇，不动声色又惊心动魄。因此每当看到小鸡雏的美丽出壳，我都觉得这既意味着对生命的赞美与歌唱，使世界充满了生机与希望；也意味着争夺的孕育与开始，那天真无邪的眼神里，竟也埋伏下无限丰富的内容。关于鸡的历史，也将以如此轰轰烈烈的方式被一再续写着。

# 牛背上的梦

我小时候练就了一项绝技，就是在牛背上睡觉。

起初，我连骑牛都不会。首先是因为我害怕牛，牛的两只弯弯大大的犄角十分坚硬锐利，被它顶着了轻则受伤，重则送命。我无数次地目睹过公牛之间势均力敌的较量，那也算得上是杀机四伏，刀光剑影，火花四溅。火并的结果，是双方的头上身上留下道道血痕，甚至一双明亮的牛眼也被戳瞎了。有一次我在接近牛的时候，不期然被驱赶蚊蝇的牛用犄角狠狠地撞了一下肋骨，让我好半天都没喘过气来，对此我很长时间都感到心有余悸。其次是牛背粗皮陋肉，过于宽阔滚圆，没抓没挠很容易掉下来，不免让人对这种力大无穷的家伙望而生畏。

但我还是学会了骑牛。我看到一个名叫小泥鳅的，比我还小的鬼灵精似的男孩，居然那么熟练自如地骑在牛背之上，吹着柳笛，打着响鞭，一副神气活现的样子。而他座下那头经常暴跳如雷的公牛，竟那么俯首帖耳、温顺无比地听从他的驱遣。更有甚者，他居然敢骑在牛背上赶着牛飞奔，两瓣小屁股随着牛奔跑的节奏一颠一颠的，像是焊在了牛背上一样，真让人赞叹和羡慕。这对我的刺激很大，他简直是个活生生的小骑士，而我就是一个窝囊废，心想难道我还不如他这个小不点儿吗?

然而，我正是在这个小不点儿的帮助下，成功地学会了骑牛。我从不拒绝向一切很棒的人学习，对这小不点儿也是一样。别看他小小年纪，在他稚嫩的眼睛里，却透着一种倔强的神情和征服的欲望。那些体格健壮的蛮牛在他的手里，就像个听话的孩子。小泥鳅告诉我怎样骑上牛背、怎样用缰绳控制牛鼻子、怎样在牛背上以平衡的姿势睡觉、怎样将牛赶到池塘里洗澡、怎样找最好的草地让牛吃饱、怎样用盐水洗净牛的伤口使其痊愈等，简直就像一个经验老到的驾驭牛的大师。

骑牛和骑马的方法是很不一样的。人们所知道的骑马，通常是从侧面踩着脚镫翻身上马，当然也有在马的奔驰中抓住马鬃飞身上马的。牛则不然，牛背上没有鞍子，没有脚镫，也没有长长的鬃毛，只有光滑的牛背和粗短的牛毛。骑上牛背一般不是从牛的侧面，而是从牛头的方向。这个方法就是小泥鳅告诉我的。我如法炮制地走到牛头的前方，壮着胆子低声却威严地喊了一声："低头！"牛竟然真的乖乖地低下了头，等我两手扶着牛的犄角踩上牛头后，牛竟然很配合地把头抬了起来，把我举到与牛背相同的高度，我沿着牛的脖子顺势借力一窜，就跨到了牛背上，然后调转一下方向脸朝前，就算是以正确的姿势骑在牛背上了，整个动作一气呵成，给我既紧张又潇洒的感觉。几次下来，我就熟练地掌握了骑牛的技巧。

还有另外一种简易的方法，可以更加轻松地骑上牛背。当然这需要借助必要的条件，就是牛在吃草时，经常选择在水沟或田埂旁慢慢前进，这样牛的身高就会显得矮了许多，我们从沟岸或田埂骑上牛背，就变得轻而易举了。

牛在不用犁田耙地的时候，大部分时间都在吃草。春夏秋三季，田间地头沟畔，生长着各种各样鲜嫩的野草，牛儿敞开肚子，使劲儿地吃也吃不完。这就需要我们这些少年去放牛。一个需要特别警惕的情况是，地里的庄稼常常比野草更加鲜嫩，更让牛的胃口大开，我们放牛的职责，就是起到控制的作用，只允许它吃野草，而不允许它偷吃地里的庄稼。当犁田耙地的男人卸下牛身上的绳索之后，担当放牛任务的我们，要赶快过去牵牛吃草。牛在停止劳动的第一时间，就开始啃食嘴边的草，仿佛这地上的所有去处都是它们的餐桌，根本不管干净还是邋遢。

牛在迈着方步行进的时候，背上始终处于有节奏的扭动状态，所以我们必须寻找和保持一种很好的平衡，才能在牛背上骑稳。骑在牛背上随着牛皮在肌肉间滑动，那感觉煞有趣味。而且骑在牛背上的时候，我们的个头儿像是一下子高了许多，视野开阔了很多，村庄、田野、树木和天上的云彩也都低了不少，似乎万物在一瞬间都改变了原来的模样。因此，我很喜欢骑牛。

我喜欢看牛儿沿着水沟或田埂，不紧不慢、悠然自得地行走，志得意满、酣畅淋漓地吃草的样子。鲜嫩的带着花朵的青草，在牛嘴里发出咕嚓咕嚓的声音。此刻的牛完全沉浸在大快朵颐的享受当中，它竟然舒服或兴奋得浑身发抖。我想也许是长时间的劳作，早使它饥肠辘辘、精疲力竭了，现在终于可以面对鲜美的大餐，能不吃个天昏地暗吗？有成群的蚂蚱、蜻蜓、蠓虫，被吃草的牛儿轰了起来，它们因自己的栖息之所，受到了不期而至的袭扰和破坏，气急败坏地在牛头前纷乱飞舞，然而对这个庞然大物又无可奈何，便改变攻击方向，向作为牧童的我们胡乱撞来。碧绿的田野、耕耘的牛儿、飞舞的昆虫，以及处处散发的乡土气息，构成了一幅颇为静谧又热闹非凡的田园风景画面。

不过，放牛并不是一件有趣的事，很快我就倦了，乏了，累了，眼睛睁不开了，想睡上一觉了。因为到处都是庄稼地，我不敢任牛胡乱地走，那样它就会去吃麦苗、秧苗、豆苗，以及其他什么庄稼。而据我观察，牛处于无人看管的时候，它遇到什么吃什么，不论庄稼还是野草。有人在它背上时，牛则不敢随便偷吃庄稼，它怕挨鞭子的抽打，这所谓蠢笨的动物，心里似乎还是很有数的，也懂得庄稼是碰不得的。因此我实在困得不行的时候，便选择在牛背上睡觉，不太担心牛会偷吃庄稼。

牛背浑圆又滑怎么睡呢？令我意想不到的是，牛背上不仅能睡觉，而且可以睡得很香。小泥鳅可以说是在牛背上睡觉的高手，我就是他的模仿者，并且很快就学会了这个技巧。在牛背上睡觉的通用方法有两种，一种是头朝前趴在牛背上，四肢在牛背两侧自然下垂，脸侧着贴向牛前脊的一边，这种睡姿很安全很牢靠，但很不舒服。因为睡觉时鼻子紧贴着牛皮，牛毛扎得人直痒痒，而且牛身上的浓烈味道几乎令人窒息。再一种姿势是头往后侧躺，两腿搭在牛前脊骨的一侧，屁股放在牛脊梁的另一侧，肩膀和头再放在牛后臀的这一侧，身体就保持了很好的平衡。这种睡觉姿势的优点在于，脸可以向上侧仰，呼吸通畅，因此牛身上的气味也就淡了。

我采用最多的就是后一种睡姿。刚开始时我怎么也不敢睡，睡不着，害怕睡着了会从滑动的牛背上摔下来，如果摔个腿断胳膊折的可就麻烦了。当我渐渐掌握了牛背上的平衡技巧后，胆子也就慢慢大了起来，自然而然就能睡着了，并且任凭牛儿怎么上坡下坡，快走慢行都能照睡不误。因为从本质上来说，牛是一种很温顺的动物，一般不会以幅度过大的动作，陷我们于危险的境地。

在牛背上睡觉，有时被太阳晒，有时被骤雨淋，但都不影响我在牛背上把梦做得很香。梦见得到了好吃的、好穿的、好玩的，有了好课本、好钢笔、好书包，或者是梦见到了有鲜花和彩虹的地方，到处都是看不够的美景，世间的一切都是金光灿灿的，男孩女孩再不愁饥饿，可以自由自在地玩耍。身下的牛不知怎么变成了矫健的骏马，在绿草如茵的大地撒蹄飞奔。所有的庄稼长出的都如同金子银子一般，可以让人取之不尽用之不竭。

可有时在梦醒时分，却发现大事不妙，牛儿似乎也能区分我们是否睡着，常会乘我睡熟之机，偷吃地里的庄稼，已经抽穗或灌浆的小麦、水稻被牛的大嘴拦腰咬断，一片片丰收在望的庄稼地，看起来乱七八糟，惨不忍睹，十分可惜。这是牧牛少年最为忌讳的事，无疑大意贪睡之时，铸成了无可挽回的大错，因此而常常遭到长辈们的严厉呵斥。遭到斥责的我，有时不去反省和自责自个儿的贪睡，却用鞭子泄愤似的抽打贪嘴的牛。但牛儿却毫不在意，依旧不紧不慢地吃它的草，好像趁我熟睡之机，饱餐一顿嫩嫩的、颇富营养的庄稼，得到了最大的实惠。

在大多数放牛时间里，可谓风平浪静，但有时也会像遭遇急风暴雨那样，令人惊心动魄。假如所放的是一头母牛，它会自始至终安详地吃草，仿佛是世间最吃苦耐劳，最与世无争的动物。假如是一头公牛，那就要格外当心。因为公牛最突出的性格特征有二，见了母牛就骚情，见了公牛就眼红。在附近没有其他同类的情况下，它们大体还算安静，但仍然是边吃草，边抬起头来四下张望，看看有没有可以凸显力量、表达情感的具体对象。有一次，我就是正在牛背上做着梦，被突然发狂的公牛摔下来的。好在田野上长满了草，摔下来并不觉得很疼，我懵里懵懂地揉着屁股，还未弄明白发生了什么事的时候，就看见那头公牛把鼻子高高抬起，边嗅边颠着小碎步往前奔去。原来隔着两块地的不远处，有一头年轻的母牛正在埋头吃草。公牛跑过去的神态十分轻狂，追着母牛的屁股嗅个没完。我并不明白它要干什么，便气急败坏地追过去，照着公牛轻轻地抽了几鞭子，可公牛依然若无其事，无限深情地把母牛的屁股嗅了再嗅。

没过多久，母牛的肚子便大了起来，又没过多久，母牛便产下了小牛犊。还裹着衣胞的小牛犊，带着血水从母牛的身体里钻出来时，我惊奇极了，看着小牛犊瞪大着眼睛，踉踉跄跄挣扎着站起来。母牛用舌头舔开小牛犊身上的胎衣，舔干它身上的绒毛，我心里有一种说不出的奇怪和感动，寻思它怎么这样小，还寻思它怎么一出生很快就会走路，这身体庞大的公牛和母牛，都是由这小而弱的小牛犊长成的吗？这小牛犊究竟是何时，又是怎样钻到母牛肚子里去的呢？我对此百思不得其解。

有一次，我放的又是一头公牛。我在梦的迷蒙中，感觉到公牛的喘息突然变得粗重起来，发出呼呼呼的如同狂风一般颇为异常的声音。我睁眼一看，只见它正抬起头向远处遥望。我沿着公牛的视线看过去，便看到有一头身体强健，毛色青黑的公牛，在一个男人的牵引下，正向我们这个方向走过来。这个毫不示弱的来者，摆出的也是一副临战的姿态。我心里忽地一惊。我看出这是一个老对手，这两头牛曾在以前的某个时候遇到过。势均力敌的两个对手，一见面就打了起来，直杀得天昏地暗、难解难分。这次狭路相逢，仇人相见，更是分外眼红，一场大战或许又将在所难免。我急忙翻身跳下牛背，狠拽它的缰绳，想把它的注意力引开，不让其与那头牛再发生争斗。但即使牛鼻子被拽得鲜血淋漓，也仿佛不能改变其迎战强敌、以雪前恨的决心和激情。我不明白那头牛是偶然路过，还是那个牵牛者蓄意来挑衅。我意识到身小力弱的我，已控制不了这一触即发的局面，无奈之下我只好把缰绳从牛鼻子摘下，让它毫无羁绊、一身轻松地去迎敌。因为鼻子是牛最软弱的部位，牛在格斗时是头顶头以角相搏，若牛鼻子上带有绳索，很容易被自己或对方粗大的牛蹄踩住，对于格斗极为不利。

此时，战斗已如箭在弦，我的牛仿佛得了战斗的指令一样，高昂着头颅撒开四蹄，迎着那头公牛就直冲过去了。那头牛似乎也早已做好了格斗的准备，那个牵牛者也解下了牛鼻子上的绳索。两头牛在一块只有浅水的池塘里相遇了，并且立刻犄角相抵，发出激烈的撞击声。平常看起来颇为健壮的公牛，此刻体形发生了很大的改变，牛角几乎贴着地面，将尖角冲着对方，牛眼圆睁喷着愤怒的火焰，本已很鼓的肚子此时因为用力似乎快要胀破了，尾巴紧紧地贴着屁股，好像所有的力量，都集中在了这根关键性的尾巴上。这无疑是一场强者对强者的较量，两头公牛不停地翻转腾挪，你来我往，各不相让；或是勇敢者的相搏，使尽浑身解数以求克敌制胜；或是智慧者的争斗，寻找战机以求一招制敌。只见浅浅的池塘污水泥浆四溅，撞击声喘息声不绝于耳，颇有天昏地暗、惊天动地的绝杀气氛。所有路过的行人也都停下脚步，屏住呼吸，心惊肉跳地观看这对冤家的一决雌雄。

整个旷野都弥漫着令人紧张和兴奋的雄性气息。终于，我的牛一个冷不防，用犄角重重地刺着了对手的前肩，划出了一道半尺长的口子。对手一下子血流如注，红光四射，“哞”地惨叫一声，又坚持了数个回合后，转身撒腿就跑。而我的牛绝对富有“宜将剩勇追穷寇”的精神，一路放蹄狂追，直到把那头牛撵出了足有二里路远。那个失败者在落荒而逃时的速度绝对一流，渐渐地把我的牛甩得远远的。逃命者总比追赶者跑得快，但一场生死决斗毕竟分出了胜负。我也感到了胜利者的欣喜，跟着牛也一路追赶下去。被我追上的牛儿，虽然重创了对手，是个真正的胜利者，但自身情状也很惨烈，浑身水渍泥浆不说，肩上、肚腹、臀部，也都留下道道深浅不一的血痕，真可谓杀敌一千，自伤八百。其虽仍在亢奋之中，但却露出极度疲惫的神色。我重新用缰绳牵住牛鼻子把它往回拉，它迈着或重或轻的步伐，蹒跚地走在乡间的小路上，还时不时回头看一眼逐渐远去的手下败将。我用手轻拍它的头，它居然表现得很温顺。当我用水清洗它的伤口时，它浑身颤抖不已，像个淘气淘得过头的孩子。牛的这种特性，使我模糊意识到，物种大多对自己的同类，更会下狠手。

后来我听到了一首歌唱“二小放牛郎”的歌曲，使我对放牛增加了几分自豪感。“牛儿还在山坡吃草，放牛的却不知道哪儿去了。不是他贪玩耍丢了牛，放牛的孩子王二小”，这是一首叙事性的歌曲，我骑在牛背上一遍又一遍地唱过，那人那事，此情此景，竟唱得我热泪盈眶，热血沸腾。我想那时候的我，和歌中的王二小应该差不多大吧？他怎么就能被人们放在歌里唱呢？我打心里十分钦佩王二小，以及他的机智勇敢和不怕牺牲，因此牛背上的我又多了个梦想，渴望能当个王二小式的英雄。有时我也问自己，假如我有王二小那样的遭遇，能像他那样聪明和勇敢吗？我想也许可以做到吧，说起来王二小也是平平凡凡的放牛娃啊，也并没想到要惊天动地啊！不过日本鬼子早已被打跑了，我再也没有机会碰上了，想当一回英雄似乎不容易了。

# 屋檐下的马蜂窝

每次看到天上飞的直升机，我就会情不自禁地想起故乡的马蜂。那疾速的飞行，那悠然自得的悬停，那令人生畏的突袭，那直扑敌手的凶狠，我以为都与之有某种形似和神似之处。然而在我看来马蜂似乎更加令人恐惧，因为我有过挨马蜂蜇的经历，留给我难耐的痛楚和切齿的痛恨，至今仍令我记忆犹新。

在我的故乡，人们是很熟悉马蜂的，几乎像害怕毒蛇和蝎子一样，一提起它来就头皮发麻。尤其是在夏秋，堪称马蜂最猖獗的日子，随便什么地方，都可以看见有马蜂在四处飞舞游荡，它们舞动着矫健而轻盈的身躯，这里瞧瞧，那里看看，不知是在觅食、寻偶，还是在侦察、巡逻，或是传递着什么信息，总之看起来就像是一个个浑身披挂、杀气腾腾，却又机动灵活的游击健儿。

循着它们飞行的足迹，便可以找到它们的巢穴——马蜂窝。常常是在屋檐下、菜园的篱笆上、树木的枝杈间、庄稼的秸秆中，就赫然出现一个个灰褐色的马蜂窝。它们有的小如鸡仔，有的则大似面盆。无论大小，马蜂窝上都常熙熙攘攘，万头攒动，一派集市般的热闹景象，很像今天看见的摆满飞机的航空母舰。

如果仔细端详，就可以发现这是一个十分精致的世界，蜂窝由一个个大小几乎一样的六角眼儿组成。这是一个紧张忙碌、工作节奏很快的世界，也是马蜂诞生、居住和养育后代的地方。熙来攘往、出出进进、忙而不乱，是马蜂生活的常态。它们有的满载而归，似有几分满足得意的神色；有的则是匆匆出发，又有一种亟待完成任务的急切。无论进出，它们都是那样按部就班，有条有理，又是那么前赴后继，义无反顾。

我常常远远地站在一个安全的地方，遥望着马蜂窝这个热闹的世界，看着它们怎样忙忙碌碌地经营自己的巢穴，看着它们怎样把蜂巢一点点地加大，看着它们怎样生儿育女。但我看不出马蜂与马蜂之间有什么不同，它们长得几乎一模一样。它们也几乎永不停歇，总是处于奔波劳作之中。要不是它们的狠毒，我都有点儿喜欢上马蜂了。我最喜欢的是它们造型精致，身姿矫健；其次喜欢它们头上长着的一对纤细而灵巧的触须，总是在不停地晃动，看起来很别致，很优雅。我从书本上得知，这对触须具有雷达的功能，能够帮助马蜂定位和测距。

我猜想马蜂窝应该是一个秩序井然、等级森严的世界，否则它还不乱了套？但它也应该是一个讲究平等、自由自在的世界，否则它们哪里会有那样的工作和生活的热情。它们一定像人类一样，自觉地履行着属于自己的繁衍生息的任务，完成肩负的神圣使命，一直走向生命的终点。如果来犯者试图入侵，它们会亮起锋利而尖锐的毒针，主动地发起自卫式的攻击。因此这些带着毒刺的家伙，往往让人谈之色变。不过我又发现，它们并非有意要冒犯人类，相安无事是人与蜂的相处之道，也是常态。如果它向人发起了攻击，一定是遭到滋扰之后才会有的举动。就个头而言，它们是实际上的弱者，如果发生了马蜂攻击人的事件，那一定是因为它们物种繁衍遭到了威胁，或它们以及它们的领地遭到了侵犯。它们长着毒针，完全出于自卫的目的，是生存的必需。如果不长一柄毒针，它们可能早就在这个世界上消失了、灭绝了。我挨过马蜂蜇，就是因为侵犯了马蜂而咎由自取。

记得那是一个艳阳高照的下午，太阳晒得大地发烫，晒得人心发狂。我和小伙伴们却不怕热，在屋后的一片小树林里玩耍，于无意间看见了一个大大的马蜂窝。这个好端端的马蜂窝，本来与我们毫无关系，但却使我们一下子迸发出了挑衅与战斗的豪情。我们找来一根长长的竹竿，想把马蜂窝给捅下来。我们先是慢慢地接近马蜂窝，在竹竿到达可以够着它的时候停了下来，做好充分的心理准备并长长地深吸一口气后，用最大的力气捅了几下那个马蜂窝，然后撒腿就跑。轻如纸质的马蜂窝，在这种致命打击下自然土崩瓦解，颓然飘落坠地。巢穴遭到摧毁的马蜂群，立刻锁定攻击方向，轰炸机似的风驰电掣般追击而来。我们奔跑的双腿却比不了那飞翔的翅膀，那一刻我觉得天空布满飞翔的银针，直刺我裸露的颈背。我们惊恐并快乐着，不停地用双手紧捂头部颈部，但针扎般的疼痛感，不断地在我们身上的某些地方产生。我们匆忙地打开房门逃到了屋里，看马蜂没有追进来，才松了一口气。但透过窗户，仍能看到愤怒的马蜂，急匆匆地飞过。在我们的气还未喘匀的时候，身上被马蜂叮着的地方开始疼了起来，不久便肿痛难耐，鼓起了一个个大红包，以致持续数日，才消退。现在想来，寻衅滋事，毁人家室者受此祸殃，也属活该。

不过对于捣毁马蜂窝一事，不能一概而论。多数马蜂窝筑在了僻静之处，对人并不会构成威胁，只是令人望而生畏。假如马蜂将窝筑在高处，我们出于捣乱的心理去捅它，的确有点不太厚道。因此我们捣毁马蜂窝的行为，可以视为恶作剧性质，或者说源于潜意识中对马蜂怀着的一种天然的仇恨心理。因为我们从未听说，马蜂对人类有什么好处，只听说谁谁被马蜂蜇了，所以必欲置之死地而后快。

但如果是马蜂把蜂窝筑在人们活动的要道上，给人造成生活不便和威胁，让人颇为顾忌，毁之也属必须。由于直接用竹竿捅的方法风险太大，我们不再采用这种过于冒失的进攻手段，而是从长辈们那里学到了对付马蜂的办法，即针对马蜂的弱点，使用了更为行之有效的高级手段——用竹制的水枪（故乡叫卜唧筒）灌满水，猛地喷向蜂窝。遭受水枪急袭的马蜂，因为矫健的翅膀被水浸湿，变得沉重不能飞行，扑扑地纷纷坠落地面，徒做无望的挣扎，任凭我们走向前去，将它们一一践踏而死。

我们还从长辈那里学来更狠的一招，即用毛巾蘸透水，猝不及防地蒙在马蜂窝上，一下子就把窝里所有的马蜂统统闷死。那动作的要领是必须眼疾手快，迅雷不及掩耳。过了一会儿松开湿毛巾，可以发现蜂窝几乎碎为烂纸，生动活泼的马蜂们则尸体横陈，再也没有了生的气息，看起来颇为惨烈。

这时可能有侥幸漏网的马蜂，从远处归来寻找巢穴，却再也找不到自己的家了。好生奇怪的它们，只能在旧址上胡乱而恼怒地盘旋，却不知究竟发生了什么事，那神情比热锅上的蚂蚁，有过之而无不及。因为它们并未目睹蜂窝覆灭的过程，不知道找谁算账、谁是复仇的对象，百思不得其解的它们，只得把愤怒的情绪，无端地发泄在那些无辜的树枝叶片上。

令我大为惊讶的是，过不了多久，又会有新的马蜂窝在老地方出现。难道马蜂也懂得什么地方是风水宝地吗？不同的是它们的势力，好像没有以前那样强大了，难以达到鼎盛时期的繁荣局面，纠集起来的，似乎只是一些前朝的遗老遗少、残兵败将。或者它们已经过了繁殖的高峰期，再也不可能通过生育来扩大自己的队伍了，只好以不懈的努力，来暂时勉强维持目前的种群，家族的繁盛大事要靠来年了。

现在回想起来，我觉得那时的自己挺残忍。马蜂并没有首先攻击我们，而是我们首先进攻了它们，缘何必欲置之死地而后快呢？特别是后来在电视上看过《动物世界》《狂野周末》《自然传奇》之类的片子后，觉得马蜂竟是那么可爱有趣，那么富有灵性，因而开始鄙夷与忏悔自己曾经捅过马蜂窝的行为，觉得那一点儿都算不上勇敢，而是一种不可饶恕的罪过。

# 捉鱼的日子

在捉鱼这件事上，母亲最不满意我了。

我的故乡布满了水塘和水田，以及小溪和水库。我们那儿有句谚语："有风就有雨，有水就有鱼。"这话一点儿都不夸张，不要说水多的地方，哪怕是在田头地角，只要有一湾浅水，就会有鱼儿在游动。什么草鱼、鲢鱼、青鱼、鲇鱼、黑鱼、鲤鱼，还有俗称棘花、参条子之类我不知道学名的鱼儿，随处都能看到它们的踪影。

平常它们悠游于池塘水泽之中，觅食、娱乐、跳跃，甚至做各种恋爱游戏，而浑然不觉人们正待其长大吃肥。它们灵活而轻盈地穿行于水草之间，大有一种绅士般的淡定与从容，看了很让人眼馋。但只要人们试图接近，它们便倏地逃得无影无踪。一旦天气闷热，气压变低时，它们便将鱼头浮出水面，一群一群地，吧唧吧唧地呼吸着空气中的氧气，把池塘小河喽喋成一片纷乱热闹的世界。

到了某个时刻，大约是鱼儿长大了，人们便开始捉鱼。城里人悬钩垂钓的方法，村里人是不屑用的，因为没那个耐心，也没那个雅好。村里人捉鱼的方式可谓多种多样，一种是用竹片编织成的，状如倒扣的大喇叭的鱼罩，上口直径有一拃左右，下口直径两至三尺。捉鱼时用鱼罩罩住一片可能有鱼的区域，将手伸到罩子里面去摸，在狭小空间里跑不掉的鱼就会被捉上来。这个办法虽然笨，却行之有效。另一种捕鱼的策略，便是用柳条或篾片编成葫芦状的鱼笼，鱼笼的一头张着大口，放置在小溪或池塘缺口的下方，鱼儿随水流而下的时候，进入带着倒茬的鱼笼之中就在劫难逃了。撒网则是另一种颇有些技术含量的捕鱼方法，人们从县城买来白色网丝织成渔网，拿殷红的猪血浸泡成紫褐色，再安上网坠子之后，就可以用来撒网捕鱼了。撒网者使用窍门将手中的网做一定规律的拾掇，以一种漂亮的弯腰姿势，向水中轻盈而有力道地撒去，渔网落水时最大限度地形成一个近似的圆形。可能会有鱼正好倒霉地游了进来，撒网者拽着钢绳慢慢地收网，待渔网出水后在地上摊开来，就能从网里捡出各种鱼虾、泥鳅、河蚌等。也有用尼龙绳织成的长长的网，拴上木制的或塑料的浮漂以及铁制的坠子，几十米乃至百多米地投放在水库的中央，让觅食求偶、自由来去的鱼儿自投罗网。那些进入罗网的可怜的鱼儿，就像被缚待宰的囚徒。有时还会有不知从何处而来的放鸬鹚的人，他们肩上扛着一根竹竿，上面蹲着六七只很罕见的、样子很怪的鸬鹚。这种被细绳扎住脖子的捕鱼高手，一旦入水便如蛟龙，自由而神勇地出入沉浮，一会儿工夫就能捕上来很多的鱼。放鸬鹚的人从它们肥大的嗉子里，一次能抠出许多条鱼来，村民们直看得目瞪口呆。当然还有更为彻底的捕鱼办法，即把小河小溪的上游来水堵住，或把池塘水库中的水抽干放尽，不仅可以把水中的鱼尽皆收入囊中，连深藏在淤泥中的黄鳝、泥鳅、黑鱼等也可一网打尽，这就是标准的竭泽而渔。

最有趣的、激动人心的捉鱼，是在夏日暴雨倾盆、水流漫溢之时，翠绿的水稻田成了一片喧嚣恣肆的汪洋。水稻田里并不只长水稻，也悄悄地长着各种鱼虾。在那个水淋淋的世界里，仿佛到处都是游动着的鱼儿。从地势略高的水田埂上随便扒开一道缺口，用鱼罩或鱼笼对准水流的方向，不消多久便有鱼儿跌落进来，全都是一副活蹦乱跳的生动模样。紧接着就会有更多的鱼儿跌落进来，在鱼罩里跳起鱼群挣扎的舞蹈。跌落进鱼罩、鱼笼的鱼儿有大有小，还有泥鳅、黄鳝、虾蟹，甚至还有小蛇。这些再也无法逃之夭夭的水中生物，熙熙攘攘、你推我搡地跳着蹦着，企图寻找一条夺门遁去的生路。尤其是不断流淌下来的水，给它们的绝望带来新的希望，但它们只有彻底失望的份儿，人们用这种最简陋的器具，就让它们踏上了一去不回的绝路。

只要是个稍微勤快的人，此刻拿上鱼罩、鱼笼等捉鱼工具，运用这些最基本的办法，就可以轻而易举地捉到不少的鱼。母亲经常催促我也去捉鱼，因为邻居家就有一些和我年龄相仿的小伙伴，不失时机地赶到池塘、小溪、稻田里捉鱼，再回来时常常是篓满筐满的。如果将其洗净腌透晒干，既可以拿到县城去卖，换回一点零花钱；又可以用辣椒生姜之类炒了吃，那就是让人馋掉下巴的美味。这在深受饥饿之困的岁月，其吸引力可想而知。但不可救药的我，始终对捉鱼一事提不起兴致，我的兴趣只在做作业、写书法、看小说上，哪怕只是在纸上漫无目的地写写画画、涂涂改改，我也乐此不疲。无论母亲再怎么催促都毫无作用，我仍然舍不得放下手中的书本。母亲当然明白我的兴趣所在，她只是看人家捉到鱼能有效地改善生活，不免有些动心而已。

有时，我实在觉得过意不去，便装模作样地拿起家中的鱼罩、鱼笼去捉鱼，这是父亲与大哥常用的。其实，我也非常喜欢在田里涉水的感觉，因为田野里到处都是绿色的水稻、水流的声音和青蛙的鸣叫。我学着他人如法炮制，将鱼罩、鱼笼什么的，放在一处挖出的缺口张好，等待鱼儿自己钻进来。不久就有鱼一条一条地、不设防地滑落下来。看着刚离水的新鲜鱼儿在鱼笼、鱼罩里活蹦跳乱，心中油然而生一种罕有的激动和欣喜。但我终究不曾让自己沉醉其中，没多久就感到索然无味了。当我把所获不多的鱼儿拿回家，就看到母亲并不十分满意的眼神。大哥在这方面表现出比我高出很多的禀赋和热情，他往往能用竹篮从外面提回来很多的鱼，这使我感到很羞愧。

虽然我始终对捉鱼提不起兴趣，但我对这方面表现出色的高手还是很敬佩的，最典型的是陶氏三兄弟。他们以心灵手巧闻名乡里，在捉鱼的表现上尤为出色，不仅各种渔具皆可驾轻就熟、无所不能地使用，而且还时常娴熟地驾一叶弹丸似的小船到水库深处捕鱼。水库的烟波浩渺处在一般人看来，是有几分不知深浅的危险的，但在他们，却是每每取得惹眼收获的重要所在。他们还能巧妙地躲过渔场工人的监视，打到满船的鱼儿，炫耀般地在乡亲们的眼皮子底下归来。即使是与渔场工人不巧碰上，他们也能以巧舌和蛮理，怼过这些外乡人扬长而去。因此三兄弟不仅是我们那里最早盖上瓦房的，也是最早骑上自行车的人。可见捉鱼对于这部分行家里手来说，有着极为非凡的意义。

另一个就是绰号“黑驴蛋”的我的伙伴，也是邻居，他给我一种已经成精的感觉。比我稍长的他，野外似乎才是他真正的家。他整日里奔走于田野阡陌，不是放猪放牛就是捕鱼捉蟹。他不仅会做各种捕鱼工具，使用起来也都极其拿手，几乎到了出神入化的程度。他甚至能弄清鱼的集中所在和行走路线，因而很会选择捉鱼的地点。我偶然跟他一起去捉鱼时，他慷慨地向我传授其所拥有的看家本领，但他的收获仍然要比我多上好几倍。更令我称奇叫绝的是，他在田埂上转悠时，能准确地判断出田埂边、水田里的某处洞穴里，正躲藏着什么鱼类，会迅雷不及掩耳地快速出手一掏，一条黄鳝或一条鲇鱼，便被其紧紧地攥在了手里。不管这些倒霉的家伙身上怎么黏滑，或是怎么不甘心地拼命挣扎，黑驴蛋的手都像钳子或鹰爪一样牢牢地将其抓住，让它们在劫难逃。对此，我只有羡慕与叹服的份儿。

不过，在捉鱼上也有令我终生难忘的经历。我记得最清楚的有两次。一次是一场大暴雨过后，我冒着意犹未尽的小雨放学回家，满世界似乎都能看到流水放荡不羁的身影。公路上的石子被雨水冲得坑坑洼洼，从北边流下来的水漫过田地，汹涌着夺涵洞而过，在涵洞的上方形成了一个巨大的漩涡。甚至有水湟湟地漫过路面，宣泄着暴雨带来的激情。正当我出神地欣赏那漩涡，设想我要是被吸进这漩涡将会怎样时，有一条两三斤重的大鲤鱼突然跳上了路面。它是从南边水流的下游，试图穿过涵洞逆流而上，没成想水流太急，其自身又用力太猛，方法可能不太正确，便一头扎到了公路上来了，直接扎到了我的脚下。那一刻我惊喜万分，于是立刻俯下身子，兴奋而又慌乱地用手狠狠地摁住那条活蹦乱跳的鱼儿。没想到刚出水的鱼儿劲儿那么大，我竟差点儿几次失手，让它重返此时正无边无际的水里。尽管不小心被它脊背上的刺扎破了我的手掌，害得我鲜血直流，但我完全感觉不到疼痛，最终还是用力摁住了它，并兴高采烈地把它弄回家。晚上，笑意满脸的母亲做出了一道味道不错的红烧大鲤鱼。

另一次，是在故乡前面的解放水库彻底干涸的那一年。终年无雨的干旱使水库的水越来越少，直至只剩下库底的一点儿水，水面浮动着密集的鱼头，呼吸困难的鱼儿们，一定不知道它们正大祸临头。周围村子里的上百号人，从四面八方纷纷涌来，操起渔具喊叫着下到库底捉鱼。各种鱼儿想必从未见过这种阵势，一个个惊慌失措，情急之下在水面上乱窜。人们便见机行事，或用鱼罩罩下去，一条条地把鱼捉上来，或干脆把鱼罩下部朝上翻过来，让慌忙跳跃逃窜的鱼儿，于慌乱之中钻进了鱼罩。我也如法炮制地举着鱼罩，有好几条鱼直接撞了进来。鱼在进入鱼罩时，给人一种很强的力量感，几乎让我的努力在瞬间前功尽弃。那一刻，我感到异常的新奇和兴奋，以至于在其后的好长时间里，都会想起那种来自于自然的，属于生命本身的律动和力度。

# 夏日的暴风雨

当暴风雨袭来，身处草屋茅舍的乡下，特别能体会到它的狂暴和猛烈。遭受暴风雨袭击时的兴奋与恐怖，在我少年的记忆中尤为深刻，至今仍挥之不去。

暴风雨多发生在炎热的夏季。通常是什么征兆都没有，碧蓝的天空万里无云，天地之间的一切都在太阳肆意而毒辣的照射下，承受着无情的蒸烤。在这滚烫的世界，人们难以置信还会有云形成，还会有雨落下，仿佛世界本将万古如斯地蒸腾下去。大地上所有的动物都忍受着高温带来的苦闷，树荫下的狗快要哈掉了舌头，牛儿将池塘当成了它们避暑的天堂，人类赤裸着的身上的汗水更是流成了江河。风也没了，所有的植物都纹丝不动，红的花和绿的叶都蔫得没有一点儿精神，仿佛很快就要变枯变焦化为灰烬。

然而在悄然之间，一切就发生了改变，白的云、黑的云从遥远的天边不声不响地屯集，并且迅速地向整个天空铺展开来，或在刚刚还是碧蓝的天上堆出云的高山，或翻卷着摧枯拉朽般的云的波涛。在浓云生长铺展的过程中，天空充满了令人骇然的诡异气氛。有闪电突然出现，又迅即消失，神出鬼没地在浓云间勾画各种捉摸不定的图案，像天空盘踞埋伏着千万条巨蛇不断地吞吐着的芯子，恐吓或吞噬着世间的万物。雷声也是沉闷阴险深不可测的，在云层之中仿佛酝酿着什么以求一逞的巨大阴谋，要把看不顺眼的一切击碎。

此时还常伴有灰黑色的龙卷风，毒针般地由天空刺向大地，看起来像是在天地间形成一种不明意图的无声连接。村里人把它叫作“龙吸水”，说这是藏在云中的龙伸下头来，从地上的河湖中吸足了水，吐出来才有了天上的降雨。我故乡的龙卷风，没有电视上报道的美国飓风那样可怕，它常常只是暴风雨前的一个极具温存意味的小装饰、小前奏、小插曲，从未产生过震天撼地的破坏力。真正可怕的是暴风雨如万军齐发的那种阵势，重如泰山、无边无际的黑沉沉的浓雨云，携带着可以摧毁一切的威力磅礴而来，仿佛要把人间送进末日。黑重的前锋之云过后，紧跟着的是灰白色的漫天盖地的雨幕，仿佛这才是正规军和大部队，手持屠刀以雷霆万钧之势杀气腾腾地压了过来，仿佛大地上的一切，都将在它的脚下颤抖、呻吟或毁灭，那才会让人肝胆俱裂。

小时候，我听过关于雷公、风婆的传说，说是刮风下雨，都由这一男一女的两个神仙操纵和掌管，是否刮风下雨完全取决于他们的意志和心情。哪一年如果风平浪静，风调雨顺，表明他们的心情比较好，于是按部就班，正常出牌，这便是人间无恙。哪一年如果遭遇大旱或大涝，则说明他们的心情很恶劣，就会兴妖作怪无节操地折磨人类。我对此曾深信不疑，时常看着满天乌云，心里暗暗惊叹，这雷公、风婆竟是如此的法力无边，把风雨玩弄于股掌之上。印象中，我故乡那个地方，在我少年时风调雨顺的年成并不多，不是大旱就是大涝，说明这管事的雷公、风婆，在那些年里一定没有个好脾气、好心情。我看到在许多时候，人们很虔诚地喃喃自语，祈求老天爷开开眼，给人间降福，让土里刨食的村民，能够要风得风，要雨得雨，但效果似乎并不明显。雷公、风婆常常很官僚地大发淫威，毫不留情，雨该下的时候不下，不该下的时候猛下，特别是动辄让暴风雨席卷扫荡大地，令竹篱茅舍、靠天吃饭的人们尝尽了苦头。

我曾许多次目睹过暴风雨带来毁灭的景象。

酷热的大地在浩荡而来的暴风雨中，一下子就冷却了下来，一切都在其淫威之下瑟瑟发抖。首先感受和经历浩劫的，是枝叶茂密的树木和花草，暴风雨的巨大杀伤力，使它们无不东倒西歪地匍匐下了自己的腰杆，恐惧地依靠紧握大地的根须，使自己不至于被风雨吹上天空。大大小小的动物们更是惶惶不可终日，先是拼命地东躲西藏，后又在暴风雨中慌乱而疯狂地挣扎。打谷场上忙碌的人们，此刻一片大乱，他们尖叫着、奔跑着，要用最后的努力，保护正在晾晒的谷物。但发疯似的暴风雨，不是把谷物吹得没了影，就是将之深深地淀进泥土里。场地上的稻草，更是被高高卷起，即刻间便随风漫天而去，呼啦啦如为虎作伥的鬼怪，更增加了暴风雨蛮横与恐怖的印象。有人在雨中哭嚎叫骂，诅咒这万恶的雷公、风婆。一场暴风雨之后，留给世界一片狼藉，那颗逃兵般的太阳重出江湖，又懒洋洋地照耀着，慢慢地恢复着它的热度。大地上的一切如梦初醒，开始以劫后余生的顽强与无奈，舔舐满身的伤口。

暴风雨也常在夜晚来袭，那景象比白天更加令人恐怖。雷声如千万只巨手高举的重锤，无情地砸下来，似乎要把这个黑暗的夜之世界砸碎。闪电像雷在打击过程中迸溅出的火花，一次一次地，如同凌厉的鬼魅，要把宇宙彻底洞穿。狂风则像对这个世界怀着无边的仇恨，肆意地蹂躏撕扯着大地。暴雨更像天塌地陷般地从天上倾泻而下，非要把这个世界吞没不可。我不止一次在这夜的暴风雨中度过，夜的黑、风的狂、雨的猛、电的闪、雷的震，都使我在内心充满了极度的惶恐。我感到脚下的大地，像一只飘摇的小船，震天撼地的力量，足以把这只飘摇的小船轻松地掀翻，让它彻底沉没于某个万丈深渊。我担心我所在的这个世界，真的会在这种肆无忌惮的狂风暴雨面前毁灭。这将是世界的末日吗?

有那么一次，我对暴风雨的恐惧达到了极点。

那是一个夜晚，我们全家人都围坐在桌上吃饭。煤油灯在闷热中黄黄地亮着，把一个贫寒之家照得祥和与快乐。然而到了熄灯时分，我渐渐地感觉到了暴风雨来临前的熟悉气息。雷声由远而近地“哼哼”传来，闪电也鬼魅般隐现出没，父亲低声警告今夜又将有大暴雨。果然，没过多久，说来就来的暴风雨，像是一下子就将剧情推向了高潮，猛烈异常，像头任性的恶魔，用千万只大脚践踏着这个世界，风一阵紧似一阵地狂吼着，雨则如谁干脆把海水端起来往下倒一样。尽管下着翻江倒海般的暴雨，但窗户外的夜空，几乎被闪电照得如同白昼。借闪电照亮的瞬间，我看到父亲的眼里透着一种镇定，那是公干在外的父亲，少有的一次在家，他那眼神为小小年纪的我，熬过这可怕的暴风雨，增添了信心和力量。遗憾的是，这种镇定并没能改变事情的糟糕结局。我们全家人此刻不可能再做其他什么事情，全都全神贯注地倾听暴风雨的呼啸，等待着它发疯之后的停歇。今晚风雨的响声越来越大超过了以往，这不免使我在努力镇静中，感到了深深的不安，因而在如此喧嚣的声响中，我似乎可以听到自己紧张恐惧的心跳。突然，我觉得天地一片摇晃，屋里被闪电彻底照亮，狂怒的雨水也劈头盖脸灌了进来，全家人像一下子跌进了暴风雨。原来，狂风吹走了我们家的屋顶，那房顶上的茅草在黑暗中不翼而飞，屋里的一切都立刻被灌进来的雨水打湿了，并且迅速陷入一片汪洋之中。那一刻真有世界末日来临之感，我们兄妹几个一下子就惊呆了，两个妹妹被吓得哭出了声，但在噪声很大的暴风雨中，那微弱的哭声很快就被淹没了。我们的家再也没有了家的样子，在雨中的那份凄凉破败之象简直无法形容。不过父亲仍是一副不急不躁的样子，他从某个角落拿起雨布和蓑衣，为我们遮风挡雨。虽然暴风雨终究还是宣泄完了怒气，逃遁而去，但我们全家人，则在无处不在的泥水潮湿中熬到了天亮。

太阳升起来的时候，世界一副浩劫后的凌乱景象。那一夜，有几家邻居也被狂风吹走了屋顶。人们一边诅咒着可恶的鬼天气，一边在修复着被暴风雨所毁的房屋。我的故乡几乎年复一年都有这样的暴风雨，人们也年复一年地修复着自己的茅草屋。

## 遍地蛙声

那是在因饥饿而充满苦难的年代。夏夜，无论是有月的夜，或是漆黑的夜，都那样恬静，仿佛亿万斯年都是如此，从来没有改变过。唯有蛙声无休无止地此起彼伏，像大地上连绵的花朵，在夜晚的田野里盛开。乡村的夜像一声不知是谁发出的、似有若无的叹息，幽幽地停在这古老的土地上，停在潮水般的蛙声里，以它那不改的孤独低矮的面貌，迎送着每一个月之圆缺、日之晨昏。

村子四周都是水塘和水田，我家后窗户紧靠的就是一个水塘和一片水田，因此七月出生的我，是听着蛙声诞生，也是听着蛙声成长的，生命中的蛙声可谓挥之不去。

我喜欢乘着夜色走出村子，独自沿着田间的阡陌，去闻田野清新的气息，去看幽灵似的萤火虫，去听潮水般的蛙鸣。我伫立在天空下，以一颗小小的心灵，注视着星空。所有的星星都在闪烁，碎银子一般，像被水洗过的那样清澈晶莹。变动不居、阴晴圆缺的月亮，像是装饰在天上的梦。我以为它就是乡村夜晚最引人瞩目的风景，就是点亮乡村夜晚的灯。打小时候起，我就是一个独行者，喜欢一个人陷入某种不受干扰的冥想。

应该是到了水稻分蘖、拔节、抽穗或扬花的季节，空气里飘浮着似可掬以满把的醉意。夜色朦胧的田野充斥着生命的躁动，显得格外热烈繁忙，甚至连蚯蚓的叫声都清晰可闻。风拂过稻叶像是在暗中攒着劲，此时已模糊成浓黑色的墨绿，把人们对于丰收的巴望，像水稻灌浆那样蓄积起来，充盈起来。作为农民之子的我，深深地明白乡亲们对于土地的希冀，全部寄托在庄稼缓慢的生长中，可以说土地就是人们最为牵肠挂肚的存在。虽然此时的村民们正在家里平静地躺着，或者忙着手头的什么活计，但他们的心却不舍昼夜地惦记着，这田地里每一棵迎风摇曳的谷穗。

此时的我到田野里来，不是像父辈们那样要掂量可能的收成，揣摸水稻的单产。我还全然不懂这些，甚至并不完全明白庄稼与温饱的关系，我只对田里的青蛙着迷，确切地说是对月光下的青蛙叫声着迷，感到青蛙的叫声中有让我喜欢却并未理解的诗意。我好奇于这些憨头憨脑、蹦蹦跳跳的青蛙们，怎么会有那么大的劲儿，在白天在夜晚，都一迭连声地聒噪个不停。我时常都困得睁不开眼睛，它们还在不休不歇地叫着。特别是在这夜晚的田野里，它们像着了魔似的，把属于它们的那一片天空和夜晚，把仲夏夜的朦胧田野，当作它们歌唱的世界和舞台。

这时我像是在踩着蛙声往前走，如同用脚在指挥和弹奏一首青蛙的合唱。我发现，青蛙有它特别丰富的语言，猛一听，它们咯咯咯、咕咕咕、呱呱呱，似乎毫无章法地吵成一片，平添几分稻花香里说丰年的韵致。但细听起来，它似乎也有很多的节奏和声部，指挥者或许是某个头蛙，也或许是它们的本能。它们有时亮出最大嗓门，没完没了、不管不顾地歌唱，排山倒海、波涛汹涌，仿佛所有的蛙类，都参与了这咏叹生命的倾情歌唱。有时则如电闪雷鸣，骤鸣骤停，狂风暴雨般呼啸而来，急速地擂人耳膜，又迅即直奔天边，消逝在遥远的黑暗里，使人心惊不已。有时只剩几声轻轻的如同滑音似的蛙鸣，像是大合唱的间奏，有的仍在吟唱，有的又似乎是在倾听。有时所有的青蛙都噤声不语，像是在对天空的星月行注目礼，此时的田野如收折起的光碟，听不见丝缕的声响。

我看过一部黑白纪录片，大概名叫《青蛙的故事》，其中有许多激动人心的镜头，让我至今难以忘记。片子介绍了很多我所不知道的青蛙，以及它们的生活习性。最让我感到惊奇的是，它们无论是白天，还是夜晚，竟都像战士一样冲锋陷阵，在植物间上蹿下跳，奋不顾身而又锐不可挡地去捕食害虫。当时我简直看呆了，奇怪那些镜头是怎么拍下来的，这小小青蛙怎么有如此骁勇善战、风采逼人的一面。这使我懂得，我虽然喜欢青蛙，但我并不真正了解它们。原来蛙鸣阵阵的时刻，可能正是其生命的巅峰时刻，那些祸害庄稼的虫儿，此时正沦为青蛙的腹中美味。

影片中的许多镜头，我在田野里却从未看到过，我常看到的，大多是青蛙在水中或陆地上笨拙蹦跳的姿态，以及看见人时慌乱躲避的窘迫。我还见过水蛇捕食青蛙的可怕场景，其状况之惨烈，让我对蛇充满了憎恨。因为青蛙在水蛇的卷裹之下，只能做痛苦而绝望的挣扎，大多被蛇的贪婪大嘴，一点点地无情吞下。青蛙在濒死的绝望中，发出咕哇咕哇的求救声，会使我克服对蛇的恐惧，并怀着仇恨和愤怒，用柳条棍棒之类狠狠地击打蛇的头部，把青蛙从蛇口下救出。那可恶的水蛇，或直接被我打死，或惊慌失措地摇摆着弯曲的身子，无声地逃走了。捡得一条性命的青蛙却昏头昏脑的，在水洼里翻着白眼，挣扎着半天都缓不过劲儿来。我想，在人类看不见的地方，有多少青蛙葬身蛇腹，我们不得而知。但从蛇的角度来说，捕食青蛙也是其生存之需，遭到攻击似乎也是无辜的。

我们村子里的人似乎是很爱青蛙的，即使在饥饿的年代，也从没有人把青蛙抓来吃，尽管人们习惯上把青蛙叫作“田鸡”。村子里的人不吃青蛙，可能同善良与否没有关系，青蛙能捕捉害虫有利于庄稼的生长，也不是其中的原因，根本的原因大概是从来没有吃青蛙这个习俗。人们一旦开了吃青蛙的戒，田野里有限的青蛙，是根本不够捕捉的。如果是那样，也就不会再有这遍地的蛙声了。

此时正蛙声阵阵，像海洋的涛声一样忽来忽去，我相信这是意涵十足的自然之声。但我不可能知道青蛙鸣叫的真正含义，也许千万年来它们就是这样鸣叫吧？也许它们像我们人类一样，或者说像我们孩子一样，也是快乐了才叫，游戏时才叫，饥饿了才叫，害怕了才叫吧？

月色皎好，稻花清香。稻叶间的相互摩挲，也仿佛在传递着一种友谊或情意。而蛙声更像月光下的抒情诗，在吟唱着关于田野的歌声、关于月光的激情、关于空气的清新、关于自由的美好、关于丰收的种种可能。月光是乡村夜晚最好的照明，它使苦难的生活得到过滤。而蛙声则是乡村最动听的音乐，它让村民们百听不厌，给艰辛度日中的人们，以短暂的温存和慰藉。

# 故事讲述者

如果问我小时候最爱做的事是什么，那就是看书和听人讲故事。

然而在那个时候的乡村，想看到书是一件很困难的事。村里人大多是文盲，或只认识少许的字，学历最高的大概就是初中文化程度了，如我的四叔汪玉喜，就曾在县城中学上过学，我大哥曾在凤阳农校读过书。除了在小学和中学的课堂上，我几乎见不到带字的纸，更难以看到可以用来阅读的书。那是一个文化较为缺乏的环境，听村里会讲故事的人讲故事，就算是一种很高的奢求和享受了。

在我们那个村子里，居然有好几个会讲故事的人。在当时的我看来，这些人就是神一般的存在。

我大哥就是其中的一位。我印象中，他最喜欢讲、最会讲的是岳飞的故事，这使我常常对他充满由衷的崇拜，觉得他肚子里真是装了不少的东西。后来我发现，他所讲的关于岳飞的故事，可能全部来自一本叫《说岳全传》的书。我隐约记得他经常读一本很破旧的书，那一定是他从哪里借来的，因为凭当时的条件，我们家绝没有可能拥有这样一本书。也许他看过这本书之后，记住了里面的很多故事。但他似乎并不愿意经常给我讲，他说给我讲的话很费唾沫。只是在企图鼓励我干什么事的时候，知道我爱听故事，才诱惑性地给我讲上一段。但他始终讲得断断续续，磕磕巴巴，不是很连贯，听起来总让我感到不那么满足，不过这仍使我对他能讲的岳飞以及其他的故事，产生强烈的期待。大哥讲的故事，使我特别崇拜岳飞，觉得做人就应当像岳飞那样，横刀立马，不惧生死，冲锋陷阵。同时我还喜欢上了牛皋、岳雷等人，痛恨赵构、秦桧、金兀术这帮子坏蛋。

另一个会讲故事的是邻居阿明，他一家人是从西北的某个地方搬来的，这个外来者总给我一种莫名的神秘感。他少言寡语、略带羞涩，却是个会讲故事的人。别看他平常不善言辞，讲起故事来，则是慢声细语、娓娓道来，很是扣人心弦。他讲的大多是些鬼怪或民间故事，颇有些《聊斋》的味道。听完他讲的故事，害得我夜晚疑神疑鬼、惊悚不已，晚上睡觉时，常吓得把头蒙上防止有鬼来袭。尽管如此，我们几个小伙伴在田间地头，仍缠着阿明请他讲故事，听了以后，再在晚上做噩梦。这位瘦得满脸都是皱纹的中年男子，在我们几个小伙伴看来，是个很有学问、很有意思、很和善的人。于是在成年人劳动的时候，我们总是不管不顾地凑过去，卫星一样地缠着这个外乡来的阿明，搞得他时常给人一种了不起的样子。不过那个时候，我们并不懂得尊严为何物，只要他愿意讲故事，一切都不在话下。然而渐渐地，我们发觉阿明也没有啥更新的东西可讲了，在我们逼迫下讲的都是我们听过的老故事了。这不免使我们感到有些失望，因此开始寻找新的目标。

其实真正算得上会讲故事的，阿甫在村里能坐头把交椅，够得上说书人的档次。人们无不说阿甫是个聪明人，脑袋瓜子特别好使。因为他年少时是瘌痢头，治愈后落了个稀毛秃。人们常说“十个秃子九个刁”，这个“刁”字，在我的家乡话中并没有贬低的意思，而是特指很聪明的人，常被用来称赞一个男孩，或一个男人的脑子灵光好用。

阿甫识字不多却很会说书，不能不说其有过人之处，是“刁”的一种具体表现吧。

阿甫的说书本事，据说是从县城学来的。他借上县城的机会，去书场听人说书，而且一听就是一天。听人说书是要买票的，阿甫没有白去听，也没有白花钱。听书说书都是他醉心于此的爱好，加上他记性很好，于是把县城里说书人说的故事，都记了下来。回到村里后，凭他的记忆再说给乡亲们听。

可以说，听阿甫说书是故乡留给我最美好的乡村记忆之一。村子里爱听书的人不止我一个，男人们大多都爱听。尤其是在有月亮的晚上，一天农活忙下来，人们无处可去，情绪好像未完全平定下来，就各自搬个凳子往阿甫家聚集，在阿甫的说书中找点乐子。我们这些小孩子就不必搬凳子了，席地而坐是我们最喜欢的姿势，也不用担心假如听着听着睡着了，糊里糊涂地忘了把凳子带回家挨骂。这时候的村子很静，月亮很圆，这是难得的悠闲时光，也是阿甫大显身手的时刻。

阿甫说书是不收钱的，完全是义务艺术劳动。我观察他是个自尊心极强、极要脸面的人，他要的是乡亲们在听说书这件事上，表达出的对他的那份尊敬之心。哪怕阿甫妻子对听书的人多了，干扰了他们的正常生活，时有小小的意见和牢骚，阿甫似乎也不以为意，始终装着没听见，该说书的时候就说书。听书的男人们在阿甫的屋外，自动地形成一个众星捧月的场子，等待着主角的出现。

阿甫大多在人声稍静的当口出现，在人们给他备好的凳子上端坐下来。他面前的小桌上，放着一只倒扣过来的水瓢，旁边还放着一碗水。坐定之后的他拿起一支竹筷，在水瓢上有节奏地敲起来。在乒乒乓乓的敲击声中，他时而仰天长啸般地吟诵，时而抑扬顿挫地念白，夹叙夹议，声情并茂，拿足了说书人的架势和派头。说到动情处或高潮处，阿甫好像进入了自己设定的情境，大有走火入魔、超凡入圣的感觉。我说不清他是不是模仿县城说书人的套路，但我感觉有点表演性的夸张，以至于让人联想到平日里的他，哪怕是挑担犁田、栽秧割麦，都显得有些风骨清奇、不同凡俗，在他身上反映出的，或许就是某种文化的力量。那时的阿甫在我眼中的地位非常了不起，远远超过现在电视上、广播里不少专业说评书的。

阿甫讲得最多的故事是杨家将和瓦岗寨。杨家将杨继业、佘赛花、杨延昭、杨延嗣、杨宗保、穆桂英、杨排风等人的故事，是那样的引人入胜。这些故事深深地烙在我的心里，我强烈的爱国热情与阿甫的说书有绝对的关系。听阿甫说书，我还喜欢上了一个人物，即瓦岗寨里的罗成，说这个少年英雄是个"月亮命"，即十五六岁是其最具光华的年纪，不仅英俊倜傥，而且天下无敌，然后就是渐渐走下坡路，直至二十三四岁时就干脆月圆而缺、暗淡无光了，因此我对这个人物既充满了喜爱之情，又为他感到无限的惋惜。同样令我遗憾的是，阿甫说书太喜欢卖关子，常在紧张激烈处戛然而止，且听下回分解，特别令人着急。尤其让我揪心难忘而且至今仍记忆犹新的是，他讲到七郎杨延嗣被潘仁美吊在城头，将要遭受万箭穿心时，我那颗少年的心简直都要碎了，阿甫则在此处突然打住不往下说了，令我万分着急又悲痛不已，希望有人来救下我心目中的这个英雄。遗憾的是，杨七郎后来究竟怎么样了，结局是什么，不知是错过了机会，还是因何缘故，我一直没有听到。因此，在我从阿甫那里听到的情节中，杨延嗣仍被悲惨地吊在那个城头。

我在各种乡村的故事讲述中，度过少年时代的许多光阴。现在想来，这是十分宝贵的。但我以为，他们所讲的故事存在着一种共同的缺陷，即故事的来源十分贫乏，所以故事的完整性和丰富性都颇显不足。不过他们讲故事这件事本身，也能发挥文化传播的作用，给人以初步的文化熏陶。这种熏陶虽然稀薄而简单，但给我的印象却是极其深刻的。

后来走出乡村的我，把听故事的热情变成了读书的热情，因此买书成为我一种近乎偏执的狂热。在相当长的时间里，出版业十分繁荣，中外的各种文学名著，各种明清小说，我知道的和不知道的都买齐了，摆在了我的书架上。如《杨家将传》《说岳全传》《封神演义》《小五义》《七侠五义》《七侠十三剑》《彭公案》《野叟曝言》《九尾龟》《绣云阁》《镜花缘》等，就有几十种之多，可我却没有了把它们通读一遍的时间和兴趣。这真应那句俗话的悖谬逻辑，即有牙的时候没有花生豆，有花生豆的时候却没有牙了。在很多时候看着书架上摆满的各种书籍，仅仅感受到一种拥有的快感。尽管其中有个别的书，能引起我一时的阅读兴趣，花点时间看一看，但更多的是职业需要的阅读，再难有当年听人讲故事那样的着迷了。那种文化贫困中的饥渴，以今天的视角来看，竟是一种很简单，却很美好的享受。

# 看电影的往事

在傍晚散发着稻谷清新气息的打谷场上，竖起两根木头，再挂起洁白的银幕，村民们便知道，一场电影就要在暮色降临之后开始放映了。每当晚上有电影放映，就如同乡村赶上了盛大的节日，十村八庄的村民们，或是扶老携幼，或是呼亲唤友，或是少年同党，或是青年恋人，搬着、抱着、扛着家中的板凳、竹椅、蒲团等，络绎不绝、吵吵嚷嚷、快乐无比地涌过来看电影。

在我看来，那块洁白的银幕真是太神奇了，什么历史故事、战争场面、百姓生活、山水图景，都可以在这白得有些耀眼的银幕上轮番呈现：水像村边的小溪一样流动、花像路边的野花一样开放、人像身边的人一样说话有声，一切都那么生动逼真，扣人心弦。那是我从未见过的外面世界，那是我从未经历的外部事情。银幕上的男人女人都很美，比村子里的人要好看很多很多。更有人们很少见过的飞机、火车、轮船，以及高高的楼房、宽阔的街道、热闹的商店等形形色色的事物，让村里人大开眼界，兴奋不已。

最激动人心的还是看战争电影，什么《地雷战》《地道战》《苦菜花》《平原游击队》《南征北战》《渡江侦察记》《英雄儿女》《上甘岭》《打击侵略者》《奇袭》等，都在乡村的打谷场上放映过，看得人们不亦乐乎。每当片头出现八一军徽放光芒的镜头，或者其他什么工农兵雕塑的镜头时，人们就会兴奋不已。在那些年里，好像也就是这么些片子，虽然反反复复地放，人们却百看不厌，电影里的情节和主题曲早已烂熟于心，还要一遍遍地看。如果不是这些片子，人们可能还没有兴趣看呢！后来我想，那段时光对我的电影知识的普及，是一个很重要的时期。而我这个乡村青少年的英雄精神的激发与培育，也是从这打谷场开始的。

因为是在打谷场上放电影，那露天环境的一个绝大好处，就是视野十分开阔，人们可以远远近近地选择自己最喜欢的位置观看。此时漆黑的天空，或者有月亮的天空，能把这块银幕衬托出一种无与伦比的神圣感，以及说不尽的亲切感。

有时来看电影的人实在是太多了，平常看着颇为宽阔的打谷场，此时几乎没有了容人下脚的地方。为了看得更清楚一些，有的人便爬上场边的草堆和树上，将看电影变成了一种瞭望。同样颇为有趣的是，银幕的正面挤满了人，来晚的人只能坐在银幕的背面。虽然一切看起来都是反的，但除了银幕上的人吃饭用左手，战士瞄准用左眼，走路先迈左腿，使人稍感别扭之外，其他好像也并不觉得有什么异常。

乡村电影最为有趣的地方还在于，人们不仅无须购买电影票，也无须受放映场地的秩序与规矩的约束与限制，就可以跟着电影中的起承转合和喜怒哀乐，随意表达自己的情感。比方说，出现打鬼子的镜头时，下面一片喊打声和加油声，并且用颇有重力感、辅助性的叹词，与银幕上的情节互动得恰到好处且淋漓尽致，感觉上真是好不痛快！相对缺乏一般常识的女人们，特别是一些老年妇女们，在观赏的过程中极需要分清谁是好人，谁是坏人，不管放什么电影，都会频频发出这样的疑问：哪个是“我们家的”，哪个是“鬼子”呀？好使自己的立场与情感，坚定地站在“我们家的”的正义一方，便于及时地表达对“坏蛋”一方恨恨的敌意。

在看电影的过程中，有的人免不了会有如厕之需，这就在看电影还是尿尿之间产生了矛盾，面临两难的抉择。那些男青年、小男孩实在憋不住了，便稍微离开一下人群，在打谷场边的野地里，一边回头看着银幕，一边脱下裤子就地解决。电影的吸引力和他们对电影的热爱，委实令人放不下。不过那新鲜出炉的尿骚或屎臭味儿会迅速弥漫开来，自然招来人们的咒骂，拉屎撒尿的人或者是置之不理，或者是理直气壮地回应：“管天管地，还管人拉屎放屁？”这样的事我似乎也是干过不少回的，当时并没觉得有何不妥。

南方的天气总是多变的，夏天的雨说来就来，冬天的雪也是说飘就飘。赶上这样的天气，人们也并不为其所动，即使淋个透湿，或冻僵手脚，也要坚持把电影看完。雨和雪落下来时的那份酣畅与热闹，还是相当壮观感人，惊心动魄的。在放映机投射向银幕的光线里，我能看到闪烁着的一双双激动而晶亮的眼睛。在这风雨无阻中，一双双眼睛里透出的不舍，是当时的我并不完全明白的，我把那一切都看作天经地义，其所饱含的文化匮乏的含义，是我在其后很长时间才逐渐体会到的。除了偶尔观看不知从何地而来、也不知何时能来的黄梅戏、泗州戏或庐剧等剧团的演出外，看电影就是村民们难得的最大享受了，人们怎能轻易地让一场来之不易的电影，因为一场常见的雨和雪说冲就冲了呢？

人们凭自身有限的生活经验，会对电影放映过程中产生的现象产生误解。比如放映机灯泡有一定的使用寿命，自然会有钨丝烧断了的时候，这时的银幕上黄光一闪影像就消失了，大家就惊呼起来说片子烧了，连连发出惋惜的叹息。在人们的心目中，电影片子肯定是很珍贵的，不能像锅底下的干草，烧了该是多么可惜。在放映人员换了灯泡之后，电影再度开始，人们跟着欢呼起来，说是烧了的片子又被接上了，却并不真正明白究竟发生了什么事。

每一场电影都是在人们的意犹未尽中结束的。看罢电影的人们仍停留在电影的情节中，一边兴奋不已地谈论着，一边沿着乡间高低不平的、被黑暗笼罩的小路，返回各自的村子和家中。乡村的这一个夜晚，就在电影所营造的氛围中愉快地过去了。

电影放映队有其固定的放映点，他们从远的地方转来，在我们这儿放过之后，又向其他的村子转去了。我们这些少年人，是不会满足于只在家门口看一场电影就完事的，便一直追着放映者的行踪去看。哪怕是上学或干农活累得睁不开眼、爬不起床来，只要一听说哪里放电影，就立马精神了，不管多远都要跟踪追随而去。

有一次，不知从哪里得到了一个消息，说是一个几里地外的村子晚上放电影，我们几个小伙伴丢下碗筷就赶了过去。当我们到达那个村子时，竟没见一丁点儿放电影的动静。一打听，才知道根本没有这么回事。那个村子的村民们说，大概在向西的另一个什么村子，这可能是一个指兔给狗撵的无良玩笑，但我们却信以为真。等我们马不停蹄赶过去时，同样也是一点儿动静都没有。我们的愿望和激情没有得到满足和释放，不相信就找不到放电影的地方，便一直向西再向西地寻找。这种盲目的激情导致我们走得两腿发直，再也走不动了，才掉头返回。这一路走来，到了西三十里店的南边——一个我们从来没来过的地方，也就是说我们离家快有二十多里路远了。那是个漆黑的夜晚，夜路是很难走的，我和小伙伴们在黑夜中行走在田间小路上时，也并没有感到有多失落与沮丧，为了给自己打气和壮胆，竟胡乱地哼了一路的歌曲。

后来到县城上中学，让我特别感兴趣的事，就是到电影院看电影。虽然那时候的电影仍然很少，但总比乡下要好多了，而且更有规律了。

那时一个叫《卖花姑娘》的朝鲜电影，就是在县城电影院看的。在当时，那是个相当轰动的事件，无人不说这部电影太好看了，就是里面的人太苦了、太伤心了，要是去看这个电影，起码要准备三条手绢擦眼泪。我哪里有什么手绢，平常要是哭的话用手一抹了事。进电影院时，我还是做好了以手拭泪的充分思想准备，也怀着悲伤的心情走进电影的剧情。令我十分自责的是，我并没有像人们夸张描述的那样，被人物的命运感动得泪流不止，仅仅是眼眶有点湿而已，为此我在很长一段时间里，怀疑自己的阶级立场是否存在问题。我记住了这部电影的主人公花妮和顺姬的名字，并且很喜欢这部电影的插曲《卖花姑娘》，它实在是太动人、太好听了。1990 年，我随总政歌舞团到朝鲜访问演出的时候，还见到了这部影片里的几个主要演员。他们是一些平和文静的人，距离电影中的艺术形象那么近，又那么远。

在县城看电影虽然方便了许多，看了朝鲜其他电影如《鲜花盛开的村庄》《摘苹果的时候》《金姬和银姬的命运》《看不见的战线》，阿尔巴尼亚的电影《宁死不屈》《第八个是铜像》，罗马尼亚的《多瑙河之波》等，但买电影票却是个大难题。这不是说买不到票，而是即使一张票五分钱，我也买不起，五分钱相当于我一顿饭的伙食费。不过，我还是忍不住要尽量省钱买票，哪怕不吃饭也要去电影院看电影。听说有新片子上映的时候，总要挖空心思去看，否则同学们议论起某部电影来，因为没看过插不上嘴会觉得很没面子、很没见识。像我如此困窘的不在少数，因此在同学之间就暗中交流一种上不得台面的办法，即尽量收集寻找各种颜色的、撕了半截的旧电影票积攒起来，想看电影时预先侦察清楚这场电影票的颜色，然后从积累的废票中找一张颜色相同或接近的半截旧票，进门检票时用手捏住被撕去的那半截，把完好的半截留出来让检票员撕检。这一招在进场人多发生推搡时还真能蒙混过关，进去后找个靠后的座位坐下来，美美地看上一场免费的电影。但也有很多次则被抓了现行，没商量地被当场撵了出来。可能这种事检票员见得多了，也就是声色俱厉地呵斥我们一下，把我们从人群中轰走了事，并不会进一步对我们采取过分的惩罚措施。我们也并不觉得有多尴尬，心里只有看不上电影的遗憾。

后来我到了部队，居然干起了放电影的行当，而且一干就差不多三四年的时间。这终于让我把放电影的事弄明白了，如知道所谓烧片子是怎么一回事，那只是灯泡瘪了而已，与影片烧不烧没有丝毫关系；掌握了操作各种放映机的技术，学会了剪接影片的本领；提升了在小小方玻璃上画幻灯、写标语的能力。因为给部队放映电影的需要，除了东航机关的大院外，我与战友还一起反反复复地去了宁波周围的四明山，以及骆驼桥、龙山、鸣鹤等地，一遍又一遍地放八个样板戏，几乎会唱里面的每个唱段。什么外国的《斯特凡大公》《奇普里安·波隆贝斯库》，什么国内的《决裂》《创业》《难忘的战斗》，以及复映的越剧影片《红楼梦》等，都不知看了多少遍。一个复映《红楼梦》的传闻，令我至今记忆犹新。说是一名老年的越剧迷，在电影院竟连续看了 19 遍，直至突然昏倒在影院里，足见越剧在当地的受欢迎程度。每当我架起放映机为观众放映各种电影时，看到观众开心的表情，就有一种成就感油然而生，就会想起在故乡看电影的场景。

今天，在北京的大街小巷，都于悄然之间出现了各种很有档次的电影院，每个电影院都有大小不等的许多放映间，而且只需走几步路就能轻松地到达，非常地方便，可是我却再也提不起看电影的兴趣了。

# 乡间的戏场

我对戏剧的了解，应该是从乡间的演戏开始的。同看电影比起来，看演戏的次数要少很多，然而我至今都对乡间演戏的场面和气氛记忆犹新。

大概也是在傍晚时分，呼地就来了十几个人，他们还拉着一平板车的道具。这些人穿着干净，面容俊俏，也许是上面什么人派来的，也许是如现在临时搭起的草台班子。生产队长在大喇叭里通知，说今晚要演戏了，晚饭后都来看啊。于是人们又像过年似的，放下手里的活计，赶忙生火做饭，吃完饭把碗筷一撂，就搬上板凳之类往打谷场上会集。有人还特地到附近的村子把亲朋好友也请了来，让更多的人一起分享这份难得一见的演出。

我们这些小伙伴们情绪似乎更加高涨，虽然演戏是什么意思我们一开始并不清楚，但从大人们脸上露出的喜悦表情来判断，应该是很有趣的。打谷场最先成了孩子们的世界，所有能单独行动的孩子都来了，甚至是三四岁的幼童也跌跌撞撞地过来凑热闹，大家你追我赶，大呼小叫，好不疯狂。

在村里人的帮助下，演戏的人在打谷场的一边围了一块地方作表演区，又在场地的前方挖坑埋下两根柱子，从柱子向后拉起一块很大的、看不清颜色的帆布，那帆布上还留出左右两个门。演戏的人把两只比普通马灯更大一些的汽灯，扑哧扑哧打足气后点亮，高高地挂在柱子上。汽灯的灯芯有鸡蛋般大小，点亮后白得耀眼，并且发出嗞嗞的令我吃惊的声音。打那以前，我从来没见过那么亮、那么白的灯，在那个热闹的夜晚，两盏汽灯像两颗小太阳，似乎把天上地下全都照亮了。

演戏的场地被陆续赶来看戏的人，围了个里三层外三层。前面的人坐在地上，往后的坐在凳子上，再后面的站在地上，或者是站在凳子上，甚至是站在叠起来的两个凳子上，还有的爬上草堆远远地看。我和几个小伙伴就属于爬到草堆上看戏的角色。因为近了怕被人挤着踩着，站在中间或后面就会被人挡着。只有站在草堆上才能获得理想的高度，把人群中的演戏场面看个清清楚楚。

我看到人群由喧闹突然变得安静了，继而听到锣鼓镲子敲打起来了，叮铃个哐，叮铃个哐，咚里个呛，咚里个呛。那声音真的很激动人心，仿佛整个打谷场都跟着颤动起来。我想这应该是开始演戏了。

果然，有一个脸蛋上抹了红颜料的演员，从帘子后面走了出来，嘴里咿咿呀呀地说着唱着，虽然在空旷的乡村环境听起来声音很大，我听得非常清楚，但我根本听不懂她说的是什么，演的又是什么戏。接着又有一些人上上下下，做着说话、争吵、推拉、搀扶等动作。在演戏的过程中，常常伴有拉胡琴、吹喇叭、敲锣鼓等的声音。后来我才知道了那些乐器都叫什么名字。其中，我对胡琴特别感兴趣，这乐器听起来既像哭又像唱，让人感到很悲伤很悠扬。我对这些人演的是什么戏并不关心，因为那还是我似懂非懂的年龄。使我颇感困惑的是，我分不出演戏的人是男是女，他们每个人的脸上都抹了胭脂或白粉，讲话也拿腔作调的，穿的衣服不是描龙绣凤，就是花红柳绿。尽管如此，我还是喜欢看的，而且看得好稀罕。看来分不清男女的并非是我一个人，和我一样站在草堆上的其他人，也在争论这样的问题。这其中不仅是小孩子，有的还是大人呢。

看得出人们的注意力还是被戏吸引了，戏里人物的动作和表情越来越激烈，演戏的人讲话唱歌的声音更加声嘶力竭。本来这可能是为了提高看戏人的兴趣，但反而引起了现场的骚动。后面的人往前涌，想看得更清楚一些。坐在凳子上的人也坐不住了，被后面的人挤得身子也往前倾斜了。前面坐在地上的人只好不断地往前挪着位置，可供演戏的场子就越来越小，以至于人们把演出场地的中央都占满了。场面变得十分混乱，最后干脆演不下去了。那些一身戏装的演员看演不下去了，在露了一下头之后就干脆不出来了。有个管事模样的男人走了出来，大声招呼着要人们往后退，但没有一个人听他的话。生产队干部见状也忍不住站出来吆喝，想摆资格加骂人控制住局面，但一点儿效果都没有。这时候有人开始用恶毒的语言叫骂，有的人则唯恐天下不乱似的呐喊聒噪，分明想把局面搅得更乱。

正处于僵局的时候，两个大哥哥似的人出现了，只见他们不知从哪里扛来一捆高粱秸，打人们的头顶上穿过，来到场地中央。一个人从身上掏出火柴点着高粱秸的叶子，一个人举着很快就燃得像火把似的高粱秸，呼啦啦地转圈。那飞溅的火星在人们头顶飞舞。看戏的人们见状纷纷开始避让后退。那两个大哥哥又把着了火的高粱秸放在地上拖着转圈跑，嘴里发出一阵阵嗬嗬嗬的呼喊声。看戏的人当中有个男的头发被火烧着了，他跳了起来一边拼命拍打着，一边还乐呵呵地笑着骂着，像是摊上了什么喜事一样。火攻取得了明显效果，场地一下子就恢复了原来的大小，于是演戏接着进行。

真是一波未平一波又起。在人们认真专注看戏的时候，汽灯却突然出了问题。原先亮得刺眼的汽灯渐渐变黄变暗，马上就要熄灭的样子，演戏的人赶快取下汽灯，扑哧扑哧往里面打足了气，汽灯才又耀眼如初了。

我记不清戏是在什么情况下结束的，只记得这个戏看得人很难过、很伤心，演员所有的努力都像是要让人哭得更厉害。我不理解的是，难道演戏就是让人哭的吗？人们陆续散去了，我看到一个老奶奶还在不停地抹着眼泪，一边还在念叨："真该天打五雷轰啊！真是个伤心的人呐！"我知道她是在说戏里的人和事，然而我一点儿也不理解这戏究竟说了些啥。

不过，那一夜我竟然激动得不得了，怎么也睡不着，心想这就叫演戏吗？戏是什么呢？为什么要演戏呢？穿上这些花花绿绿、红红紫紫、奇奇怪怪的衣服，在台上说说唱唱、扭扭捏捏、蹦蹦跳跳就是演戏吗？我很羡慕这些演戏的人，我感觉他们很勇敢，很了不起，在那么多人围观下，居然大大方方走来走去，一点都不害臊。而我哪怕被人认真看一眼，都会脸红气短心里打鼓，显得特别没有出息。

在村子里，我又看了第二次演戏。这次演戏跟上次有所不同，可能是吸取了上次的教训，组织者从村里借来了几张八仙桌，拼在一起就成了一个高高方方的台子。台子的后边摆放了几个大小不一的凳子，以方便演戏的人上台下台。演戏的人用帆布帘子挡住了三面，一个与上次迥然不同的舞台就搭成了。

演戏的场地提到了一个桌子的高度，村民们看起来方便多了，但坐在前面的人却不得劲了，要仰着脸看，而且看见的基本上是演员的腿部，于是大人们就把前面的位置留给了孩子们。我就坐在桌子跟前，不仅听到的声音特别大，还能听到演员在台上走动时踩着桌子发出的嘎吱声，闻到演员脚步带起的尘土的味道。

这次演的戏意思不大，演员没有穿上次那些好看的衣服，身上的衣服跟我们平常穿的差不太多，而且脸上抹的胭脂也很淡，汽灯下几乎看不出来。戏的内容我看懂了，是一出斗地主的戏。这使我很高兴，比起上次稀里糊涂不知看的是什么戏明白多了。我们村里没有被划为地主成分的人，只有一家富农，还有几家是中农成分。对于这一点，我一直很奇怪，我们村子那么多土地过去都是谁家的呢？那家成分是富农的男人女人都死了，只剩下一个比我只大一岁的男孩，这个男孩性子很倔，动不动就跟人吵架，因此时常被人骂“富农羔子”，但人们看他很可怜，并不会因富农成分而真正欺负他。这部戏的结尾是想搞破坏的地主，被贫苦农民当场抓住；剥削阶级妄图破坏社会主义新农村的罪恶阴谋，被有力地粉碎了，这无疑是个令人满意的结局。

后来，可能是在“四清”和“文革”期间吧，村子里也学着成立了演戏的组织，名字叫宣传队。长得好看一点儿的男女青年被集中了起来，在村里最大的一处公房里活动。他们或是到县城去看戏观摩，或是请什么外面的人来辅导。白天他们下地干活，晚上集中起来学唱戏，学打快板、唱对口词、拉二胡、吹口琴什么的。有点文化的就自己写本子，编好了拿出来念给大家听，有时会争吵得面红耳赤。有好一阵子，那间大房子里吹拉弹唱好不热闹。

参加宣传队的青年人衣服变干净了，脸色变白净了，说话也有腔有调了，让人好羡慕好眼热。村里人会演戏是亘古未有的新鲜事，排练的时候好多人都去看，当然去看的人当中，最多的是抱着小孩的妇女。有些女人天生就是戏迷，而且最容易入戏，常常是一把鼻涕一把眼泪同戏里人物同喜怒、共悲欢，也不分哪是真的哪是假的，直看得肝肠寸断、泪流满面。

当然，也有未结婚的光棍汉，他们乘着这千载难逢的机会，能够正大光明地多看几眼年轻的大姑娘小媳妇。有的因为家里有人参加宣传队觉得很光荣，见人就夸耀“我们家谁谁谁去学唱戏了，那身段、面皮、嗓子天生就是干这事的料，一点儿也不比那些真正演戏的人差”

等等，得意之情溢于言表。有的则撇着嘴，说年轻的男男女女整天在一起打打闹闹、搂搂抱抱的像什么话，时间长了说不定会抱个孩子回来，等着打嘴吧。果不其然，青年男女在一起最经常产生的就是爱情，绯闻很快就传了出来，说是谁谁谁跟谁谁谁好上了。我当时并不明白“好上了”是什么意思，有什么可大惊小怪的。

于是，村里的宣传队在一次农忙来临之际解散了，解散后的宣传队就再也没有恢复。人们并没有看到他们真正的登台演出，只在那间大房子里给人们演过戏的片段、唱过歌儿、打过快板、拉过二胡等。不过我想，这个宣传队虽然没有闹出什么像样的动静，而且被传出的绯闻所困扰，但能够参加宣传队，一定给他们自己带来了不少荣耀和欢乐。

在那时候，我怎么也没有想到，在后来的工作中，我同戏剧竟然有了那么多的瓜葛。

# 画画儿者、石人石马及其他

在少年阶段处于成长之中的我，像极了一个在沙漠中踯躅的孩子，瞪大了眼睛寻找着每一点绿色。那完全是植物对雨露的希冀，果实对温度的渴望。

那是50年代的一天，村子里来了个会画画儿的人。他手里拿着画板和画笔，在刷了石灰的墙上画着人物、红旗、农机、庄稼等。村里人都围过来观看，有一幅“满脸笑容的炊事员，端着热腾腾的馒头献给同样是满脸笑容的众人”的画面，这引起了村民们的啧啧赞叹，说是画得太像了。天上的白云、地上的鲜花、平直的道路、满仓的粮食，都活灵活现，逼真无比。反映出人民真的都很幸福，一个个都咧开大嘴开怀大笑。画家笔下的生活场景是那么美好，完全是人们从未见过的，却又那么令人向往，仿佛从那一刻起，人们就走进了真正美好的新日月。

这位画家被村民们称为小卜，他有一张帅气的脸庞、一双明亮的眼睛、一身干净的衣服，样样都招人喜爱。自从他来到了村里，就起早贪黑地画画儿。他画出的画儿让人称赞不已，但他面对夸奖时只是眼睛明亮地微微一笑，依然一丝不苟地把他的画儿进行到底，更让人感到他的可爱。从乡村的早晨直到黄昏，无论是晴天或是雨天，在农村新刷出的石灰墙前，村民们都能看到小卜孜孜不倦的身影。

我并不认识小卜，不知道他从哪里来，也不知道他为什么要到我们的村子里来画画儿。但我算得上是小卜最忠实的观众，从他来的那一天起，我就一直跟在他的身后，目不转睛地看着他在墙上画画，直到他几天后画完了画儿，背起画板离开。其间母亲多次喊我回家吃饭，都被我不耐烦地拒绝了。

令我大为惊异的是，在一无所有的白灰墙上，随着小卜的勾勾描描画画，就出现了各种我们熟悉的景物，那粗糙不平、一无所有、无比平常的墙壁，一下子就变得有山有水、有花有草、有人有物。小小的我被迷住了，生发出一种对小卜的崇拜，对他的画儿到了某种痴迷的程度。

我搞不清小卜怎么会那么聪明和有本事，他那只细细的右胳膊和灵巧的右手里，怎么会蕴藏着那样出神入化的力量，把他要画的东西画得那么有鼻子有眼，那么逼真。

聚精会神画画儿的小卜，终于注意到了我对他的关注，回头冲我笑笑。但他只是冲我笑笑而已，并没有跟我说话。我大概与他相差十多岁，也许他觉得同我们这些小屁孩没什么可说的。而且在他画画儿的过往中，一定并不缺少观众。他冲我笑笑，可能仅是在眼睛的余光中发现我是他最忠实、最坚定的观众而已。

我多么想像他那样学会画画儿，因此在小卜画画儿的过程中，便在心里把他的一笔一画都争取默记在心里。如果那个时候知道可以拜师学艺的话，我一定会毫不犹豫地行跪叩大礼。

那时候的我只有五六岁，一切都还那么懵懂无知。小卜使我第一次知道有画画儿这个行当，知道了画儿是怎么画出来的，这似乎具有某种艺术启蒙的意味。虽然逢年过节的时候，家里也张贴过印制的国画、年画等，但我却并没有深想它们的由来。小卜画画儿则是现场实际的操作，对于我具有极为非凡的启示意义。我后来想，其实小卜的画画水平可能并不高，充其量也就是线描一类的层次，但当时对我的吸引与触动却相当大。这种画画的事就发生在身边，我像听到一个声音的召唤："我也想学画画"，这应当是一种出自本能的喜爱，与是不是想成为一个画家无关。

但这终究只是一时的热情和冲动，虽然我也偷偷地模仿着画过一些画，但毕竟未能达到无师自通的境界。我后来认为，凭着我当时对学画画极高的热情，如果有条件学画画的话，我完全可以成为一个真正的画家。我的成长之路，就像一条本没有河床、缺乏设计的河流，随着生活之水、生命之水的流淌与冲击，随物赋形地形成，包含着很多的不确定性和意外因素。在小小年纪的时候，我很难预想长大后会干些什么，一生就在这种连滚带爬、跟斗流星中过来了。我想大多数人的人生轨迹也都是如此吧。

也许看小卜画画唤醒了我意识中的什么东西，从那时起，我对此类与文化有关的事，就产生了一种特殊的敏感和兴趣。

在解放水库西南对岸的一处地方，摆放着一组大大小小的"石人石马"。那时候水库还未修成，涉过一条小河就可以到达对岸。我们在放牛割草时"意外"地发现了它们，回来时万分惊奇地告诉了那些见多识广的大人们，他们不屑地说它们早就在那里了，大概已是几百年前的事了，有什么值得大惊小怪的！

不过，我还是十分地惊奇，这些屹立或埋没在杂草之中的"石人石马"，或站或坐或卧，都那么厚重粗糙，有一种庄严肃穆的气韵。据我现在推想，它们事实上就是石雕，北京的十三陵、南京的中山陵以及凤阳的皇家陵园，都有许多比这大得多的文臣武将、祥鸟瑞兽之类的石雕。此地能出现这样的石雕，应该也是个什么王公贵族被埋在了这里。我们定远与凤阳毗连，至今仍流传着朱元璋当年身为乞儿时的许多生动传说。这里埋藏着朱氏明王朝的什么王公贵族，也并非不可能的事。我们县城往南的道路旁，间隔一段距离就有一个大大的土堆，据传说那是虞姬墓。当然那里不是埋着虞姬的真身，项羽战败后带不走她的身体，只得将其头颅割下来带走。在项羽策马飞奔的时候，从头颅里滴出的一滴滴的鲜血，后来就化作了一路的丘茔。至今两千多年过去了，这些丘茔依然高高地耸立着，上面长满了萋萋青草。

使我颇为纳罕的是，这灰色的“石人石马”怎么能雕刻出人鸟兽的模样，看得我好感动。这件事无疑丰富了我对世界和艺术的认识，尽管此时我对这个世界仍然知之甚少。我甚至想象这些“石人石马”是在什么时候、在什么情况下、由什么人雕刻出来的？他们有着怎样的慧心灵性？

这些“石人石马”是我们那儿的一道景致，我们去看过它们许多次，就像去看望老朋友，仿佛这些石头的人鸟兽，都有着鲜活的生命。不仅如此，我们还从干涸的河道挖来黄泥，抟熟后捏出各种我们所能想象的造型。文臣武将作为人的形象，有些过于复杂，我们便以司空见惯的猪牛羊、鸡鹅鸭为题材，捏出似是而非的泥塑制品，有的还真的有那么点儿意思，这成为我们的一大乐趣。我想当时如果有人指点，也没准能把自己培养成“泥人汪”什么的，这似乎并非没有可能。

我的文化之旅也有某种苦涩的回忆。

我的一个叫大平的少年朋友，按当时的标准衡量，他们家境很好。他的父亲是一个乡镇的干部，条件自然要比我家好很多。据大平自己说，他有一个木制的箱子，里面装的全是连环画，像《杨家将》《岳飞》《西游记》《水浒传》等，多得很。有一段时间，我同大平是很要好的朋友，在关系处于热络的阶段，大平很痛快地答应将他那个箱子的连环画全都借我看，不过一次只能借一本，看完了再借。我高兴坏了，要能把一箱子连环画都看了，那该多棒啊！在当时没有什么比这更令我兴奋的事了，我觉得大平真够朋友。大平按他的诺言首先借了一本《杨再兴》给我看，我一口气就把它看完了，接着又从头看了好多遍，每看一遍都激动一次。那是最适合我那个年龄的读物，它图文并茂，言简意赅，引人入胜，让人着迷。

后来不知因为什么缘故，大平又借了几本之后就再也不借了，我十分渴望地找他恳求了许多次，他都懒洋洋地推脱了。我感到十分奇怪，不知究竟发生了什么事，是嫌我弄破弄旧弄脏了他的书吗？显然不是，我看书时总是格外小心，几乎可以说书借来时什么样，还的时候还是什么样；是我什么地方让他不高兴了吗？我仔细回想一下，我似乎并没有做什么令他不高兴的事；还是那个箱子里根本就没有那么多他所吹嘘的书？但好像他和我之间也并没有吹嘘的必要。我百思不得其解，到今天仍然对此一头雾水。不知是不是因为连环画的缘故，我们的友谊渐渐有点疏远了，这是我无论如何也没有想到的。

那时我就想，我自己要是能有这样一个木箱子，能在这个木箱里装上那么多的连环画该有多好啊！然而这只能是个梦想，在那个时候是没有可能实现的，原因在于没有钱买啊，这一直是我少年时代的遗憾。可能与这个渴望有关，我后来对书产生了一种近似偏执的激情，想挣很多的钱，把新出版的、我又喜欢的书全都买了来，不只作为文化的积累，也是更大规模、更高层级地圆我少年时的梦想。当然这个愿望没有实现，也没必要实现。我今天已经拥有了二十多个书柜的书，可以说是部分地遂了愿。在我拥有了这些书的时候，我却很少有时间去读了。因为电脑、微信等占据了我绝大多数阅读时间，纸质的图书也就常常被束之高阁了。

有一点让我感到难过的是，从那时起我也再没见过大平，听说他在故乡的生活也挺好。经历不同的生活轨迹之后，不知为什么，老朋友的见面变成一件挺艰难的事。

断了看连环画的念头之后，在一个意想不到的时间，我看到了一本长篇小说《林海雪原》。那是我平生读到的第一部长篇小说。我记不清这本书的来历了，最大的可能是喜爱看书的大哥借回来的。这是一部早已没有了封面，且前后都缺了很多页码，书角的纸都卷了起来的书，按照大哥的说法，这叫“五星团书”，大致是形容书已经没有了长方形的形状，而成了没有棱角的了，可见那本书的面貌已经悲惨到了什么程度。

但就这么一部书，一下子就把我吸引住了。杨子荣、少剑波、小白鸽、孙达得、栾超家等人的故事，给我构筑起了一个传奇的世界。我想象林海雪原上发生的那些引人入胜的故事，更是令人心驰神往。我们那里虽然没有森林，甚至连像样的大树都很少，但冬天还是有很大的雪的。下大雪的时候，我梦想着像解放军小分队一样，身披白色风衣，划着雪橇，在雪原上风驰电掣般地飞奔。当然以一颗少年之心，我特别喜欢看少剑波与白茹的情感故事，每读到这里就产生莫名的心跳。这本《林海雪原》我至少看了八遍之多，其中的情节至今仍令我记忆犹新。

毫无疑问，我再也不可能去关注连环画了，而对长篇小说产生了浓厚兴趣。这对一个少年的阅读能力是一种严峻的挑战。在乡村，要获得一部长篇小说简直比登天还难。不过我还是很幸运地又得到了几本“五星团书”，而且还是繁体字的书，这就是《西游记》和《水浒传》。尽管阅读上到处是障碍，我还是兴致勃勃地阅读这些书的每一页，那真是在细嚼慢咽，其中有许多意思都是靠猜靠蒙的。我还以极大的兴趣，把《西游记》中的诗词统统抄在一个小本子上。我觉得那些诗词写得真好，所以才下这样的功夫，那是我接受到的最早的中国旧体诗词的训练。

说来也十分有趣，我认识繁体字就是阅读这些书所获得的一个意外收获。那时候，我还不知道字典为何物，对满篇繁体字的书，有时只能无奈地掠过，有时则是连蒙带猜。比如对“大門、戰鬥、衝鋒”之类，我按上下文的意思推想应该是“大门、战斗、冲锋”等。当然我也有猜错的，因为那样读起来，有点文不对题。尽管是囫囵吞枣，几本书啃下来，基本上就把常见的繁体字给猜得差不多了。

不过按照我的看法，简化字虽然写起来确实便捷快当，但从字形上讲远没有繁体字好看。而且就汉字造字的缘起而言，繁体字似乎在阅读过程中，无论是直观，还是会意，都包含着更丰富的文化含义。如“戲劇”与“戏剧”、“書畫”与“书画”、“風雲”与“风云”、“醫藥”和“医药”，等等，谁能说它们给人的视觉感受就一定是一回事呢？我在后来酷爱练书法的时候，始终觉得繁体字才是书法的正宗，许多书法家也是繁体字坚持者，似乎使用繁体字在掌握其框架结构和谋篇布局上，要更加容易一些。但简化字的好处其实更大，易认、方便、高效，这又是繁体字不可比拟的，尤其是在普通人的识字扫盲方面，更是一大功绩。

这些是我少年时代接触文化的几件事，在人生的初始阶段，文化就向我走来了，滋润和浇灌了我。但我深深地感到，同我成长中的如饥似渴相比，文化的雨露还是太少了。如果所受的教育与熏陶更为丰厚一些，我也许会比现在更有修养和造诣。

# 大槐树下听到的故事

在我们那个村子，从未听说长过啥名贵的树木，都是一些极普通的，如槐树、柳树、杨树、榆树、桑树、泡桐等。哦，对了，还有一种其貌不扬的，那就是皂角树了。这种树常生长于沟边路旁，既不成材，也无可观赏。如果我对它尚有记忆的话，仅在于村子里的女人们说，这种树的叶子捣碎了可以用来洗衣服，具有肥皂一样的功能。

普通的树木在普通人的眼里，自然是再普通不过的，人的性命都是低贱的，何况草木呢。即使是被尊为国槐的槐树，也被人们叫了个极其土气的名字：猪屎槐。不过这只是我以为的不雅，其实村民并不讨厌猪屎，在他们眼里，那可是农家十分重要的肥料。从某种意义上讲，庄稼一枝花，全靠肥当家，肥料是决定粮食丰歉的重要因素，叫猪屎槐还透着亲切感，包含着相当深的感情，寄托着某种深切希望。

槐树虽然是极为平凡普通的树木，但它还是有很多优点的，比如说它的叶片尽管碎小而不起眼，但比较茂密，而且树冠长得很大，夏天可供人们乘凉。它最动人之处是到了春天，满树的槐花飘出香香甜甜的味道，让人不禁驻足观看，深嗅以情。那或绿或白的槐花如云如雾，煞是好看。

槐树的另一个优点是适应性强，容易成活，对土壤环境似乎不过分挑剔，随便往哪里一栽，就能自己长得好好的。村子的前前后后，到处都生长着这种普通得不能再普通的树木，好像它们天生就应该生长在这穷乡僻壤。好在我们的村子虽然贫穷，但并不缺少水分且土地肥沃，因此这种命贱的树木，照样可以长得茂盛而茁壮。要不是人们时时涌起砍伐的冲动，有的树是完全可以长得挺高大的。尽管从用材的角度讲，它们的价值并不大，但做些低档家具也能充数，且绿化作用也是不能被低估的，于是有个别的槐树仍会于刀斧之下，侥幸地长成稍大一点的树。

曾经在公路旁的一位沈姓人家门前，就长着几棵这样劫后余生、个头儿不算很小的槐树。几棵槐树的树冠已经相接，乍看起来很像是分杈开枝的一棵树。树干大概是被牲口或是人磨破了皮，光秃秃的伤口里露出木质的肌理。树下是一片平整开阔的场地，主人在其上搭起了可供吃饭聊天的石凳石桌。

大槐树下成了人们常常聚集的地方。男人们抽袋烟会到这里来，女人们缝补衣裳会到这里来，闲拉家常的会到这里来，分析研判当年的墒情与收成的，更会到这里来。每天三顿饭自然是雷打不动，端着饭碗菜碟到这里来。这里成了乡村信息的集散中心，成了人们一年四季的俱乐部。

我也曾喜欢到这里来，不仅有知了叫，听了吵人又开心；也有喜鹊窝，吸引我们爬上去掏，很刺激，很好玩；还有老年人口中非常有意思、令我心惊的老故事。老年人、老槐树和老故事，都像是白发苍苍的时光老人，带我们走回过去。一些六精八怪的故事，让我们很长见识，并且让人至今难以忘怀。那些故事有荤有素，惊悚怪诞，但从来没有人说这是儿童不宜之类的话，我们小小年纪可以随便听。

许多故事我不知听了多少遍，也记不清是谁讲了这些故事，弄不清谁是故事的第一次的讲述者，似乎有的故事谁都会讲，而且大致上都可以保持原样。从这个意义上讲，能引人入胜的，被人们不断重复的故事，都有某种经典的意味，包含某种人生的启示。

我能记住的有这样一些故事，这些故事又同我们身边的人密切相关。

第一个故事。从松是个脾气暴烈的家伙，闹小鬼子的时候他还不到二十岁。他们家在西边大约三十多里的地方，是一个人口挺多的大家族，住在一个四面修起围墙的圩子里。一小队的日本鬼子和一批鬼变子（我们当地对伪军的称呼）来攻打圩子。从松趴在圩墙上面，在鬼子和鬼变子射击的间隙，抱起石头往外丢。这种实力不对称的原始战法，当然不可能砸着任何鬼子兵和鬼变子。敌人的火力很猛，有机枪、有小钢炮，从松家有人被一炮击中了，倒在血泊中。从松急了，抄起一把两股钢叉，领着家门里的兄弟，拉开圩子的门就往外冲，准备和鬼子拼命。这种蛮干无异于白白送死，然而凑巧的是，北边凤阳山里的新四军，不知什么原因打过来了，经过一番激烈的战斗，将这帮鬼子、鬼变子赶跑了。从松的这种勇敢精神很得新四军的赏识，被发展成了游击队员。他在后来的抗日和解放战争中，都做出了一定的贡献。解放以后，从松成了县税务局的一名国家干部。可能是因为他的性情比较刚烈，遇事总爱说牢骚怪话，最终吃了嘴巴上的亏，受到了不知什么人的打击报复，被下放到我们村当了农民。从松竟然说“当农民才符合我的性格，舒坦！不用再看别人的脸色了。”就是这个再度当了农民的从松，在“文革”期间担任养牛的重任。有次生产队最棒的牯牛，不知因何缘故突然死了，有人举报说是从松害死了牛，见他给牛喂草时，放进了缝被子用的钢针。

那是一个寒冷的冬天，我看到村里召开大会，宣判从松的“反革命罪行”。会后从松穿着棉袄，被五花大绑地抓去蹲劳改了。被几个人押解而去的从松，昂首挺胸的，脸上没有一点儿惧色。那时候我虽然小，但我不太相信从松会干这种事，因为我觉得从松对我很友善，是那种堂堂正正的人，绝不会、也没有理由做这种事，我不知道那些判他罪行的人究竟有何根据。那时候冤枉人的事多了，好在他三年之后就被放了回来。回来之后的从松，还是动不动就发牢骚骂人，劳改于他好像从来没有发生过，也没有觉得自己有什么丢人的。

第二个故事。村里有个叫老彪子的人，与从松的性格截然相反。他天生善于见风使舵，逢人说人话，遇鬼说鬼话，人家都说“借你八个脑袋，也摸不到他的实心眼儿在哪块儿”。有一件关于他的很丢人、很有趣的传说，从当时一直传到现在，也是跟日本人有关。这帮贼寇不仅在南京城大肆屠杀中国人，到了我们定远县也照样肆意杀人。那年冬天特别寒冷，一批鬼子和鬼变子从我们的村子经过，到西边有围墙、有炮楼的村子去扫荡抢劫。当小鬼子从我们村子前经过时，村里人都跑了，没来得及跑的，躲在家里插上大门不敢出来。老彪子却迎上前去，点头哈腰、一迭连声地“太君、太君”叫得很欢。鬼子见状很高兴，让他当向导带路去打炮楼，他却怕死想推辞。鬼子立刻就不高兴了，把眼睛瞪得很圆，怒斥他“死了死了的”，狠抽他的耳光。不仅如此，几个小鬼子相互使了一下眼色，上来几个人，抓起他的胳膊和腿，嘴里一阵咕噜，把老彪子扔进了路边结着薄冰的水塘里。随着扑通一声巨响，溅起了一片大大的水花。鬼子没向水塘里打枪，已经算老彪子万幸了，他自个儿从水塘里挣扎着爬出来，破棉袄很快结成了冰，冻得他浑身直哆嗦，牙齿磕得嘚嘚响。他顾不得这些了，撒开腿一溜烟儿地跑了。鬼子们在他身后发出一长串怪笑。鬼子兵再来的时候，老彪子不敢上前了，还没见到鬼子的影子，就远远地溜了。在好长一段时间里，他都被人耻笑不已。如果有人当面重提此事，他却并不在意，只会恨恨地、自我掩饰地骂道：“这帮小鬼子，真他妈的不是东西！”

第三个故事。某人有一次被土匪绑架了，被带到一间不知何处的黑屋子里。他看到凶神恶煞的绑匪，吓坏了。据他以往对土匪的了解，知道这些人都是心狠手辣的家伙，心想小命算是交代在这里了。但他忽然发现绑架他的土匪头子，是一个他熟悉的人，立刻高兴坏了，觉得这下有救了。于是，他很热情地同土匪头子打招呼，甚至还带了个根本就不沾边亲戚的称呼。土匪头子漫不经心地看了看他，觉得似乎有些认识，于是先淡淡地笑笑，马上又叫人把他杀了。讲故事的人说，谁要是被土匪劫了去，这帮人心狠着呢，即使是认识的人，也要装作不认识，千万不要说你和他们是熟人，这一点很重要。这个故事当时我听得似懂非懂，也有点儿毛骨悚然。后来我在影视剧中但凡看到涉匪的剧情，都会情不自禁地想起这个故事，回味这其中的道道儿——本来没认出你来，打算敲你一笔钱，就把你放了；既然你认出了我，这就有点麻烦了；我不杀了你，你回去后到处散布消息，十里八乡都知道我是个土匪，那我就不好做人了，我还怎么在这一带混呢？

第四个故事。解放前，某人挑了一担烟叶到蚌埠去卖。那是一年中烤出的最好的烟叶，油汪汪、黄亮亮的，少说也有上百斤吧。全家今冬明春的大部分生计，都在这一担烟叶上了。此地离蚌埠大约有百多里地，为了多卖俩钱儿，某人并不怕远。在去蚌埠的路上，他闻到他挑担上的烟叶是那么香，虽然他没什么烟瘾，但闻着烟叶散发出的香味，感到周身很舒坦。他盘算着这些烟叶可以卖多少钱，可以买回多少布匹和粮食，如何助全家度过这冬天和春天。他就这么挑着烟叶担子，从一大早出发，傍晚才赶到蚌埠。从一个小村子到这么个大城市，他可是头一回。过去只是耳闻过这个地方，没想到这里的路那么宽，人那么多。他只知道到蚌埠可以卖烟叶，但并不知道什么地方可以卖，于是东张西望地寻找买主。此时天已经完全黑了下来，他不知如何是好，这时一个人走过来问他：“老乡，这么晚了，住店吗？”

在这样一个陌生的地方，竟然有人关心他，他感到很亲热，连忙说：“住，住！多少钱呢？”“不贵，一把烟叶钱。”一提起烟叶，他就心痛，不过想想确实不算太贵。于是挑起烟叶就跟着这人走了。走到不远处一个亮灯的地方，那人领着他往里走。他不知道那儿是哪儿，正在犹豫，一个女人走了过来，看上去是个见多识广、有些轻佻的漂亮女人。她的身上很香，远远的都能闻见，使他的头有些眩晕。昏头昏脑间，他被女人领进一个房间。他放下烟叶挑子，还没来得及喘口气，女人就让他脱下衣服。他不敢肯定这是要干什么，有些不知所措。当他看见女人自己也已脱去了上衣，只穿着一件很单薄的内衣时，吓坏了，嘴里直哆嗦。正在他不知如何是好的当口，有三个男人突然推门闯了进来。女人开始哭诉，说这个乡下的男人不安好心，作贱我，把我衣服都扒了。男人们二话不说，把他按倒在地打了一顿，又把他轰出了门。他呼喊道：“我的烟叶！我的烟叶！”男人们说：“烟叶？你还要烟叶，你这个满头高粱花子的乡下人，这也是你寻欢作乐的地方吗？不把你送去蹲班房就不错了，滚吧！”此时，街上的灯还亮着，他却完全傻了，脑子里反应不过来，在陡然之间究竟发生了什么事。昏头昏脑、不明不白之间，一担金子般的烟叶就没了。他像梦游一般，一屁股坐在地上，哭都哭不出来，过了好久才像狼一样“嗷”地嚎叫了一声。又过了好久，他才回过神儿来，抬眼打量这个传说中的大城市，灯光都像鬼火，房屋都像鬼屋，吓得他牙齿直打战。他顾不得走夜路的害怕了，连夜往家赶，一担子黄亮亮的烟叶，就这么糊里糊涂地，丢在了那个陷阱一样陌生的大城市。

……

在那棵大槐树下，我还听了好多好多的故事，许多我都不记得了。我在不经意中听故事，在不理解中听故事，这些都作为一种过往的人生，进入我对生活的认识之中。

# 少年演奏家

我至今仍然相信阿泉是个少年天才演奏家，如果当年他能进个什么音乐学校学习的话，一定不会比当今那些有名的演奏家逊色。遗憾的是，那个时候没有这种条件，人们也根本没有那个意识，因此他也就停留在被人赞不绝口地称为“聪明”“会弹琴”这样一种初始阶段，永远只是一个未成才的少年演奏者。

同今天很多并不具备音乐天分、也并不很感兴趣却被父母强迫着去学各种乐器的儿童相比，阿泉对乐器的爱好以及表现出的聪颖似乎是与生俱来的。凡是在乡村能够见到的乐器，如二胡、竹笛、按琴、口琴等，他都可以无师自通。他好像有一种天生的乐感，只要看一眼别人是怎么吹、拉、弹的，他拿在手里照猫画虎地胡乱摆弄几下，就会有个调调像模像样地响起来，用不了多久，他就会把一首首熟悉曲子演奏出来，而且还演奏得很有激情和韵味。那些听起来令人忧伤的曲子竟有种一唱三叹的力量，给乡村枯燥平淡的生活平添了不少魅力和乐趣。有人感慨说，这孩子长大了不得了，更不愁娶不到媳妇。这话乍一听会让人觉得挺好笑，原因在于那个时候，有不少适龄、大龄甚至超龄男性为了能娶上媳妇，简直是拧断了头发、愁断了肠。

阿泉特别喜欢在傍晚或有月亮的夜晚，在一片场院上弹奏他拿手的乐器。大概这个时候才会有氛围，因为村里人收工罢作时，方有空来围观他的演奏。就像城里的演出都安排在晚上一样，观众在这个时间方能平心静气地观看演出，演员也才能按生命的节律达到最好的状态。在那时的乡村似乎也是这样，人们在辛苦劳作一天之后，到井边、河边或池塘边洗刷一下自己的身体，或在自己的屋里和屋前歇息，吃着粗糙的晚饭，放松着自己的身体，因而也才有闲暇、有心思、有可能，不费分毫地欣赏他的演奏。这个时间仿佛是专属于阿泉的，他演奏得也格外起劲儿，在温暖的薄暮中，在晶莹的月光下，笛子被他吹得像清脆的小溪在流淌，二胡被他拉得像深情的人儿在哭泣，按琴被他弹得像活泼泼的小马驹在蹦蹦跳跳，口琴被他吹得像快乐的少年在呼喊。他是个和我同龄的少年，可音乐所包含的、所表现的已经超过了他这个年龄所能理解的。我现在想人与乐器的结合，是不是就会产生一种超越年龄的音乐效果呢？

他也有自得其乐的时候。有时他拿着笛子或二胡到小河边的柳树下，对着河水尽情地拉着吹着。小小年纪，心中好像蕴藏着一种早熟的爱情，难以自持地进入一种痴痴的境界。有时他在村边的草地上盘腿而坐，那支按琴就放在他的腿上，铮铮琮琮地响起。那时候，琴似乎不再是乐器，而只是他的一个玩具，少年时代谁都会有自己喜爱的玩物。因为有了在今天的我看来是极其简单的乐器，一个小男孩竟会因其变得那么神秘莫测和超凡脱俗。

我十分不能理解的是，一个从小开始就一边读书一边做农活的男孩，怎么会有那样一双灵巧的手，怎么会有那样一颗聪慧的心？那种最简单的乐器，怎么能弹奏出那样动听的音乐？在那个时候流行的、传唱的歌曲，只要人们会哼唱的，都能从他已经有些发黑的，甚至是粘着泥土的手指下流淌出来，我觉得这简直不可思议。他黑瘦脸膛上的两条细细黑黑的眉毛，会随着乐曲跳动，一双颇有光亮的眼睛自始至终眯缝着，显得很投入、很陶醉，似乎除了乐器，世界上再无他物。阿泉的父母都是很爱吹牛的人，为有这样的儿子感到很骄傲，见人就夸自己儿子的按琴弹得如何如何好，笛子吹得怎样听不够，二胡拉得好像会说话，并且不顾困窘的家境，给儿子买来新的二胡和笛子，买来新的好看的衣服，使他的行头和他的天赋相配，并且尽量让他少干活，一天到晚身上都干干净净的，看上去不同凡响。

十里八乡的人都知道他的名气，都知道我们村子里有个会吹拉弹唱的年轻人。凡是听过他弹唱的人便会称赞“这孩子将来不得了”，没听过他弹唱的人也会人云亦云地夸奖他。好像他是我们那个地方的光荣，好像有个耀眼的光环笼罩着他。因为这个光环，其他许多孩子同他比起来，都显得黯然失色。同村的男孩子只会干农活，干祖祖辈辈人都会干的事，人们也许会夸他们干得不错，但是难以让人以惊叹的口吻，像赞美阿泉一样来赞美他们。

对阿泉的这一切，别提我有多羡慕、多嫉妒了。我也试图学过拉二胡、吹笛子等，但都以失败告终，心里直埋怨自己真是个笨蛋。我似乎并不具有音乐方面的天赋，那二胡的琴弦、笛子的孔眼、按琴的琴键，对于我而言是那样不听使唤，让我无法将它们同一首曲子联系起来。我只是学会用口琴笨拙地吹几首最熟悉简单的曲子，在学习吹奏的过程中，还把自己的舌头磨得疼痛不已，满嘴口水的感觉也让我忍受不了。我想哪怕专门把我送去学习演奏，也一定是不堪造就的。我还试着认识简谱，让我暗暗称奇的是由 7 个阿拉伯数字组成的变化，居然就能唱出好听的歌来。我试着把它们进行排列组合，唱出来却是那么难听，后来我就彻底放弃了对于音乐的尝试。至今，我对那些作曲家和演奏家，都心存一种由衷的钦佩。

但凡有才气的男孩，似乎都有个共同的特点，就是喜欢在女孩面前炫耀。阿泉在这方面也是如此，属于个性张扬爱显摆的那一类。有女孩在场时，他会弹拉得格外卖力，花样也特别多，有时候我很担心他会把琴弦琴键拉断弹断。他还非常喜欢往女孩堆里钻，哪怕是女孩子扎在一堆说悄悄话，他也会无所顾忌地挤进去搭腔，或者声情并茂地演奏他的拿手曲目，以吸引她们的注意力。更神奇的是，有女孩举行婚礼的时候，他也穿上最好、最新的衣服去参加，做出各种夸张的动作和表情，几乎抢尽了新郎官的风头。

颇为遗憾的是，他的这种做派和才能，在那个时候没能派上更大的用场，只停留在民间自娱自乐的水平和状态，竟给人不稳重、不可靠的印象，连娶媳妇这件本以为轻而易举的事，听说后来也变得有些难度。当他渐渐长大以后，依然需要学会干农民应该会干的一切农活，而他瘦小的身躯把他的短处充分暴露了出来，生活的重压使他身上的光彩渐渐褪去，人也变得更为清瘦枯干。浪漫的生活是任谁心中都有的梦想，但农民考虑更多的还是如何实实在在地居家过日子，而那些老实巴交、身强力壮的小伙子，似乎更为可靠，具有更大的竞争力。

我与他一直是不远不近的少年朋友，在我离开家乡后和他几乎很少联系了。不过每当我看到那些很有风度、很有气质、很有水平的演奏家时，我就不由地想起他来。我相信从个人的天分来说，他完全可以跻身其中的，但他如今却在我故乡的田间耕耘，而且早早地成了爷爷辈了。听朋友介绍说，他如今在给人家看仓库，一个月能拿几千块钱工资。从他的经历与命运看，我认为许许多多具有才能的乡间艺人都是这样被埋没了，悄无声息地消失在平庸苦难的生活中。那年我又一次回乡时看到了他，他倒还是那样活泼泼的劲头，肤色虽然有些黑，眼睛却很亮，言语之间还是指天画地的，生活的重重磨难似乎没能把他真正改变。只是，他的话语中透出一股有隔膜的热情。我不知道这几十年他是怎样过来的，同样不知道在他的身体和精神中，是不是还怀揣着对于音乐的热爱与激情。

# 传说中的玉兔

故乡有一个关于玉兔的传说，一直令我特别神往。据说在夜晚的村里村外、田间地头、坟茔冈洼，如果你是个运气好的人，就有可能看见一只通体透明的玉兔。它在月光下，或在晦暗中，隐隐约约又蹦蹦跳跳的，精灵一样出没来去。看见它的人，只要不事声张地跟在它后面，它便会一直引导着你前进，在其踪影消失的地方，便是埋藏宝物的地方。你标出记号后，回家拿铁锹来一挖，就能挖出一坛银子来。人们说，这夜晚不甘寂寞、出来游荡的玉兔，就是坛子里银子的化身。

这个传说曾令我十分神往。我常常寻思，埋在地下的银子，究竟是从哪里来的呢？从老辈人那里得到的一个最有说服力的解释是，过去的许多地主老财家，往往积攒了很多的银子，他们怕这些银子放在家里被贼惦记，被儿女及亲友算计，就设法将它们埋藏起来。在社会动荡、兵荒马乱的年月，其处心积虑、费尽心思挣来的财富，放在家里就更不安全了，于是在子女都不知情的情况下，悄悄地将之装在精心选择的坛坛罐罐中，找一处不显眼的地方埋起来，做上只有自己才能识别的记号，待有重大急需的要务，或世道相对安定一些时，再把它悄悄地取出来使用。但人之生命和世事纷乱，总有诸多不可预料之处，如银子的主人突然失智了，或者意外降临了，或者做下的记号遭到破坏而无从寻觅了，这埋下的银子就成了无人知晓的谜了。

千百年来，这方圆百里的地方，究竟有多少人埋下过多少银子，谁也说不清楚。据说，我们这里虽然属于穷乡僻壤，但也有外出当官做生意的主儿，也有购田置地发了小财的，因此不乏囊中殷实、富有家资的有钱人，祖祖辈辈积累下来的金银也还是相当可观的。这些具有守财奴本质的人，一定会认为把银子埋入地下，比放在家里更令人安心。可以想象，那些有钱人抱着陶罐，偷埋银子于地下的场景，肯定与故事片或动画片中的这类人物相同，那份小心谨慎、贼头贼脑，既庄严隆重，又十分有趣。现如今谁知道哪块房屋宅基、哪块岗坡、哪块旱田甚至哪块水田下面，埋藏着让人眼睛亮得发直的银子？不只是我们小小的村子，我们整个国家从地下挖出的东西还少吗？不过这些东西都被称为文物，有着不可小觑的价值。

关于玉兔和银子的传说，颇具神秘色彩。有人认为银子也是有生命和灵性的，它们应该是存在于世上的一种有灵魂的活物，而不应是静止不动的金属躯体，所以银子在人们手上流通才能放出光彩，长时间埋在地下就会憋坏。因此被主人遗忘了的银子，会在夜晚跑出来呼吸透气，满世界溜达，最好能让世上的人们找到它们，使其在阳光下恢复本来的功能。于是银子变成了玉兔，在漆黑的夜晚提高了识别度，好让人们能够清楚地看到它，挖出它来。为什么只有运气好的人才能看到它呢？能够挖出银子的人，自然就是运气好的人，碰不到的一定是运气不好的人，这是个非常简单的逻辑推理。蹦蹦跳跳的玉兔，把人们引到银子的某个藏身之处，让其发现白花花的银子，巨大的惊喜会让发现者不能自持，或许是个有心之人，对获宝之事秘而不宣，悄悄地将其据为己有；或许压抑不住兴奋，让好消息不胫而走。这事就被渲染得神乎其神。

我小时候对这种传说深信不疑，自然我也想当这种有运气的人，能够在一只玉兔的指引下，找到一大坛子银子。从这种心理出发，我还坚定地认为，人都是非常向往钱的，尽管那个时候我并不明白钱到底有多大作用。我曾很多次在有月无月的夜晚，盯着空旷的地方看，在可能出现玉兔的道路和田野上行走，想在不经意间发现玉兔的身影。有那么一阵子，我几乎为此着了迷，巴望着天能黑得再快一点，好早早地进入黄昏和夜晚，让我有更充裕的时间，寻找、等待和发现传说中的玉兔。遗憾的是，我一次也没有见过玉兔，当然也不可能跟随其发现装银子的罐子。没有看见玉兔的结果，使我认为自己是个没有运气的人，因此在很长的时间里，我对此感到十分的自卑、恍惚和困惑。

在这种情形下，我产生了某种移情。邻居陶家是非常有特色的一家人，凡是能表明才智的乡村技巧，他们家的人都很擅长。比如在一只大竹笼子里，他们经常养着几只眼红毛长的真正白兔，这在我们的村子里是很少见的。因为兔子很难养活，又没有什么经济价值。他们的养兔热情，看起来颇有点仅为显示与众不同的目的。看不到夜晚传说中的玉兔，我就经常去陶家观赏活的白兔。胆小的它们完全是一副人畜无害的模样，在兔笼子里蹦蹦跳跳的，用它们的兔唇豁牙快速地啮噬着菜叶等植物，同时用那双宝石般的红眼睛警惕地注视着我。我多么希望这眼前的白兔能变成传说中的玉兔，把我引向埋藏银子的地方，去看个究竟。但笼子里的白兔就是白兔，属于肉体凡胎，血肉之躯，既不会幻化，也不会消失，更不会把我带到藏宝处，只会用那张豁嘴高频率地吃着鲜草嫩叶，看不出有任何灵性。

我曾经向那些颇有阅历的长辈们，质疑过这个传说的真实性，提出一个极为简单的问题：为什么我一次也没发现过，而且也没听说其他人发现过玉兔？但我并没有得到确切的回复，他们大多以似是而非的道理，对我说上一通令人摸不着头脑的话，因而我心头的疑云始终未曾驱散。根据我在乡村生活中获得的体验，总有一些人，无论对什么事，都能做出煞有介事的解释，哪怕是一派胡言，抑或是根本不沾边，但也能按照他们的逻辑和理解，说得理直气壮不容辩驳，让人不能不信，又不能全信。他会给你一个貌似合理、能够自圆其说的解释，比如你没发现玉兔，并不等于别人没有发现，如果有人发现了玉兔，跟着玉兔发现了银子，他要是不声张呢？他要是悄悄地把挖出来的银子，自己留起来慢慢享用呢？想想也是，这么大的村子，以及周围那么多的村子，怎么可能没人发现呢，肯定是怕露财显富，才不把获得银子的消息告之于人。其实从我的内心来说，虽然我没有发现过玉兔，但我还是很希望这样的事是真的，哪怕是眼看着别人跟随玉兔找到银子，我也可以与之分享欣喜和快乐，不至于让我的期待只是空幻想一场。

当时，我忽略了一个很重要的问题，或者说根本不懂这样的事，即银子在解放后是不能流通的，人们花钱使用的都是人民币这种纸钞，即使挖出银子，要怎么使用呢？其实所谓的玉兔与银子都是毫无意义的，其特别之处只在于这个传说的魅力。后来，我还是见到了真正的银子，那是在县城一个揭露地主阶级罪恶的展览上，展柜里的几块展品和标签吸引了我的注意力。标签上分明地写着银元宝，而标签后面陈列的，是几团黑乎乎的东西，银子原来是这般模样，和我想象中的银白色一点儿边都不沾，这不免使我非常失望。我当时并不知道银子竟会因为生锈而变得如此不堪。许多年后，有个好朋友送我一个非常精美的小银杯，我把它放在橱柜里摆放起来，几年下来竟看不出一点儿原来的模样，乌褐的锈色覆盖了它的表面，使其失去了原先诱人的光泽。这使我寻思，当年有钱人之所以埋银子，其中有没有不让其锈蚀的考虑呢？

此外，我在乡村的赌场上也见到过银子，作为赌资的银子与纸币混搭的局面，实在是很奇葩。看到赌桌上的银子，我忽然觉得那种说法可能是对的，即也许有人的确看见过玉兔，并且真的挖出了银子，否则怎么会在赌桌上出现那么多银子呢？如果真是这样，那表明这种传说不是空穴来风。如果不是这样，又表明一些人家是暗藏了银子的，世上的事谁又能说得清呢？这个时候在这种场合出现银子，无论如何都是一件异乎寻常的事情。后来我逐渐认识到，发财的梦想人人都有，人人都想是个有运气的人。不过老辈人还说，不是什么人都会有这个运气的，只有心眼好的人，肯帮助人的人，特别是孝敬父母的人，才会有好运气。这种说法明显是为了劝人向善，可能是靠不住的。但这个说法使我难以接受，因为我从没有这个好运气啊！我不免要反躬自省，是不是我是个不怎么样的人呢？我在很长时间里都为此感到焦虑。

更有甚者，还说假如运气特别好的话，还会被玉兔引领到一种更加奇幻的去处。比如说在夜晚出行的时候，跟随蹦蹦跳跳的玉兔，能够于陡然间在某处地方看到平地而起、灯火通明的玉宇琼楼。这座不知从何而来的楼宇，门口有红男绿女迎候，楼宇内能听得见笙歌乐舞，习吹习打，飘飘然如同仙境。假如你被允许进得楼来，则是厅堂巍峨、金碧辉煌、仙女排列，珍宝奇玩、美味佳肴，令人目不暇接。特别是常居茅屋草房的村民进入其间，看见这只曾耳闻、未曾一见的去处，肯定手足无措、目光迷离，大有诚惶诚恐、魂飞魄散之感，更会被那美若天仙的女子迷得神魂颠倒。待于慌乱之中下得楼来，踉跄而去时，前路则是一片漆黑，不知所往。再回过头送以留恋的一瞥时，刚才的琼楼玉宇竟踪迹全无，瞬间消失，只剩黑暗无边，一切都似并不曾存在过，于是更加地魂飞魄散、惶恐万分。这一回玉兔所扮演的角色显然不大厚道，既给人以巨大的诱惑，又使人倍感失落心有余悸。

虽然描绘者说得有鼻子有眼，但深问细究起来，仍然没有一人真的见过这样的琼楼玉宇，或许这只是到过大城市的人，把那里见到的让他惊叹的情景，移植过来忽悠没见过外面世界的人罢了，但这确也给人增加了叫人咂舌和垂涎的想象空间。或许这种移花接木、添油加醋的说法，在人们口头流传时，让人们在平淡无奇的现实生活之外，平添对某种乡间难得一见的瑰丽事物的向往，未必不是一件有趣且有益的事情。乡间诸如此类的传说还有好多，其可信度虽然并不高，却令我十分着迷。因为在那种枯燥无味的生活中，借此想象世间或世外虚幻美好的景致，谁能说不是改变苦难生活的一种调料和色彩呢?

# 水星高照

在我家厨房烟囱的壁上，常年贴着红纸为底、墨汁书写的四个大字“水星高照”。写着这四个字的纸条先是鲜艳的红色，之后渐渐褪为灰白色，最后被烟熏火燎成黑色。每逢新一年除夕来临，父亲就会重新换一张色彩红艳的贴上。在儿时的那些年里，我找饭吃、找水喝的时候就能看到它。望着“水星高照”的字样，仿佛能看到高照的水星，悬在夜的天空，像水一样晶莹清澈，保卫着农家的安全。印象中我们村子家家户户的锅灶上，都贴着这种内容相同的纸条。

除了“水星高照”之外，家中的一些地方，如谷堆上贴着“五谷丰登”，猪圈门口贴着“六畜兴旺”，厢房门上贴着“抬头见喜”，主屋的窗户上贴着“合家欢乐”之类的祝福吉祥的纸条，每张纸条的内涵似乎都有各种不同的分工。它们是作为农家过年时贴春联的一种辅助与陪衬，对渲染春节喜庆气氛还是有些作用的。

那时候，我家乡的所有房屋不像今天这样是砖瓦材料，而是山茅草盖的，有的甚至是麦秸稻草盖的。这些材料苫成的屋顶，不仅耐久性不好，在皖中连绵的淫雨和酷烈的阳光下，只能撑上三年五载，顶多十春八秋，而且极易着火，有着很大的安全隐患。村民们烧水做饭用的也是山茅草、麦秸、豆秸、高粱秸之类，排烟的陶质烟囱紧挨着草房子的屋顶。锅底下熊熊燃烧的火焰透过陶质烟囱会把茅草烤热；或者使用时间较长的烟囱，因风雨侵蚀出现裂纹，冒的烟与火就可能慢慢地或直接地燃着了房顶的茅草。这就惹恼了人们常说的脾气暴躁的火神爷，火神爷一旦动怒，一场大火在所难免。人们在烟囱贴上“水星高照”的字样，就是意在祈求神通广大的水星庇护，使农家免受火灾之害。倘若火灾一旦降临，水星就能及时发挥作用，泼下水来平息火神的怒气，帮助人们把火扑灭。

我曾多次目睹过人们张贴此类祈福求祥纸条的情景，以我小学仅有的文化水平和书法能力，也曾数次帮助不识字的乡邻写过这样的纸条。人们张贴“水星高照”时全都表现出一副虔诚的神情，期望天上的水星能够看到，并深受感动，从而牢记自己的职责，时刻对火神爷保持高度的警惕，积极地帮助地上的人们免灾祛祸，使之远离火患，安度贫寒却宁静的日月。

在大部分时间里，火神爷好像睡着了，一切都那么风平浪静。但火神爷也有发怒的时候，它一发怒人们就该遭殃了。

有天中午，母亲正在灶上做饭，锅底下燃着熊熊火焰，饭锅散发出诱人的香味。我和大哥、妹妹或坐在屋里，或坐在门口，一边等待母亲把饭做好，一边看着场院里的公鸡母鸡们在悠闲地打鸣或觅食。忽然，有人高喊：“失火了！失火了！”这呼喊犹如晴天霹雳，差不多把我炸蒙了。我们不知道是谁家失火了，一瞬间有些发懵愣神。反应很快的母亲两手颤抖着用火叉迅速扑灭了锅底下的火，拉上我们跑到屋外张望，才发现着火的不是别人家，正是我们家的房屋，挨着烟囱的地方冒出了滚滚浓烟，隐隐地还有火苗从浓烟中蹿出来。

母亲也立刻失声喊起来：“救火呀！救火呀！救火呀！”那个时候我惊呆了，一句话也说不出来，不知道该跟着母亲喊人，还是该取水来灭火。

很快就有人过来帮忙救火了，他们都是左邻右舍的亲戚朋友，一个个拎着水桶、端着瓢盆急火火地赶来了。男人们找来梯子，冒着浓烟爬上屋顶，往火头处泼水。女人们则奔跑着从屋前的水塘里打水，就跟自家失火一样着急紧张。在那一刻，人们大呼小叫，喊声响成一片，像是发生了战争。这时我才感到，那些即使平常心存芥蒂、鸡争鹅斗、交流甚少的人们，在灾难来临的关头，心还是挺齐的，不分彼此。此外我还感到，在这火灾降临之际，人们不仅没有感到恐惧，反倒显得很大胆，根本不担心会从房顶上摔下来，仿佛平静的生活被打破，让他们的身手得到了一次淋漓尽致的展示。

好在火势并不很强，在众志成城的努力扑救下，明火渐渐熄灭，烟也越来越淡。人们纷纷停下来，手持水桶瓢盆，仰头观望房上的情况。冲在灭火最前沿的两个男人担心死灰复燃，拼命地撕扯烟囱旁苫的草，找出最后还在冒烟的地方，用水将其彻底浇灭。直到火灭烟消之际，人们才渐渐散去。母亲的姐妹妯娌们，安慰一下母亲后也回家做饭吃饭去了。

我和大哥、妹妹跟着母亲走回屋内，眼前一片狼藉。用来灭火的水从房顶上淋了下来，几乎把烟囱冲垮了，“水星高照”的条幅早已不知去向，煮好的饭还在锅里，但已经落满了污垢和黑水，无法再吃了。地上到处都是浑浊的黑水，脚踩上去发出啪啪的声响。累了半天的母亲没有了力气，也没有条件再做饭了，她满含泪水地叹着气，呆呆地望着屋里凌乱的一切，用衣襟揩着泪水。这时她可能才想起来父亲不在家，恨恨地骂了一句：“这死鬼不知死到哪儿去了！”在那一瞬间仿佛衰老了很多。

隔壁的婶婶用小盆端来米饭，母亲好像没有吃饭的心情，就让我们先吃。临近傍晚的时候，父亲回来了。他并没有着急上火发脾气，而是马上去找人，商量着怎么把遭了火灾的房屋修缮好。第二天，父亲弄来了草和泥，补好了房屋的漏洞，重新砌了锅灶，生活又恢复了原样。那一次，我对父亲对待生活的平静态度，留下了特别深的印象。于他，或许这只是一件不足挂齿的小事，在他的经历中也许已有过多次，总之他对此有着处变不惊的超然姿态。

我们村的另一个村民家似乎就没那么幸运了。那时已深更半夜，我在睡梦中隐约听到一阵阵“失火了！快来救火呀！”的惊呼，便惊醒了。我立刻睡意全无，一骨碌就从床上爬起来跑出门去看。

离我家不远处东北方的一所房子上空，被火光映得通红，显然是谁家真的失火了。我居然在紧张中透着些许兴奋，在黑暗中高一脚、低一脚地奔将过去。到那里一看，着火的房屋前已经站满了人，每个人都是手拿瓢盆站在火光里发呆，却没有任何救火的动作。显然是火已经没法救了，失火的三间房屋烧成了一个大火把，呼呼地往上蹿着巨大的火头，耀眼的火星伴随着火头夹烟带火地往夜空中升腾。从熊熊的火光中，我清楚地看到，苫着屋顶的草烧着了，椽子烧着了，房梁烧着了，屋里的所有东西都烧着了。我想在这场大火后，这所房子和房子里的所有东西都不会留下来了。我从未在夜晚看到过如此猛烈的大火，夜晚燃烧的房子，居然有点儿好看。

房子的女主人发出了呼天抢地的哭号，尽管有人好心相劝，但越劝她哭得越伤心，直到最后完全哽咽了。男主人还在垂头丧气地同人反思和查找失火的原因，说晚上收工回来迟了，凑合着做了一顿晚饭吃，可能是太累了吧，吃完饭丢掉饭碗倒头就睡了，谁料想半夜火就着了起来，肯定是做饭时火已经烧着了房顶却没被发现。等大火烧起来的时候，一家人才惊慌地夺命逃出，一切都来不及了。因为跑得快，人没有伤着，可是家里的什么东西都没抢出来，只剩下精屁股光脊梁了。男人到底是男人，眼里虽然依稀闪着泪光，却一边做着深刻的检讨，一边从靠近火的地方徒劳地往外扒着早已烧得煳煳的东西，希望能够找出点仍然有用的。

看着已经没有任何抢救的希望了，赶来救火的人都站在一旁看着大火猛烈地燃烧，脸上是一种青铜般的颜色，随着火光的变化闪烁着。人们眼睛里都闪着的亮光，是我平常从未见到过的。那一刻，我觉得人们很可怜，也很坚韧。可怜的是一场大火，能把人们烧得三魂少了两魂，有些无助。坚韧的是他们坦然面对，也只得无奈地面对。每当乡里乡亲遭遇灾难，人们总是不请自来，冒着危险投身救灾。那一张张随火光闪动的脸庞，使我倍感亲切和温暖。我后来想起这样的场景时，不免思索这样一个问题，平常人们表现出狭隘自私、各扫门前雪的特征，有时为一点鸡毛蒜皮的小事能大打出手，但真的遭逢劫难之时，又会忘记恩怨及时伸出援助之手，其性格禀赋中的东西真不是用黑白可以分得清的。

一切都烧光了，火头儿也渐渐小了，熄灭了，夜晚复归黑暗。人们劝慰主人一番后都回去睡觉了。我也摸着黑往回走，临走时我听到女主人还在呜咽，哭得如泣如诉。男主人在黑暗中心疼地训斥着自己的女人："哭有什么用呢！"这个黑暗夜晚这一家人怎么过呀？

第二天天亮之后，我又去着火现场看了。几间房子只剩下熏黑的墙壁，所有能烧着的东西全都化为灰烬，一切都是乱七八糟的，真正是遭受了一场空前浩劫的场景。令人欣慰的是，房子的主人并没有被火灾彻底击垮，正在和他的本家兄弟商讨，如何把残垣断壁推倒，在原址上重新把房子盖起来。人总要有一个自己的窝呀！

在我少年的记忆里，村子里还发生过几次类似的火情。每次都是人们闻风而动，第一时间赶去救火。这里面或许也蕴含着这样一种因素，即帮助是相互的，谁敢保证自己家不会遇到同样的事呢？如果对人家遭难无动于衷，当自己逢到同样的处境时，人家会来帮助自己吗？这种浅显的道理不言自明。那时我就在想，从大家救火的积极和勇气来看，真正高照农家的不是“水星”，应该是这些乡里乡亲。有意思的是，虽然失火的事时常发生，人们却并不怪罪火神爷，也不埋怨水星，而是更多从自身找原因，看看究竟在什么地方出了毛病。在来年春节的时候，无论住的是老房子，还是新房子，人们依然把“水星高照”贴得红艳艳的，算是一种聊以自慰的永恒仪式和祈祷吧。

# 狗口夺月

那一天晚上，我陷入了极度的恐慌和兴奋之中。

我正陪着祖父在公路边，也即我们家的门前，把晒干了的稻草收起来堆成小山似的草垛。这是一个秋天的晚上，已经有露水在暗中悄悄地凝结，带来颇为清爽的凉意。晒干了的稻草依然散发着泥土的清新气息，闻起来令人心醉。鸡鸭叽叽喳喳地入笼，好像一天的觅食收获颇为丰硕，使得此时的它们心满意足，惬意异常。袅袅炊烟从各家各户升起来，然后在夜空中丝丝缕缕地飘散，饭菜的香味随之而来，好像是在暗示吃晚饭的时候到了。一切都是田园的气氛和情调。

天空非常晴朗，既没有一丝风，也没有一朵云。高高远远地望去，天空呈现出一种清澈透明的蓝黑色。不一会儿，满月从东方的地平线很大很圆地升起来，如同一张恬静而神秘的脸庞，瞪大着眼睛看过来。地上的所有景物，又从一瞬间的昏暗中，忽然变得清晰了起来，在布满树木与房屋剪影的四周，显示出镶着银色的轮廓。月亮既像银又像金的颜色，此时很容易让人以为它就是硕大无朋、无与伦比的珍宝，因而对其怜惜不已。好像听人说过，月亮就是由金山银山堆成的。

一个美好的夜晚就这样开始了。刚开始时月亮还有几分暗淡，渐渐地亮得有些不可思议。后来我很想查查资料，那一天的月亮是不是也是一颗超级月亮。反正在明亮月光的照耀下，那晚的大地亮如白昼，人们借着月光继续干着太阳底下才能干的事，把秋收这种辛勤劳作的时间再延长一些。祖父正是如此，他并不抬头望月，而是专注地叉草堆着草垛。他的一辈子也许见过太多这样的月亮，赏月的重要性远不及眼下他正堆草垛的活计。我却呆呆地望向东方，为这一轮冉冉升起的月亮惊奇，想象它被什么看不见的大手托着，以人们不易察觉的速度，缓缓地、坚定不移地由地平线向辽阔的空中升腾。

月亮渐渐地升高了，却也渐渐地变小了，更加发出银质的金属般的亮光，把地上的一切都置于它毫不吝啬、浩浩荡荡的光芒之下。

这样的情景似乎看过很多次了，但我仍然百看不厌。我一辈子都是一个月亮爱好者，虽然太阳比月亮更重要，但相比之下我更喜欢月亮。因为月亮虽有阴晴圆缺，但它始终很温柔、很平静，没有太阳那般的凶狠与毒辣，而且于有规律的变化之中，恰恰给了人们十分靠谱的希望与期待。

那个晚上一开始，并没有让人感觉有什么异常，也不曾有人做出过什么预报。关于天文和地理方面的知识，乡下的人们知道得太少了，除了天上的日月星辰，地上的山川江河，几乎没有更多地了解了。在文化颇为落后、通信极不发达的那时，人们仅凭一些生活经验，度过自己艰难而平淡的春秋。

忽然，一件令人吃惊的事情发生了。当月亮渐渐升至小半天空，我渐渐疏忽了对它的关注时，突然听到有人发出一阵惊呼：“天狗吃月亮了！”

我惊骇不已地抬眼望去，果然看见此时已无比明亮的满月边缘，渐渐呈现出一道弧形的黑影。那黑影就代表着天狗吗？那是狗的嘴还是整只狗呢？这显然是从我记事起，第一次遇到这样的景象。大哥养的狗就是黑色的，我对狗的颜色和凶狠，是非常熟悉的。我把天狗的长相想象成真正的狗的样子，以为它也像狗吃食那样，不过它不是那么急不可待，好像是在细嚼慢咽。让我倍感诧异和恐慌的是，圆圆的月亮被天狗咬了之后，不那么圆了，也不那么美了，有点残缺了，并且这残缺的部分还越来越大。那个时候，我一点儿都不怀疑天狗吃月亮的可能性，因为升上天空的月亮，看起来并不是很大，和一张烙饼差不了多少。于是十分担心这月亮真的被天狗吃了，天上再也没有月亮了可怎么办啊？晚上拿什么照明啊？那一刻，我感到天空变暗、大地塌陷，我甚至担心天狗在吃完月亮之后，会不会顺带着把地球也给吃了。如果是这样，我们能躲到哪里去啊？

“天狗吃月亮了！快来救它哟！”只听见呼救声此起彼伏，从远远近近的地方传来。想必是村子里的人，都放下了手中的活计，一起发出了呐喊。接着能听见敲打锅碗瓢盆之类的当当当的声音，这敲打声响成一片，像暴风雨般密集。居然有人拿出铜锣和镲子等哐哐哐、噔噔噔地敲着，那响声不仅大，而且更有震撼力。有一家人不知怎么会有一截铁轨，此时也拿了出来当当当地敲起来，给人一种鹤立鸡群、不同凡响之感。还有的人点着了一支支火把，使劲儿地向天上扔着，在夜空划出了一道火流星的轨迹。人们肯定以为各种喧嚣的声响，如此轰轰烈烈、惊天动地，一定都能有效地传到天上，让正在进食中的天狗受到惊吓，从而放弃它吞食月亮的邪恶念头。

我听到人们紧张地相互提醒，说这只吃月亮的天狗，就是传说中那只帮助杨二郎战胜孙悟空的天狗，只有天狗才有神通和胃口把月亮吃了。地上的人们必须制造出很大的响动，才能把贪吃的天狗吓跑，挽救月亮被吃的厄运。我心里想无论杨二郎是谁，也不管天狗是什么长相、什么颜色，我对纵狗作恶的杨二郎很生气，并且认为无论如何也不能让这可恶的天狗把月亮吃了。晚上要是没了月亮，我们小朋友们怎么玩耍做游戏呢！于是我也拿出我们家的一个洗脸盆拼命地敲了起来，一边敲一边跟着大人声嘶力竭地呐喊："天狗吃月亮了！快来救它哟！"我的小伙伴们此时都集中在了一个稍微大一点的场子上，同时发声发力，用尖细的嗓子把呼救声喊得震天响。那激越的敲打声、呼喊声，竟使我热血沸腾。

令人气愤的是，任凭人们声嘶力竭地喊破嗓子，天狗还是咬住月亮不松口，一点一点地吞食着。这个一开始还光辉明亮的月亮，渐渐地暗淡了下去。后来大半个月亮都没有了，到最后一点儿不剩地全部被吞下去了。天上的颜色变得暧昧、含混不清，地上几乎只剩下漆黑一片了。我看着月亮消失了的天空，心里暗想那该是多大多凶猛的一只天狗呀！联想到地上的狗咬人时的那种狰狞和凶恶，这天狗该是多么可怕！可是令我感到奇怪的是，这天狗吃月亮怎么这样斯文呢？它并没有大口大口地撕咬和吞食，而且连一点点声音都没有。这究竟是什么原因呢？然而这月亮又的的确确彻底地没了踪影。

我心里真的好恐惧，害怕月亮真正成了天狗充饥的食物，从此一去不回。心里越是害怕，越是和小伙伴们继续拼命地敲打着脸盆，既为自己壮胆，也试图做最后徒劳的施救。也许是人们敲打器物的行动确实起了作用，天狗终于没能把月亮真正吃掉，而是又将它一点点地吐了出来，那在天狗嘴里一息尚存的丁点儿亮光开始显露，而且又逐渐变大了。人们高兴地欢呼起来，仿佛打了一个大胜仗，进而被一种施救的成功所鼓舞，于是更加响亮地敲打着手中的各种器物。

在天狗吐出月亮的过程中，我觉得它好像是一副很不情愿的样子，吐得那么慢、那么慢。被吐出的月亮泛出模糊的昏黄，有些恹恹的病态，有些劫后余生的惊魂未定。我在心疼它的同时，心里充满了惊喜。当天狗完全吐出月亮的时候，天空也恢复了当初的亮度。人们继续把器物敲打了一阵，好像是为了庆祝和回味这次成功的狗口夺月。当天空再度恢复清澈，月光如银如水般地照耀万物时，地上的一切，包括我们那惊魂未定的村子，又都完全回归了平静。我嗅着干草清新的气息，看着天上皎洁的月亮，仔细地审视它，想分辨它晶莹的身体上，有没有留下天狗的齿痕。然而它的身躯、它的光亮，依然是那样完美、那样迷人。

后来我惊奇地发现，祖父自始至终都十分淡定，像什么事都没有发生过一样，在震天价响的敲打声中靠在草垛上酣然地睡着了。也许这辈子他见过了很多次天狗吃月亮，甚至是天狗吃太阳，肯定也曾紧张激动过，也曾敲打过锅碗瓢盆，但天狗对于太阳与月亮一次次地“吃”与“吐”之后，太阳还是那颗明亮温暖的太阳，月亮还是那颗毫发未损的月亮，就同雨下了又停了、风刮了又住了一样司空见惯，因而早对此视若无睹，不再大惊小怪了。我不清楚那时的祖父，是否懂得日食月食的成因，可能懂与不懂都无关紧要，因为屡次经验中有关天狗吃日吃月事实上的无害之实，是其在这场人与天狗的大战中，能够若无其事、云淡风轻、高枕无忧的原因吧。

读书之后的我，有一天在一本科普读物上，看到关于形成月食和日食的原理，才弄明白这吃月亮的天狗原来就是地球的阴影、吃太阳的天狗原来就是月球本身这么一回事。是它们有规律地运行，遮挡住了来自月亮和太阳的光芒，与所谓的天狗毫无关系，天狗枉担了这种莫须有的罪名。但我仍对那一晚乡亲们为拯救月亮，所发起的群情激昂的战斗记忆犹新。对于村民们来说，日月星辰都是那样的遥不可及，但它们同人们的日常生活，却又如此的息息相关。因此千百年来，当月食日食发生之时，人们都是以如此激烈的方式，来驱逐嚣张于天上的“天狗”，希图还一对完好的日月给天空。乡亲们因缺乏科学常识，无知地坚信敲打器物能够拯救太阳月亮，所以每当发生日食、月食之时，便不遗余力地群起而救之。这事看起来似乎有些可笑，但那一晚月食发生时，这种具有风俗和仪式意味的举动和场景，至今回想起来，仍令我激动不已。

# 看天上的星星

“三星撵攒盘，撵到攒盘吃年饭。”这可能是我最早听到的关于星星的谚语。在童年的夜晚，我依偎在祖母或祖父怀里仰望夜空时，常常能够听到这种谚语被不断地重复。满天的繁星，是我对夜晚的最初印象。什么是三星，什么是攒盘星呢？我在满天的星星中寻找。祖母或祖父指着天上的星星让我识别，原来天庭中央有三颗距离均匀分布的亮星，叫作三星。后来我又知道那三颗星中间亮些的一颗就是牛郎星，两边略暗一些的是牛郎追赶织女时挑着的一双儿女。而攒盘星是与三星隔着一条银河的一个稠密星团，肉眼看上去有许多颗，不知道在天文学中，用什么来命名。

按照我故乡的说法，随着斗转星移，三星每年紧赶慢赶去追攒盘星，赶上攒盘星就该过年了。这个故事使我非常神往，原来天上还有如此美妙的故事在上演。因此每当夜晚来临，只要是没有云彩遮挡，懵懵懂懂的我都要仰望天空，看三星离攒盘星是不是更近了，如果是近了，就说明我们离过年更近了，要知道我们这些孩子，可是特别喜欢过年的。不过对三星撵攒盘星的事，我后来有些不相信了，因为我从没看见三星真正撵上过攒盘星，却也开始过年了。新的一年开始后，人们在夜空之下，又重复着这样的谚语，仿佛又一个期望周而复始了。

三星撵不撵得上攒盘星这件事，没有比牛郎织女这个美丽而哀伤的故事更让我操心。后来我才知道，这个故事居然是中国四大民间故事之一，堪称家喻户晓。严凤英演的黄梅戏《天仙配》似乎让这个故事更加深入人心。在天上，牛郎星一组是三个，就是我认识的那个三星；被称作织女星的是由四颗星组成，前面一颗是织女，其他三颗据说是押解织女的王母娘娘和神兵天将，他们隔着一条银河遥遥相对。据说那条银河就是牛郎挑着儿女快追上织女时，王母娘娘情急之下，拔下头上的银簪猛地一划，在身后划出来的。拖儿带女的牛郎无法渡河，从此与织女一河两隔了。只有王母娘娘大发慈悲时，才准许这对苦难夫妻在每年的七月七日，鹊桥相会。这还得劳烦众多的喜鹊，衔来各种各样的树枝搭好鹊桥，才能让这对苦恋的夫妻跨桥相会。那样宽阔的天河，试想该是多么大的工程，需要多少喜鹊、衔来多少树枝才能完成此任务？

祖母说，每年农历七月七日的晚上，只要躲在茄子秧下，就能听到牛郎与织女相会时说的悄悄话。在五六岁的时候，我信以为真地在这一天躲在茄子秧下去听，至今还清楚地记得那一天的夜晚先是有月在天，牛郎星和织女星仍然待在原来的地方，根本没有一点儿重逢的意思，自然不可能听到他们如何久别重逢诉说衷肠。但天空很快浓云密布，并且下起雨来，没法看到牛郎星和织女星相逢的场景了，当然也就没听到牛郎与织女说了什么。祖母的解释听来颇为有理，她说他们见面了，因为难过而哭了，所以天阴了下雨了，那云是他们的愁，那雨是他们的泪。我一下子就被震撼了，且很快地进入了动人的故事之中，心里有种莫名的感动，为他们的相见而高兴，也为他们的分离而悲伤。那一夜我是含着眼泪睡着的。不过后来我经常感到奇怪，有时也是七月七日，天怎么不阴了，雨怎么不下了呢？无论是牛郎星还是织女星都在原地不动，还是那么隔河相望。他们没能实现一年一见的愿望吗？没有获得王母娘娘的同意吗？我又忽然为这个猜想难过起来，对我并不知道是啥模样的王母娘娘，产生了深深的恨意。

我好像没有听到更多关于天上星星的民间故事，但我却对天上的各种星星，着迷起来了。倒不是我爱好天文，这完全是与乡村的生活环境有关。农村的夜晚常常连灯光也没有，贫穷的日子使人们点不起油灯，无论香油、煤油、柴油，都太昂贵了，因此除了月亮月复一月的阴晴圆缺，往往是漆黑一片。星星常常打破夜的沉重，从天上碎银般地照下来，给人以幻想。我们坐在老屋的门前或打谷场上，仰望着天空去数星星。我发现，天上的星星竟然那么多，数也数不清。我在想，是不是每颗星都有或都应该有属于自己的故事呢？我听人说，天上一颗星，地上一个人，而且地上的每个人都与天上的星相对应，那么哪颗星是我呢？于是我就在天上找，最亮的那颗？不，不会，我没那么了不起。很暗的那颗？我又有点儿不甘心。于是我认定南半天空那颗稍微亮一点儿的星应该是我，它一闪一闪的，很好看。我就想，一个我在地上，一个我在天上，这很有趣，同时也有点儿不好理解，作为星星的我在天上是什么样子呢？是银色的吗？它在天上看见的我，是不是也是一颗星呢，是不是也是银色的呢？

好多个夜晚，我都是这样痴痴地看星星，特别是在夏天的夜晚，更是看星星的好时候。我抱一个席子往打谷场一铺，仰面躺在上面，风儿吹来，有几分快意。墨黑的天空被星星缀满了，它们是那么多、那么密。天上的每个角落，我都盯住了看，发现星星组成的形状全都不一样。我发挥一下想象力，感到它们又都构成一种什么动物或物件，但又不能确切地说出来。我觉得天上的它们相互之间一定有什么联系，彼此在攀谈着什么。我奇怪这些碎银似的星星是怎么钉在天上一动不动的，它们为什么不掉下来呢？它们为什么会发光呢？它们是挂在天上的灯吗？它们点的是什么油呢？我用什么东西能把它们摘下来呢？它们在高高的天上，远远地看去，银光闪闪的，要是把它们摘下来放在地上，肯定能把夜晚的地上照得亮堂堂的。我能想出的工具也就是竹竿了，但显然竹竿达不到那样的高度，可再也想不出更长的工具了。我往天上抛石头也无济于事，离天上的星星似乎还差得远着呢，看来我只能任凭它们在天上一如既往地亮着。但我的心往天上飞，想飞到天上去看它们。我要是能开着一架飞机该多好啊，可以去看看这颗星星，再看看那颗星星，把它们挨个儿看个遍。但我只能在地上，这样看、那样看。我把天上的星星都看熟悉了，后来从书本上获得了关于太阳系的知识，知道了什么是恒星和行星，知道了什么是星座和星系，知道了关于星星和宇宙的许多事，但我却觉得那些知识与我的天空、我的星星无关。我觉得书本上关于星座的命名都很牵强，而且都不是我喜欢的。我的星空对于我，是我的童年，是我童年的梦。

后来，我离开故乡到了城里，虽然星星还是那些星星，但它们离我远了，好多星星我都看不见了。甚至连牛郎星织女星都难得看见，只能偶尔看到金星、木星、火星等稀稀落落的几颗。对于这个城市而言，我就像是流浪在此的、资格可疑的外乡人。城市的光污染破坏了夜晚的美丽，破坏了星星的美丽。只有那个月亮还那么强势地升起和落下，有时还制造一点月全食、月偏食、红月亮、蓝月亮、超级月亮什么的吸人眼球。因此可以说，城市夜晚的天空几乎没有一点看头，说黑不黑，说红不红，说亮不亮，就像是洗不尽、撕不烂的乌突突的大抹布，倒是被各种星星点点的、海洋一般密集的灯光所霸占。

母亲去世的那年冬天，我回到了故乡，又看到了满天的星星。那个夜晚风很大，吹走了满天的云彩，天空是那样的清澈。吊唁的亲友都走了，电灯光也熄灭了，四周一点儿光亮都没有，只能听到风的呼啸和风中传来的断断续续的狗吠。我站在夜的星空下，任哀悼母亲的忧伤充斥着我的内心。凛冽的寒风，使我浑身有种彻骨的冰凉。借这样的时机，我在想我的祖父、祖母、父亲、母亲，他们都离开这个世界了，他们都是最疼爱我的人。他们讲过的故事中的星空还在，而且仍然是小时候的那个样子，好像没有丝毫改变，特别是牛郎星和织女星，特别是那条灰灰淡淡、纵贯南北的银河，一点儿都没有改变。由于我看过了不少关于天文方面的书籍，如今看星星已经远远不同于小时候。天文学让我对宇宙或天空，充满没着没落的恐惧感，我不希望科学的探求与猜想，使我不再对天空与星星抱有幻想。我希望天上依旧有颗星就是我，希望我的祖父、祖母、父亲、母亲，以及其他的亲人，也是天上对应的星星，希望他们此刻正在天空某个星座凝视着我。或许，在他们的凝视中，过去的岁月同今天才不会中断，我的某些情感才依旧保持某种鲜艳的色彩。

# 油菜花和养蜂人

悄悄地，满地的油菜花开了。油菜花盛开的时节，是我的家乡最美的季节。天上的太阳和地上的油菜花，都是一片炫目的金黄色。太阳照在油菜田里，似乎比平时更多了几分温情和光亮。而永远朴实无华的油菜花，此时也在和煦阳光与和畅惠风下，拼命地美丽着自己的容颜。

我看到已经有流动的养蜂人在田间地头，摆开了几十、上百只蜂箱，准备采集蜂蜜。我不知道他们是怎么把蜂箱运来的，好像是在突然间就出现了，在我们这儿一待就是半个月、二十天，逐花采蜜。这常常引起我巨大的好奇心。我想他们应该是以蜂为伴、随花迁徙、尝尽百甜的人群，多么浪漫和惬意！每逢有养蜂人出现，我都要前去探访，接近和了解我所不熟悉但十分神往的生活。

此时的油菜花地，成了一个繁忙的世界，成千上万只蜜蜂正上上下下、来来往往地飞舞着，在每个花瓣间寻觅和忙碌。它们又在蜂箱里进进出出、爬上爬下，不停地起飞和降落，好像永远有干不完的工作。每一只蜜蜂体内，都像安装上了发动机，开足马力忙碌着，把这个油菜花的世界，变成劳动者拼搏的战场。

养蜂人粗糙泛黑的脸上，永远是一副沧桑宁静的表情。养蜂使他们过惯了这种孤独寂寞、沉默寡言的流浪生活。半天一天的，他们都不会讲一句话，即使想讲他们又同谁讲呢？只有蜜蜂才是其关注、交流和倾诉的对象，而蜜蜂又是不懂人语的昆虫呐！

养蜂人会抬起头来看我一眼，眼里闪出似有若无的笑意。我觉得那眼神里有一种友好的陌生，或陌生的友好。我不知道他是从哪里来，又要到哪里去。那个时候，我并不知道世界究竟有多大，想当然地以为他的家，也许就在踮起脚尖就能看到、天黑后收起蜂箱就能回的地方。

养蜂人头上一般都戴着防蜂罩，也有不戴罩子的任蜜蜂在眼前飞、在脸上爬。间隔一段时间后，养蜂人从蜂箱里抽出蜂巢，放在一个置于大桶之上的简陋机器里，旋转着提取蜜蜂新采来的花蜜。有三三两两的蜜蜂，好像不大满意养蜂人的行为，也许是表示质疑与抗拒，在养蜂人的面前乱撞一气，但养蜂人却不急不恼，任凭它们随意地上下来去。他的神情十分专注，仿佛除了蜜蜂和蜂蜜，这个世界上再没有让他更关心的事了。我想我看到的只是他平静的外表，他一定在心里唱着一首歌，哼唱的就是身边忙忙碌碌、不休不歇的蜜蜂大军，就是这种含糖流蜜的艰辛而又美好的生活。

让我着迷的是美丽的花朵与蜂蜜，两者之间究竟是怎样的一种关系，蜜蜂是怎么酿出蜜来的？至今我也不明白其中的原理，但觉得这的确很神奇。养蜂人曾让我尝过新提取的蜂蜜，虽然有丝丝的怪味，但是很甜很甜，一种齁的味觉直往心里钻。村里的人都说蜂蜜就是蜜蜂拉的屎，听起来不免有点恶心，不过我对那甜味还是深深地着迷。

养蜂现场有一种极其壮观的景象，即在每一个蜂箱底部的出口处，常常堆积着数不清的蜜蜂尸体。这些可爱的小蜜蜂怎么会死去呢？如果死得太多了，养蜂人还拿什么来采花酿蜜呢？我问养蜂人，他好像并不在意，只是淡淡地对我说："蜜蜂跟人一样，都是有寿命的，而且寿命很短，担负采蜜任务的工蜂，差不多只能活月把时间。但每个蜂箱里都住着能活四五年时间的蜂王蜂后，它们会不断地繁殖出新的工蜂来。"哦，原来如此，听了这番解释，我再也不因成群的蜜蜂死去而为养蜂人担心了。但蜜蜂尸体横陈在蜂箱周围，还是使我有些忧伤，感慨它们的寿命实在太短了，要是能像人的寿命一样长该多好啊！它们能帮人类多采多少蜜啊？现在它们就死在蜂箱外面，死在它们的家门口，同伴们看到了难道就不感到难过吗？

令我不解的是，成批成批蜜蜂的死去，丝毫没有影响蜜蜂们的日常工作、生活节奏。那些活着的蜜蜂对同伴的死似乎视而不见，也没有时间忧伤，依然来来往往地忙碌着。几十个蜂箱始终是一个繁忙世界，后来者继续把未竟的甜蜜事业，轰轰烈烈地进行着。

有一天我又去看蜜蜂。养蜂人的模样把我吓了一大跳，他的脸肿得老大，泛出透明的光泽。养蜂人告诉我他被蜜蜂蜇了。他说蜜蜂并不轻易蜇人，它们尾巴上的刺是带着倒钩的，蜇人之后这钩子就留在人的皮肤下不说，还把蜜蜂的五脏六腑全带出来，蜇人的蜜蜂必死无疑，因此蜜蜂并不轻易对人发动攻击。怪不得我在离养蜂场很近的地方观看这一切，从未受到过蜜蜂的攻击，除了我未招惹蜜蜂之外，可能本能告诉它们主动攻击人类其实是一种自杀行为。所以只要不冒犯它们，不让它们感到威胁，它们是不会随便出手伤人的。这不由得使我在心里对蜜蜂既感到畏惧又有些同情。

养蜂人对我说，你们这里的油菜花品质不错，但更好一些的花蜜，是采自用来当作绿肥的红花草、紫云英等。每到春季，它们大片大片地开出红的、紫的花，虽然都是细碎的花朵，看起来不那么繁花似锦，但在极盛时期也连片连片地开得灿若云霞。养蜂人还说，从枣花采来的蜂蜜，才真正算是上等货，可惜你们这里枣树太少了。

我问养蜂人，一年四季都有花盛开，都能放蜂采蜜吗？他说那是不可能的，你们这儿四季分明，一般只有春夏秋才有花可采，冬季则万物凋零，是养蜂人休闲的季节。我又问，蜜蜂在冬季怎么度过呢？答曰喂糖水。问，那需要花费很多的钱吧？嗯。

也许养蜂人总是寡言少语、与世无争，也许村里人深知蜜蜂传粉，对于粮食增产增收只有好处没有害处，再说村民们不懂养蜂技术，因此从未有人找过养蜂人的麻烦，视而不见地任由养蜂人像云彩一样，飘了来，又飘了去。

油菜花儿快谢了的时候，养蜂人走了，追着花期向北走了。我甚至不知道他们是什么时候走的，那么一大片蜂箱又是怎么运走的。千千万万只蜜蜂也跟着去了，地里再也看不到那一派热闹非凡的动人景象了。大片被遗弃的蜜蜂尸体，在阳光下从有到无，逐渐消失。田野里仍然可以看到落单掉队的蜜蜂，在庄稼的鲜枝绿叶或残花败朵间，急急地寻觅着。从它们着急忙慌的神情看，它们一定意识到大事不好了，离开队伍的个体将会毫无出路。它们的着急忙慌是没有用的，再也追赶不上自己的酿蜜大军了。

# 我的端午节

在我少年的印象里，端午节似乎才算是夏天的真正开始。祖父对端午节十分重视，早上起来就开始忙碌了。不止我们家，左邻右舍也都在这个被称作端午节的日子里忙前忙后。许多年后，为了强化节日的民族特色，国家特地把它规定为全国的小长假，更使它的节日气氛和重要性一下子凸显了出来。其实在少年时代，我已经感觉到这个节日在人们心中的分量了。

我小时候并不知道过这个节日是为了纪念伟大的爱国诗人屈原，尽管我的故乡在古代也曾属于楚国。如离我们那儿不远的寿县，曾一度作为楚国都城郢。我们那里也有众多的河流、湖泊和池塘，却并没有划龙舟的风俗，这让后来的我感到非常遗憾。然而粽子是要吃的，艾草是要插的，香荷包也是要缝的，这可能是我故乡的人们过端午节最有代表性的配置了。

端午节的早上，祖父不知从何处的野地里割来大把大把的艾草，一根一根整齐地插在紧靠门窗的屋檐上，半边泛绿半边泛白的艾叶在阳光下随风摇摆，闪着新鲜可人的光亮。于是我便闻到艾草散发出的有些辛辣但很好闻的味道，这种味道在平常是不大能闻见的，它给我带来新奇感。我问祖父插艾草有什么用啊？祖父说插艾草可以驱魔避邪，一切伺机作乱、企图加害于人的牛鬼蛇神，只要闻到艾草的味道就会远远地避开，在未来的一年中都不敢登我们家的门了，这样就可以确保全家人的平安。祖父说的话是那样不容置疑，我就把那一根根艾草视为保卫家园的卫士，想象它们是高举着的绿色长剑，日日夜夜守卫着门窗，随时准备刺向试图来犯的鬼怪。其实过不了多久，在人们并未觉察的时候，这些艾草就会不见踪影，也不再为人们所念及。插艾草的形式仿佛已经成了神圣的仪式感，在漫长的一年中，艾草已植入人们的意念中。这种草本植物像显形或隐形的战士一样，忠实地履行着自己的职责。至于其是否起到驱鬼辟邪的作用，人们并未认真进行追究和问责。

当然比较有意思的是缝香荷包。端午节来临时的母亲，翻箱倒柜地找来家里能够找到的最漂亮、最鲜艳的花布头，剪出小而圆的荷包形状，用针线密密地缝好，在一边留出一个小口，并在小口边缘回折后穿上细线拉紧，再在荷包里装进晾干揉碎的艾草碎末，一个香荷包就算做好了。每年的端午节，母亲都要做好多这样的香荷包，我们兄弟姐妹每人都能分到一两个。多余的香荷包，母亲则用来送给别人家的孩子。这种香荷包不像我后来在很多旅游景点，特别是在云南、贵州等地看到的那样华丽、夸张且具工艺品的价值，它们虽小巧简陋却十分招人喜爱。把香荷包带在身上据说也是图个吉利，它浓郁的草木气息能够起到祛病消灾的作用。它有没有这种作用，我并不曾验证过，不过我的确很喜欢闻荷包里的香味，会时不时地拿起来把它放在口鼻前嗅嗅，陶醉于它那好闻的、兼具辛辣与芬芳的味道。其实它的另一个好处可能更实用，即随身携带的香荷包可以使我们忘情玩耍时浑身散发的汗臭气息，能够被冲淡一点，而这种汗臭气息则是我们少年不洁的身上常有的气味。

吃粽子则是最实惠、也是我最感兴趣的事情。父亲从县城买回一小捆粽叶，祖母或母亲用粽叶包好糯米、大枣，放在锅里蒸，过不了多久，热腾腾、喧腾腾的粽子就出锅了。当时我并不清楚吃粽子与过端午节究竟有着怎样的关联，但作为过端午节的一种标志性的习俗，其重要性不仅在于仪式感，更在于粽子的确很好吃。特别是把粽叶拆开后，再蘸上一点红糖或白糖，更加让人涎水直流了。我就有过让自己吃得太多的经历，使可怜的肚子在夜晚不得不忍受消化不良的折磨。那个时候，我却不管这些，见到好吃的便拼命地吃，这一点正反映了当时生活的贫困现实。能敞开来吃，也只有到过节时才可以，这使节日更有意义，也更令人期待。

故乡的端午节令我印象犹深的还有关于芭蕉扇的传说。故乡的盛夏常常是酷热难当，人们歇凉时用来防暑降温的重要工具就是芭蕉扇。我们皖中夏热冬冷的自然气候特性，决定了那里不具备生长芭蕉树的条件，好像只有在遥远的、冬天不太寒冷、夏天更加酷热的南方才有这样宝贵的树木。

有一个关于芭蕉扇的故事在我们那里经久流传。据说长芭蕉扇的树上始终盘踞着各种各样的毒蛇，因此人们平常很难采来树上的大叶片做芭蕉扇，只有端午节这一天的中午，所有的蛇为了躲避酷热的骄阳，或因为其他什么原因，统统从树上爬下来进入凉爽的地下。这个时候，人们才有机会抓紧时间采摘树叶做成芭蕉扇，这有点蛇口夺扇的意味。于是我对夏日里握在手中的芭蕉扇，就有一种与蛇关联的恐惧感。这柄放在手中轻摇就可让人享受凉风阵阵的芭蕉扇，得来竟是如此地大费周章，不免令我感叹不已。很显然，在传说中人们总乐于把许多事物传得神乎其神，赋予其玄妙非凡的色彩，不知是局限于认识事物的水平，还是刻意地要给平淡的生活增添某种趣味，我有些说不清楚。

由于芭蕉树的传说神奇而不可得，我便产生了对其他树木的移情。在我们村子南边的池塘边，曾经连绵地生长着一些较高的树木和一丛丛茂密的灌木。在许多个端午节的中午，我和小伙伴们怀着想象和渴望走向它们，希望有奇迹发生，能够发现长芭蕉扇的树。虽然它们在我们少年看来也是高大挺拔，华盖亭亭，枝叶纷披，但却没有长得像芭蕉扇的树叶。我把它们的粗枝大叶折下来用力一扇，竟柔弱无骨，肢残体破，不胜风力。我感到很遗憾，我的故乡怎么就如此平淡无奇呢？怎么连棵长芭蕉扇的树都没有呢？我多么希望我的村子也能长出芭蕉树，即使是爬满了毒蛇也无所谓，我可以做个斗蛇的勇士，在端午节这天去采摘芭蕉叶。我也盼望着有那么一天，我能到长着芭蕉扇树的南方去，亲眼看一看它究竟长什么模样，看一看在芭蕉树上缠绕的毒蛇。

# 苦闷黄梅天

在北京这个大都市里，无论是晴天雨天，我们都走在坚硬且平坦的道路上。除了飞扬的沙尘、抛撒的灰土、飘零的落叶、乱扔的碎纸，那就没有不惬意的地方了。即便只有这样一条原因，也足以使我愿意留在城市，而不想回到我的那个乡村。在故乡，我最讨厌的就是下雨，只要是下透了雨，乡村的道路就变得十分泥泞，人走上去双脚就会深深地踏进去，大地就像伸出大手紧握住人的双脚，让你几乎迈不动步子。道路的湿与滑让行走成了一件难事，哪怕是一小段路走下来，也累得人浑身冒汗，甚至可能直接摔倒，弄得满身泥水。而这又数可恨的黄梅天最甚。

中国有一条著名的黄梅带，而我的故乡正居于黄梅带的主要区段。每年春夏之交的五六月份，来自南方的暖湿空气与来自北方的弱冷空气在这一带交汇，势力旗鼓相当，你来我往地形成了拉锯战，于是大范围、长时间的降水就这样形成了。每当这个时节，灰色浓重的云就一直在头顶徘徊，像撕不烂、扯不开、发了霉、铺满天的旧棉絮。黄梅天的雨并不像盛夏的雨那样狂暴地急袭，虽然来势汹汹但下完就完了，而梅雨则是稠密无声地像面粉似的筛下来，像风樯阵马远远近近地来回飘荡，把大地上的万物都包裹在无限的柔情之中。黄梅天给土地带来了丰沛的雨水，随处都有的江河小溪如同喝饱了似的汩汩地、缓缓地流淌着，所有的植物都是一派青枝绿叶，鲜嫩欲滴，在雨的无休止的沐浴浇灌中，昂扬着生命的激情。鹅鸭一类的家禽可以风雨无阻地在池塘或土地里游玩，寻找着钻出地面的昆虫和青草的嫩芽，快乐地歌唱着自己生命中的好时光。鸡就不那么幸运了，只能躲在相对干爽狭窄的去处寻找吃食，但它们的羽毛也经常被淋得透湿，所谓落汤鸡就是对公鸡母鸡们在雨水中一副狼狈相的生动写照。

过去我一直没有弄明白其中的原因，即在我最初掌握的知识里，大气环流总是由西往东的，我们那里的降水显然不可能来自东方的大海，那充沛的降水来自何方？如果说来自西方，我国西方又都是沙漠戈壁干旱地区，不可能有水汽生成，更不可能有那么充沛的水量。很久以后，我才从一个学气象的朋友那里听到这样一个说法：我国的主要降水来自印度洋的孟加拉湾，少部分来自我国的南海、东海、黄海。地处热带的海洋在太阳的强烈照射下，既能产生充分的水汽，又能提供强大的动力，推动着水汽一路北上，在我国的广大地区形成降雨。这样的冷热空气于五六月份在江淮一线相遇胶着，绵绵不断的降水就随之产生了。我相信这种说法，因为不是总吵着要打通喜马拉雅山，让印度洋的水汽穿过高原，滋润我国干旱的西部沙漠吗？这不是同样的道理吗？所以这个说法从某种程度上消解了我心头久有的疑惑。

不管这种说法是否正确与科学，黄梅天在我故乡年复一年地如期而至。乡亲们的感情是复杂的。一方面，充足的雨水意味着种植主粮水稻有了可靠保证。家乡的田地之间遍布着大大小小、星罗棋布的水库和池塘，这些水库和池塘都在黄梅天灌满了水。在乡亲们看来，水库和池塘蓄满了水就相当于蓄满了粮食。在需要水的农时里，把水库和池塘的水通过自流或车水的方式引向农田，就是把庄稼引向丰收。

但另一方面，黄梅天给人们带来的困扰与苦恼也是相当深重的。常常是麦子黄熟的时候，还来不及收割，黄梅天就来了，乡亲们眼睁睁地看着麦子烂在地里。即使是收在打谷场上的麦子，还没来得及脱粒，或者脱了粒未曾晒干，便在黄梅天的高湿和高温下长出新芽，或发热霉变。落后的生产方式和观念，使得人们并不曾想出什么办法来解决这一难题，金黄的麦粒就这么无可挽回地烂在地里、场上、仓库里。看着浸着辛苦汗水的粮食，在黄梅天的淫雨中变成猪都不吃的糟粕，人们不禁心如刀绞。那样一种面对自然的苦涩与沉重，同样也感染着、压抑着我，我多么想自己能成为一个大英雄，手持一支利箭，射向天空，穿透云层，让太阳立刻满天普照。然而黄梅天就像一个顽皮、任性的孩子，不玩够了、疯够了，是绝不会善罢甘休的。

雨总是没完没了地下，弄得我们这些少不更事的孩子满身湿漉漉的，让人很不开心很不舒服。尤其是所有的道路都一片泥泞，一脚踩下去就是齐踝深的烂泥，给我们上学和玩耍都带来了极大的不便。但我们总有一颗锁不住的心，白天夜里还是想出去玩。我们听着雨滴无休无歇地敲打着屋顶，敲打着房屋周围的向日葵、曼陀罗和蓖麻的叶子，我们心里总是痒痒的，恨不能让这满天的雨云立刻散去，让我们在太阳底下尽情地玩耍歌唱。然而，雨总在不断地下，实在憋不住了的时候，我们就披着蓑衣、赤着脚走出去，到小溪小河里去摸鱼捉虾，到沙子铺成的公路上去踩白净的石子。或许我们会被尖锐的东西扎破脚掌，划得鲜血淋漓，但我们也并不在乎。凉凉的雨打在脸上的感觉，给人一种诗意的联想，让我们兴奋不已。为了保护脚掌，或者为了让鞋子不会深深地陷在泥泞里，我们穿上了前后跟足有三寸高的木屐，虽然走起路来摇摇晃晃的，而且极容易摔跤崴脚，但泥泞和扎脚的问题却迎刃而解了，同时也给我们带来了某种意想不到的乐趣。

在苦闷的黄梅天里，我最爱听到的就是喜鹊叫。俗话说鸟雀呼晴，其鸣叫带来的就是好消息。梅雨无休无止地下时，喜鹊似乎也喑哑了自己的声带，人们很难听到它们的歌喉。喜鹊开始发声的时候，意味着黄梅天即将过去了。随着喜鹊越来越响亮的叫声，原本浓厚的云层越来越稀薄了，渐渐分化成一朵朵由灰而白的云团，蓝天从云缝里一点点露出来，那份蓝纯净得让人难以置信。久违的、被人诅咒的太阳，清新俊朗，发出的光亮似乎超过了以往，刺得人头晕目眩，又让人心花怒放。大地仿佛在一瞬间恢复了健康的表情，人们的心情也在一刹那间好了起来，于是纷纷走到普照万物的阳光下，以极为愉悦的心情，相互打着招呼，晾晒潮湿的衣被和发霉的内心。

奇怪的是，虽然黄梅天使世界万物浸泡在雨水中，使人们对水几乎到了憎恨的程度，但我们的乡村却又时常发生旱灾。黄梅天一过，紧跟着的就是酷热盛夏。运气好时，经常会有雷电驱使着阵雨或暴雨，滋润着被太阳蒸烤的土地，夏季的植物便愉快地生长，孕育着丰收的年景。运气不好时，大太阳穷凶极恶地照耀着，天空中一丝云彩都没有，大地被烤得干涸开裂，直冒白烟，所有的植物都枯萎憔悴成干草。涝与旱交替折磨着乡亲们的心，使凄苦的生活像嚼不尽的黄连。此时此刻的人们是多么怀念那载风载雨的黄梅天呐，但黄梅天已经远去，变得既遥远又陌生了。

而相对于春夏之交的黄梅天来说，同样令人苦恼的是秋冬之交也常遇到的不亚于黄梅天的连绵秋雨。对于这一点，人们似乎知道的并不多，但它所造成的损失可能更大。因为秋季收获的水稻占全年收成的比例要远远大于夏季。大概也会有一个月的雨，伴着阵阵的寒冷凄然地下着，似乎是如法炮制的黄梅天。那凄风苦雨刮在人们脸上，落在人们身上，比刀子扎还要让人感觉疼痛。人们心里深刻体验的是彻骨的、寂寞的寒意。比之于黄梅天，秋季的雨似乎更让人难耐。大量粮食霉烂产生的打击对于村民们而言几乎是毁灭性的，因为一个冬天加上一个春天的长度，成为难以逾越的门槛。与黄梅天之后将是可以期待的秋收前景相比，结果更加严重和难以让人接受。

我在故乡的那些岁月里，这种或雨或旱的天气，给了我太深的印象和太多的感受，因为这直接关乎包括我在内的所有村民的温饱问题。这样一种淫雨中多艰的乡村人生，想起来总有种让人说不尽的苦涩滋味。

# 水车的歌唱

从北方的韭山上流下来的水，蜿蜒了二十多里路，像源源不断的乳汁似的哺育着沿途的每个村庄。我们村子的每一亩良田，因为有了这样的流水，有了村里各个大大小小的池塘，才有了长势很好的各种庄稼。靠天吃饭的命运，使村子里的人们，虽然在南方的阳光下生活，但时而犀利、时而迷惘的目光，常向着北方瞭望，倾听着围绕那条不著名的小河可能发生的任何风吹草动。

在雨水充沛的年份，北方山中流淌下来的水走村过户，一路明亮欢快地往前奔流，让每块土地都能吸饱喝足所需的水分。土地上的人们相安无事，家家户户都呈现出一派温馨的祥和与安宁。过剩的水流不会在村子里停留，继续向南向东，再折个大回环向北而去，先后汇入解放水库、池河、女山湖、洪泽湖，再南下长江入海。对于水的最终去处，村民们是从不考虑的，那是超出他们想象的事，他们的眼睛里只看得见来的水。

而一旦遭遇天旱，韭山就如同贫病交加的母亲，难以挤出丰沛的奶水，大地渐渐呈现出一片饥渴景象，沿途的村庄就逐渐弥漫起紧张的气氛。所有村子的精壮男劳力们排起队，到小河沿线值守，确保流向本村农田的细微水流不被阻断。地处小河上游、中游、下游的村子，因此形成了利益相关的不同联盟。一开始，大家还是颇具情面的沟通和协商，一切问题的解决都显得很有分寸和修养。在严峻形势面前，大家自然会根据以往的经验，准确地权衡和判断，在争取自身最大利益的同时，做出必要的让步，以求你好我好大家都好。然而随着旱情日益加剧，水流逐渐减少，土地出现龟裂，禾苗在骄阳下发黄枯萎，空气中就开始充斥火药味，人们见面时的彬彬有礼渐渐被剑拔弩张所取代。

起初，可能只是放水时长和水流大小的争吵，渐渐地，演变成强行的争夺，最后则升级为血拼。人们抄起手中铁锹之类的器具，直接向对方抡去，于是亲家变成了冤家，甚至变成了仇家。那片山清水秀、村落俨然的土地，笼罩在死亡的恐怖阴影之中。

我并没有目睹，只是耳闻过这种关于水的流血带伤的争斗，感受过父辈因为农田缺水的焦灼。他们眼看着作为生存主要依靠的庄稼，即将因缺水枯死而颗粒无收，肯定如那句古诗所描绘的“农夫心里如汤煮”。我知道他们当中不乏性情暴烈者，一言不合即试图以武力来解决争端；也有具备上善眼光的讲究策略者，把问题控制在协商解决的范围之内。这两者都给我这样一个少年以想象，暴烈者灼人的热血、含蓄者醒人的内涵，似乎都有某种审美价值和启示意义。器械相向造成流血毕竟是一种暴行，发生在乡里乡亲之间，总归是不能被接受的，且其留下的感情伤口，是历经几代人都难以愈合的。沿蜿蜒小河而居的人们，因为血缘方面的原因，几乎都是亲戚套着亲戚，相互之间都转着弯子，叫个二大伯三大叔、七大姑八大姨什么的，一点都不稀奇。随便一个什么人，都可以从意想不到的相互纠葛中，找出某种八竿子也打不着的亲戚关系。但为了自家的现实收成，血性和心火上来，就什么也顾不得了。关于械斗的故事，给我留下了磨灭不掉的黑色记忆。

问题还在于，如果上游来的水流时断时续、或大或小，这给人们于渺茫中以希望，使争夺一直持续下去，而且会愈演愈烈。如果是源涸水绝，这种争夺就不再有任何意义，反而偃旗息鼓了，只是人们会陷入更加深重的绝望之中。我想来自韭山的水应该流淌了千百年，在这千百年里，人们围绕它发生过多少争斗，结下过多少恩怨，谁也说不清。人们从心里怀着一种渴望，即从根本上解决这个始终困扰自身的问题。

那一年，在我们村子的南边，也就是河流的下游一点，建起了一个大型水库，名字叫“解放水库”。建成后的水库，在吸收了许多条小河的入水之后，呈现出碧波十里、一派汪洋的浩大气魄。它无情地淹没了我们村子前面低处的一大片土地。我们少年时经常放牛放羊的大部分活动场所，都变成了再难涉足的水下世界。从水库大坝方向看，我们那个叫十里陶的小村庄，在视觉上就像是漂在水面上的小岛。不过村里人的心，还是因守着这看得见的大片水域，被幸福感给灌满了。

人们常说人往高处走，水往低处流。我们的村子处在水库的上方，水库里的水再多也难以倒流，庄稼的灌溉在多数情况下，靠的还是上游天降的流水和那些小水库的来水。在干旱之年，上游的来水是不够用的，但村民们不再像过去恐慌与害怕了，因为可以从下面的水库里，用水车往上车水来浇灌庄稼。

用来车水的水车，在我看来，是极富诗意的工具。后来我在书籍中看到过各种形状的水车，但都与我故乡的水车不大一样。它是全木质的材料，猛一看去颇像龙的造型，主体是木制的长长水槽，前后两端各有一根大小不一的轴，两根轴围绕着一圈旋转自如的龙骨，龙骨上整齐地排列着木制的方形薄薄叶片。水车头部架在需要灌溉的田地高处，尾部则置于水库或水渠之中。两人或多人奋力推拉水车头部的拉杆，随着轴的旋转，链条般的龙骨又带动叶片沿水槽滚动，水流就由低处缓缓地、汩汩地涌向高处，浇向秧苗茁壮但干涸的农田。

车水这种活计，男人女人都能干，它需要的只是力气和简单的技巧，而人们往往愿意男女搭配，这样似乎更加富有趣味，令人不知疲倦。车水的季节一般是炎热的夏季，劳作的男女袒胸露背是极为常见的，我不知道这是不是更激发了他们的热情。车水时一鼓作气似乎比慢条斯理更为省劲儿，他们喊着劳动号子，说着各种粗俗的笑话，把水车拉动得旋转如飞。他们劳动的快乐随着水车叶片的翻卷忘情地释放出来，愉快的笑声在田野里传得很远，感染着其他远远近近辛苦劳作的人们，让其不断地抬起头来往这里观望。

水车里往上翻动的水流，显示出更加活泼的气质，在叶片滚动时发出响亮的、哗哗哗的声音。随着人们拉转速度的不同，水流的声音或高或低，听起来犹如水车在用水的歌喉进行婉转的歌唱。我特别喜欢坐在水车旁，看大人们齐心协力地车水，看水车水淋淋地旋转，听水流有情意地流淌。我感到水车飞转的地方，使乡村这个平淡寂寞的世界，暂时增添了某种充满动感的场景，看上去是那么令人开心和感动。

在大人们吃饭喝水或拉屎撒尿的空隙，我伸展小胳膊小腿跃跃欲试，便拿起车水用的拐子，加入车水的行列，这时才发现车水简直能累死人，并不如我想象得那般轻松。虽然车水的时候，村民们常常欢声笑语，但当一天下来收工回家的时候，每个人都像累驼了背，身腰不自觉地往下弯，脚步迈得像一只只蹒跚的鸭子。我隐约地意识到，这种活儿表面看起来颇富诗意，其背后的艰辛只有劳作者自己才能深察。

逢到天大旱的时候，水车的歌唱就更加欢快了。太阳如火般的毒辣蒸烤，使每寸土地都变得无比干裂与饥渴。这时会有几架，甚至更多的水车日夜不停地在车水。我通常困倦而舒服地躺在家里的凉席上，远远地倾听水车发出吱吱扭扭的声音，以及水流发出的低沉的哗哗声。这些通宵达旦、不绝于耳的声音，既像在抒发人们不屈的抗争精神，也像在奏响一曲沉重的悲歌。

太阳的蒸烤，使水库下游的农田，同样对水充满了渴望，于是水库的水位，在不知不觉中大幅度地下降着，汪洋恣肆的水库渐渐地瘦削了身子。为了把低处的水车上来，人们便进行车水的接力，劳动号子更是此起彼伏，场面愈加壮观。虽然人们累得几乎爬不起来了，但总比村民之间因缺水进行令人绝望的血拼要好很多。

经过许多个灼热白昼和不眠之夜，随着水车的翻卷和汗水的流淌，饱饮水分的庄稼悄悄地成熟了。在稻浪滚滚、玉米抽穗、高粱含羞、大豆结荚的时刻，人们抬起头来欣赏丰收的美景时，脸上还露出舒坦的笑容。那个时候，我意识到水车应该是丰收的不可或缺的功臣。

后来，由于韭山上流下的水，被依次修筑起的黄山坝、大石塘等水库蓄积了起来，人们可根据需要进行水的及时调节，基本上满足了灌溉的要求。村民们不再因为水而同北方的村子发生冲突，水车也闲置了。随之而来的困扰是，充沛的降雨，特别是年年如斯的梅雨季节，使近在眼前的解放水库很容易就蓄满水，于是饱含人们心血的大片大片庄稼地被淹掉，丰收在望的五谷顷刻间在大水中溺毙。水还会漫进农家小院、可供乡亲们歇息的场院，使这些地方倏忽间变成一片汪洋泽国。猪羊鸡犬则如水生动物一般，惊恐地涉水来去。这又让村民们吃了不少苦头。水车虽具有提水灌溉的功能，在大水库面前却无法在排水上发挥作用，只能作壁上观了，渐渐也就消失了踪影。

车水的岁月，伴随着生活的每一天展开，我也在慢慢地成长——由初步到深刻地体验着乡村生活的悲苦与喜悦。

# 鸡油色的扁担

要论在我的人生经历中，什么工具给我的印象最深刻，那肯定是扁担。记不清是在什么时候，我真正体会到扁担对于生活，或者对于劳动的意义。

最初，扁担出现在男人或女人的肩上，那种两头尖尖翘翘、中间呈弧线形的扁担，给我很多想象。当时有一部叫《李双双》的电影，其主题歌就是《小扁担三尺三》，从中洋溢出的欢快情绪，深深地感染了我，使我以为这扁担之中，蕴含着意气风发、移山倒海的力量。事实也是如此，它们被男人们、女人们担在肩上时，无论是谷堆、土堆、沙堆、粪堆，以及其他什么重物，都被他们轻松自如地挑来担去。这一根根扁担好像有一种神奇的魔力，让处于繁重劳动中的男人们、女人们，都很快乐、很轻松，他们不光行走如飞，还伴着脆生生、活泼泼的笑声。

我看到了村里人对于扁担的重视与爱护。特别是那些男人们，扁担之于他们，不亚于枪械之于战士，也不亚于爱车之于今天的人们。他们从县城的农副产品商店，千挑百选地买回做扁担的原料，其中有桑树、刺槐、柳树、毛竹等，再请本地的木匠做进一步的精加工，使其弹性和柔韧程度适合自己的身板和力量。此后有一个程序也是不可缺少的，即挑家里最肥的母鸡杀了，从腹中取出明晃晃的鸡油，一遍遍地涂抹在扁担上，直到整条扁担发出油亮亮的鸡油色来。

扁担中的上等货应该是桑木。有首歌就是这样唱的，“桑木扁担尖又尖，挑担茶叶上北京”。上北京这么重要的地方，而且路途又是那么遥远，显然只有桑木扁担才够格、才合适。这歌里面包含着既朴素又深刻的意思。对于我们那个村子来说，有没有一副称手的扁担，是检验一个男人农活水平的重要标志。同时也是于辛苦受累之中，因家伙式儿的凑手，使劳动强度适度减轻的关键。如果一个男人没有一根像样的扁担，那肯定是个半吊子的庄稼汉，在村子里是不大容易被看得起的。

更为紧要的是，当家做主的男人，还要把自己女人，甚至是自己儿女的扁担修理得特别顺手。这是一个男人或父亲，心疼女人和疼爱儿女的表现，也是不可推卸的责任。女人力气比男人小，扁担相对也小，因此女人用的扁担短小精悍一些，男人在女人的扁担问题上是不可马虎的。虽然同今天的送钻赠车不能相比，但那也体现着一片心意。

据我观察，同很多事物一样，能够成为佼佼者的精品扁担并不多，也符合可遇不可求的规律。即便是再上心、再仔细，很多扁担因为自身材质的问题，质量也不尽如人意。于是村里人在谈及扁担时会说谁谁家的好，谁谁家也会因为有根上好的扁担而感到自豪。邻居若是想向其借扁担一用，难度还是相当大的。自珍的对象看来并不仅限于敝帚。

男人们、女人们用自家的扁担挑起担子运送各种东西，从给地里施化肥或农家肥，到给庄稼或蔬菜浇水，到收割后往场院上挑回各种稻谷，再到上水利工地修堤筑坝，扁担都发挥着重要的作用。我多次目睹过村民们往西南方向的河湾里运送农家肥的场景，虽然是一幅人欢马叫似的热闹氛围，但由于路途较远，人们就是小跑着来回，半天也只能往返两趟。而且肥力很低的农家肥即使是被送到了地里，也并不见得就能有效地提高田地的产量。春秋两季地里长出的稀稀落落的庄稼，就是对此的最好证明。

男人们在挑东西的时候，总是尽可能让自己挑得很重，让自己的女人挑得很轻。女人们则又拼命地往自己担子上增加分量，好让自家的男人能够轻快一些。为此，还可能争吵起来。一根扁担上体现出的是乡下夫妇的纯朴真挚的爱。

常常，我走在挑担子的男人们身后，看着担子在他们肩膀上沉重地晃悠着，汗水像毛毛虫似的爬满了他们的脊背，然后汇集起来如小溪般地往下淌，湿透了他们的裤腰裤腿。随着行进，男人们爬满汗水的脊背上，肌肉突突地蠕动着，闪出黑亮的光和金属般的质感。有时候，挑的是夏天割下的麦子或秋天割下的稻子，看上去力大无穷的男人们挑着担子就如同一座座移动着的小山。“吭唷嗨哟，吭唷嗨哟，吭唷嗨哟”，他们试图通过喊这种劳动号子，在心理上减轻肩上的负担。那一刻，我总感到男人们精心制作的扁担和寄托着他们全部希望的粮食，就是压在他们肩膀上的一座座大山。

有那么几回，我听到了鸡油色扁担“咔吧”折断的声音。那是男人们挑起了连扁担都不能承担的重量，使无声的木头发出了有声的抗议。肩上扁担突然断裂的男人猝不及防地跌坐在地上，担上的东西也撒了满地。扁担的断裂处露出白生生的尖锐茬口，弄不好会把男人的肩膀等处扎得鲜血淋漓。此时的男人却对流血的肩膀不太在意，而是对断了的扁担格外心疼，拿着断了的扁担痛惜不已，像是遭受了无可挽回的巨大损失。

让我惊恐的是，扁担本属地道的农具范畴，但有时也会成为武器。我依稀记得在一个太阳将落未落的傍晚，两个连门居住的堂兄弟，不知因为什么而大打出手，情急之中，兄弟甲抄起扁担就向兄弟乙抡去，当场就把兄弟乙打趴下。兄弟乙身上立刻显出好几片浓重的红紫，而那摇身变为凶器的扁担则丝毫未损。随之就发生了一场兄弟间的厮打，在邻居们的极力劝阻下，两人才气咻咻的"收兵"。在乡村，为一些鸡毛蒜皮的小事恶语相向，乃至拳脚相加可谓司空见惯。若论打架动武，扁担还真是最顺手的工具。这让我从此对扁担另眼相看，明白它除了能用于农活，还兼具攻击与防御的功能。

那时候，作为乡村少年的我，从小学到高中，大部分时间都是在学校度过的，并未真正体察过扁担上所承载的生活之重，也并未认识以土地为根本的农民，与扁担相联系的悲苦命运。甚至在看到有着象征意味的扁担时，竟有一种奇怪的赞赏与崇拜之情。在一次经历之后，我才算真正了解了它，并且改变了我对人生的思考。

那是一个雨后的下午，已经十七八岁的我，跟着父老乡亲下地去干活，任务是把田里割倒的稻子挑到一里路外的打谷场上。从表面上看，稻子已经被太阳晒干了，然而里面依旧是湿的。我费了好大的劲儿，艰难地捆起了两捆稻子后，想把它们挑起来搁在肩上，没想到它的重量完全超出了我的估计，我并不强壮的身腰，立刻有了细若游丝的感觉。那两捆不起眼的稻子几乎要通过扁担，压垮我尚未完全发育成熟的身板。我虽然跌跌撞撞地将其挑到了打谷场，但它对我的意志几乎是一种摧毁性的打击。我不免思索千百年来，在这片土地上辛苦劳作的先人们及今天的村民们，是怎样度过属于他们的艰难岁月的？我甚至感到这样的劳作方式和生活重量不适于我，我相对矮小的体格难以面对这大山一样看不到尽头的沉重。那一刻我所产生的想法是，我不能延续祖祖辈辈的这种劳作方式，应该选择一条我力所能及的人生之路。

可以说，那天下午的那根扁担，在无形中启发和引导我做出了改变我人生之路的决定。我心中暗想要抓住机会作出努力，走出我肩上这条鸡油色的扁担给我留下的不堪回首的阴影。于是我选择了逃避，走向外面的世界。

今天，扁担在我的故乡已经很难再见到了，人们多用各式车辆运输东西，只是偶尔还能看到挑着鸡油色扁担的男人们往地里运送些什么。那情景看起来竟有点古典意味。这曾经累死人的家伙，有一天会被彻底淘汰吗?

# 风中的扬场

在乡村的所有农活中，扬场也是优美的、浪漫的。

比较起来，这项农活并不难，几乎所有的男人都会干。我都能抄一把木锨撮起稻谷，往空中迎风扬起，分开谷粒与杂物，干得有模有样。

试想，从犁田耙地、播种育苗开始，到施肥除草、灭虫去害，再到灌水保墒、收割运输，把金黄色的麦穗、稻穗、谷穗，肩担手提地运到打谷场，由三五头老牛拉着碌碡，转过无数个同心圆之后，在把麦子或稻子等粮食碾下来的同时，也把谷壳、杂草种子、麦秸稻草碎末等碾了下来。混杂着各种杂物的粮食，需要被利利索索、干干净净地分离出来，使之可供缴纳公粮、征购，或留作种子、供自家食用。那个时候，乡村没有实现农业机械化，虽然也有风车这样的工具可以当作天时不利之时的补充，但粮食的去粗取精、去杂质绝对要借助自然风这种取之不尽的力量以年年岁岁地完成这道不可缺少的工序。我坐在打谷场上看成年人扬场时，便暗自想：我们的祖祖辈辈，大概都是以此办法来脱粒、扬场的吧？

对于生产队的村民们来说，没有比看着长势良好的庄稼，更让他们开心的事了。最生动迷人、令人心醉的，便是庄稼长出嫩苗、起高拔节、抽穗扬花和麦浪稻浪滚滚的时刻。此时村民们的心里就像是灌满了蜜，他们有事没事地就到田间地头去转悠，像是医生给病人把脉问诊一样，分析土地的墒情，观察庄稼的长势，估算产量的高低，享受即将到来的丰收喜悦。情不自禁时，村民们会狠心地摘一穗新麦或新稻，放在鼻子底下嗅其清香，或挤一下谷腹察其盈亏虚实。田野里弥漫飘荡的，全是庄稼丰沛如海的气息。

尔后是平整打谷场。经过冬天或夏天雨雪的浇濯，完全由土质构成的打谷场，或是长满了各种杂草，或是出现了高低不平的坑洼。村民们需要重新进行平整，使其变得平坦、光滑、坚硬，使汗水浇灌出的那些来之不易的粮食，能够粟无遗漏、颗粒还家。

开镰收割的时节，仿佛才是真正喜庆的节日。原本大片大片地长在地里的庄稼，被村民们从地里运了来，厚厚的均匀地铺满了打谷场，组成了金黄色的海洋。一两个男人，牵着几头艰辛的老牛，拉着沉重的碌碡，转着圈儿碾压这铺得满场的麦把或稻把。这个过程枯燥而漫长，一转可能就是半天。于是打场的男人们唱起了号子（我们家乡把这称作“打撩撩”，声调阴平），好像既是给自己听，也是给老牛听。那号子声中，似乎有无法驱遣的、压在心头的悲苦与寂寞。在此期间，老牛自然免不了要拉屎撒尿，牲口不可能像学生和士兵那样，提前举手示意或打个报告，而是说拉就拉，想撒就撒，搞得打场的人措手不及，屎与尿倾泻而下，弄得麦秸或稻草一片狼藉。富有经验的打场者，会及时发现牛翘尾巴的异动，立刻眼疾手快地从脚下抓起一把稻草或麦秸接住牛屎，然后端着牛粪紧跑几步扔到场边。对于牛尿则一点儿办法也没有，打场者根本来不及解套牵牛离开打谷场，只得任其转着圈子随意尽兴地撒。因此收起的粮食中，免不了沾染了牛的屎尿气味。而村民们对此并不介意。作为公粮征购卖到城里时，高贵干净的城里人，谁又会因目睹过这种颇为不堪的场景而心生忌讳呢？所谓眼不见为净，再说沾了牛屎牛尿的粮食并非真的不洁，恰恰在绿色环保范畴之内。

撤去麦秸或稻草，人们往打谷场中央聚拢混杂在一起的粮食与碎草末，渐渐地堆起很大很高的一堆，同时也把人们的希望堆得很高。这时候一般是晴朗的天气，太阳很大，云层很高，风力很强，为扬场乃至粮食晾晒、归仓提供了很好的气候条件。

接下来便是扬场了。扬场一般由那些身强力壮的男人来担当，这本来不是什么有技术含量的农活，只需凭一点经验和技巧即可，窍门仅在于要看好风向，用木锨扬出去的谷物力道要均匀，要和风向和风速形成一定的切面，让夏季或秋季的风有力地刮过时，吹走体重较轻的杂物，留下光洁浑圆分量沉的谷物，雨点般在预设的地方落下，然后沙丘似的在地面越隆越高。扬场中能听到谷物的声响和韵律，那是来自土地的声音，非常动人。随着谷堆的增高，也把丰收的信息确切地放大增高。

扬场的人常常赤裸着上身，黝黑的脸膛和上身在阳光下闪闪发光。有一位被人戏称为“紫茄子”的男子，绝对是村子里干农活的第一等高手。他的脸瘦成了刀条，看上去却强悍逼人。那双胳膊也是精瘦有力，给人钢铁遒劲的感觉和想象。腰部吸进了腹腔，身上没有一丝多余的肉，举手投足皆有很强的柔韧性。其实这种“紫茄子”的形象，在整个村子里很普遍，村民们几乎没有一个人皮下是有多余脂肪的。他们在扬场时，胳膊与身体一次次协调默契的配合以及谷物在半空的一次次飞扬，就是以蓝天为背景、一次次画出清丽图案的时刻。谷物和杂物落下来时，在风力的作用下自然地分开了。此时，汗水在扬场人的脸上、背上蚯蚓似的流下来，他们也顾不上擦，任由它们恣意地往地上滴落，直到一大堆粮食扬好为止。俗话说汗珠子摔八瓣，我当时在观看这种场景时，真有直接的观感与体会。

这也是一个激动人心的时刻——许多男女村民涌过来围观，自然地形成了一个半圆。他们七嘴八舌地评论，今年的哪场雨来得有点早或晚、哪场风刮得有点大或小、哪次肥施得有点多或少，进而兴致勃勃、经验老到地评论谷粒的饱满，分析将遭遇怎样的年成，并放在近些年的收成中来比较。常常，我能从他们的眼里看出歉收的遗憾、丰收的满足、来年的期冀。农家一年的生活是否幸福、是否踏实，打谷场上的比较就是最准确、最生动的反映和说明。

我们农村孩子对粮食有一种天然的感情，并且懂得粮食对于吃饱肚子有多么重要的意义，因此每当大人们扬场时，我们也会兴高采烈地坐在旁边看，看谷物怎么从芜杂变干净，怎么堆成让我们开心不已的麦堆和稻堆。我们淘气地站在谷物落下的地方，任凭谷粒落下时，暴雨般地打在我们的脸上和身上。我们嗅着新谷物那种清香的气息，心里涌起的那份快乐简直无法形容。扬场结束时，我们这些孩子们又爬上谷堆，在上面跳着闹着，甚至把自己深埋进去，用这种方式来表达和宣泄属于我们的欢乐。这自然免不了招来大人们满含快意的训斥。我后来才认识到，乡下人掌握的农活方面的所有本领，都是在干中学来的，我大约十八岁时就是一个称职的扬场能手了。不能说是无师自通吧，但这种耳濡目染、潜移默化，从我几岁时就已经开始了。

我知道，这时候的人们围过来看着谷堆，心里盘算着的是能分多少红。我有很多次帮着父母往家里抬粮食，我也知道，只有抬进家门的粮食才是我家的。我喜欢看到用高粱秸编出的长长的席子，摞出很高，让里面装满粮食，一家人就不愁挨饿了。所以我希望进入我家粮垛的粮食越多越好，最好是再怎样扯着肚皮吃也吃不完。但实际上这个愿望每年总会大打折扣，常常不到春尽夏始的时候，家里就揭不开锅了。长此以往，包括我父母在内的村民们都养成了省吃俭用的良好品德。

当然还有更重要的，生产大队、人民公社干部，可能会不失时机地出现在打谷场，一边打量着谷堆，一边与生产队的干部和村民们讨论交公粮、征购的有关事宜。他们的口气是商量式的，也是不容置疑的。村民们把向国家上缴粮食看成天经地义的事情。我曾经目睹过社员们在此时此刻的真诚，那种纯朴简直无法用语言来形容。打出的谷物白天摊开来晒，晚上堆起来防止露水打湿。三五天之后，粮食晒干了，村民们肩挑车推地往粮站送。我很多次目睹过村民们挑着粮食去交公粮的场面。我当时并不懂得为什么要把粮食运送出去，只记得村里的大喇叭放过的一首笛子独奏曲《扬鞭催马运粮忙》。音乐听起来很欢快，而我们生产队的村民挑担子送粮，则好像沉重得不得了，因为担子把他们的腰都压弯了。交完公粮之后的粮食，于夏收或秋收结束之后，统一算账分配；或放在仓库里储存起来，有一部分要留作明年的种粮，以便进行新一轮的往复循环。

有一个细节，我至今记忆犹新，就是不论夜晚堆在打谷场上还是储藏在仓库里的粮食，都要用刻着字的长方形印板，留出相对间隔地盖上印，给粮食增添了我一开始并不理解其含义的美感和神圣感。后来发生了一次仓库被盗事件，赶到现场看热闹的我，看见粮堆上凌乱的板印和坍塌的一个大洞，才恍然明白粮食被人偷了，进而明白盖上板印就是对人心的一种设防。

离开故乡很久了，当偶尔回老家时，我还能看到属于一家一户的小片小片的打谷场。生产队的合作形式早已变成了包产到户的独自单干，那个著名的小岗村可以说近在咫尺，不过几十里路远。我们那里当年的情形同小岗村几乎完全一样，生产形式的改变真的是太有必要了。然而包产到户的农家场景和生产气氛，都同生产队时期明显不同，看起来乡村变得萧条了，因此我在内心产生了难以名状的落寞之感。后来我有好多次回乡的机会，但都没赶上打谷的时间，因此不知道今天的人们用什么方法来脱粒，是沿用打谷场的老办法，还是用人力或电动的脱粒机？我没有刻意打听过。虽然国家免除了农业税，给农民减轻了负担，但我在来去匆匆之间，依然能够看得出来，即便是人们陆续盖起了不少新的瓦房，甚至是楼房，但我那个民居凌乱、田地荒芜的故乡，总给人一种沉重的凋敝之感，少了往日的某种生气。

# 打谷场的夜晚

秋天打谷场的夜晚，是农家最开心、最惬意的时刻。如果赶上中秋月明之夜那就更好了。想想看，经过一夏的辛苦劳作，迎来了收获的日子，晚风清凉地吹着，稻谷飘着新鲜的清香，碌碡在打谷场上吱吱扭扭地滚动着，孩子们在打谷场上尽情地玩耍，家家户户传来烧锅做饭的声音，那是一种何等安详醉人的幸福时光。

在我的记忆中，乡村的生活并不富裕，甚至可以说很贫困，但人们并不怨天尤人，用最乐观的心态面对这种贫困的生活，仿佛这一切都是天经地义。晚饭后的打谷场，已经撤去了稻草，刚打出的还带着潮湿气息的稻子，被堆成了许多个小山丘。人们把草蒲团和草毯子搬到打谷场上来，在乡村这一最平坦的地方，看植物间的流萤、听田野的蛙鸣、闻稻子的清香，尽情地享受收获的季节，享受秋天的月亮，享受和煦的晚风。

这时的月亮又大又圆，无可争议地成了天地间的真正主角。银色的光芒像雨一样沐浴万物，使世间的一切都仿佛进入了它的梦境。被月亮照得洁白透明的云彩悠然飘过，月亮就像是在云的池子里穿梭游泳。透过以云彩为背景的天空望去，它显得那么近又那么远。

记得那个年代，有这样一首歌很流行："月亮在白莲花般的云朵里穿行，晚风吹来一阵阵快乐的歌声。我们坐在高高的谷堆旁边，听妈妈讲那过去的故事。那时候妈妈没有土地，全部生活都在两只手上。汗水流在地主火热的田野里，妈妈却吃着野菜和谷糠。"此情此景，和我们的生活情景很相合，不过所幸我们当时生活在新社会了，不受地主老财压迫了。特别是歌曲中的那个生活在旧社会、寒冬腊月还穿着破衣烂衫的母亲，仍然要去给地主干活、最后冻倒在雪地上的命运，让人不能不感到生活在新社会的美好。你看现在的生活没有压迫、没有剥削，该有多好啊！那时的我就是这样感到特别的幸运。

人们把从家里拿来的草蒲团和草毯子摆在一起，再铺上凉席或被单，就快乐地躺在上面，好度过这个月亮高照的夜晚。人们伴着谷堆、讲着闲话、拉着家常，平常可能生分了的关系变得融洽了，平常显得疏远的距离拉近了。男人们在一起分析着今年生产的得失，总结着成败的经验，提炼出明年要注意和重点防范的事项，颇有些深谋远虑的意思。女人们更多的则是赞扬和埋怨男人的长短，谈论一年的辛苦以及妯娌间鸡毛蒜皮的琐事，满足中有遗憾，不快中又有满足。

孩子们在月光下做着各种各样的游戏，那平整光洁的打谷场，是一年中最适合我们玩耍的场地。白天还有些烫人的地面，此时凉了下来，托着我们奔跑着的脚心，使我们感到十分惬意。大大的月亮像挂在天上的灯，照得大地亮如白昼。我们会在这月光之下，把各种游戏都玩上一遍，让快乐尽情地释放，直到我们每个人玩出了满身的汗，直到我们困得睁不开眼睛。

比我们年纪稍大的青年人，在月光下开始享受他们的爱情，打谷场就是他们交流问答的好去处，他们会变得比白天更大胆、热烈和奔放一些，比赛唱着各种歌曲。尤其是男青年，开着各种荤的素的玩笑，试图吸引异性的注意。虽然在月光下并不能真的看清对方的面部表情，但相互之间都那么熟悉，是不需要看清楚的，声音与形体早都烂熟于心。有一点是肯定的，那就是姑娘和小伙子，在月光下显得动人了不少。月光好像使他们忘记了羞涩、忘记了禁忌，用大胆的话语和夸张的动作，放肆地表现和抒发自己。我看见有的青年男女，偷偷地手牵手走向月光迷蒙的远处。虽然生活还处于相对贫困之中，但禁忌还是很多的，家教往往很严，男女独处的私情不仅不被接受，还要被指责。他们的离去必须是偷偷摸摸的，弄不好会闹得满村风雨，身败名裂。我似乎也曾从长辈口中，听闻过一些奇奇怪怪的事情，但那时的我对此因懵懂无知而不明所以。我只知道那种有明月照耀、有清风吹拂的夜晚，给人以无限的温存、浪漫和遐想。

随着月亮的西去，乡村变得十分静谧，浓重的露水开始慢慢地把地上的一切打得很凉很湿。我像人们一样，在这秋天的打谷场，伴着谷堆的清香进入梦境，好想这种夜晚能够成为一种永恒。

# 围墙内外的向日葵

这一夜我做了个梦，一个挺辉煌的梦。梦中的世界长满了向日葵，一律那么金黄，一律变作会笑的脸庞，一律旋转着向我涌来又离我而去。我在向日葵的海洋中飘扬、燃烧和融化。向日葵的花瓣飞舞着，太阳光似的照得我眼痛，仿佛有万根钢针扎向我的视网膜。我像是在一瞬间失明了，迅速向漆黑的深渊坠落。一种从未有过的绝望感把我紧紧地攫住了，我便惊醒了。睁眼一看，原来是早上的阳光照在我的脸上，十分灿烂。阳光下的我居然做了这种噩梦。

屋里那盆正在开着黄蕊白瓣的水仙花，被肥硕的绿叶顶着吐出幽幽的清香，在早晨的阳光下于凡尘之中显出几分脱俗的神韵。我不知道是不是这水仙与阳光合谋，在这假日清静的早晨，将我记忆深处的向日葵引进我的梦境。它本应当为我造就一个美好的梦境，却无来由地成为一个令我不安的噩梦，真是莫名其妙。我呆呆地躺在床上，灵魂出窍般地、痴痴地望着此刻有些玲珑剔透的、开得怡然自得的水仙。这冬日里几乎人人喜爱的宠物，以它高贵的绿与黄，使我想起故乡普通的向日葵，在我心中存贮很久的形象被这种绿色幽灵似开关一样慢慢地打开。向日葵那枯萎已久的黄花绿叶又鲜艳地、缤纷地穿过岁月向我涌来，在我眼前蓬勃着盛开，并且通过幻觉来提示我的由来和我平常不曾察觉的所系情感。

我把自己投进一种怀旧的情绪中陶醉地浸泡着、反复地回味着。我觉得在城市生活了很久的我，整日忙忙碌碌的，不是为城市的嘈杂所困扰，就是为无休止的琐事所缠绕，老是在进行着一种身心疲惫的挣扎，很少能有这种情绪涌出来。它像乡间小溪的水一样淙淙地流过，抚慰着我已经有些皱褶的情感，洗刷着自己心上的尘埃和污垢。我忽然觉得这种浓浓的情绪竟让我想哭想笑想写诗。那已经逝去的一切是多么令人留恋，就像酒，放置的时间长了，打开酒瓶的盖子，就会有醉人的香味散发出来，让人如入酩酊之境。

我记不清我是什么时候开始认识向日葵的，也许是大年三十晚上喷香的瓜子引起我最初的注意。吃过年夜饭，大人们在包饺子搓元宵、炒花生瓜子，孩子们则弄些好不容易到手的鞭炮在夜里噼里啪啦地放，无限惊奇地看那骤亮骤灭的闪光，听那清脆突至的响声。回到屋里，便闻见了浓郁扑鼻的香味，我便好奇地问："这是什么？"

这种傻问题本应是无师自通的，但我却并没有及时搞明白。大人的说明无论如何不能使我将瓜子这种尖头尖脑的东西，同大头大脸的向日葵联系在一起。后来，当我注意观察后才确信这是真的。

我记得那时候我家同很多人家一样，都有一道方方正正的后围墙。围墙全都是用土而不是用砖砌起来的，所以很不结实。为了防止雨水的过度冲刷，墙头一般都要种上马齿苋或仙人掌，以及其他什么耐旱而又长得茂盛的植物，使之起到遮风挡雨的作用。尽管如此，围墙还是被斜侵的淫雨淋得千疮百孔，丑陋不堪。在雨痕清晰的围墙下，当春天把春风送来、把生机送来的时候，就会有一行行胖乎乎的两叶小苗拱出土，在围墙的里里外外摇曳着，极有生命力。后来我才知道那是母亲或父亲种下的向日葵的种子，它们在春天里按捺不住地钻出来了。

接着就是梅雨季节里的雨水奢侈地从天上淅淅沥沥地落下，过分溺爱地浇灌着幼苗，使得向日葵娇小肥嫩的叶片上溅满了黄褐色的泥点。但似乎只是一眨眼的工夫，它们便蹿了起来，逐渐向墙头爬去，最后用高高的身躯、伸展开的肥大叶片，把围墙严严实实地挡住。于是沿围墙蓬勃伸展开去的那种浓郁的绿色，同墙内的所有蔬菜一起，使农家有些荒凉的庭院，在春夏季节呈现出一种特有的生命旋律和绿色图景。在不短的时光里，向日葵那肥大粗糙的叶片一直那么高高地举着，有效地、忠诚地阻挡着狂风斜雨对围墙的继续侵袭，把那无休无止却也是悦耳动听的啪啪声送进农家单调的生活中。在白天，我会非常入迷地看那雨水在葵叶上跳跃的晶莹身影。在夜晚，那种啪啪声如同一种有着特殊语感的对话，让我从中听出无穷无尽的意蕴。小时候，我特别愿意伴着这种啪啪声安然地入眠。

向日葵的大脑袋刚长出来时是很小很小的，扁圆的绿色花头上包裹着细小的叶片，渐渐才有黄色的花瓣从中娇羞地露出脸来。这时候，你会感到生命的光彩竟藏得这么深，要经过那么漫长的发育才会闪射出来；你会感到只要藏着生命的信息，它终究要表现为一种生动的现实。而当它把脸完全扬起来时，它们那一个个满月似的脸庞，使围墙里顿时充满了幸福的、生机勃勃的笑容。绿叶托起的金色辉煌得令人难以置信，仿佛高天阔地也因之兴奋得流光溢彩。

我暗暗地惊异于向日葵朝阳的生物本性，它们总是那么齐刷刷地、步调一致地跟随着太阳忠贞不贰地旋转着。其实据我后来观察，很多植物都有这种向阳的特性，但唯有向日葵表现得更引人注目、更为人称道。在很长时间里我都被这种现象所迷惑，搞不清楚太阳光里究竟有着什么巨大的魅力，让向日葵如此迷恋。我曾经想猜透这个谜，却未能如愿。后来，我在某本书里读到过它何以向阳的解释，却依然不能使我信服。这种理论大约是说向日葵体内有一种生长素，而这种生长素有着避光的特性，它们在背阴的一面聚集很多，也很活跃，促使背阴的一面长得快，而向阳的这一面因缺少生长素而长得慢，所以造成了它的朝阳特性。我认为这种理论无说服力，至少我是不相信的。因为它无法说清为什么傍晚朝西的向日葵在早上会立刻朝东，我觉得它在阳光初露的一瞬间生长不了那么快。我更相信向日葵有一种特殊的生命功能，能自动调节方向，使自己最大面积地接受太阳的照射，从而有利于自己的生长。这一定是物竞天择的结果，但我对此无法做出像样的解释。

葵花的金黄是农家一道安详璀璨的风景线，它像有灵魂的卫士一样守卫着农家狭小的天地。它的脸庞秀美英俊而不失朴实亲切，它的精气神完全产生自一种并不高贵的气质。也许对于农家看似木讷却并不缺少敏感的人们来说，它是年成好坏的一种近距离的征兆。人们多么希望它的金黄能同丰收一起带来舒心的年成和飘香的除夕，让人们轻松而踏实地度过最难度过的春荒。但对于不谙世事的我来说，只觉得它很好玩。因为它在白天和夜晚都有一种类似太阳的感觉，让我感受到打心底喜爱的绚烂色彩。我和同伴们，有时在向日葵茂密的叶片下捉迷藏，让其他的伙伴们找得好辛苦。看着他们失望的表情，我们却开心得难以自持。那些同我很熟稔的家禽们，也把向日葵当作躲风避雨的绝妙去处。伴着雨声，它们会快乐地发出各种我几乎可以听懂的啼叫。那一株株粗壮的向日葵下用于游戏的空间，至今仍给我留下了神秘印象，我那时多么希望自己能成为电影里的侦察兵，在青纱帐里神出鬼没，端着漂亮且准头很好的枪，啾啾啾地把对手干脆利索地撂倒。

渐渐地，向日葵成熟了、苍老了，垂下了英俊的、沉重的头颅。

它再也不能向阳了，仿佛看腻了、看累了太阳，或是已从太阳那里获得了足够的热量。此时的它们只能把硕大的脸庞垂向地面，端详着让它们挺拔而起的那块厚实的土地。它弯下了自己的身躯，把果实谦虚地掩入日渐枯萎的叶片中。粗壮的主干虽然可以毫不费力地支撑着它的大脑袋，我却仿佛能够听到它们粗重的呼吸，使人觉得成熟并不是一件轻松的事情，而是凄凉晚景的开始。不是吗？它们接下来的命运便是被人们用镰刀狠心而坚定地削去葵盘。那被褪去花苞的白生生的葵花头，被放在阳光下接受太阳的猛烈曝晒，直到它们完全失去生命的水分。我时常痛惜地看着，感叹它们再也不可能进行生命地旋转了，只能被无情的日照晒成饱满的籽粒，并把传宗接代的功能和满足人们口腹之乐的价值，赤裸裸地呈现在丽日蓝天下。而被削去葵盘的葵秆直挺挺地、尸体般地站在秋阳下，几乎所有的叶片都枯成了风一吹便喳喳作响的衰朽之躯。失去绿色掩映的围墙重又恢复了丑陋的外表，有时，我那颗幼小心灵会为此感到深深的伤感。

岁岁年年，年年岁岁，向日葵都在我家的围墙内外重复着它们生命的轮回。虽然它们是辉煌而灿烂的，但它们又是平平常常的。不过它们以反反复复的平常，给我留下了抹不掉的记忆，以至于在很久很久之后，又在我梦中轰轰烈烈地出现，令我于惊恐中感受到一种回味良久的醉意和甜味。而这噩梦，是不是怨我离开故乡太久了，呼唤我、暗示我应当回去看一看呢？我真想马上回到故乡去，去看看那盛开的向日葵。然而眼下正是隆冬，即使有这样的冲动，也要等到来年。

在故乡，向日葵被人们称作长颜花，也是一个挺有诗意的名字。

# 甜蜜的瓜

每年春夏秋冬四季，北京的街头巷尾都能见到大大小小、不计其数的瓜果摊。西瓜、香瓜、白兰瓜、哈密瓜，以及伊丽莎白瓜等，来自天南地北，且都被包装得十分讲究，形象可爱地吸引着路人，让人忍不住要驻足观赏或大掏腰包，以满足自己的口腹之乐。这些甜蜜的玩意儿在香飘京城的同时，也给颇为干净的北京，创造出几许臭气和许多令人烦恼的垃圾。尽管如此，瓜果摊不仅总是长盛不衰，而且大有继续蔓延之势，连某些代表京都仪表的宽阔街道，也被人偷偷地或堂而皇之地利用了起来。这虽有碍观瞻，倒是大大地方便了购买者。当我从瓜摊上，每每挑选上一两个或三几个什么瓜，放在自行车的车筐里或后座上驮回家时，总会想象一番全家人围在一起共同品尝瓜果的快乐气氛，便情不自禁地把那辆旧自行车蹬得飞快。

不过，在这大城市里，无论吃什么样的瓜，都会让人产生某种遗憾情绪。不仅是我，我想很多人大概都会有这样一种感觉。因为我们从任何一个瓜摊上买回的瓜，总是不那么令人如意。那些外观上很中看的西瓜，一刀下去，不是切出了一片白，就是红中夹白的瓜瓤，有的甚至基本上没什么甜味，说是味同嚼蜡都不算过。只有少数的瓜还算差强人意，沙沙的、甜甜的，让人觉得很是幸运。初到这座城市时，我并没有意识到这一点，只是隐隐约约地觉得这城市的瓜，远没有我曾在故乡时吃过的那些瓜甜。我在很长时间里都将其解释为这是因了“珍珠翡翠白玉汤”之类的规律，即好生活会使过去在苦日子里获得的一切感觉发生变异，后来培养的高口味也许会改变原先印象中的事物。总之一句话，原因在于主观而非客观。之后我才逐渐弄明白，事实并非如此，而是另有缘故。

我有时看着满街摆着的，各式各样看起来挺诱人的瓜，总会想起故乡的两个人，一个是人称张老头儿的种瓜者，另一个便是我的祖父。

张老头儿并非是我故乡的人，他不知是从北方一个什么地方来到我们那里租地种瓜。那还是在三年自然灾害刚过、人们对一切食物都满怀渴望和无限感情的年代。对于连肚子都填不饱的人们来说，种西瓜无疑是一件很奢侈、很豪迈的事情，但人们还是很大方地辟出一块最好的、名为十八亩的旱地让张老头儿种西瓜。现在看来，那也是一种形式的承包，而且是公开的承包，比著名的凤阳县小岗村那个革命性的行动，要早出很多年。遗憾的是那只是昙花一现，而且也说不上有什么革命意义，不可能和后来时机成熟的、如急风暴雨式的改革同日而语。令人印象深刻的是，张老头儿虽然因口吃严重，话讲得极其痛苦，花上一顿饭的工夫，也未必能讲一句完整的话，但那西瓜却种得又大又甜、出神入化，沙得、甜得让人吃起来美得无法形容。在三伏天里，凶狠的太阳蒸烤着大地，无处躲藏的人们，多么渴望能够吃上一口可以消热解暑的东西。想想看，如果把熟透了的西瓜，用绳子拴好吊放在深达三丈有余的水井里，冰上一顿饭工夫，取上来拿长刀一切，瓜瓤未到嘴里似乎就立刻化作了一团红雾，那分甘甜与清凉，能不让人欲死欲仙吗?

我曾多次吃过张老头儿种出的瓜，可以说我现在经常吃的瓜没有一个能与之相比。因为那是张老头儿凭着拿手绝活种出的真正熟透了的瓜，而且只有熟透了的瓜才会有那样的口感。我到地里看过那些西瓜长着的模样，那正是我对一切都充满好奇心的年龄，所以我暗暗惊奇那细细的藤、碎碎的叶，怎么会结出如此饱满、如此壮硕的西瓜来。那长在地里的瓜的花纹和形状，真是生动极了、美丽极了，让人看不够。我同张老头儿聊天，问这问那。我记得张老头儿用他那净是标点符号的话语，很费劲地回答着我的提问。尽管听得断断续续，我还是懵懵懂懂地明白了一点识别熟瓜的基本知识。张老头儿说熟透的瓜，瓜皮花纹要十分清晰分明；瓜体要异常膨胀，看起来如足月的产妇，有一种嘭然欲裂的架势；还有一个很重要的标志是看靠近瓜蒂的呈蜷曲状的瓜丝，如果已完全枯黄，则证明此瓜已熟透。把一个瓜托于掌上，用手轻拍，即可听到瓜体发出嘭嘭作响的声音，内有中空之感。如果用微力轻轻一挤，似乎可以听到瓜瓤中水分与糖分所进行的神秘歌唱，这样的瓜一定是上品。吃着成熟的瓜的感觉不仅是甜，最主要的是总嫌肚子太小，还没怎么吃，就已撑得不行了。我确定绝不是因为生活的时间差，欺骗了我的判断，而是那种成熟的甜给我的真实的感觉始终保持在我的记忆中不曾消失。令人遗憾的是，张老头儿对种瓜的某种关键技术守口如瓶，秘而不宣，不管是下种还是摘瓜，都是在光天化日之下，你也可以去看，但没人能够学到其中真正的精髓。当时我对张老头儿这种做法颇不以为然，认为有点儿本事，何不用来传授他人，以造福更多的人。现在想来，张老头儿自有其完全说得通的道理，但那时候我并不懂得知识产权的问题。后来因为收入分成问题，他与村里发生了矛盾，第二年没再来。而人们凭印象照猫画虎种出的瓜，却怎么也没那么好吃了。人们在数叨张老头儿的不义气的同时，也把他种的瓜永远地记住了。如今算起来已六十多年了，听说人们一谈起西瓜，还会有个别的人谈起他，可见张老头儿因为瓜使自己获得了某种不朽的价值。

与张老头儿的辉煌瞬间相比，我祖父种香瓜的时间长却默默无闻。我已经记不清祖父是怎么种瓜的了，只记得他年年都酷爱种瓜，用的仅是我们家的几分自留地，因此他种瓜既形不成规模，也不可能产生很大的反响。人们只知道汪家那个老头儿有爱种瓜的习惯，而且种出的瓜还不错。不过在那时，即使是几分自留地，在小小年纪的我看来，也还是很大很大的。祖父特别喜欢给瓜地施豆饼或鸡屎做肥料，他说那样结出的瓜最甜。那时的我百思不得其解的是，臭烘烘的鸡屎怎么会变成香喷喷的瓜的？我们在香喷喷地吃瓜时，不等于在香喷喷地吃豆饼或鸡屎吗？但我并不想弄懂其中的所以然，每当我吃着香甜的瓜时，早就把豆饼与鸡屎之类忘得一干二净。

我乐于帮助祖父干瓜地里的事，看瓜秧在地里露头长大，看满地盛开的黄黄的瓜花，看花谢后长出的毛茸茸的瓜纽，看逐渐胖大起来的瓜体，看渐白渐黄透出香味的待摘的熟瓜。祖父不让我随便下地摘瓜，怕我不懂生熟地乱摘，怕我弄断了瓜的秧子，以免影响瓜的正常生长。有时我在瓜地边幸福而贪婪地徘徊着，眼巴巴地看着满地青青白白的瓜，有些急不可待地想顺手摘一个下来解解馋。但我不能随心所欲，我吃瓜的企图，常常被祖父及时发现并坚决制止。

祖父种出的瓜大多是要拿到县城去卖的。准备拿去卖的瓜，祖父总用溪水精心地洗干净后，整齐地码在两只柳条筐里，悠然自得地担着走上十里路赶往县城。一到县城，瓜很快就能被卖光，别看价钱很便宜，可祖父挺满足。买祖父瓜的人很多都是熟人，祖父胡嚼瞎骂地就把两筐瓜处理完了。我觉得有时祖父去卖瓜，像是仅为了到县城逛逛，或是让县城的某些老朋友，还记得他这个会种瓜的人，至于能卖多少钱，他似乎并不在乎。这对于几乎是一贫如洗的祖父来说，我有点不理解。

对于瓜，祖父的确是个名副其实的行家。什么时候下种，他掌握得恰到好处，长出的瓜苗也总是那么蓬蓬勃勃的，看上去十分茁壮。

特别让我佩服的是摘瓜的时候，他并不特别认真看，只需用鼻子轻轻一嗅，便径直朝一个方向走过去，然后腰一弯，手一伸，再一挽，便会有一个白里透黄的瓜，从绿秧子下钻出来，鲜亮亮地握在祖父手里，馋得我眼睛发绿。祖父总是把那些歪瓜给我吃。一方面是因为歪瓜比较甜，很好吃；另一方面是因为歪瓜品相差，不好卖。这样一来，我特别希望祖父的地里，最好少长些模样周正的瓜，多长出一些歪瓜来，好让我没完没了地填满我那似乎永远也吃不饱的肚皮。有时祖父也会给我摘最好的瓜吃，那可能是在我考试分数比较好的时候。一看到祖父赏赐我好瓜吃，我的那份高兴劲儿真是没法形容，便暗暗下决心，下次再考好一点的分数，好让祖父痛痛快快地给我瓜吃。但祖父并不急于给我瓜，而是拿到田边的小溪里，撩起水细心地洗去泥巴，然后用指甲在瓜屁股处划两下，再用手轻轻一拍，瓜便脆脆地一分为二。我时常看见绿宝石般的瓜肉，拥抱着黄澄澄的瓜子，在阳光下显得一片灿烂。这瓜让我吃得心花怒放又心安理得。祖父给我吃瓜并不刻意装出一副挺慈祥的样子，要么是满脸的无所谓，要么是流露出一副别糟蹋了这瓜的样子。

我对瓜地抱有的热情，祖父是怀着警惕心的，他不会任由我们这种还处于不知柴米贵的年龄的家伙，随随便便糟蹋他的劳动成果。因此我不能想什么时候吃瓜就可以吃上，有时急切的能到如爷爷说的“嗓子里伸出手来”的地步。当爷爷容许我吃瓜的时候，我便像受到了一种恩赐或大赦，浑身快活得直发抖。现在想来，那副吃瓜的尊容一定不怎么雅观。我记得我总是吃得满嘴流水，有时鼻涕都掺和了进来。每当此时，我无论穿着什么衣服，也不管新旧，扯起袖子就擦，没有一点儿文明意识。

最让我兴奋的是祖父让我陪他守夜看瓜。一个由许多木棍支起的瓜棚，高高地矗立在瓜地边。夜晚瓜香阵阵，很是醉人，而且还常常伴有当空明月，更增添几分撩人情趣。这不仅使我有更多的机会，放开胃口吃香甜无比的瓜，而且有了充足的时间，去数天上闪烁不定的星星。星月下的田野，虽然迷迷蒙蒙的或黑黢黢的有点吓人，但只要有祖父在，我一点儿都不害怕，饱吃香瓜和数完星星后即可安然入眠。常常是一觉醒来，天光大开。在晶晶亮亮的露水中，绿油油的瓜地中成熟和未成熟的瓜们横躺竖卧，眼瞅着真叫人打心里快活，我常被一种甜蜜的感觉灌得满满的。不过顶多也就个把月时间，瓜季就过去了，祖父的瓜地便由盛而衰，成了一派败落景象。瓜藤被扯了起来，堆成了堆，或晒干了当柴火烧，或拿去沤了当肥料。有些无法成熟的花朵和瓜纽，如胎死腹中的婴儿凄然地挂在瓜藤上，显得伤心无比。我的心里也因此而空落落的，黯然期待着下一个瓜季的来临。

后来的一次经历，使我像是获得了一个旁证。多年前的一个初秋，我们一行人到了乌苏里江边。路旁有一个西瓜摊，我们便停下来买瓜吃。我惊讶地发现，那瓜实在太好吃了，可同张老头儿种出的瓜相媲美，甚至有过之而无不及。我忽然明白了其中的缘故，即我们现在从城里瓜果摊上买到的所有的瓜，大约都是在七八分熟的时候就被摘了下来，便于运输或保存；如果待熟透了再摘，经过路上的颠簸和折腾，就会变成一堆烂泥，这无疑是无法进行买卖的。在这半青不熟的时候就摘，无异于未足月的孩子早产，它们的糖分根本就未喝足，这怎么可能让人获得极品的感觉呢？人们感叹这年头什么都变味了，连瓜果也不如以前甜了，原因也许正在于此。好在城市大人口多，再不怎么样的瓜，也会有人买。而且热情的摊主会帮你挑、帮你选，挑来选去，总能把最后一个瓜也让顾客高高兴兴地买走。因此在这繁华的城市里，总有热热闹闹的卖瓜的好风景。我也时常告诫自己，何必苛求曾经尝过的滋味？忘掉那些记忆和感觉吧，想吃的时候就痛痛快快地买一个回去，如果运气好的话，兴许能碰上个把不错的瓜。

# 艰辛的米面

农家的辛苦，不仅在于要费尽千辛万苦让地里长出庄稼、确保长势良好、有理想收成、能颗粒归仓，也在于即使五谷杂粮进了仓库粮囤，但要想把原生态的粮食吃到嘴里，也并不是一件容易的事。

拿玉米来说，最简单的办法就是在其出穗抽缨后不久，乘嫩将苞米棒掰下来除去苞衣煮着吃。而将扯藤拖蔓的地瓜挖出来，放一阵子让其糖化，经过蒸、煮、烤之后皆能尝出香甜的滋味。生长于沙土地的植株低矮的花生，用四齿子将其耙出来，或剥开或蒸煮都不算很麻烦。黄豆、绿豆、红豆、豇豆、豌豆等豆类一打下来就可以直接下锅煮着吃。这些都是相对比较容易入口的杂粮。

作为主食的小麦、水稻、高粱，以及老了的玉米，要想吃进嘴，就不那么简单了，需要用极为原始的工具来进行加工，才能做成面食和米饭。对于村民们来说，只要有粮在仓，再难的事都不是真正的难事。即使是进行加工要累死人，总比仓内空空、心内空空、时时恐慌要好上千倍。这正应了那句话：“手里有粮，心里不慌。”

比如水稻去壳就相当费劲，我曾无数次地目睹过长辈们是怎么把稻子磕出大米来的。二十世纪五六十年代，村子里舂米的方式还相当原始。这种方式使用的主要工具是碓窝和碓嘴。人们把山里采来的青石，请石匠做成两尺多高的圆锥体，再在上端用凿子凿出半尺左右深的凹槽，一个碓窝就做成了。再用青石做成接近长圆体的碓嘴，口径小于碓窝的凹槽，上方下圆，中间打上眼后穿以长木柄。这就是一个标准的碓嘴了，很像一个石制的锤子。每次取三两斤稻子放在碓窝里，再不断地举起碓嘴使劲地往碓窝里磕，我们家乡土话把这称作“磕碓”。水稻的壳子就在这反反复复的磕捣中逐渐地褪掉了，米也就慢慢分离出来了。然后用簸箕簸去砻糠，留下来的米放在水里淘洗一番，就可以煮米饭或煮米粥了。

一个碓嘴重一二十斤，要磕一碓窝稻子至少要反复举起百十来下，才能磕出三两斤米来。我多次看到男人们在白天或夜晚磕米的情景。随着碓嘴的起起落落和嗨嗨作响的哼哧声，男人们身上的肌肉有规律地蠕动着，闪出油亮的光泽。一碓窝稻米磕下来，不只汗湿了衣裤，人也累瘫在地。有的人家中午或晚上收工回来，已经饥肠辘辘，家里却没有存米下锅，还要取稻谷来磕，否则就将饿肚皮。因此，磕碓对于一个家庭的男人来说，既是一项繁重的劳动，更是一份沉重的责任。那种无奈和艰辛，让人心酸。

如果有的家庭男人体力比较虚弱，举不起这千钧之重，磕碓的任务就落在了可怜的女人身上。我的一个远房祖父辈的亲戚，身材矮小瘦弱，手无缚鸡之力，是个好吃懒做、巧言令色之人。磕碓对于他简直是难以想象的，一遇到这种劳碌事，就找借口脱身走开，苦活累活责无旁贷地落在了我那位倒霉的远房祖母身上。好在这位远房祖母身体健康，生了几个孩子的她，依然硬朗，不仅说话底气很足，而且心地醇厚，虽牢骚不断却承担起了家庭的这种重活。我的父母看不下去，没少点拨那位远房祖父，同情那位远房祖母，然而一切都无济于事，他总是以讪笑应付了事。人的本性其实是很难改变的。遗憾的是这位远房祖母早早地离开了人世，我不清楚这是否与劳累有关。这位远房祖父后来因为犯事而锒铛入狱，出狱后完全像傻了一样，不久也凄然而终。

无论是有月还是无月的夜晚，经常都能听见家家发出的“嗵嗵嗵”的磕碓声。那声音听起来很沉闷，一声声地诠释着什么叫艰辛，不过又能给人以某种踏实的感觉——有稻子磕不也恰恰证明人们有饭吃吗？

这种磕碓脱米的原始方式，存在着明显的不足，即磕出的米里仍然残余一些无法脱去壳子的稻粒，而且在打谷场脱粒时也会混进来不少的泥沙。女人们在煮饭前必须细心地扒拉磕出来的新米，拣去未脱壳的稻粒和混入其中的泥沙，否则煮出来的饭就会大大影响口感。也有来不及挑拣的时候，女人们就将米下锅了，混进了稻粒与泥沙的米饭，一不留神就会硌牙，但这对于辛苦劳碌的人们来说，能吃上香喷喷的白米饭，其他都不算什么事了。

比较起来，磨面似乎要比磕米省力不少。我们村子里有好几个用来磨面的简陋磨坊，面积大概都只有今天所说的七八平方米，居中有个大大的半人高的石磨，土坯砌成的基座上托着上下两扇咬合的磨盘，这就是我们家乡最常见的磨面工具。上扇磨的上面凿出两个圆孔，需要磨面的麦子、玉米、高粱之类的粮食，就堆放在石磨的上面。随着石磨的转动，粮食顺着两个孔眼流入了两扇石磨的中间。上下两扇磨相咬合的靠近边缘的地方，是石匠凿出的一周约三寸宽的斜纹的齿痕。石磨转动时，其重量会把麦子之类碾得粉碎，从两扇石磨咬合处流出来，像瀑布、像白雪一样飘落。

推动石磨转动的力量有两种，一种来自毛驴。这很容易让人想起驴拉磨的经典场面。任何一盘磨对于一头毛驴来说，似乎不算太过沉重，驴本身有种强大而坚韧的力量。在野地里喜欢大声叫唤的毛驴，不知为什么在拉磨时总是一言不发。也许它们有自己的期待，即在卸磨之后，主人总会奖励它一瓢麸子什么的，这对于毛驴来说无疑就是美味佳肴了。但它在拉磨的过程中也经受痛苦的折磨——眼睛始终被一块布蒙着不说，嘴巴还被一根竹竿支撑着以防止它转过头来偷吃粮食。它只能沿着那个同心圆没完没了地转圈。而且新磨的粮食都是新麦、新玉米、新高粱，它整日悲剧性地笼罩在粮食的香味之中，但永远只能闻得见，却看不到，更吃不着。更为可气的是，磨是公共的，毛驴也是公共的，有些抠门的人家磨完面后，连一瓢麸子也舍不得拿来喂毛驴，就让它饥肠辘辘、精疲力竭地继续为下一家人拉磨。这种任劳任怨的牲口因此常常身弱体孱、瘦骨嶙峋，甚至饿死的情况都并不罕见。

另一种则是在驴力严重不足的时候，只得靠人力了。力气大的男人一个人就可以把磨推得飞转，力气小一点的就需要两个人来推。两个人推的时候是一男一女或一大一小的搭配。推磨是相当费力且枯燥的，像马拉松。人们只笼统地知道农民苦，却并不晓得苦在所有的环节和细节上。可以说农民的生活处处艰难，步步苦辛，没有任何一件事是省力省事的。我在十多岁时也帮着父母推过磨，尽管我很不愿意干这种活，但我也明白，我的力量虽然很小，但哪怕为他们添上十斤的力气，也是有意义、有帮助的。在持续的转圈中，十斤的力气加起来就是不小的动能了。我经常一上来，如初生牛犊般使尽全力去推，想把磨推得飞起来，父母总是告诫我“不要性急，有你出力的时候”。我当然是不听的，总是拼命地推啊推，这样终不能持久，很快就没劲儿了。当我没有力气又想打退堂鼓的时候就不那么容易了，父母也不允许我这样中途退场，说“人做事要有长性”。繁重的活儿不能求一气呵成，总要悠着劲儿来，既要敢打敢冲，又要学会坚韧。也许就是在这苦难生活的点点滴滴当中，在力所不逮的诸事当中，我逐渐地悟出了某些人生道理。

从石磨扇页里如雪般落下的，是磨碎的混杂的麸面，需要用筛子筛才能筛出面来，这样轻巧的、需要耐心的活儿一般由女人来承担。筛子分粗筛与细筛两种，细筛筛出的面比较细，其质量相当于后来的富强粉，一般用来擀面条、包饺子。粗筛筛出的面粉质量就差得多了，一般用来烙大饼、蒸馒头。随着筛子有规律地来回晃动，筛子下面是面粉飘落的世界，给人一种诗意的洁白之感。面粉渐渐地越堆越高，主妇的心也越来越充满快乐。尽管此时她们脸上、手上、身上被面粉全染白了，但她们并不在乎这一切，依旧笑容满面。因为蒲篮里堆集起越多的洁白面粉，意味着主妇的巧手越有用武之地。一笼笼暄腾的白面馒头、一张张松软的大饼、一锅锅喷香的面条，可以确保一家人很长时间眉开眼笑。

越是丰收的年成，磨坊里越是繁忙，毛驴几乎要通宵达旦地磨面。让驴休息的时候，就用人来推磨。石磨磨秃的时候，就要卸下磨扇，让石匠叮叮当当地把磨齿凿锋利。石匠吭哧吭哧凿磨齿的声音，也是十分动听的音乐，可以让人听出对于好日子的向往与期待。由于长时间的磨面，面粉会向上飞扬，磨房里的一切都落上厚厚的一层面，像是一片雪的世界。那时我想，人们种田难、收割难，怎么吃进嘴也这么难呢？祖祖辈辈的人们就是用这原始的工具，周而复始地重复着这既有的生活方式。

20 世纪 60 年代后期，人们仿佛一下子迈进了局部的机械化，磨米磨面都用上了机械。在一条清风吹拂的小河边，不知什么时候盖起了一个机房，随着柴油机哒哒作响，米和面都很容易地从机面机和机米机里像泉水般涌出来。人们把操作者称为机师，那是我们那里稍懂一些文化和技术的人才能胜任的职务。看得出来，他们因为懂得这门技术而颇受人尊敬。人们不再受磕碓和拉磨那个累了，只要交上一点加工费，就可以轻松地将稻麦机成米面，真是既省时又省力。在那个时候，我对机器产生了一种崇拜感，很想当一个为乡亲们机米机面的机师。

让农民们因磕米磨面而备尝艰苦的那一页，在那个时候就翻过去了。我再回到故乡的时候，再也看不到碓窝和磨盘了，这些青石材质的原始工具，像是一下子消失了、蒸发了。或许它们并没有真的消失，说不定只是成了村民们建房造屋的墙基地基罢了。由于它们曾是我生活的一部分的缘故，每次回到故乡，我还是很想看看它们，发一发思古之幽情。

# 故乡的美味

民以食为天。

以我少年之眼观之，长辈们整年没日没夜、含辛茹苦的劳作，就是为了填满鼻子底下的那张嘴。

人们似乎并不怕吃苦，而是怕没吃的。在辛辛苦苦、忙忙碌碌之余，第一要务便是填饱肚子，没有饭吃就等于失去了一切前提，这真是天大之事。问题还在于，即使是相对贫困的生活，也并不妨碍人们对饭菜味道的讲究和追求。在勉强能吃饱饭之时，也要考虑入口的食物如何美味可口。这也许就是各地不同饮食风味形成的最原初的或最基本的动力。美味可口的饭菜，即便常常很低档、很粗劣，也能让人吃得脖子流汗，使人暂时忘却诸多烦恼，真切地感觉到生活的滋味。

首先是主食，我的故乡皖中是小麦水稻及各种杂粮兼种的地方，所以在人们的饮食取向中，并不存在偏向米饭或偏向面食的问题。由于是最直接的劳动者和收获者，人们吃上的总是当年生产出的最新鲜、最可口的大米与麦面。一年一季的水稻就更不必说了，水稻脱粒后的新大米煮出的饭散发着一种正宗的香味，不用任何佐餐的菜肴也可吃上两三碗。可是我今天经常吃到的，可能是在粮仓里已经存放了数年的大米，煮出的米饭味同嚼蜡，与那时吃到的新米根本不可同日而语，两者在口感上可谓去之天壤。

麦面应该是主食中的精华，它可任由烹饪者把想象力和创造力发挥到极致。在收成好的年份，我们那个叫十里陶的村子，就成了面食的天堂。人们拿新磨出的麦面，可以做出烙饼、馒头、面条、包子、饺子、馄饨，以及挂面、油条、馓子、馓尖子、疙瘩汤等各种面食。人们似乎并不追求更多的花样，因为这些由来已久的经典食谱，足以充分满足人们的口腹之欲。即使花样再翻新，再有创意，似乎也难有商业化前途。能够出色继承和完成祖祖辈辈流传下来的、需精心才能加工而成的面食，已经颇费一番心思和工夫了，另辟蹊径已大可不必，且不合人们惯常生活的思维定式。

每家每户的勤快主妇，似乎都掌握着一手烙大饼的技艺，这也是一个女主人必须掌握的基本功。每当碌碡滚动的季节，便是烙饼飘香的时刻。我母亲在烙大饼方面属于一流的水平，因为她烙出的发面饼总是又暄又香。现在想来其实也很简单，她把新磨出的麦面放上面引子和冷水之后，总是和了又和、搋了又搋，再待其经过两三个钟头的发酵，在案板上摊开来擀平擀匀，然后放在大铁锅上烙。大铁锅底下通常熊熊燃烧的是新割下的麦秸或山茅草，它们在燃烧时本身就散发出草的沁人心脾的清香。母亲一边往锅底下续草添柴，一边不停地翻动着锅里的烙饼，那架势竟也颇有指挥千军万马的豪迈气概。锅底下的火焰如江海一样翻腾着，并发出呼呼呼地刮风似的声音，锅里的烙饼则噗噗噗的，不断地喷出热腾腾的气息。待大饼烙熟时，母亲就用手快速地将其从大铁锅里抄起，扔到灶旁木桌的案板上，啪啪啪地，先是横三刀，再竖三刀，将大饼大分九块地切开。母亲将这些或三角形，或方形的烙饼摞起来，往藤条编织的篮子里那么一丢，再用一块屉布把它们盖住保温。那厚厚的、满是蜂窝状的烙饼，简直就是新出炉的艺术品，淡黄、暄腾、喷香，能把人的食欲在瞬间放大。那醉人的香气满屋子缭绕，久久不散，我的口水便如泉水般地淌个不停。在我后来所到之处，从未吃过那样味道的烙饼，我以为除了母亲那千锤百炼、炉火纯青的手艺外，故乡的那面、那水、那土、那草，以及温度、湿度等等，应当都是其中不容忽视的决定因素。

其他面食也都各具特色，各有各的诱人滋味。以面条为例，其中的上品当属鸡丝面，鸡丝面中的鸡丝又以老母鸡的肉为最佳。但这却不是轻易做的，只有在老人做寿、女人坐月子，或来了重要宾客的时候，才可能杀只老母鸡做这种据说可以大补的鸡丝面。老母鸡是农家的银行或提款机，油盐酱醋、针头线脑都来自鸡屁股这个渠道，因此杀老母鸡是要下很大决心的，但真需要派上用场的时候，人们还是会忍痛割爱、不再犹豫。以今天的眼光来衡量，那可是毋庸置疑的柴鸡。不要以为老母鸡肉质老而妨碍口感，恰恰相反，它既劲道又醇厚，这一点是老公鸡和小仔鸡不能比的。用温火把老母鸡炖得烂熟之后，鸡汤上漂着一层黄黄的、滑滑的鸡油。拿这种浓稠的鸡汤和精细的鸡丝下面，再放上适量的葱姜蒜，做出来的鸡丝面色香味俱全，实在令人垂涎、欲罢不能。

其次便是各种杂粮。皖中的气候和土壤适合种植很多的农作物，什么大秫秫（玉米）、小秫秫（高粱）、糯米、谷子，绿豆、红豆、黄豆、豇豆、豌豆、爬豆、红薯、地蛋（马铃薯）、花生、油菜籽等等，应有尽有。后来我从资料上得知，我们定远县居然是国家重要的商品粮基地，虽然我在不少的年头里饱受饥饿之困。这些杂粮造就了我南北兼容的食性，因此现在无论到任何地方，一点儿也不会计较当地的食品种类。当然若论喜好，其中猪肉汤泡高粱面饼、糯米面糍粑蘸糖、绿豆和豇豆粥就雪里蕻，都是我少年时的最爱，也是我今天需要改善口味与心情时可供选择的佳肴。

最让我难以释怀的有两样东西。一种是爬豆煮成的饭。爬豆如糯米粒大小，只是比糯米粒稍长一些，通体呈现釉质的黄色。记得在饥饿年代，中午时分放学回家，正是饥肠辘辘的时候，祖母却递给我一只篮子，叫我随她去摘爬豆。爬豆是一种产量很低的豆类，但地里仍然长满了爬豆的豆荚，我们在忍饥挨饿中很快就摘满了一竹篮，拿回家剥去豆荚，放在锅里煮爬豆饭。爬豆饭非常香，是那种很自然、很纯正的味道。吃那样的爬豆饭，在饿得眼冒金星的时候，让人激动得直想哭。我很怀念这种爬豆，后来我在北京找遍了各种卖粮食的地方，都未见到它的踪影，甚至连这个名字都没人听说过。

另一种美味是祖父用红薯熬出的糖稀。我目睹过祖父熬制糖稀的整个过程，他把很多红薯洗干净后放在大锅里煮，再将煮熟的红薯放上水捣成烂泥状，而后用大布袋挤拧粥样的红薯，红薯汁呈琥珀色地从布袋的下方渗了出来，滴在一只大桶里。祖父在红薯汁中放上麦芽，并倒进大铁锅里添火熬煮，随着铁锅上升腾起的水气袅袅散去，红薯糖稀就完美地做成了。当糖稀冷却之后，祖父把它装在一个陶制的罐子里保存。他时常用勺子从罐子里舀出糖稀来调制其他食品，如用糖稀拌粗粮等，这有利于改善食物的口味。又如用糖稀做花生糖、芝麻糖，作为逢年过节招待宾客的佳品。糖稀黏稠香甜，有一种蜜一样的能把人醉倒的神秘力量，对我产生了极大的诱惑，成为我朝思暮想的对象。有时祖父从罐子里舀出一点儿来施舍给我，但那是不可能满足我对糖稀的全部奢望的。于是有时趁祖父不在家的时候，我会迅速从罐子里舀一大勺放在嘴里，以充分享受那份世间罕有的甜味。祖父对我这样的窃糖贼似乎心知肚明，一再警告我不要吃多了，糖稀会齁坏了人的嗓子。我从祖父做糖稀这件事获得的最大认知是，平平常常的地瓜居然还能做出这么好吃、这么香甜的东西，简直太不可思议了，我到现在都没有弄明白，这是不是经历了一次质变的过程。

故乡同样重要的美味，还要算上各种腌制的咸菜。我的故乡冬季寒冷，鲜有应季新鲜蔬菜可吃。夏季又酷热无比，食品无法长久保鲜。因此将新鲜的瓜菜腌制成咸菜，成为人们无奈的选择。家家户户、男人女人都必须掌握腌制咸菜的本领。最令人纳罕称奇的是做豆豉。人们把黄豆煮熟后放在不透风的地方捂着，一直捂到长出白花花的霉，那颜色和形状都十分难看，而且还有股难闻的臭味。人们把捂得发霉的黄豆放到太阳底下晒干，再配上足量的红辣椒放在缸里酱着，过了一些时日就可以做出人见人爱的豆豉。颇为神奇的是，煮米饭时从酱缸里盛一碗豆豉放在锅上蒸，那味道鲜美无比。我敢保证我走了许多地方，没有哪个地方的豆豉能胜过我故乡豆豉的风味，即使是做豆豉闻名天下的四川、重庆、湖南、江西、云南等地，我自认为也比不了，关键就在一个鲜字。它能使乡亲们把一顿饭吃得嘻哈连天、大汗淋漓，完全忘记还须顾及自己的脸面。因此可以把酱豆豉称为我们乡村的咸菜之王，这不仅在于它本身味道的无可匹敌，还在于它可以用来酱其他的蔬菜，如把豆角、黄瓜、胡萝卜、青萝卜等放在其中酱上几天，拿出来洗净了吃，也同样清脆可口，味道异常独特。

母亲既善于酱豆豉，也善于腌洋姜、豇豆角、雪里蕻等各种瓜蔬。特别是母亲腌制的洋姜，在辣椒、胡椒、生姜等佐料的调配下，色泽纯正、清脆爽口，没有一点儿生涩的感觉，与我后来在别处看到的用酱油等泡出的黑黄色洋姜相比，简直天上地下。豆角和雪里蕻的腌制效果则在于它们色的黄和味的酸。母亲腌制这些菜蔬似乎也并没有什么窍门，仅仅是把切成片的洋姜放在清水里泡上一天，以去除其中含有的某种涩味，确保腌出的洋姜口感好、不涩嘴。至于洋姜里存在什么必须去除的物质，母亲也不明就里，一切都是凭经验为之。对腌制雪里蕻，母亲则在腌制的过程中反复地搓揉它、翻动它，让其中含有的辣味适当地散发出去。腌制咸菜都需掌握一个基本要领，即用洗净的大石头把腌制中的咸菜压紧，再用盖子严严实实地盖住，尽量使之与空气隔绝，这样才能使腌制出的咸菜保持理想的味道。

腌制咸菜似乎有着某种颇为神秘的因素，并非所有的人都能腌出上等美味的咸菜。母亲可以说是腌什么菜什么菜好吃，我的一个婶婶则不然，是腌什么菜什么菜烂，这简直让人无法理解。比方说婶婶腌雪里蕻，没过多久就会烂成一缸烂泥，而且散发出一种难闻的气味。婶婶于无奈之下来找母亲取经，母亲毫无保留地向她传经送宝，婶婶回去如法炮制，却仍然无可避免地腌出一缸烂菜。母亲于是前去监督生产，从洗菜到切菜，再到揉搓加盐，每个环节没有任何问题，但结果还是一样，这令母亲和婶婶都大惑不解。人们便猜测婶婶是不是手脏，是不是有什么看不见的物质，在冥冥之中影响着腌咸菜的质量。这令婶婶很苦恼、很自卑，只得干脆请母亲帮忙，她不再伸手。

由于有那样一些美味的存在，我觉得乡村生活过得也还是蛮有情趣的。我往往并不满足于母亲的手艺，每到吃饭时总想换换口味，端着饭碗在村子里溜达，看谁家有更对我口味的菜，觍着脸上前去蹭一点。村子里的姑姑婶婶以及异姓的长辈们，并不在乎我的这种打秋风式的讨要，似乎还很乐意我去分享他们的美食。我逐渐侦察清楚谁家的咸菜最好吃，于是就把目标集中锁定在那几家，而不再是拉网式的搜寻。人们在生活拮据与困顿之中，并不吝啬自家的那点儿好吃的东西，这使我体会到乡村生活的质朴，人与人之间的温暖。后来每当我从外面回到故乡时，都要尽可能地携带一些烟酒糖果之类，散发给村里的男人女人们，以聊表些许感恩式的情意。

至今，我都难以忘怀故乡风格独特的粗茶淡饭，依然深深地爱着它们。因此每次返回故乡，除了看望长久不见的亲友，总想饱餐一顿乡土气息十足的饭菜。虽然对普天下的美味已有颇多的了解，但对于属于本乡本土才有的那种味道，则永远是情有独钟的。此外，每到春节之前，我故乡的亲人们知道我的爱好，总惦记着给我寄一些土特产来，如板鸭、咸鱼、腊肉、香肠、豆豉、腌雪里蕻，以及其他可以长时间存放的东西，这些都是我的最爱。虽然吃这些食物，经常被指责对健康有害，但我依然改不了爱吃的习惯。每当家乡的亲人们寄来这些东西时，我总感到非常开心。

# 炕烟的黄昏

西边的太阳就要落山了，但它仍用余晖把天地照得一片金黄。这个时候，我总要呆呆地眺望着西边的地平线，看落日坠下时留给大地的余晖。炫人眼目的太阳，此时纯净得像金银的混合体，梦一般地沉下去，再沉下去，完成着一种无声而伟大的壮举。

同落日一样辉煌的，是乡村的炕烟。虽然没有云南的烟草那么有名，但曾有那么一些年头，炕烟是我故乡的一道风景。比一般民居要高大很多的烟草炕房，此时停止了添煤和冒烟，一阵阵浓郁的烟草香味从里面轰轰烈烈地散发出来。听到生产队长的召唤之后，男女村民们三三两两从四面八方聚拢来，开始从炕房里取下炕好的烟叶。

我非常熟悉烟草炕房的结构。有两层楼高的炕房，里面被两排、共十多根椽木条分割成了三个空间。村民们从地里摘来一担担新鲜的烟草叶，再用细麻绳均匀地捆绑在一根根竹竿上，然后从炕房的顶层开始，一层层整齐而有间隔地横架在椽木条上。待整个炕房都挂满了用竹竿捆绑起的烟草叶片时，负责炕烟的男人便点燃已经添了煤的地火龙开始炕烟。这是“由”字形的盘旋在炕房底部、由三道或五道土坯砌成的加热装置，煤燃烧后产生的热量透过地火龙向上升腾。经过大约三昼夜的烘烤，烟草饱含的水分和大部分烟油被蒸发了，烤烟的程序也就顺利地结束了。

停火之后的炕房内依然有很高的温度。村民们从炕房的底层开始，依次向上取下炕好的烟叶。人们把这称作“下烟”。下烟的活儿通常由男人们来干，因为在椽木间攀爬是有一定危险的力气活。他们即便是赤裸上身钻进去，汗水也立刻冒出来，继而如雨点般落下来，滴在余温尚高的地火龙上，发出滋滋的响声。炕好的烟叶取下来后，被女人们接力式地往远处送，一排排地铺在炕房外的空地上，以接受随傍晚来临的露水滋润，使其酥脆的叶片变得柔软平复便于打捆打包。刚出炕房的烟叶不仅散发着醉人的烟草香味，更展示出迷人的金黄颜色。我相信绝大多数抽烟的人，都没有闻过烟草出炕时的那种新鲜味道，没有见过它的别样动人。如果闻过或见过，就不会对烟草的概念仅停留在各种华丽的包装上，或者千烟一面的“小白棍”这种平庸的造型上，而是对烟草这种有害人体健康的尤物，会有更强烈的好感与兴趣。

村民们特别希望从炕房里取下的烟草，都有太阳光一般的金黄。在实际炕出的诸多烟草颜色中，恰恰就有金黄这样纯纯的颜色，这来自土地的色彩，可以和天上的太阳光相媲美。但这绝不是什么诗意的联想，而是此种金黄如阳光的烟叶是能卖好价钱的。炕出的烟草按其在植株上的生长部位和炕出的成色，被收购方分成了各种等级：如果炕出的烟叶是金黄色的，则可分为“下一”到“下七”,“上一”到“上五”等不同品级；如果炕出的烟叶是青色的，则不论上部还是下部的叶片，均分为“青一”到“青五”等五个品级，其中数字越小品级越高；此外还有“外一”“外二”两个劣等的品级，基本上就是一些面容焦糊、琐碎不堪的烟叶。

下烟中的社员们总是那么兴高采烈，像是被阳光似的烟草照亮了脸庞，也照亮了心境。因为这些烟草，意味的是金钱，是收入。人们在下完烟之后，有的回家赶快吃口饭，之后再回来收拾烟叶；有的则干脆连家也不回，一边细心地捡拾起地上的散碎烟叶，卷起粗大的烟卷品尝这新烟叶的滋味，一边等着烟草在傍晚的空气中降温并被露水打软，好把它们叠起来收进仓库。

这是村民们一年中难得一见的开心时刻。他们脸上堆满的快乐神色，暂时掩盖了辛劳造成的憔悴和枯槁。望着这烟叶的金黄，嗅着这烟叶的气息，村民们似乎有无穷的感慨蕴含在其中。从在苗圃撒下第一把烟籽，到向大田的精心移栽与培土；从一遍遍锄地薅草，到乘着露水摸叉打头；从掰下熟叶往竹竿上绑烟，到将捆绑好的青烟叶往烟炕上架；从用烈焰熊熊的地火龙将烟叶去湿去油，到烟叶炕好后取下收藏……其间经历多少辛苦，只有他们自己知道。我的故乡地处长江与淮河之间的皖中，山无名山，水无佳水，无任何特色可言。要说经济作物也极为有限，这烟草便是较重要的来钱项目了，年年岁岁，风风雨雨中的人们指望着它能换回除粮食之外的一切。

炕烟其实是一门技术活，然而村子里却并没有谁是经过专业技术培训的真正炕烟专家。往往是谁谁谁被指认为会炕烟，就如同说谁谁谁会犁田一样。两三个粗通此道的男人，就以记工分的方式被生产队长派来，担当起这重要的炕烟任务。从某种意义上讲，只有农活干得好的人，才会被选来炕烟，这里面透着很大的信任。尽管如此，从地里摘来的肥肥大大的、热带植物般的青烟叶，在不同的炕烟者手中，炕出的干烟叶品级差别却是极大的，出炕的烟叶有的几乎一片金黄，有的则是一片乌黑，差不多是黄金与牛粪之间的距离。炕出金黄烟叶的，当然会受到一股脑儿的赞扬；炕出乌黑烟叶的，会被唾沫星子淹死，之后就别再想担当此任了。这一点我始终不解，我觉得这里面一定有什么神秘的原因存在。同样的烟叶，同样的煤炭，怎么结果会如此不同呢?

据我看，村里真正属于炕烟高手的寥寥无几，而他们大多是凭经验和感觉炕烟。少年的我，无论如何参透不了，也无暇去弄清其中奥妙。不过我能确信，如果从炕房里取出的烟叶尽是黄亮亮的一大片，他们脸上定是喜悦的颜色。如果许多好端端的烟叶，被炕得或青或褐，其价钱就会大打折扣，村民们便满腹牢骚，怨声载道，甚至破口大骂，这也是意料之中的事。论炕烟的技术，谩骂者中的任何人，都并不见得比担负炕烟任务的人更高明，也不乏曾经担当此大任，却因技术更糟而被众人唾弃、弃之不用的。因人们对烟草怀有更高质量、更高收入的期待，面对现实时气急败坏、感情用事，忍不住说出种种难听的话来，就是常事。然而，指责和谩骂并不能使炕烟者的技术有半点提升，下一炕可能还会重复着那犯了大概已一千次的错误。

令我非常不解的是，尽管村里人时常把烟草炕得十分糟糕，但人们并不曾想到应该外聘技术人员，或琢磨进行怎样的技术改进。或许是怕肥水流了外人田，让本就微薄的收入被人分享；或许怕请高人把烟炕得好了，使村里的女人们瞧自己不起；或许觉得把烟炕成这样乃天意如此，非人力所能为。反正在年复一年中，总是重复着同样的成功与失败。类似的情况还有每年冬藏地瓜种。人们在田地的高处挖一个大坑掩埋下精选的地瓜，这种贮藏方法虽能起到保湿保暖的作用，但因我们那里地下水位较浅，大坑里很快就渗出很多水，在人们看不见的情况下把地瓜淹没在水中，春天到来时挖开大坑一看，地瓜因久泡在水里沤烂了大部分，只有一小部分还能发芽。虽然每年都因这种冬藏的方法沤烂大量地瓜，但从没有人对此进行认真科学的研究，想出避免地瓜遭到水淹的良策。我不知道这些是不是都应当归因于懒惰守旧、陈陈相因的思维模式，使村民们年复一年地承受着巨大的代价。

捋烟是将炕好的烟草分级出售的一道重要程序。待到北风呼啸，大雪封门，地里没有什么农活可干的冬闲时候，男人们便集中到堆着烟叶的大大的公房里捋烟，按照炕出烟草的品级分类。通常一根竹竿上摘下的烟打成一捆，一捆中的烟却有极为不同的各种品级，有的可达下三、下四、下五、下六、下七，有的则为青三、青四、青五，真正达到顶级的下一、下二和青一、青二的，极为少见。烟的品级很容易区分，烟捆打开来一目了然，这种活儿可谓轻松省力。男人们一边捋烟，一边抽烟，一边聊天，屋子里常常充满了迷人的烟草香味。我很多次目睹过按品级捋好分类的烟草，被村民们一担担地挑到县城的烟草收购站去卖，能够深深体会到在春节即将来临、村里等着分红之际，这希望与尼古丁同在的烟草，对一个生产队及村民们不同寻常的意义。

在城市抽惯香烟的人，被各种品牌弄得眼花缭乱，每天享受的是被加工过的味道。香精或添加的其他什么佐料欺骗着烟民们的味觉，他们可能想象不到属于烟草的真正香味。那是一种天然的气息，香得让人直流口水。生产队的所有村民，包括一部分女人，几乎都是烟民，都会熟练地随手卷起烟卷来抽。卷烟用的材料，既可能是来之不易的白纸，也可能是烟叶本身。烟雾缭绕中显露出的，是他们辛苦之后悠然自得的享受的表情。看着大大小小的烟卷在他们的吞吐中明灭，我宁愿把这看作一种挺幸福的情景。在我的印象中，烟草的金黄和夕阳的金黄相互辉映，既虚幻又真实，给人以苦难中的辉煌之感。

我知道那些黄昏从炕房上取烟的男人，传递烟草的女人，大多都已逝去。但这种辉煌之感，现在于我的记忆中，却成了一种永恒的定格。

# 走村串户的货郎

那时在上午或者是下午，经常能听到摇拨浪鼓的声音。听到这样的声音，人们就知道是卖货郎老黄来了。

老黄就是附近一个叫南黄的村子的村民。他拥有这样一份职业让村里的人们很是羡慕，因为他可以走村串户地转悠，卖一些村民们需要的日用百货，所以大部分时间里，他不用像村民那样，在泥土里面朝黄土背朝天、一颗汗珠摔八瓣地干农活。老黄像人们习惯于赶集一样，按照固定的日子，记不清是三六九，还是二五八，抑或是一四七，来我们的村子里开展他小小的贸易。

老黄还在上一个村子时，人们就能听到他摇拨浪鼓的声音了。于是，女人们就纷纷开始准备。她们不像男人们那样热衷于上县城赶集，因为五公里多的路程往返就是十多公里，这在没有任何交通工具的年代并不算近。再说贫困之中的日常生活，也谈不上有什么真正大的需求，即使有也限于可怜的财力只好作罢。一些针头线脑的小东西，在老黄的货郎担上完全可以解决。现在想来，哪个农村妇女没有到集上、到店里购物的梦想和向往呢？女性似乎天然就是为购物而生的。可是有这个梦想和向往又能怎么样呢？

老黄终于转到我们村子里来了。在拨浪鼓的召唤下，女人们纷纷往老黄停歇的地方集中。至今我仍然记得这个性情很和善的男人，那个时候也就四十多岁，冬天一身棉袄棉裤，夏天白褂蓝裤，脸上始终带着一副云淡风轻、与人为善的表情，低声细语地同人讲话。大概做这种小本生意，已经磨出了他这种特有的性子。这应了那句话，不会笑就不要经商做生意。老黄是我们那一带名副其实的商业名人，他的到来给村里人带来不少欢乐，男女老少都“老黄、老黄”地叫，连几岁小儿也如此称呼他。当然他也确实是我们那个地方的名人，人们可能不知道公社书记、大队书记是谁，但有谁不知道卖东西的老黄呢？公社书记、大队书记可以常换，而老黄却是雷打不动，无可代替。

当高高个头的老黄佝偻着腰，挑着货郎担脚步悠然而稳健地走过来，人们向他围过去的时候，我就对他产生了极大的兴趣，既是对人，更是对他货郎担上的物品。我至今认为，老黄的货郎担是我最早认识的乡村商业行为。他的货郎担用一根扁担挑着，一边一个箱式的货柜。每个货柜都有几层抽屉，分别装着各种崭新的小商品。货柜的顶上，摆满了各种花红柳绿、十分招人的小玩意儿。当时我并不理解这么多好看的物品，老黄为什么不留着自己用，而要卖给别的人。

其实我能看出来，女人们对老黄货担的兴趣，既有追逐时髦的原因，因为在那个年代，她们没见过的新鲜东西，会时常出现在老黄的货柜上；也有忙中偷闲的原因，她们好借机歇歇自己的身子。于是她们拿出家里最简单直接的物品——鸡蛋，来同老黄作等价交换，获得她们想要的东西。我敢打赌，很多女人身上可能没有一分钱，即使有也就三毛五毛的，顶多三块两块的。她们养的猪、羊、兔，鸡、鹅、鸭是不轻易卖的，老黄也不会收，这可能超出了他的经营范围。女人们对自己养的鸡下的蛋可以随意支配，那是她们最可靠的经济来源，因而也是她们最习惯、最常使用的以货易货的交易方式。一般情况下，人们不说酱油多少钱一斤，而说几个鸡蛋能换一斤酱油，一个鸡蛋可以换几根针。她们把鸡蛋视作基本的交换货币和计算单位。久而久之，小小的我也从鸡蛋的数量来思考问题，衡量所需购买物品的价值。事实上，鸡蛋的确解决了女人们在有限的想象力之下，想要解决的一切问题。因此，所有的女人都对养母鸡特别重视，不仅想方设法扩大自己的鸡群，而且对母鸡有时不明原因的失踪大动肝火，甚至指桑骂槐、指鸡骂狗，吵得天昏地暗，像是要了她们的命。因为这是关系到她们的愿望能不能实现的重大事情。

歇下来的老黄将货郎担摆得琳琅满目，看上去几乎就是个流动的微型百货商店，什么针头线脑、牙膏牙刷、香烟火柴、油盐酱醋、锅碗瓢盆，还有笔墨纸张，可谓应有尽有，花样繁多。那些日用的百货自然有很好的销路，一两样挺时髦的稀罕物品，更能引起大姑娘小媳妇的好奇心和争抢的热情。

老黄的脾气非常好，一副久经考验的讨价还价的高手模样。他总是涎着脸子同女人们不厌其烦地商讨价格，即使是吃了点亏也从来不恼。女人们在买东西时，总是莫名其妙地试图展示自己的魅力，或是显示自己讨价还价的能力和水准，以及同老黄熟络的关系与交情，以达到用最便宜的价格买到最如意商品的目的。不过买的没有卖的精，面对女人们的群起而攻，老黄临乱不惊，游刃有余，总是可以坚持自己的底线，有时虽然装作真的吃了大亏的样子，把个脑袋摇得像此时丢在一边的拨浪鼓，但我也能看出老黄并不是真的吃了亏，倒让以为占了便宜的女人们大为满意。

其实用今天的标准来看，老黄货郎担上的东西肯定大多是艳俗劣质的低等货，但女人们还是兴致勃勃、千挑百选的，把那些东西拿在手里，左比比右看看，这样一来，既满足自己的欣赏愿望，又可以让买来的东西称心。依我看，这在当时已经初具了超市的经营方式，买东西完全是自助形式的。

老黄的经营对象主要是那些女人们，因为她们是家庭日常生活的主要操持者，又掌管着鸡蛋这个重要经济来源，男人们只有到夏收或秋收分红的时候，买卖猪、牛、羊等大牲口的时候，口袋里才有些活钱。他们一般不屑于拿着鸡蛋去换小零碎，这让他们脸上有些挂不住。因此女人们在买下家庭生活所需的物品后，还是很心疼自家男人和孩子的，也会买些香烟之类的给男人们抽，买些糖块什么的给孩子们吃。出手大方的，还会给男人和孩子买顶新帽子，或者扯些布匹什么的给他们做新衣裳。老黄完全懂得女人们的心理和需求，及其在家中的地位，始终把售卖目标锁定在女人们身上。

女人们在完成交易的时候，总要顺手牵羊地从老黄的货郎担上拿走点什么，当然这是事先就已端详好的，也不是很贵的东西，完全在老黄的承受范围之内。老黄对此经历太多，显然早有准备，能快速抢救回来自然高兴，万一抢不回来也就算了，绝对不会露出不快的神色，毕竟都是打过上百回交道的老主顾了。

貌似厚道的老黄其实精明过人，即使是收鸡蛋也要讲究个新鲜，特别是在夏天，哪怕是刚离开鸡屁股的蛋也是很容易坏的。不管是谁拿来的鸡蛋，好脾气的老黄总要一个一个地，把鸡蛋放在眼前对着太阳看，用手摇着听，进行仔细的验收。如果是坏的鸡蛋，老黄照样是没商量的，要坚决退回去。遇到难缠的对象，老黄也是满脸堆着笑，让你不好意思再和他争辩。如果还是讲不通的话，老黄脸上的笑容就没有了，他可能就不再搭理你了，转而去和别的人说话了。再说，鸡蛋究竟是哪天下的，女人们心里肯定有数，蒙混不过去只得自知无趣地作罢。

老黄的货郎担让我感兴趣的有两样东西，一是条状的墨块，二是作业本。我惊奇的是，把墨块放在翻过来的碗底上蘸着水磨，就可以磨出写毛笔字的墨汁。那时我没见过砚台，不知道用砚台磨出的墨汁更细腻好用，更不知道他卖的墨块一定是质量低劣的。但我对墨块的钟爱到了痴迷的程度，常央求母亲用鸡蛋给我换刻着“金不换”三个金字的墨块。我把墨块保存在自己最放心的地方，不时地拿出来反复地看，放在鼻子底下闻。它散发着一股松香的味道，是那么沁人肺腑。后来我听说，墨块是用马尾松烟熏出来的，我便产生了一种对马尾松的喜爱之情。我们那里像样的树木不多，但有些岗坡地还是有马尾松生长的。因为墨块的原因，我忽然喜欢上这种不成材的马尾松，那东倒西歪丝丝缕缕的样子，竟然能做出墨块来，这能不让我喜欢吗？对墨块的喜欢几乎融化在了我的血液中，以至于我今天在店里看到那些高级的、个头很大的“一得阁”墨块和墨汁，总是爱不释手，总想多买一些放在案头或书柜里慢慢欣赏，或者在我的笔下，变成笔走龙蛇的书法作品。

老黄货郎担上的作业本，是我的最爱，那画出横道或方格的纸张上，可任由我的笔纵横驰骋。因为它，我尽量把作业做得格外整洁漂亮，也因此受到数学与语文老师的一再表扬。细想起来，那些洁白的、泛灰的、粗糙的作业本，在我上小学、中学时给我带来莫大的乐趣，不仅让我练得了一手好字，还让我在那上面写下了一首首抒情的诗歌，尽管在今天看来有些令人汗颜。

卖完了货，收完了鸡蛋，老黄再到镇上或县城用鸡蛋换货，第二天再继续他周而复始的叫卖。在好多年里，我都像那些女人一样，特别期待老黄的到来，期待拨浪鼓的声音再次响起来。

# 消失的手艺人

如果说什么是我最早见到的工业生产，那一定非打铁莫属，倘若它不够格称为工业的话，起码也算是手工业吧。

记得在我们程桥人民公社所在地，就有一个铁匠铺。这种有几千年历史的、按今天标准衡量属于低层次的可怜手工业，使少年的我表现出极大的兴趣。

第一次看到铁匠铺时，我简直不敢相信自己的眼睛。那是一个极其简陋的地方，土坯墙、瓦片顶的房屋里，支起一个可以拉风的铁匠炉，连接着通向屋顶的烟囱。铁匠铺里的主角有两个人，沧桑老态一点的应该是师傅，年轻瘦削一点的应该是徒弟。此外，还有几个客户和看热闹的人，他们的目光不约而同地聚焦在铁匠炉和铁砧子上。两位铁匠都是落满烟火气的黝黑脸庞和有把子力气的精瘦身架。他们谁都不说话，一切需要交流的意思，都在相互的肢体语言、眼神以及锤子节奏明确的敲打声中，准确无误地表达了出来。

在风箱呼啦呼啦的抽动声中，铁匠炉渐渐由暗到亮，直到烈焰熊熊，像燃起一片火海。那位徒弟用铁钳子夹住一个铁块扔进了炉子，这块本是暗黑的铁，没多久就变得耀眼、明亮起来。那块坚硬的铁被烧得通红之后，老铁匠迅速把它钳出来，放在那个方柱形的铁砧子上，师徒俩用大锤和小锤快速猛烈地敲打着。在敲打的过程中，徒弟只管抡起大锤以一种角度、一个姿势、一种力量向铁砧上猛砸，师傅则不断灵巧地调整着铁块受力的次数与方向。在叮叮当当的金属撞击声中，炉火的光芒把两个铁匠的面庞映得通红。可能为防止被飞溅的火星所伤，两人自始至终都眯缝着眼睛，即使偶然微睁眼皮，眼神中也似乎看不出任何表情。他们仿佛不是用眼看，而是用心在听手中的活计。

他们上身赤裸着，只在腰上扎一件看不清本色的围裙，汗水、煤灰和铁屑布满了全身。铁匠铺金属的叮当作响和火花的四下飞溅，竟让人感到有种壮美的诗意，沉重的铁锤不只代表着孔武有力，也藏着手指般的灵巧。在极具章法的连续敲打中，那方方正正的或不成形状的铁块，就跟变戏法和揉面团似的被打造成各种形状的用具，然后被投入一个水池子里进行淬火，再被夹出来做必要的整形与修理。平常我所见到的不知从何而来的菜刀、镰刀、锄头、铁锹等等，现在就这样在他们的手中渐渐成形。

这种场面使我想到的是课本上学过的“趁热打铁”“千锤百炼”“好钢要用在刀刃上”“百炼钢化为绕指柔”等原来毫无概念的词语，它们一下子都变得直观形象、清晰生动起来。

等在铁匠铺里的客户与看客，自始至终一言不发，或者只是啧啧称赞，因为金属敲打的声响使一切肉质发出的声音，都显得苍白无趣。而且客户也担心无谓的聊天会干扰铁匠的专注，从而影响产品的质量，所以将一切都交给了缄默。在铁器工具打好后，铁匠用他们的眼神向某个客户点点头，互相做个简单的确认，客户便将铁器拿在手里轻轻掂几下，或模拟其应有的使用方式，交够费用，便点点头心满意足地走了。

那天我看到一个不知来自何方的赶马人，说要给他的马钉一副新的马掌。这引起了我极大的兴趣，因为我从来没见过钉马掌。铁匠师傅说铁匠铺就有现成的马掌可以用，赶马的人拿过来看了看说可能尺寸不合，要铁匠师徒给他打四个稍大一些的。这对于铁匠而言，可能是小菜一碟。只见师徒二人快速地拉动风箱，把炉火烧得旺旺的，不一会儿工夫，四只铁马掌就打好了。真是术业有专攻，铁匠师徒会打马掌却不会钉；赶马人不会打铁，钉马掌却是行家里手。赶马人先是给了一个指令，让那马四腿弯曲乖乖地跪在地上，然后用泛着寒光的、直柄的铁铲，狠狠地切除马蹄上的死赘的胶质部分，再用新打出的马掌钉在马蹄上。

在铲和钉的过程中，那匹浑身炭黑色的马好像很享受，一声不吭地任凭赶马人摆布。我感到十分诧异，这么长的钢钉钉入蹄子难道不疼吗？好像同在一旁观看的人也有相同的疑问，有人用不变应万变的口吻，一言以蔽之地回答盘桓在人们心头的疑问，说它就是这么个物件。我想，也许这马不知被钉过多少次马掌了，已经很熟悉其中的含义了，因此整个过程它都很配合。马掌钉好后，赶马人也没多作解释，而是骑上马一挥鞭便扬长而去。那马来的时候一瘸一拐的，像匹即将寿终正寝的病马，离去的时候如同刮过一阵风。

仔细想来，乡村不光有铁匠，还有炉匠、石匠、木匠、泥瓦匠等，做这些营生的人，都算是有一技之长，是乡村生活不可缺少的能人。其中颇为有趣的是炉匠。在革命样板戏《智取威虎山》中，有个反面人物叫小炉匠。他显然是个炉匠的冒牌货，这个形象的出现使乡村很实用的职业形象变得很糟糕，几乎成为形容丑陋猥琐、下层土匪敌特的同义语。其实小炉匠在过去的乡村扮演着相当有用的角色，谁家的锅漏了、搪瓷的洗脸盆破了，影响了烧锅做饭和日常用度，小炉匠一来，用熔化了的锡或铁水轻轻一补，就可以使问题迎刃而解。因此小炉匠经常是人们非常欢迎的角色。我也很欣赏这些走村串户的小炉匠，觉得他们有神奇的本事。用一根扁担即可挑来担去的小小炉子，居然也能熔铁化锡，为锅破盆漏的人家救急解困。同样重要的是小炉匠通过这点不走眼的手艺，也能为自己挣一口饭吃。

石匠的作用也不容小觑。乡村中分布着为数不少的石匠，其中有一位辈分比我高的安姓石匠亲戚，主要本领是打理石磨。那时候，每个乡村都有用来磕米磨面的石磨石碓。石匠在石磨上片的下缘、下片的上缘，均匀地凿出一道道斜状辐射的沟槽条纹。驴或人拉着磨转动时，粮食就会从磨的上片留有的圆孔中依次流下。但这石磨的沟槽非常容易磨损，用得多了，就像刀变钝一样，需要石匠对沟槽做一番新的开凿，使之再度锋利尖锐起来。石磨在石匠錾子的敲打过程中，粉末飞溅，如枪如弹，可以让人闻见石头的气息。我特别喜欢闻这种气息，因为我感觉它同所有的气息都不同，并且也并不担心这石头的粉末，会在肺里积淀而致病。石磨后来被机器代替了，因为机器磨的米面又快又好，谁还用这种人推驴拉的磨，费时又费力呢？以打理石磨为生的石匠，也就没了市场，这门手艺也便成了过去式了。

木匠的地位似乎更为重要。各家各户都离不开起屋造房、离不开床柜门窗、离不开桌椅板凳，显然这些都与木匠密切相关。那时候的乡下人，没有实力也没有概念要到县城去买现成的家具，无不请木匠进行零星的、全套的或一条龙式的服务。可见，木匠不仅需要具备很全面的技术，还需要具备很齐全的工具，如斧锯刨凿、曲尺墨斗等。一个宋姓木匠在我们那里很有名，他的名气大，既因为他的木匠活儿做得好，让请他做工的人很满意；也因为他爱说大话爱吹牛、脾气大爱发火的鲜明可爱的性格。在我小小年纪时，他就调侃我，说要给我介绍媳妇。后来在我长到十七八岁时，他真的干了这事，因为最终没能成功，再见到我时反而不好再涉及这样的话题了。我曾经在他干活的现场待过一整天，随着锯声尖厉、刨花飞舞，我看到一根根圆木神奇地变成各种家具，忽然对木匠这个行当很感兴趣，心想长大后能当个有本事的木匠也挺好。在很多年之后，我再次回到故乡时，偶遇了这个宋木匠。原本身材高大、说话大声大气的这位有名的木匠，变得很木讷、很暗淡，话都说得不利索了，苍老得不像样子。有好一阵子，我都在心里感慨岁月的无情。

我记不清应不应该把弹棉花的称作弹棉花匠了，反正弹棉花的人在我的记忆中是常客。我的故乡是很好的棉花产区，而且做棉袄棉裤棉被又是人们必不可少的活计，因此每年秋冬季节都能看到家家户户请弹棉花匠来弹棉花。一堆经过机轧去籽的棉花球，被放在一个大床上，弹棉花匠一手紧握一张差不多与人等高的大弓，一手拿着纺锤不断地敲打着弓弦，嘣嘣嘚嘚、嘣嘣嘚嘚、嘣嘣嘚嘚，节奏分明地弹了起来。弓弦有规律地变换着角度，同时发出呜呜呜的声音。棉花则在紧绷的弓弦上痉挛似的挣扎着，很快被弹得蓬松均匀，铺出一片雪浪，然后按照需要随意地絮成各种形状，再网上一层纱，做被子、做棉袄棉裤，即可随心所欲了。扬起的飞絮把弹棉花匠弄得一身白，像从落雪中归来一样。一般而言，弹棉花比较费工夫，经常会忙到很晚。“嘣嘣嘚嘚，四两棉花弹到黑。没有酒没有菜，小鸡头上割一块。”顾主或弹棉花匠常拿此话来解嘲，事实上活儿做完了，顾主也真杀鸡来招待弹棉花匠。不知道为什么，后来我在音乐会上看到置于乐队一侧的竖琴时，竟会情不自禁地联想起故乡的弹棉花匠来，可能是弹棉花的大弓与竖琴在外形上，有某种相似之处吧。

对故乡的认识与回忆，这些从事手工业的小工匠，对于我而言也是很重要的组成部分。

# 村中的那口井

那是我亲眼所见的村中打出的第一口井，也是此生全程看着打出的唯一的一口井。我故乡的那片土地土质很好，地下水本来就较浅，再加上春夏秋冬四季雨雪较为充沛，黑色的土壤里饱含着水分，似乎只要一锹深挖下去就可挖出一眼井来。所有地上流的、地下渗的水似乎都是甜的。池塘水洼、水库小溪里的水，都可以担回来洗衣、淘米、煮饭，取水用水易如反掌，有的水甚至可以直接饮用。所以千百年来，村民们对是否拥有一口水井并不特别重视，虽然邻村有许多地方是有水井的，而且我们村子的人也经常到人家那里打水。

到了 20 世纪 60 年代，村民们对村子里没有水井这一问题感到很严重。由于人口多了起来，牲畜也多了起来，池塘里、小溪里的水，日益变得混浊、肮脏不堪，不仅不再适合饮用与做饭，而且有人因此患上了各种疾病。尤其是盛夏，酷热的天气里需要有清冽洁净的井水消暑降温，就需要跑到有一些距离的邻村去担水，这要看人家的脸色，无形中有矮人三分的感觉；而且在担水回来的路上，那清冽的井水也在骄阳下温热了许多，饮起来的口感受到了很大的影响。

更何况，并不是年年都是雨雪充沛，隔三岔五还会遇上干旱年份。如逢几个月甚至大半年滴水不下，池塘河渠就会干涸皲裂，地下水位也急剧下降，权且不论庄稼如何应付了，吃喝用水都要跑很远的路，到大水库去担，或到邻村乞哀告怜地蹭上一点。路途遥远承受劳累不说，还要遭人白眼，那种滋味是不好受的。随着情形的逐渐恶化，以及为了村里人的脸面，打一口水井迫在眉睫，这事就被提上了议事日程。我依稀记得生产队队委们开会决定此事时的慷慨与悲壮，尽管我并不明了他们言辞高亢究竟是要干什么，但也听到了一个明确清晰的词：打井。这个词对于当时的我而言，无疑还是有些遥远的。

似乎打井很快就成了现实。那应该是一个秋末冬初的日子，从外面来了一支打井队，说是要给村子里打一口水井。生产队队长在广播里向全体村民报告了这个消息。我现在仍然记得广播的声音传得很远，在村子上空荡起了一阵阵回声，尤其是“打井”两个字特别响亮。这显然是人们盼望已久的事，终于要实现了。对于纠结已久的村庄来说，这无异于一个天大的新闻。虽然男女老少在广播里把这个消息听得一清二楚，依然奔走相告，议论纷纷，欢欣不已。

由七八个人组成的打井队，用平板车拉来打井工具，在村子居中的地方选好了位置，卸下工具开始施工。我们这些十多岁的孩子们像是赶上了过年过节一样，白天黑夜地围在打井队作业的地方看稀罕。这是我们从未见过的事物，于是好奇在一块平地上是怎么打出一口水井来的。邻村的那些井是怎么打出来的，我们并不知道，以为那些井就像池塘小溪一样，天然地就长在那里，怎么会和“打”扯上关系。

打井队的人同村子里的长辈们似乎并无区别，也是一些农民模样的人。他们先用一副木制的坚固的架子支撑一只辘轳，然后开始向下挖土，一直往深处挖，挖出一个三四米见方的大坑。浅处的土由打井队直接用锹甩到附近的地方，往深处挖的时候，就需要将土装进藤编的大筐，用辘辘一筐筐地绞上来，倒在不远处。每挖到一定深度，打井队就用木料把方坑的四壁顶住，防止泥土塌陷。令我倍感意外的是，没挖多深，黑色的土壤竟然变成黄色的土壤了，因此土坑周围堆起的不是黑色的而是黄色的小山。这从深处挖出来的黄土湿黏湿黏的，正好供我们这些孩子做成各种形状的泥质玩具。后来我才知道，这致密的黄土是过滤杂质的好材料，经过其渗出的井水才可能无菌无尘，让人放心饮用。

就这样一直打到四五丈深，打井队就不再往下挖了。他们把已经开始渗水的坑底铲平，从井底起一层层地用方块砖头砌成圆圆的井的形状，勾缝时特意留下了可以渗水的缝隙。作为水井主体的井壁一边上升，挖出的土也一边回填至井外的空间。回填用去了挖出的黄土的一半，还剩下一半黄土则新鲜地堆在一边。打井队最后用砖头和水泥修起了约两尺高、底大上小的井口，并且在井口侧壁的外缘刻写上打井的日期。大约花了三天的时间，一口井就这么从无到有地在我们村子轰轰烈烈地诞生了。

打一口井对于一个村子来说，无疑是件很重要的事情。生产队干部为水井的竣工举行了仪式，不仅给够了打井队工钱，还高规格地请他们吃了一顿当时能够拿出来的最好的烟酒饭菜。酒过三巡，猜拳行令自然是必不可少的，村民们欢天喜地，打井队员的脸上也流露出受到尊重的成就感。那一天，打井队员在村民们眼里像是一群了不起的英雄。那一晚，像过年一样，村民们集中起几盏马灯，高高地挂在井附近的树上，把乡村的夜晚照得亮堂堂的。不知是谁从哪里弄来几挂鞭炮，噼里啪啦地放了一通。那弥漫着的酒气与硝烟的味道，是苦难生活中散发出的幸福气息，久久地不肯散去。在很多年之后，我都能记得那个夜晚，记得这件很小的大事在村民的心中漾起的说不尽的喜悦之情。那种喜悦从他们沧桑的脸上和笨拙的话语中，能够清晰地看出来、听出来，在质朴中流露出一种感人的力量。

井水的确要比河水、塘水好喝很多。特别是在盛夏，天上骄阳当头，人们汗流浃背，口腔如烟似火。从井里打上来的水，清凉甘冽，沁人心脾。用井水煮的米饭更白，蒸出的馒头更暄，洗出的衣服更显得清爽透亮。最重要的是这么好的水，是从自家水井里打出来的，不需要再跑那么远的路了。而且人们还欢迎路过的人也来免费品尝，这其中的自豪感不言而喻。有了这样的水井之后，村民便开始回想这之前的日子是怎么过的，井水原来这么好喝这么方便，过去怎么就想不到也来打一口井呢？生活期望值不高的村民们，饮用上这井水也算是上了一个台阶。面对这口新起的井，人们既为过去而自责，又为今天而自豪。

于是，水井边成了村里人最爱去的地方。从清晨到黄昏，从黄昏到深夜，都会有人到水井边来，做着与水有关的事情，比如男人们用水桶打水。可别小看打水这事，这可是有点技术含量的，一根长长的粗麻绳吊着水桶放进井里，在井下的水面上来回摆动，让桶口入水，再在水中上下拉拽几下，水桶才会装满水，然后用力一下一下地把水桶提上来。如此反复之后，人们才可将两桶清亮亮的井水担回家做饭。比如女人们在井边淘米、洗菜、濯衣服、拉家常。她们几乎不需要男人帮忙，也能轻松自如地从水井里把水打上来。也有特别喜欢使唤男人的女人，把自己的男人招呼在身边为她打水，供她洗濯之用，以此举向别的女人显摆的意思不言自明。

这里还成了人们传递信息、诉说委屈、打情骂俏的场所。特别是在傍晚，人们在辛勤地劳作之后，喜欢到这里来洗刷一下身上的泥污与汗水，附带着聊聊今年庄稼的长势、天气的好歹，以及出现的某些值得注意的苗头，或商量哪些棘手的事端等，水井边因此常变得更加热闹，像个非正规的议事场所。如果有夕阳西照或皓月当空，人们在水井旁一边洗濯东西，一边哼唱快乐而伤感的歌谣，把一种属于乡村才有的情境，质朴而真实地营造了出来。

井水，给村里人平添了一种美好的梦境。那源源不断地涌出的井水，不只使人们不再有缺水的烦恼，而且它几乎是一种高品质的天然饮料。尤其是在热得无可躲避的三伏天里，人们担回凉凉的井水放在家里，不仅使自家人心里多了一分清凉，而且还是待客的重要饮品。假如有亲戚朋友登门拜访，端上一碗加了糖精的井水，无异于今天从冰箱里取出一瓶冰镇雪碧、可乐递给客人。还有的人家把西瓜用细绳织成的网兜拴着，吊在水井里冰着，等它凉透了拿来切了吃，那清凉爽口之感自非常温下的西瓜可以比拟。因此，水井在我们那个小小的村子里，扮演了非常重要的角色。

我们这些少年儿童，经常被告诫少往井边去，因为说不定一不留神掉下去就会被淹死。但这并不能阻止我们的好奇心，乘没有人的时候，我们偷偷地接近井口，趴在井沿上往下探望。我们可以看到井下圆圆的井口的倒影，也能看到我们自己的影像。我们变着声调向井里大声叫喊，然后倾听从井底反射上来的奇怪回声。那个时候，我体会到大人越不让做什么反而越想做什么的快乐，也并没有见哪个少年朋友曾经掉下去过。不过大人们的警告并非没有道理，邻村的水井就有人掉下去淹死的事情发生。据说也有人想投过这口井，是村里的一个女孩，跟母亲生气，一赌气想用投井方式结束自己的生命，但她那更多像是一种吓唬母亲的手段，并且很快就被旁边的人及时有效地阻止了。假如有人真的跳下去淹死，这口水井极大可能因此就废了，人们不可能再饮用淹死人的井里的水。

在我一次次地回到故乡的时候，也一次次地看到那口井，却再也没有听到从水井边发出的笑声，没有看到人们围绕着它的生活场景，它显得日益简陋和荒凉。井口处曾经被井绳上下时勒出的道道沟槽，记录着累积的光阴和它对人们生活的奉献，让人回想起往日的欢声笑语。如今，家家户户都用上了一种简单的机井，就是将一种金属制成的泵深入地下，利用杠杆原理轻松地用力压几下，来自地下的水就沿着铁管哗哗地流出来，既便捷又卫生。

水井边的那一幕幕永远翻过去了，就像我逝去的青春。

# 奶水丰沛的女人们

法国有个叫库尔贝的画家很有名，他笔下女人的裸体都很壮硕，给人强烈的视觉冲击。我们经常感慨国外女性的自我与解放、中国女性的含蓄与压抑。从中外不同的美术作品中，就可以得出这种结论。但此类评价同我在乡村获得的最初印象，似乎并不完全符合。

大概在我十多岁的时候，一个夏天的傍晚，我从学校放学回家，哼着歌儿走过一片玉米地。在不经意间，看到几个婶婶姑姑辈的女人们，正躺在有玉米秆遮荫的田垄间睡觉。睡着了的她们，并没有被我的哼唱与走路的声音惊醒。她们也许是太累了，一个个横躺竖卧地把自己放松地交给身下的土地。她们都有一副健壮的身体，汗水打湿的短衣短裤仅能包裹其要害处，经常遭受太阳灼晒的四肢颜色较深，从衣裤的零乱处露出的前胸后背及大腿等部位则是一片雪白，使女性的特征和魅力展露无遗。那时的我虽然懵懂，但那种女性的气息还是让我心跳加快，感到非常不好意思。后来我想，那是一幅可以和库尔贝作品相媲美的十足的乡村风情画，可惜没有摄影家或画家将镜头和画笔对准她们，定格下这非常自然和动人的瞬间。这种富有生命意味的场景也就随风而逝了，好像从未出现和存在过一样。

和婶婶姑姑们同龄的那些乡下女人们，是村子里真正值得一看的风景。在我的印象或判断中，村子里的男人们都是一些虽没有多少文化，但智商高、弯弯肠子多的闷葫芦。他们不是在乡村的常见难题上拽文甩词以显示自己的见识与才智，就是在大家普遍认为严肃的各种重要场合，拿捏着适当的音量矜持威严地说话，摆足了乡下男人自矜而可笑的派头。女人们的表现则明显不同，无论是白天或晚上，都可以听到高声大嗓的她们，开心的乃至放肆的谈笑，离好远都能听得清清楚楚，好像她们才是这个村子、这片土地的真正主人。她们中有和睦相处的密友，也有势不两立的对头，于是言辞激烈而出口粗鄙的骂仗时有发生，甚至为鸡争鹅斗般的大事小情而大打出手，能把头发与衣服撕扯得一塌糊涂。

一般来说，村里的每个女人在家务活和农活上都是一把好手，撑起了一个农家的多半边天。这并不是说她们的男人们比较怂，而是因为女人们一般是干最麻烦、最烦琐、最啰唆的活计，一个不起眼的农家，这类事是比较多的，女人们大体又都有很强的耐心。属于劳动强度大的，带点技术性的活儿，还得靠男人来干。可以说男人和女人在家庭的分工上还是很明确的，而且是心照不宣的。不管在家里处于怎样的地位，作为家庭主妇的女人，也不愿意让丈夫觉得自己比不了别的女人，即使是实际差距还是有的，甚至是很大的。要是哪个男人回家，哪怕用最轻描淡写的口吻，夸奖一下别的女人，尤其是这个女人还与自己女人有些嫌隙与龃龉，那简直是对她的最大刺激，一场“内战”将不可避免。因此我的那些婶婶姑姑们虽都是女流之辈，但个个生龙活虎，干起活来业务娴熟、手脚麻利、力大无穷，让男人都甘拜下风；而且在发生亲戚邻里纠纷时，往往也由她们出面交涉，抛出一些不讲原则、似是而非、和稀泥的说辞，有时竟也能收到颇为神奇的效果。据我观察，我少年生长的这个村子，是个人们既很讲理、有时又很不讲理的地方，但日子总是在这种状态下一点点地往下过。因此小时候的我，对婶婶姑姑们总怀有一种纳罕的欣赏和敬畏之情。

婶婶姑姑们很少像城里的女人那样，用各种花式的胸罩，把自己的胸脯紧紧地兜起来，而是让它们永远处于自由放任的状态。因为既没有那个钱，也没有那个必要。她们走起路来，跑起步来，干起活来，总是任凭胸前波浪起伏。这当然会引来男人们贪婪的目光，这种目光不加掩饰地盯着她们的胸脯。更能引来男人贪婪目光的，是婶婶姑姑们生育之后喂孩子的时刻。女人们只要过了生孩子这一关之后，好像在顷刻之间，人生境界就实现了某种质的飞跃和提升，不再像当闺女时那样羞涩扭捏，常常变得无所谓了。她们前胸的衣襟常常被奶水洇湿了一大片，感觉上一定是很不舒服的，但只能硬挺着。下地干活时，她们没有条件及时更换一件上衣，只能任这源源不绝流出的奶水，在胸前湿了又干，干了又湿。出现这种情况时她们不仅毫不在意，而且为自己有丰沛的奶水自得，似乎在告诉人们自己哺育孩子是不成问题的，自己是一个多么天然称职的母亲。更何况她们在潜意识中可能清楚地知道，女人的胸脯对男人所具有的强大吸引力。那堪称一种极好的观光时刻，男人们可以因此而过足他们的眼瘾。

有这样一种场景，被我不止一次地目睹过。不管是人多人少的场合，也不论有无异性长辈在场，只要怀中的婴儿发出饥饿的啼哭，婶婶姑姑们就会二话不说，撩起前襟，让胸脯坦然地暴露在光天化日之下。随着婴儿小嘴咕咚咕咚地疯狂吮吸，那急不可待或万分委屈的啼哭声便戛然而止。一只奶头的奶水吃完之后，婶婶姑姑们便把另一只奶头，如法炮制地塞进婴儿的嘴里，让他们继续酣畅淋漓地吮吸。贪婪的婴儿吃着一边的奶头，还用手紧紧地抓着另一边的奶头，仿佛在告诉别人，那两个奶头都归其所有，这种护食的举动似乎从婴儿起，就表现得毫不含糊、明白无误。在吃奶的过程中，婴儿还会突然停下来，观察一下喂他的人，观察一下周围的情况，表现得很警惕，然后再接着吃。直到其吃饱喝足之后自动地放弃吃奶，断然地吐出奶头，无意识地把一脸憨憨的笑，送给辛苦备尝地生他喂他、正低头无限慈爱地看着他的这个女人。

婶婶姑姑们在喂孩子的时候，其余光一定能觉察到一旁的偷窥者，但她们对投射来的各种目光似乎满不在乎，神情自若地从事着这种伟大的哺育活动。此时婴儿的满足和婶婶姑姑们的满足，完全可以从她们的面部表情上看得清清楚楚，那真是动人的一幕。奶完孩子的婶婶姑姑们，放下衣襟时会露出特别惬意而舒畅的微笑。现在我仍不解，终日劳作且粗茶淡饭的婶婶姑姑们，怎么会有如此充足的奶水，我很少听说哪个生过孩子的婶婶姑姑没有奶水，哪个小孩因为奶水不足而挨饿。据我听到的说法是，如果哪个女人因为奶水少而养不活自己的孩子，那是相当丢人的事，在人前是抬不起头来的，所以有这样的情形，也不大会告诉别人。今天城里生了孩子的母亲们，奶水不足几乎司空见惯，而她们从来都不愁营养的问题，各种科学的照料堪称备至，然而就是奶水状如岩上枯泉懒得出山。两相对照，真不知道其中的缘故，也真不知道哪种生活更为健康。

男人们少不了会拿女人们开玩笑，一切象形的事物都有可能被用作道具。结果当然会招来伴随恶毒咒骂的一阵大笑，但她们绝不会真恼，反而显得十分开心和了无拘束，这种明显带有露骨粗俗色彩的玩笑，能给乡间沉重而无趣的生活，带来一点不雅的乐趣。婶婶姑姑们当然也不是什么省油的灯，她们常常会在经过一番密谋之后发动突然袭击。如几个女人同心协力把一个时常爱撩骚的平辈小叔子撂翻在地，让他大大地出一次丑。尽管小叔子可能很有力气，但终究因寡不敌众，从而在女人们的合力围攻下一败涂地。被如此地折腾一番虽然有些丢人，但看得出来他们还挺高兴，尽管脸上羞臊得红彤彤的，嘴里也骂骂咧咧的，然而情绪似乎很高涨，撩骚起来越发地起劲。

写到这里我忽然想起了一个场景，在一个阴雨连绵的天气里，我遇到了一个应该是婶婶级的女人向我问路。那是在一排房子的后面，穿着一身蓑衣的女人拦住了我，问我村里的某一个男人在不在家。这个女人我从未见过，便回答她我不太清楚，他的家就在不远处，你可以去找找看。她却让我帮忙去找他一下，就说有人在这里等他。她的语言很恳切，眼神里有种我特别不熟悉的光芒。我说你为什么不自己去他家找呢？她说他家里人不让，于是我答应她去找他。然而不巧的是她要找的那个男人不在家，他的家人说他好多天前就外出了，一直没有回来。我把这个情况告诉女人时，她露出一脸的忧愁与失望，并且没有再同我说话，嘴里嘟囔一句之后，冒着细雨向着远处走去了，消失在一片迷蒙之中。她离去的时候，雨在她的蓑衣上发出唰唰唰的声音，一直在我的耳边回响着。我在想，既然要找一个人为什么不自己去，这个人不在家你又不高兴，究竟要干什么呢？后来我听说了，这是一个来自异乡的女人，不知在什么场合，她和我们村里的这个男人好上了。由于家族所有人的极力反对，他没能成功离婚和她结婚。又过了许多年后，我才明白过来，在那一刻，那个女人眼里储满的是一种为情所困的眼神，渴望、焦灼、烦恼。

如今，那些婶婶姑姑们不是去世了，就是衰老了。去世了的，都是在我并不知晓的情况下发生的，当消息通过各种渠道最终传到我耳边时，就像人们在讲述一段与我无关、极其平淡的历史。衰老了的，是我偶尔回乡时仍可以亲眼一见的，她们就像跨入冬天之门的树叶，苍老卷曲得没有一丝水分。然而那些属于她们的胴体饱满、奶水丰沛的岁月，记录着她们生命经历中的强悍和风光，也是很让人怀念的。

# 孤独的男人

从故乡传来消息，说是华子去世了，这使我惊骇不已。华子不是女孩，是个比我大几岁的男人，一个孤独终老的男人。他像许多娶不上媳妇的男人一样，一直打着光棍儿，是个腿有点瘸的老光棍儿。我总记着他走路一瘸一拐的样子，这给他的独身更增加了令人悲伤的色彩。

三年自然灾害造成的一个严重后果，就是女人的短缺。在食物极度匮乏的情况下，作为父母的常会把活下来的优先权，留给传宗接代的男孩，眼睁睁地看着女孩饿死。当然在饿死的人当中，也不乏本应活蹦乱跳、担负血脉传承重任的男孩。自然灾害结束之后，就出现了男女比例失衡的局面。于是当男孩逐渐长成男人，到了谈婚论嫁的时候，却发现女孩稀缺得像人间蒸发了似的。所有的父母都托亲靠友地忙乎了起来，调动一切可以利用的关系来说媒，争取把自家儿子的婚姻大事及早解决。

于是，未出嫁的大姑娘、丧偶或离异的女人，无论美丑、高矮、胖瘦、贫富，统统成了抢手货，成了人们必欲得之的对象。相亲大军选择集镇乃至县城的某个饭馆，轰轰烈烈地展开了，这也许是亘古未见的相亲大战。

先是由媒人牵线搭桥联络好男女双方，再约定好时间与地点，一场相亲大戏就如期上演了。不管结果如何，男方都要备上一块布料或其他能拿得出手的可以作为见面礼的礼物，诚惶诚恐地去同女方见面。与此同时，备一桌尽可能像样的酒席也是必须的。在能说会道的媒人的引荐下，或早就熟悉，或相互陌生的男女双方的亲友，在一种隆重而僵硬的气氛中，客客气气地见面，客客气气地说话，相亲之举算是正式开始了。言谈举止之中，是双方亲友对当事人的观察、衡量和判断，也是当事男女双方的相互打量与揣摩。

一般来说，被父母带着相亲的青年男女，年龄都在十七八岁左右。初涉恋爱婚姻问题更是很不好意思，红着脸低着头，两手交叉在膝盖上，下意识地搓动着，偶尔抬起头来装作不经意地偷瞄一眼对方。这时候最慌乱、最难受，也最幸福的就是当事者自己。

当双方觉得条件大致相当，就可以把这种关系初步确定下来，约个时间再见一面，喝一次由男女双方父母、众亲友，甚至乡村干部等有身份的人参加的、颇为正式的“会亲酒”。男方要为这次“会亲酒”准备更丰厚的礼物，不仅要为女方备下相应的布料、衣物以及其他用品，还要对女方的父母、重要的亲友有所表示，当然对媒人也是慢待不得的。虽然常言道“媳妇娶进房，媒人甩过墙”，但这事目前八字仅有了一撇，基础并不能说已十分牢固和笃定，还有那一捺需要画出。媒人凭其三寸不烂之舌，既有能力成其好事，也有可能把事搅黄。

“会亲酒”基本上是在男方家里举行，少则摆上三桌五桌，多则十桌八桌。每桌十碟子八碗是不能少的，有色香味俱全的鸡鱼肉蛋，有烟酒茶的慢品细饮，呈现出一番热闹的景象。有说不完的客气话，也有挑不完的礼数。如果不出大的岔子，便意味着确定了正式的婚姻关系，双方交割完聘礼，择下了过门的时间，过上一年半载，男方就可把女方娶进门了，一切就画上了句号。基于种种原因，中途悔约的也并不罕见，如果是这样，不仅要如数退还聘礼，而且双方从此视若寇仇，终生断交，老死不相往来。

对于一般农家而言，娶一房媳妇基本上就把男方本就不宽裕的一切花个精光，多数还背上了沉重的债务。这要靠一家人起早贪黑地辛劳，花好几年的工夫才能把窟窿填上。也有一定数量的新媳妇，进门后不久就闹着要分家，而且有着九头牛也拉不回来的决绝。这既有本人个性的因素，也有娘家人撺掇的因素。许多男方父母见此情形，知道分家是早晚的事，与其闹得不可开交，不如早早分开。分家之后，这沉重债务的主体部分大多由父母来背负，一场热热闹闹的喜事，最后却让人倍感辛酸苦涩。对于一些乡村的贫困父母而言，如果仅有一个儿子的话还好说；如果有好几个儿子，那就是苦海无边了，即便把身板累断了也见不到光亮，到达不了彼岸。

这还不是最苦的，有的想尽千方百计，说尽千言万语，吃尽千辛万苦，却不能给儿子娶上个媳妇，不只在十里八乡抬不起头来，更是当父母的最大的心病。对于一般人家来说，别说身健体全的好姑娘连想都不敢想，即使是一些不起眼的，要价也越来越高，不是把人吓退，就是想狠宰一把。到最后连那些有这样那样疾病的，或者是夫亡离异的女人，也都成了香饽饽。举目四望，打光棍儿的男人村村都有，而且有好多个，而未嫁的女子则无处可寻，寡妇这个词好像只是个存在于历史中的概念了。不能给儿子娶上一房媳妇，为人父母的恐怕到死也口眼难闭。

为了娶上媳妇，有的走巴蜀、下云贵，到更加穷困的山区去买人。一个年龄比我稍长的朋友，到三十多岁仍然单身一人。不知是哪一年，也不知他从什么人手中买来了一个女子。这个女子从相貌上看白净而周正，如果收拾干净利索，一定算是个美人。但她的眼神却是呆呆的、直直的，一天到晚、一年到头，从不和人交流，据推测是被人诱拐出来时下了药才导致如此的。我多次回故乡，或看她一身邋遢地倚在门框上，或目光呆滞地坐在门前的草蒲团上。她那终日不言不语、神志不清、屎尿不论的样子，让人感到世事与人心的残酷、灰暗与罪恶。尽管如此，我这位朋友依然视其如至宝，成天好吃好喝地待她。这个不通人事的异乡女人，为他生下了一个漂亮的儿子。我曾目睹过这一家人的生活场景，真的不知道应该说是悲还是喜。

有的人家则在万般无奈之下，就用年龄尚小的妹妹给哥哥换亲，这实在是迫不得已、令人悲伤的法子。假如年龄相当也就罢了，但往往相差一二十岁。任凭女儿一百个不愿意地哭天抢地，父母也是铁了心肠把事情确定了下来，毕竟祖上传下来的香火是不能断的，所谓爱情压根儿就不是首先要考虑的事情。这对于任何一个这样的女孩来说，其未来命运的悲苦不言而喻。我见过许多父母为此立刻就弯了腰，白了头。鉴于此种严峻的形势，在我还算小的时候，父母就开始为我犯愁了，担心我将来也娶不上媳妇，拼命地四处端详张罗与我年龄相仿的女孩，也曾进入相亲的程序，最后因为我不感兴趣而作罢，冤枉钱倒是花了不少。

我清楚地记得我们村子里有七八个娶不上媳妇的男人，他们当中有父母双亡的，有兄弟过多的，有身体残疾的，还有家庭成分是富农的。上文提到的华子，就属于兄弟众多、身有残疾这类的。按照当时的实际状况来看，他们娶上媳妇的可能性微乎其微。这些男人们已经远离适婚的年龄，可娶的女人比金子还要稀缺金贵。新一茬年轻男孩已经成长起来了，好像正常的谈婚论嫁，是属于他们的事了，跟这些老男人已经没什么关系了。

然而这些独身的男人们，谁又能够甘心呢？一位我本家的叔叔和一位关系密切的近亲，都很想让我那似乎交际广泛、门路很多的父亲，在这个问题上设法帮忙，于是没早没晚地跑来我家蹲着，热心无比地帮我母亲做事，砍柴、挑粪、犁地、收割庄稼等，真是百倍殷勤，但就是绝口不提说媳妇的事。然而他们的那份心事，我父母当然是看在眼里、明在心里。我无数次听父母商量，再怎么难也要想办法给他们说上一门亲事。能想到的地方、能想到的女性，翻来覆去不知被拨拉了多少遍。终于在五六年之后，父母亲费尽千般口舌，先后在关系很铁的亲戚那里说动了两位女性，为他们解决了人生最艰难的问题。当然我也不敢肯定，这其中一定就是父母亲的功劳。两人后来都是子孙满堂，人丁兴旺，日子过得相当红火。

然而，不是所有的光棍汉都那么幸运，有的到最后都未能娶上媳妇，形影相吊了一生。华子就是这样的男人，孤独终老一生。他先是同年老的父母住在一起，后来则是单身一人过活。兄弟一多，赡养老人是个很复杂的问题。生产队收工时，别人夫妻双双还家，热汤热水，有说有笑，虽有辛苦，也有争吵，却有说不尽的恩爱。单身汉却是冷锅凉灶，茕茕孑立，好不凄凉。

虽是如此，单身男人们家中的情形也有天壤之别。善于持家的，屋里的一切都被收拾得干干净净，井井有条，仿佛在对人说，你瞧，哪个女人要是跟上我，不净等着享清福？而没有心劲儿的单身汉家中，则是盆天碗地，凌乱肮脏，仿佛也在说，你瞧，这屋子多么需要一个女人！

孤独的男人们的眼神都是幽幽的，藏着极度饥渴的神色，看女人的目光像揣着把刀子，甚至要滴出血来。他们干什么事都没精打采的，时不时地发出怆然而悠长的叹息。有妻有室的男人对单身汉的行迹，总是充满警惕的，外出干活做事总是尽早地回来，寸步不离地守在自家门口，表现出很顾家、很能做事、很心疼老婆的样子。

久而久之，关于单身汉的流言就会多起来，并且不胫而走，说是谁向哪个女人大献殷勤等。更有甚者，还说某某与动物亦有亲密接触，说得有鼻子有眼，听起来令人不齿且毛骨悚然，也让人悲悯不已。关于此类的传说，因我少不更事，处于似懂非懂的阶段，并不能真正理解其中真意，对这些单身汉也未寄予深切的同情。其实关于单身汉的传闻，并不比那些有家有口的人更多。各种藏咸偷腥的事也时常会暴露出来，免不了发生点打上门去的吵架与斗殴。倘若发生了这种见不得人的事，人们反而兴奋不已，凑近前去围观是少不了的，添油加醋、绘声绘色地渲染，更是司空见惯。

现在想想以华子为代表的那些命运悲苦的单身汉，我不知道他们那孤独的日子是怎么熬过来的。我同记忆中的华子有着不错的友谊，尽管他对我有着奇怪的防范心理，据我以小人心理猜测，我高中毕业回乡务农，他可能担心我抢了他团支书的角色。不过在我回生产队务农不到一年的时间里，我们在一起还是很谈得来的。我们在一起相处的时候，我对男女之事还没有一点概念，而华子则可能朝思暮想的都是这样一个问题。所以尽管我们在一起有很多的话说，但实际关注的肯定不是一码事。像华子这样的人，或者得病早亡，彻底解脱悲凉命运；或者逐渐老去，在村子里孤独地打发着余生。无论是何种情形，都留给村里人无言的叹息。

得到华子去世的消息，应该是其去世之后好久的事了，我依旧黯然了半晌，像一个老友一般在心里默默地祭奠他。我望着窗外城市的景色，回忆着他一瘸一拐地颠簸在田间地头，艰难地驾牛犁地、撒种收割的情景，思考着一个男人竟是如此充满希望地到世上来，却孤独地在世上走，又凄然地从这个世上离开。当他走完自己的人生之路时，我不知道他给这个世界留下了怎样的念想，又从这个世界带走了怎样的印象。

# 穿白大褂的人

有一件本属寻常小事，但在我看来却是极其重要的大事，就是公社的卫生院建在了我们生产队的土地上。公社名叫程桥，所在地离我们的生产队有三四里路远，中间还隔着一个叫叶桥的村子，不知道为什么要把卫生院建在我们这儿。一个卫生院的建立，对于一个生产队来说，难道不是一件大事吗？

在靠近通往县城的公路边，平地上矗立起一排崭新的建筑，那是一排十间左右的灰瓦白墙的平房。我们这些双脚沾满泥土的孩子们，怀着巨大的好奇心，蹑手蹑脚地接近那排平房，踮起脚尖透过明亮的窗户往里面偷窥。只见一间间窗明几净、水泥抹地、白灰抹墙的屋内空无一物。我从未见过如此洁白干净的房间，更重要的是它将作为医院，出现在我们的生活中了，这让我们感到既惊奇又兴奋。医院对于村民们来说，那可是天上的职业，只有城镇以上的地方才配拥有，怎么会一下子就在我们眼前了呢？

接着就看到桌椅板凳、柜橱床铺、大箱小包、穿着白大褂的男女医生护士出现了。那些穿着白大褂的人，在房间里摆放白色的医疗用具，到村中的井里汲水开始烧锅做饭。我们看到来自四面八方的人们来此求医就诊，看到表情痛苦的病人拿着处方等着打针吃药，看到病情危重的患者从这里被转送去了县城医院……我们一次次地瞪大眼睛去看每一个见所未见的场景和细节。

生病与治病似乎都与我们这些少年毫不相干，但不知为什么我们的心里依然很激动。因为卫生院的建立，使得这一切都和过去不一样了，起码我们这个普通的村子，在一夜之间变得很受十里八乡的人们关注了。更重要的是，村里人看病取药方便得实在无法形容，这使得村里人无形中产生了某种自豪感和优越感。不过我却有点小小的遗憾，我为什么就不得病呢？要是能得点儿什么病，最好是病得不轻，就可以让父亲将我名正言顺地紧急送到卫生院，正正规规地看一次病，那该多好啊！不然的话，这卫生院对我有什么意义呢？遗憾的是，也许我属于阿猫阿狗的贱命，身体总是好得不得了，在很长时间里，居然没得过任何病，连头疼脑热的小毛病都没有，这不免很令我沮丧。

不过这并不影响我们有事没事就跑到卫生院去玩耍，去看医生怎样给病人听诊、把脉、量体温，看护士怎样给病人打针、输液、换敷料。这些都是我从未见过的，我不知道医生为什么要让病人张开嘴巴伸出舌头看，为什么要把手搭在病人的手腕上摸，为什么要把听诊器放进上衣里的胸口上听，为什么要用棉球在病人屁股上擦然后再打针。最让我们感到吃惊的，就是护士给病人打针的这个动作。那个灌满药水的针管前，长着尖尖细细的针头，护士利索地将其扎进病人屁股时，好像跟病人有多大仇恨似的，我看到病人嘴里咝咝地直吸气，我的后背也跟着直发凉。

医生和护士嫌我们吵吵闹闹的，干扰了他们的正常工作，声色俱厉地要我们有多远滚多远。后来他们知道我们是这个村子里的孩子时，就不再赶我们走了，而是指使我们帮他们干这个弄那个，如涮桶、打水、倒垃圾什么的。我们自然相当高兴，并且争先恐后地效劳，这样做的最大目的，就是为了让医生护士们允许我们继续待在卫生院玩儿。

一个人称大张的女医生，漂亮的脸上始终戴着一副深度的近视眼镜，看着好像拒人千里之外，却是个非常和蔼可亲的人。据说她是江苏无锡人，不知何故嫁到了我们县。我最喜欢这个女医生，因为她从来没有训斥过我们这些土头土脑的孩子，平常还给我们一点胶布、红药水什么的，让我们在磕破皮时可以自行处理。到了夏天，她还给我们一小包印着老虎图案的绿花纹纸包着的仁丹。那一粒粒暗红色的仁丹，吃在嘴里有一种透心凉的感觉，令我们有点担心会不会把舌头给“冰”住了。

医生、护士有时挎着药箱到各处巡诊，送医送药上门，但大多数时间则在卫生院门诊。有他们这些穿白大褂的人近在眼前，附近的村民好像特别地安心，不再怕一旦得了急病赶不上趟儿。卫生院的医生、护士和村子里的农民很快就混熟了，到了打成一片的热络程度。这给村里人看病带来了不少的方便，小病小灾的不用往县城跑了，而且什么二百二、清凉油、土霉素、黄连素、四环素、打虫药等药品，几乎家家都有。作为回报，人们把自家地里长的土豆地瓜、萝卜白菜、豆角番茄之类，用篮子装了送给医生护士们吃。村里的人会毫无顾忌地谈论卫生院，评价哪个医生医术最好，哪个医生医术最差，哪个护士打针最疼，哪个护士打针最轻。

在村民的眼里，卫生院的医生、护士们都是长得好看的人儿，高高的个头，白净的皮肤，斯文的举止，再加上一身白大褂，给人一种超凡脱俗、飘飘欲仙的感觉。那个人称大张的女医生，讲话中夹杂着吴侬软语，总是格外的好听，乡亲们都说别提是瞧病了，就是听到张医生讲话的声音，病就好了一大半。大家说那么一个江南女子，竟有那么一个阿弥陀佛的好性子，真是少见。

卫生院医生、护士的孩子们，也受到村民们的格外关注，尤其是其中两个女孩子，一个叫小英，一个叫小华，不仅都长得像天仙般美丽，衣服穿在她们身上也要比村里女孩子好看许多。两个女孩给人的印象却有天壤之别。小英比我还小，是大张医生的继女，天生一副温顺善良的性格，几乎从未听她高声大嗓说过话。除了上学，小英就是默默地帮继母做事，是有名的乖巧女孩。听说这个小英后来也当了医生，一直在县城最大的医院工作。

小华比小英大几岁，性格外向，风风火火，有点缺心少肺的张狂。据说有一次她一夜未归，这可把她的母亲老张医生急坏了，似乎曾耳闻小华正与村里青年德兴谈恋爱，于拂晓时分真的在德兴家的厢房里找到了小华。村民们都说小华这孩子哪儿都好，就是身子贱，爱贪图小利，一件花衬衫都能把她骗了。我当时并不明白这话的含义。老张医生与女儿小华大吵一场后，把她送回了县城。小华离开我们那儿之后，再也无人知道她去了哪里。

从小华事件发生之后，卫生院医生和护士们与村里人的关系，表面上看来还算正常，如她们在水井边打水、洗菜时也会跟乡亲们说说笑笑的，在替村民看病时依旧热情和蔼，但我总觉得气氛变得有点诡异了。疏远也好，亲切也好，都是我作为一个乡村少年难以理解和疏于理解的。然而，我渐渐体会到了一种漠然的现实。他们从事医疗卫生工作，本身显得比晴天一身汗、雨天一身泥的村民们干净，最重要的是他们个个都是非农业户口，有着稳定的工资收入，也就是说端得是铁饭碗，这一点使在土里刨食的村民们羡慕不已，又望尘莫及。因此，乡亲们自然用极其仰视的讨好目光看他们，他们也自觉不自觉地流露出高人一等的味道。不过，彼此之间还是在这种并不平等中进行着还算友好的交往。

有一次经历使我惊骇不已。在一个阳光灼晒的中午，记不清是一辆什么车开到了卫生院，我们赶紧凑过去看热闹。我们好奇地趴着车窗往里看，只见一个赤条条的、被烧伤的男人躺在担架上。他双眼紧闭，痛苦地呻吟着，全身皮肤大面积地脱落了，剩下的部分东一片西一片卷曲着挂在红红肌肉的表面。他的阴茎不顾羞耻地、软塌塌地露在外面，也有一片灼烧的痕迹。我记得那一刻我的眼睛瞪得很大，浑身上下止不住地颤抖着。那是我第一次目睹烧伤的人，而且是伤得这么重的人。卫生院的医生、护士来了好几个，往烧伤男人的身上涂抹一些药物之后，车子往县城方向开去了。望着车子远去，我小小的脑袋瓜有些眩晕，心想这个男人是怎么会被烧成这个样子的？他还能被治好吗？我很为这个不知是英雄的、还是倒霉的男人担心。

有一次，我终于幸福地、如愿以偿地正式害了一场病。那是我的后背上长了一个大疖子，开始时只觉得患处有点发木，并未当回事。渐渐地感觉整个后背都不对劲了，像是背了个大包袱。真得了病而浑身难受的我，再到卫生院去就不那么兴高采烈了。一位姓黄的医生掀开我衣服检查后说我长了个疖子，于是他先用手术刀在我后背上划了几下，随后又用镊子夹着纱布轻挤患处。我感到长疖子的地方传来一阵钻心的疼痛。整个过程中，黄医生换了好多次纱布，挤出了我后背疖子里的所有脓血。黄医生给我挤出脓血后，又往已经成了空洞的疖子里面，连续塞进了几条黄色的消炎布条，然后用纱布把疮口包了起来，再用井字形的胶布固定。在黄医生做这一切的时候，我偷偷瞥了一眼丢在搪瓷盘中沾满脓血的纱布，它是那么丑陋可怕，我不敢相信这是从我身上挤出来的东西。整个过程结束后，我出了一身大汗，瘫在了卫生院的凳子上，好半天都不能动弹。这时我才体会到生病并不是一件好玩儿的事情。至今，我的后背上还留有一块明显的疤痕。

后来发生的一件事，使我对卫生院的医生产生了恨爱交加的情感。那一年夏天，我父亲得了阑尾炎，右下腹部疼得不得了，到卫生院看病时，一个李姓医生看了看之后，给了点止痛药就让父亲回家了。到了第二天，父亲感觉腹部更疼了，并且开始发高烧，就再到卫生院去看，姓李的医生除了加开了止疼药，还开了退烧药。到了第三天，父亲已到了疼痛难忍的程度，李姓医生还在唠叨说，你这个病好奇怪。那位黄姓医生有些看不下去了，说：“老李，他得的可能是阑尾炎！”他忍不住走过来，让父亲仰面躺下，用手在父亲的小腹上做着检查。在黄姓医生做检查的过程中，李姓医生走出屋外，还不断地往地上吐着唾沫，堆在脸上的是满满的不屑。

黄姓医生做完检查后斩钉截铁地说：“肯定是阑尾炎，赶快送县医院做手术。”好在我们离县医院只有十多里路程，县医院的医生简单做了检查后，严厉质问随去的李姓医生和我叔叔，怎么拖了这么长时间才送来，再迟一步，阑尾穿孔，引起感染，麻烦就大了，能不能保住命都很难说。父亲被立刻施行了手术，在县医院住了一个多星期之后，身体极度虚弱地回来了。这时候我才懂得，同为穿着白大褂的医生，医术还是有高有低的。我不明白的是，听说阑尾炎是常见病，李姓医生也是持证上岗吧？他难道不懂这个吗？看来医生这一行里，也有滥竽充数的。平常人们议论卫生院的黄医生医术好，还真是名不虚传，那是人们通过一次次就诊治病的经历得出的客观评价。在后来的很长时间里，我都忘不了李姓医生吐唾沫的动作，在心里对这样医道不精却又对同行不以为然、视病人生死如同儿戏的医生，怀有一种深深的鄙视。许多年后，我学到了一个词：庸医杀人，我想用在此人身上，是极为准确的。

像是昙花一现，卫生院没多久就消失了。我至今也没有搞清楚它是何时消失、因何消失的。那些为村民们所熟悉的医生、护士也都走了。他们有的回了县城，有的转到其他地方。那一排灰瓦白墙的平房也不知何时拆了，没有留下一点点痕迹。曾经轰轰烈烈、人来人往的卫生院，如同根本未曾存在过一样，化在乡村岁月的迷茫之中了。曾经鲜活的人物，在最初几年还被人们时常说起，后来也少有人再提及了。这一切使我回故乡省亲时，心生些许的茫然和怆然。

# 有一种心理叫恐惧

在少年时代，我一直很怕鬼。

我的故乡有这样一句俗语，叫作“远怕水，近怕鬼”。大约是讲人远行在外，因为不了解当地江河湖海的深浅，在平静如镜的水面下，不知道掩藏着什么危险，贸然涉水容易遭遇种种不测；而人在家乡或离家很近的地方，大多会听过每一处山川丘壑、每一个村村寨寨、每一棵大树小树与鬼相关的惊悚故事。近怕鬼又与曾经活生生的人、奇怪离谱的事密切相关。倘若有仇有怨的人死去后，化作厉鬼在什么地方出现，自然是令人胆寒的。人生活的某个犄角旮旯儿，都有死去的人在活着的时候来过，那些身影又都会使人想起，并疑心他们并未走远，还在世间徘徊，进而被描绘成活灵活现、异常狰狞的鬼，令听者无端地吓出一身冷汗。

小时候，我听过很多形形色色的鬼故事。村里的老老少少、男男女女，好像都是鬼的见证者和鬼故事的讲述者，讲起来无不绘声绘色、煞有介事。我印象最深的鬼有很多，如迷魂鬼、吊死鬼、饿死鬼、断头鬼、白衣鬼、红衣鬼、黑衣鬼，等等。后来我发现这些鬼故事与见于典籍的鬼故事是不同的，与阴间的阎王、判官、小鬼等的等级也是不同的，大多属于不入流的孤魂野鬼，带有明显的地域性和民间性特征。回想起来，那些爱讲鬼故事的人，或者真的因为迷信和愚昧，或者为了证明自己见多识广，或者把这仅当成一种娱乐，用来打发枯燥无趣的日子。

许多人讲的鬼故事似乎都是其所亲见，不容置疑的，然而又是千篇一律、毫无新意的。比如他们在独自行走或赶夜路的时候，特别是在月黑风高、浓云密布、小雨濯面的夜晚，见到一个人走在外出或归来的路上，四野漆黑而静寂，本来就容易让人产生恐惧感，沙沙作响的脚步声伴着心脏咚咚的撞击声，更是把关于鬼的一波一波的想象，推向了不可逆转的高度。于是，他们向四下里不由自主地频频张望，好像鬼影幢幢，群魔乱舞，前仆后继，在紧张恐惧之中，又把莫须有的可疑幻觉加倍放大。在紧绷的神经支配下，眼前恍然出现一个上触天、下触地的巨大鬼怪，或是面目狰狞地耸立在空中，随时要扑下来把人撕碎；或是随着你的走动而移动，紧追不舍地一直跟踪你，大有难以判断却又以求一逞的险恶居心；或是张牙舞爪地扭动着，像毒蛇一样要把人缠裹窒息而死。每遇到这种情形便让人三魂丢了两魂，经历的人于是撒开腿玩儿命地奔跑。在惊恐之中跑得越快，脚下的沙沙声就越响，这使孤独的夜行者更加魂飞魄散。虽然这些讲述者并没有拿出确凿的证据来证明此事的真实性，也并没有听说谁真正受到过鬼的袭击与伤害，但人们仍然对此笃信不疑。

不止一个人给我讲过这种鬼故事，似乎好多人都是鬼故事的传播者和创作者，讲的人很起劲，听的人却很害怕。人越害怕反而越想听这样的鬼故事，以致我在某些时候，满脑子都是鬼故事和鬼的形象，这可把我害苦了。从小学到中学，我经常一个人独来独往。夏天天黑得晚还好说，上学放学时天都是一片大亮，到了冬天天黑得早，上学放学时天都是一片漆黑。每当我一个人走夜路的时候，总是禁不住要提心吊胆地向四周张望，恐惧地寻找有没有上触天、下触地的鬼怪出现，那种巨大的恐惧感像山一样地压着我，常使我感到毛发直竖、血液倒流。尽管我拼命瞪大眼睛，却从未见这样的鬼怪出现。不过这种说法像梦魇一样，伴随我上小学和上中学的整个过程，而且至今我的心头仍有余悸。

关于迷魂鬼的说法也很令我害怕。据说，它们躲在人们进出的道路边伺机下手，使夜行落单的人被迷了魂，因而找不到回家的路，最后溺毙于河沟池塘。迷魂鬼则因成功拉一人下水而得以借尸还魂人间。发生在我祖父身上的一则往事，被家人讲了无数遍，而且都言之凿凿，让人不由得不信。说是某晚祖父独自一人从县城回家，走到离村子只有一里多路的地方，被鬼“迷”住了。鬼引导祖父离开大路，沿着一条窄窄的小路，向一个水深齐腰的水塘走去，企图让他在水塘里像推磨似的不断地转圈，直到他精疲力竭地倒下淹死。祖父后来回忆说，不知道为什么自己本来很灵活的手脚在那一刻不像平常那样听使唤了，变得很僵硬，并且像被一只无形的手牵着，沿着原本很熟悉的路，走进了那个水塘。他的心里依然很明白，但就是弄不懂为什么这个时候会到水塘里来，朦胧间觉得事情有点不大对头，有点要坏事。他是个胆大心细的人，开始时心里还比较清楚，一边在水中跋涉，一边低头寻思解脱的办法，可无论怎么挣扎就是走不到岸上来。渐渐地，他更加着急，更加害怕了，甚至心里也开始迷糊了。他挣扎着呼喊我父亲和两个叔叔的名字，声音极其无奈和惊恐。此时，祖母正在灯下边做针线活，边等着祖父的归来，我的父亲和叔叔们已脱衣上床准备睡觉。他们都同时听到远处隐约传来的呼喊声，感觉怎么很像是祖父的喊声呢？起初他们还不以为意，认为祖父的火性高，神鬼不敢近身。再听，又确实像祖父时断时续、变腔变调的呼救声，祖母叫父亲和两个叔叔立刻提上马灯，朝喊声传来的方向奔去。到了离家仅里把路的那个水塘边，父亲和两个叔叔用马灯一照，见果然是祖父，只见他身上缠满了水草，正独自一人脸色苍白并迷茫地在水塘里转圈，神志有些昏迷，马上就要倒在水里了。父亲和两个叔叔惊恐万分，赶快下水把祖父拉了出来。祖父回家后仍处于神志不清状态，迷糊中嘴里还不停地唠叨要回家。问他家在哪里，他还能迷迷糊糊地说出是十里陶，全家人真是又心疼又害怕。祖父回来后睡了两天，才真正清醒过来，问他发生了什么事，他居然一点儿都说不上来。后来我在科普读物《十万个为什么》中，看到祖父所遭遇的这个现象，很像书中讲到的"鬼打墙"，似乎还真不是宣传什么封建迷信。从听说这件事起，我把能够看到的好几本《十万个为什么》，都仔仔细细地看了一遍又一遍，从书里获得了不少科学知识。

最恐怖的鬼故事当算是吊死鬼。上吊而死的人是不是一定变成鬼我不得而知。吊死的人似乎一般以女性居多，受欺凌、想不开的自杀者常采取这种方式，在房梁和门头用一根绳子或一条腰带就可以结束自己的生命。我从未看到过悬梁而死的人，但人们的描述却让我觉得极其可怕：说是死者满脸青紫、嘴歪眼斜，舌头从嘴里伸出来能垂及前胸，其状甚惨。说来也怪，根据人们的描述，上吊而死的人多在家里，可人们看见的吊死鬼却多在高粱地、玉米地里的坟头，而且常常都是在赤日炎炎的中午。有个比我年龄稍长的人，言之凿凿地说他亲眼看见过吊死鬼。那天，他去找一头走失的公牛，在穿越高过人头的玉米地、经过一片荒草过膝的坟地时，就看见了一个女吊死鬼。她浑身赤裸，两眼放着蓝光，一条血红的舌头拖过乳头，屁股下还坐着一根房梁，样子十分吓人。白天碰见吊死鬼是很危险的，这鬼出现就是来寻找她的替身的，如果路过的人被其捉了去，她就可以拿这个人抵命，自己从此脱离黑暗的阴间，高高兴兴地去阳间投生。而这个被捉住的人，就得以某种方式马上死去，像这个倒霉的鬼一样四处游荡，直到他也能幸运地捉到一个替身。这不能不令人感到害怕，比我年长的这位村民，见到鬼的时候，再也不敢找什么牛了，“妈呀”一声尖叫着一溜烟地跑了，全然不顾如刀的玉米叶，划得他满脸都是血道道。我还听其他人肯定地说过，他们确实在什么地方看到过吊死鬼，那完全是一副“如果你不相信，只能证明你没见过世面”的神情。这种描绘着实把我吓得不轻，在我们村子通往县城的路上，要经过一个叫陈大庄的地方，在路边的一棵树上就吊死过一个女人。因此，每当我独自摸黑从县城中学回家，路过那棵树时，心都提到嗓子眼儿，几乎要被吓破胆。那时候，我特别希望能有开着大灯的汽车经过，好为我壮胆。

我当时没有理由、没有证据否定这些讲述的真实性，因而我对一切从人们嘴里说出来的，关于鬼的故事都信以为真。我想各种鬼一定是存在的，因为人死了不能凭白无故地烟消云散，应该以某种方式存在着，鬼就是一种最合理的方式和可能。人死了之后以灵魂的形式去了阴间，在我们看不见的那边，还有一个像人间一样挺热闹的世界，死去的人们依然以这边的伦理与秩序生活着。从这个角度来思考，人死这件事变得并不可怕。不过这些死了变成鬼的，与活在阳间的人是不同的，他们来无影去无踪，但有时也要还原为有形，被活着的人意外地看见，这就是人所以能撞见鬼的原因。听说多数情况下鬼是不来干扰人间的，因为鬼常常都是现世人的先辈，很顾惜他们的后世子孙，不会让子孙们担惊受怕。这些鬼既是人们的祖先和长辈，那有什么可怕的呢？但有的人死得十分冤枉和委屈，漂泊在阴间不免心有块垒，于是便化为厉鬼回到阳间来找债主报仇雪恨，随之制造一些混乱或恐怖气氛，使人们在心里始终怀着对于鬼的无穷恐惧，也未可知。

于是在很长时间里，我都相信鬼的存在。有时候我会想，我家那几经搬迁的祖坟上的一个个土堆，不就是已经逝去的祖先们在冥间居住的房屋吗？虽然他们的灵魂早已在那里栖居，但或许会在某个星夜，从墓穴里走出来看看他们的后世子孙。在朦胧的月光下，或许有许许多多的鬼魂，就像人们在阳光下生活一样，在幽暗的世界里活动着，其中就有给我生命与血脉的先人们。虽然上溯至四代之前的先辈们，我已经没有一点概念了，但我在这个世界上行走的血肉之躯，要得益于每个血脉相连的环节，如果任何环节发生断裂，我与这个世界就毫无关系了。为了感念我的祖先，我宽容地想，这个世界应该是个人鬼两分、人鬼杂处的世界，不应该只属于活着的人，鬼也应该同样拥有属于他们的世界和空间。

尽管如此，但我依然极其害怕鬼，晚上仍然不敢往黑暗的地方看，外出尽量不走黑路，害怕一不小心会落入鬼所设的陷阱，被鬼勾去了魂。有几次在光线极暗的时候，我恐惧地把黑暗中的不明物体怀疑为鬼，并且吓得哇哇大叫，因而遭到大人安慰后的斥责，还有小伙伴们的耻笑。我的举动把他们也吓得不轻。夜晚睡觉时，我总是想象有亲切的鬼和凶狠的鬼、熟悉的鬼和陌生的鬼，于黑暗中在四周环伺，打着人们的坏主意。想到害怕处，我便用被子把自己的头蒙起来。即使如此，我仍觉得不安全，隐约觉得仿佛有鬼掀开被子撕扯我的头发，眼前还幻化出各种稀奇古怪的恐怖图案，而且那些图案越变越离奇可怕，吓得我浑身冒汗。

后来的我逐渐意识到，鬼的传说如此盛行，与那个时代的生存环境、文化心理、认知水平有关，可以说鬼是落后、封闭、愚昧环境下的精神性产物，它不是真实存在的，是一种心灵的不健康的外化。在今天的故乡，可能早已没有人再相信鬼了。然而鬼故事的恐怖阴影，一直跟随笼罩着我，直到我离开故乡很久之后，才逐渐淡忘。

# 害怕狼

故乡的人把狼叫作“猫猴子”，我也不明白为什么要这样叫。

在北方范围不大但一线连绵的韭山里，曾出没过令人胆寒的“猫猴子”。而流传在人们口头上的“猫猴子”，似乎比见到的真的“猫猴子”更为可怕。因为对这种昼伏夜出、狡诈残忍的猛兽的恐惧，人们不仅不敢轻易地在星夜行路，甚至在小孩子啼哭不止的时候，女人们只需吓唬说“猫猴子来了！”“再哭再哭，让猫猴子把你叼了去！”小孩子的哭闹便戛然而止，这种方法虽然有些凌厉，但屡试不爽，似有一股神奇的力量。

我小时候也被这么吓唬过，在听到这样的警告时，总瞪大眼睛惊恐地向四周观望，试图弄清楚是不是真有“猫猴子”，它又长什么样，却始终没有看到过，这更增加了我的恐惧感。日落以后的乡村很快便漆黑一片，隐隐的灯火似有若无，更使人感到周围好像野兽环伺，蹲伏着一个个张着血盆大口的“猫猴子”，因此乡村的夜晚在我的印象中，总是被笼罩在恐怖的气氛之中。我由于极度害怕，却又忍不住往黑暗的地方看，想排除“猫猴子”存在和出现的可能性，以使幼小的我可以安然入睡。但四周笼罩着无边的黑暗，像是有千百只“猫猴子”

躲在黑暗中，随时可能向我扑来，把我撕碎，故而面对黑暗时，我总有一种毛发直立的恐惧。当时的我，并不能确定“猫猴子”究竟是猛兽还是人们故事中的妖精，于是我常常无来由地把它想象成人身猫脸、狞牙利齿的怪物。在很长时间里，“猫猴子”都是我意识中一种很可怕、很危险、很要命的恐惧对象。

被村里人称作“猫猴子”的狼，在相当长时间里确实非常猖獗，甚至横行乡里，人们谈狼色变并非庸人自扰。韭山在中国无数的山脉里，可能都不配叫山，主峰狼窝山海拔仅 340 米，充其量只是一些不起眼的小山丘。但它们大大小小几十个山头一溜排开，也呈现出群山起伏的景致和气势。且山上野草杂树丛生，天然洞穴也有很多。其中有一个叫韭山洞的溶洞，居然被当地人称为江北第一大洞，据说当年朱元璋起事时曾在洞中屯过数万兵马。多年之后，我在亲友的引导与陪伴下，到达了这个山洞。它的巨大神奇，绝不逊于北京的上房山云水洞、辽宁的本溪水洞、广西的织金洞等，可屯兵马数万绝非虚言妄语，然而它却声誉低微，籍籍无名。韭山里高高低低的植物和大大小小的洞穴，足以成为狼群栖身和掠食的好场所。它们在晚上经常三五成群外出觅食，给周围百里的乡村制造了许许多多恐怖的故事。

我们那个村子离韭山仅二十里地，这点路程对于四蹄奔驰的狼来说，自然是小菜一碟，无须费太大的劲，只要稍稍一溜达就过来了。听大人们讲，其实狼再猖狂，到了晚上，也并不敢公然到村子里来，而更像一个胆怯的贼偷吃猪羊，或合伙袭击夜间路上的独行人。为了防范狼的袭扰，几乎家家户户都养了狗。作为与狼同祖同宗的狗，当狼悄悄出现时，听觉嗅觉十分灵敏的它们，就会马上作出反应，而且是六亲不认，不讲情面，尽其所能地狂吠起来，甚至不自量力地向狼发起攻击。只要一家的狗有动静，家家户户的狗都远远近近地响应着，整个村子像是立刻陷入了奋起抗击的氛围之中。这时候狗吠的声音，完全不同于以往，村里的人们很容易就可以判断出是可恶的狼来了。于是男人们抄起顺手的家伙，奔向黑暗，去助狗一臂之力，把狼赶跑，保护好猪羊，让乡村再度恢复平静。

后来听到两个故事，使我对狼的恐惧有了根据。西边村子里有个男人，孤身一人赶夜路时遭遇了狼的袭击。常言道，人有人路，狼有狼道，狼每次外出都会沿着一条固定的路线行动，我不清楚这种说法是否有道理，但这位夜行者还是同狼狭路相逢了。不过他遇到的不是狼群，而是一只独狼。正因为如此，这只狼没有从正面对他发起攻击，而是悄悄地从后面逼近，用爪子轻拍一下夜行人的肩膀。据说狼这样做并非是有什么幽默感，或者故意和人闹着玩，而是狼对自身的优势和劣势十分清楚，在与人单打独斗时，如果从正面发动进攻，人会有一定的反应和准备时间，并且在遇到生命危险时，人必然会奋力相搏，狼并没有制胜的绝对把握；如果从后面进攻，则胜算要大得多，但人身体的后面没有可以一招致命的薄弱环节。于是狡诈的狼，千万年来积累下非常实用和有效的经验，即先从人的背后悄悄接近，挨近时用前爪轻拍人的肩膀，行路的人误以为是熟人在同他开玩笑、打招呼，待稍一回头，在防备不及的情况下，就会被狼闪电般咬住喉咙，或撕破脸皮，于是人可能在瞬间丧失反抗能力，沦为狼的大餐。但这位夜行人，胆大心细、富有经验且沉着镇定，因而并未被狼所骗，他明智地没有回过头来，而是继续坦然前行，凭感觉瞅准时机，迅速回身猛地一拳砸在狼的下巴上，紧接着与狼展开你死我活的搏斗。狼最终竟然被夜行人打得奄奄一息，反而成了人的战利品。夜行人与狼搏斗的过程，很容易让人联想起《水浒传》中的武松打虎。当然这位勇敢的斗狼猛士，也被狼爪和狼牙弄得满身满脸血痕。

另一个故事就发生在我们那个村子。公路边有户姓陶的人家，家里一个三岁的小女孩在一天夜里被狼叼去了。陶家有三子一女，女主人又格外喜欢女孩，因此这个唯一的女孩就被视若掌上明珠。狼叼走女孩，可想而知对陶家打击有多大。那天晚上，开始时的一切显得那样宁静祥和。这个爱玩耍的小女孩可能玩累了，在门前的空地上睡着了。大人们都还在地里哼唱着乡村的歌谣摸黑干活。也许时间还早，狗儿们似乎也放松了警惕。狼极有可能就是在这个时候摸进村子的。人们一开始还可以听到女孩的哭喊声，随着哭喊声渐远渐弱，从地里奔回来的陶家人，才发现自家的孩子被狼叼走了，随即拎起棍棒去追赶。然而为时已晚，人哪里追得上狼呢？女孩的哭声终于在又黑又深的夜里彻底消失了。尽管全家人以及乡邻们发疯似的一直向北追去，却完全是没有目标的徒劳寻找。天大亮时，人们在狼遁去的路上发现了点点血迹，在进山的地方又看见了细小的骨头渣子。陶家的女人因此疯魔了，一个本来就快人快语、啰里啰唆的人，变得更加疯疯癫癫、絮絮叨叨的了，逢人便诉说她的孩子是多么可爱，又多么惨。那形象十分像鲁迅笔下的祥林嫂，让人看了十分心酸。

我十多岁时随众人到韭山里采摘过一次山枣，在我浑然不觉的情况下，竟然与狼擦肩而过。明知山上有狼，为什么还要上山采摘山枣呢？一来在人们的常识中，大白天狼不敢出来；二来我们人多势众，特别是有身强力壮的成年人同行，所以我们的胆子很壮，并不害怕有狼存在。我们采了满口袋殷红山枣往回返，当走出山洼、前面就是平地的时候，有几个人才说刚才在路边的山洞里看见了狼。我闻言大惊，忙问他们为什么不在当时说一声，我再害怕也想亲眼看一看狼到底长什么样。他们说当时没敢吭声，是唯恐惊动了狼惹出麻烦，只是一个劲儿地催大家赶快走。他们还说狼应该也发现了我们，眼睛阴沉而狠毒地朝我们看，要不是我们人多，说不定就会扑过来。虽然我有些遗憾没能看见狼，但那也够刺激的了，因为那是我距离真狼最近的一次。如果那时候狼真的不顾一切地冲出来袭击我们，不敢想象那该是一番怎样可怕的情景啊！

真正让我心有余悸的是，一天，我和一位小学同学放学回家，也许是我们过于贪玩耽搁了时间，天已经很晚了，我们才想起应该回家了。我们不敢走小路，只得绕道去走大路。离村子还有差不多半里路的地方，我们已经可以看到村子黑黢黢的影子了。就在我们感到胜利在望的时候，却发现前方的黑暗处，出现了四个绿莹莹的光点。虽然我们从没见过，但关于狼的故事及其特征，我们听得太多了，立刻想到那可能是两只狼的眼睛，我们一下子吓傻了。两个手无缚鸡之力的小学生，在这种时候是无论如何对付不了两只狼的，更何况我们早已吓得魂飞魄散。我们失声地叫了起来，恐怖地希望村子里的人，能赶快前来救我们。谢天谢地的是，有一辆卡车从我们的后面开了过来，雪亮的灯光里，狼大概是被晃花了眼，或被汽车这个庞然大物吓着了，立刻夹着尾巴逃走了。卡车司机大概也发现了狼，开着车慢慢地走在我们的身后，我们则双腿瘫软、气喘吁吁地走在汽车灯光的前头，三魂丢了两魂似的奔回了村里。

我后来见到过狼皮，还吃到了狼肉，这无疑使我感到十分解恨和开心。那是一个赶集的日子，我和小伙伴们正在路边玩耍，抬眼看见络绎不绝、肩挑手提的人群中，有一个男人扁担上高高地挂着一张狗皮一样的东西，看样子是要拿到集市上去卖的。“狼皮！”一个小伙伴惊呼起来。这一下子就引起了我的极大兴趣，定睛看去，那张看起来像狗皮的，应该就是一张狼皮。我说不出狼与狗的区别究竟在哪里，也想象不出这只狼是怎么被人捉住的，又是怎么被开膛破肚、剥皮抽筋的。对于这种作恶多端、让我想起来就倍感恐惧的狼，它们遭此下场让我感到很高兴。在很多时候，它都是我噩梦的制造者。我有很多次梦见自己孤独地走在一个黑暗的世界里，心里很害怕有狼出现，可狼就偏偏出现了，直吓得我大梦方醒、浑身是汗。这种可恨的家伙，今天终于只剩下一张皮了。怎么能不让人解恨呢？我追上那个挑着狼皮的男人跟着看，觉得这张狼皮除了面积比狗皮大一些，并没有什么更为奇特的地方，只是那两只空洞的眼眶，仍透着凶残和阴骜的意味。我问挑着狼皮的男人，这是不是真的狼皮，他嘿嘿一笑，没有作答，既对我们不屑一顾，又像含着某种玄机。此时有风吹动，狼皮随风飘了一下，我居然被这狼皮也吓了一跳。那男人则更得意了，脸上一副打狼英雄的气派，挑着他的狼皮和货物，神气活现、不紧不慢向县城方向走去。

吃狼肉则是在另一个意想不到的时间发生的。那天家里来了一位父亲的朋友，看到父亲正和几个亲戚在喝酒，便从怀里掏出一小块方的、黑乎乎的东西，要和父亲换酒喝，前提是要猜出那是一块什么东西。看到这么一块腌臢成如此颜色的东西，父亲露出不感兴趣的神情，不过还是给他在桌上摆了一双筷子和一个酒杯，并给他斟上了酒。父亲的朋友看他吊人胃口的效果没有达到，只好把底亮了出来："狼肉！想不想吃？"这确实让在座的人们吃了一惊。虽然平常狼患不断，但我们还真的没有吃过狼肉。而且我们家乡的不少人，不大喜欢吃猫狗一类的东西，嫌那玩意儿腥骚。狼这种恶贯满盈的野兽，在人们心里更是罪恶昭彰，要是吃它心理上真的有些障碍。父亲的朋友说，什么东西都要亲自尝尝，才能知道它好不好吃。母亲用刀把父亲朋友拿来的狼肉切了，给每人分了一小块。因为我在场，母亲也给了我一小片。我有些胆战心惊地把那黑乎乎的狼肉放在嘴里咬了咬，竟没有吃出什么味道来，除了口感有些粗糙之外，几乎没有留下什么特别的印象。几个亲戚对狼肉的评价，也是语焉不详，那意思好像是狼肉并没有鸡肉猪肉之类的东西好吃。父亲的朋友有点失望地摇了摇头，但这并没有影响他坐下来喝酒时的好兴致。对于我来说，不管味道如何，也算是吃过狼肉了，可说是一种经历。

在今天，狼进入受保护动物之列，吃狼肉可算犯法。我对狼的恐惧超过其他任何野兽，因为它在我少年时期的生活中，实实在在地存在过，并对我有过极大的威胁。至于老虎、狮子、豹子之类，虽然比狼更加凶猛可怕，但毕竟未曾出现在我的生活中，只是人们传说或故事中的遥不可及的角色，那时的我对其一点儿概念都没有。听说离我们村子二十多里的韭山里，已经没有了狼的任何踪迹，但在我的心里，仍然对这种被称作“猫猴子”的野兽，怀有某种挥之不去的恐惧感。

# 秋　火

从秋天迈向冬天的时候，冷风从北方呼啸着漫天而来，大地像被人抽干了灵魂和水分，只剩下衰败的枯树和荒草。

远远地横亘在北方的韭山，此时也慢慢从苍翠变得苍茫了，仿佛在瞬间老去了许多似的。那脉山峦同我后来见到的大山相比，简直不足挂齿，但它经常给我很多的想象，使我故乡那片平庸的土地，显得有几分生动。记不清从什么时候开始，我发现这连绵的山峦，竟会在秋天燃起山火。要是在日朗风和的白天，远远看去，依稀可见带状的山火明明灭灭。它不知从何处燃起，缓慢而有力地向前移动，浓重的烟雾从过火地带飘向天空，像一阵阵乌云在空中凝定或飞散。经过大火烧灼的韭山，由青灰变为一片墨黑，通体都是黑色的伤疤。要是山火发生在晚上，山的轮廓隐在无边的夜幕之下，气势磅礴的山火是那样的明亮、那样的辉煌，整个夜空被映照成火红的颜色，连远处我所在的村庄，都有被照亮的感觉。

每当此时，无论白天还是夜晚，我总和小伙伴们站在村头或田间，遥望着远处燃起的山火，心里涌起一种说不清的欣喜与激动。在我印象中，韭山每年都会有这样的山火燃起，给我平淡无奇的少年生活平添了一点看头和趣味。那时候，我们并不知道山火对于山上森林植被的破坏作用，只知道被野火反复焚烧的山上只能生长一些低矮灌木和茂盛杂草，不会再有高可参天的像样有用的大树。凭我有限的阅世经验和文化知识，我明白“野火烧不尽，春风吹又生”的道理，相信韭山会浴火重生，就像例行地脱去一件旧棉袄，次年植物便会长得更加茂盛。因此我们常在日里夜里，怀着兴奋的心情眺望着遥远的山火，想象着今年化为灰烬的草木，想象着明年那满山的青草、绿叶和红花。

但父辈们面对山火似乎并不开心，常常发出与我们这些孩子们大相径庭的叹气声。我也隐隐地知道，山火烧掉了山上的杂木与茅草，我们盖草房子苫的屋顶、烧锅做饭用的柴火等材料，就没有了来源；用山上砍下的柴草到县城换柴米油盐，也没有指望了。我至今都清楚地记得，很多次深更半夜，我被一种吸吸溜溜的喝粥声和吧嗒吧嗒的咂嘴声给惊醒了。我于睡眼惺忪之中抬头一看，原来是一群瘦削精壮的男人凑在一起吃饭，他们将要去山上砍柴割草。大约到了傍晚时分，他们就会用两头翘的桑木扁担，挑着两捆高高的、码得相当整齐的柴草凯旋。这种时候，我能从这些男人们的脸上，看到一天下来的辛劳，更能看到属于他们的满足感和成就感。这点收获虽然看起来很小，但却与艰难岁月中的温饱密切相关，也不算是一件小事。

因此，这年年突如其来的山火，给乡亲们造成的损失显而易见。即便人们上一趟山也并不容易，假如风雨淋浴之下的柴草仍在，总还是一种实实在在的念想和依靠。大火过后，他们还能从山上割下和担回什么呢？我体会不到那唉声叹气之中包含的内容，只觉得那明明亮亮的山火烧得很壮观、很好看，至于山上的草木有什么用途，父辈们拿它们干什么，好像一点儿也不关我的事。

当然，我们并不满足于远远地眺望山火，而是同小伙伴们结伴向山区进发，去一睹山火燃烧时的盛况。当我们走过十多里路，渐渐接近山火时，才发现它与远观是如此的不同，简直可以用令人惊恐来形容。在远处看来红若游丝、飘带般漫卷的山火，近在眼前时则如同一片汹涌翻滚、势不可当的火海。仿佛有飓风呼啸而过，高低连绵的荒草杂树往往在一瞬间化为乌有，山上的一切都被扔在大火中焚烧与冶炼，并迅速化为灰烬。即便是顽石，在烈火中仿佛也可以瞬间爆炸与碎裂，火星、烟尘、残枝，随着热浪向上升腾，在空中形成巨大的、随心所欲的漩涡，并伴随着吼吼吼的、瘆人的怪叫，如有千万头怪兽张开血盆大口，要把天地间的所有生灵尽皆吞噬。我们隐约也看到各种亡命的小动物，看到无望挣扎的昆虫。我们被眼前的一切惊呆了，半晌也说不出话来，但我们的内心却是激越的，跟着大山烛天的喷薄，发出忘情的喊叫。

山火并不会停止，而是像一阵风似的卷过去了，摧枯拉朽般地往天边奔腾而去，仿佛要用这翻卷腾挪的火龙，把这个世界彻底摧毁荡平。大火过后会遗留下星星点点余威尚存的火星，意犹未尽地燃烧着，四处冒着丝丝缕缕的灼热烟雾，如同刚经历过一场酷烈无比的战争，遍地狼藉的惨状刺痛了我们的眼睛。

那个时候，我并不关心和了解这火是怎么烧起来的，是有人抽烟意外点燃，还是放火烧荒为了明年树更绿草更旺，抑或是刻意破坏者有意为之，均不得而知，反正在我的记忆中年复一年都能看到山火如期而至。毁灭和新生，在这并不知名的群山上，竟也演绎得如此惊心动魄。杂树与荒草，来年又会复生。那些住在山里和山下的村民们，会怎么看这肆虐的山火呢？我同样不曾深想。在很长时间里，我都以为山火同日出月落一样，属于再正常不过的事情，以为这一切都是自然而然，天经地义。

在山火肆虐的时节，故乡的田野也常烽烟四起。一春一夏的高温和充沛的雨水，使植物长得异常繁茂，秋收后的庄稼地里布满了稻茬，田埂上也长满了杂草，埋葬先人的墓地更是荒草萋萋。于是便有人把长得高些的荒草割了，担回家当作柴火烧火做饭。剩下的根茬，则点着烧掉，以利于来年的耕作与施肥。人们把这叫作放火烧荒，据说千古如斯。难道这是从刀耕火种时代传承下来的习俗吗?

因此当秋高气爽、天干物燥的季节来临，就会有野火不知从何处烧起来，可谓四处冒烟又急又猛，似乎满世界都着了火。空气中弥漫着秋天好闻的气息和呛人的煳味，田野与耕地像是被狠狠地扒了一层皮，裸露出黑黑的肌肤。对于乡间的野火，我倒听过一些说法，说是烧荒可以促使枯萎的植物加速转化为来年的肥料，又可以将大量的害虫烧死，从而有利于来年新春的庄稼生长。鸡鸭鹅们以及形形色色的鸟儿们，也都乘机跑到田野里来猎食，寻找着余烬中残留的虫子和草籽。于是秋天的田野尽管是一种肃杀的气氛，但却是生机勃勃的。我在某种死亡般的氛围中，感觉到的是田野再生的期待与想象；在焦煳的味道中，闻见的是春天扑面而来的新鲜气息。火的燃烧是一种例行的迎送仪式，给即将过去的一年的繁盛画上句号，也开启了充满希望的新的一年。

秋之山火与野火一直留在我的心中，虽然从环保的角度而言，它不够绿色，不仅污染空气，增加碳排放，而且水火无情也是不可不察的，但作为少年的记忆，不仅挥之不去，甚至还深深眷恋。

# 故乡雪

皖中在北京往南两千里，却有好大的雪。尽管对于天上为什么会下雪，我百思不得其解，但我小的时候特别爱看雪。每当落雪天，缺衣少穿的我们，瑟缩着聚集在冰天雪地里，尽情尽兴地玩耍。我们伸出冻得通红的小手接住雪花，放在掌上细细地观赏，惊奇地发现这种天上随意落下的雪花，竟都是六角的形状，而六角形的雪花，竟有那么多种不同的图案。是谁在冥冥之中用巧手做成它们的呢？我觉得太不可思议了。我看到片片雪花像白色的蝴蝶落在我的手上，那么轻盈又那么精致，我的内心便被无穷的感动充满了。但很快它们就在掌心，化为了滴滴亮亮的水珠，一种伤心之情又油然升起。我常常既想反复欣赏雪花仪态万千的美丽，又怕自己温暖的手掌心破坏了雪花鬼斧神工的造型。于是，我常常站在雪地上看雪，长时间地观赏它们在天空中飞舞时的矫健，落在泥土上的轻柔。它们如降落人间的天使，散发出一种高贵的气质，令人十分神往和着迷。

雪花密密地在空中旋转着飞舞，像是天与地在进行一场柔情蜜意的对话。我透过雪幕望去，往日那些看起来丑陋低矮的茅屋，被一种诗意深深地笼罩着。远处的田野以及更远处的水库，都在雪中苍苍茫茫、若隐若现，迷离成真幻难辨的传说。我想这是一种多好的创造故事、倾听故事的氛围啊！可谁是故事的讲述者呢？唯有这雪。酣畅淋漓的雪此时下得更加气势磅礴、恢宏无比，好像今生今世再也不会终止了。这雪陪我迎来夜晚，进入梦乡，与之共舞的风声轻叩我家的门窗，一夜唱着催眠的音符。

清晨，我听到雪的簌簌声停止了，打着唿哨的风吹起来。俗话说，“下雪不寒雪后寒”，冷硬的风直钻肌肤。我蜷缩在被窝里懒得起床，父亲起床去开门，立刻发出赞叹：“好大的雪呀！”我从被窝里探出头来，见齐腰深的积雪堵住屋门，像是一道雪白的墙。这情景使我很兴奋，一骨碌从床上坐起来，用被子围着身体，兴味盎然地看这送上门来的雪景。父亲取来铁锨铲雪，铁锨与雪接触时发出的哧哧声如同一种乡村音乐，在寒冷的空气中诱人地飘荡，使我无法再在被窝里待下去。我迅速穿上衣服下地，加入铲雪的行动。

其实封门的雪大多是风吹来的。关着的门作为避风的极好去处，使随风而起、到处迁徙的雪，在此止住了脚步。望着满眼的雪，我想这雪下得真大，整个世界似乎只剩下雪了。雪在父亲和我的铁锨下向后撤退，被铲起后远远甩开的雪一尘不染，在阳光下反射出晶莹的白。父亲的脸却是红红的，有哈气从口中阵阵呼出，化作团团不可思议的雾。他满脸开心的样子，仿佛对下雪也如我一样高兴。他一边铲雪，一边问我天上下的这是什么。我觉得这问题很可笑，雪，还用问吗？父亲却说，傻孩子，这是粮食，是大豆高粱，是大米白面。我以为父亲在同我说笑话，便说，“对对，这雪就是白面”。要是这遍地的雪真的都是白面该有多好，我们八辈子也吃不完，人们也不要那么辛辛苦苦种地了。我听奶奶讲过一个故事，说原来天上下的雪确实就是白面。那时的人们不知该有多享福，但人们对此不知道珍惜，开始胡糟蹋，拿白面烙的饼子给孩子擦屁股。这样的事传到了天上，一位主管粮食的神仙装扮成穷人下凡乞讨，碰见一位女人宁可用白面饼擦孩子的屁股，也不愿意施舍给他这个衣衫褴褛、瘦骨嶙峋的穷人。这位神仙又走访了一些人家，遭遇基本相同，于是十分惊骇，决定让那飘飘洒洒的白面，变成由水凝成的雪，从天上落下来，让人空欢喜，想吃大米白面的话，必须通过辛苦的劳动去换。

父亲则另有见解，他谆谆告诫我说，这雪虽然不是白面，但跟白面差不多。对于田里的麦子来说，这就是越寒过冬的被子，不仅盖上它暖乎乎的，而且还有充足的水喝，明年自然就有了好收成，那不就等于是白面吗？不过当时我对父亲的说法将信将疑，无法理解寒冷的雪怎么可能是什么暖乎乎的被子，我认为此时的麦苗在雪的下面一定冷得发抖。这个道理是后来才懂得的。

此时远远近近地传来人声，村里的人都起来铲雪了。隔着厚厚的积雪看过去，只能看见一个个脑袋。小伙伴们也像我一样来帮大人铲雪，一概兴奋异常，叫声连天。人们在自家门前铲出一片开阔地后，又在户与户之间挖出通道，以便于来往串门，那情景很像打仗电影中的坑道。

吃过早饭之后，我与小伙伴们去田野里寻找野兔和刺猬。茫茫雪原会使动物们暴露无遗，这是我们抓它们的最好时机。我们用草绳缠腿，武士般在雪原上挺进。一发现有动物蹄爪留下的痕迹，我们便寻踪追击。在一处被风旋起的音乐般流畅的陡坡下，我们发现了一个新鲜的窟窿。窟窿外居然还有一团黄黄的尿痕。我们悄悄地接近目标，想在突然之间发起攻击，迅速盖住窟窿，把兔子之类的小动物，封在洞内当场捉住。但雪原上的一切太安静了，我们踩雪的声音听起来大如雷鸣。因此当我们离雪窟窿还有丈把远的时候，忽见一只肥肥的兔子从窟窿里突然蹿出，不假思索地撒腿往我们没法合围的方向逃奔而去。逃逸了的兔子像是带着一团温暖的气息在雪原上奔驰，在雪白的田野十分引人注目。兔子的出现令我们激动得热血沸腾，我们大幅度地左右摇摆着身体，挣扎着以最快的速度去追兔子。兔子在雪地上跑得很轻松，跑着跑着，还停下脚步，回头审慎地张望一下，仿佛在嘲笑我们这些行进速度远远低于它的追猎者。尽管那只兔子心里十分清楚，在这种情况下，我们无法追上它，但它还是神情严肃，脸上露出一副谨慎小心的样子。结果可想而知，我只能恨自己的腿短，不能像老鹰似的长两只翅膀腾空而起，去追赶逍遥而去的神气活现的兔子，只得眼睁睁地任它逃之夭夭，消失在茫茫雪原上。

我们不甘心失败，便在雪原上继续寻觅，然而结果仍是一无所获。虽然徒劳一场，甚至满身汗湿，但我们还是心花怒放地在雪地上，扯着喉咙唱我们家乡土里土气又很奔放的歌。我们原本就没指望一定能逮着什么，在雪原上肆意地奔跑本身似乎就是目的。太阳出来了，雪原清寂而又辉煌，我们被一种沉醉的感觉所支配，依旧在雪地上激情地狂奔。但我们渐渐累了，积雪具有极大的弹性，差不多耗光了我们的体力，于是不管雪有多冷、天有多寒，我们将自己四仰八叉地放倒在雪地上休息。积雪禁不住我们的体重，所有的人都被埋入雪中。凉凉的雪钻进我们的脖子、袖子和裤腿，痒痒地冰着我们发汗的肌肤，那感觉真是舒服极了。不久我们就又跳将起来，呼啸着向村子里奔去。

当我们精疲力竭地回到村里，发现发生了很不妙的事情。有两家的房子禁不住雪的重量，被压塌了，其中之一就是一个小伙伴的家。房顶上塌陷的部分在雪天里黑洞洞的，像是张开的大大的嘴巴，屋子里则异乎寻常的明亮。塌下来的房上的草和随之落下的雪都被清扫了，太阳从空洞照下来，怯怯懦懦的，犹犹豫豫的，像是犯了什么错误。他们一家人正坐在一起若无其事地聊天，像什么事情都未发生。因为雪是干的，不会把屋子淋得一塌糊涂，只要把房上的雪铲去，重新走梁行椽，苫上干草，就万事大吉了。再大的挫折与苦难，都不会把村民们击垮，他们会以超凡的坚强与忍耐，使惨淡的人生闪出亮色。

跟在雪后面的风一个劲儿地刮，在漆黑的晚上带着哨音把窗户拍得让人心惊。全家人围坐在火盆边，望着红通通的盆火，听长辈说古论今。老人特别爱讲令人毛骨悚然的鬼故事，每到此时我总感到灯的黑影处藏着无数的厉鬼，怪模怪样、居心叵测地随时可能对我下手。即使全家人围坐一圈，我连回头看一眼的勇气都没有。等到火盆的温度荡然无存，我便钻进冰冷如铁的被窝，一边听着外边风的呼号，打着寒战，一边让鬼的故事继续吓出自己的冷汗。我渴望天能早一点亮，叫莫须有的鬼远我而去。但冬夜总是那么漫长，长得仿佛没有尽头，只有当我把自己交给了梦，才可免除鬼故事的缠绕。

遍地的雪是在不知不觉中融化的。我常看着地上残留的雪出神，惊疑那些厚厚的积雪都到哪里去了。尽管我也知道那潺潺的小溪与化雪有关，但小溪的流淌远没有茫茫雪原壮观。壮观的雪原仅仅化作小溪悄然流走，一点也不气壮山河、惊心动魄，有些过于平淡了。而且雪后的泥土又湿又黑，极为丑陋，完全没了雪所制造的强烈美感，因此冰融雪化带给我的是说不尽的遗憾。但想到每年大雪与丰收相伴，我对此就不那么遗憾了。

后来每年都有大雪，每年的大雪都很相似，逐渐长大的我对其也不再感到过分新奇了。但我依然觉得下雪天是最美好的，能让人神清气爽、心情舒畅，不过对年年相似的大雪难以留下特别不同的印象。

有一年的大雪却让我终生难忘，那是我在县城上初中的时候。一个星期五的晚上，灰蒙蒙的天上又下起了鹅毛大雪。沉重降落着的雪像是要把地上的一切彻底埋葬，一直下到了星期六晚上都未停。我无法回家，因为要走十里之遥狂风暴雪的夜路，我没有这样的勇气。十分糟糕的是，每次只带五天的伙食吃完了，我又不愿意等天放晴时耽误课程回家取粮。正在我为此焦灼时，一个熟悉的身影裹着雪的冷气，走进了我们学生宿舍，是父亲！他浑身都是雪，眉毛胡子结了亮晶晶的冰。不用说，父亲是涉过十里地的雪路专程来县城给我送粮的，我仿佛看到了那十里雪路上，父亲留下的一个挨一个的深陷的足迹，以及他顶风冒雪所付出的种种艰难。我愣在了那里，泪水夺眶而出。父亲却并没有表现出很辛苦的样子，而是快活地拍打着身上的雪，那雪落了一地，并且很快化成了水。也许是看到儿子使他高兴，也许是亲手解决了儿子的难题，一种明显的满足感堆在他瘦削的脸上。

父亲送来的是一个粗布口袋。他把它放在地上，解开袋口的绳子，从里面掏出一个更小的口袋来。我知道小口袋里装的肯定是母亲烙的发面饼。母亲特别会烙发面饼，喷香暄腾，口感极好，这一点在村里很有名气。此时看来，饼虽然因冷而硬，但色泽黄亮、美味诱人一如既往。我闻见了它不可阻挡的香味，泪水又一次打湿了我的眼眶。

我从父亲关怀的眼神中，并没有读出太多的内容，全部意思也就是“吃吧，别饿着了”。他没有多说什么，只是深深地看了我一眼，转过身，沿来时的路冒着夜雪回去了。我站在雪地中凝望着父亲远去的背影，心里默默地想，有什么比把自己的学习成绩搞好，更对得起这样的背影呢?

我离开故乡许多年了，但我始终忘不了故乡落雪的日子，始终忘不了风雪中父亲的背影，因此我对天降大雪总那么期待与钟情，时常遗憾北京地处北方，为什么不能把雪下得像样点呢？如今的北京，雪下得太吝啬了。一般是入冬时一场小雪，稀稀落落地飘那么几下便停了。深冬时虽再来一两场稍大一些的，也厚仅盈寸。不过北京的雪下得虽然并不大，那纷纷扬扬的气氛却造得很足，不仅让京城大小街道变得滴溜打滑，寸步难行；而且因车来人往，雪的洁白最终被满眼的污浊不堪所取代。日暖雪化之时，街道上便是脏水潺潺，使人对雪并没有太美好的记忆。再就是开春后草草地落一场春雪，轻描淡写地弄湿一下地皮，就惊慌失措般地逃得没影了。我在北京的四十多年中，从未见北京下过像样的大雪——如我的家乡皖中下过的那样，对于这一点，我总是耿耿于怀。

# 灼烫的酒杯

小时候，我特别盼望家里能常来客人，来了客人就意味着改善生活、大快朵颐、填饱肚皮的好时机来了。家里只要是来了客人，父母亲就会忙着备酒炒菜，热情地款待他们。不仅如此，我还极其盼望村子里能发生点什么大事情，比如建房造屋、结婚生子、得病死人等红白喜事，这都是村里人大碗小碟摆宴席的重要理由。每当这种事发生的时候，人们像是忘记了往日相互间的鸡争鹅斗，忘记了平常的艰辛忧愁，会推杯换盏、猜拳行令、吆五喝六地吃得十分尽兴，给枯燥平淡的乡下生活，增添一些短暂热闹的滋味。我们这些无忧无虑的孩子们，自然也能跟着蹭个吃喝，哪怕是锅底碗边的残羹剩汤，也可以不加计较、欢天喜地地混个肚子圆。

没到操心虑事年龄的我，那时候并不懂得家境的艰难。父母亲每次招待客人，几乎都是倾其所有，竭尽所能，才勉强凑出六到八个荤素菜肴，好让主人和客人双方的面子上，都能过得去。即使家里穷得实在揭不开锅，也要从邻居家东凑西借，再从后院拔来正在生长的萝卜、白菜、豆角、韭菜、大葱之类，再忍痛宰杀一只尚未长成的小公鸡，或正一天一个地在下蛋的老母鸡，几样菜就热腾腾、香喷喷地端上了桌子，满面笑容地招呼客人坐下来吃喝。按当时的水平，那应该是相当奢侈的消费了。小公鸡和下蛋母鸡杀了，等于把母亲用来换取油盐的鸡屁股银行给断了。好在母亲每年都会养一群鸡，后院栽种好几畦各式各样的蔬菜，她的用心既是为家中的日常用度，也是为待客准备的。我知道我那好脸面的父母亲，很重视他们在亲友中的口碑，绝不肯落下“抠门”的名声。本村与邻村都有不与人往来的人家，平常人们在闲谈之中，对这样的人家是颇为不屑的，说起来都是一副直摇头的表情。

实际上，维持这种脸面是要付出相当代价的，然而我对父母亲因为要脸面，而经常犯愁犯难是视而不见的，常常巴望着家里能常来客人，多来客人，尤其是来重要的客人，因为只要来了客人，家里就会比平常吃得好上很多。每每闻到母亲在灶上炒菜煮饭时，飘来的阵阵饭菜的香味，闻见父亲从代销店打回来劣质酒的气息，我的口水就禁不住地往下流，心情一下子就会变得鲜亮无比，像有无数欢乐的鸟儿，在胸膛里愉快地飞翔。即使我能看出堆在母亲脸上的，是重重的愁苦和无奈，但美食的诱惑似乎盖过了一切，并不影响真饥真渴的我和兄妹们试图参与分享的巨大冲动。

我是后来才逐渐看出或明白生活背后的门道的。在大多数时间里，家里来了客人，母亲还是给足了父亲面子，对客人总是笑脸相迎、笑脸相送，不厌其烦、不怕劳累，这种皆大欢喜的气氛，似乎比较常见。但母亲也有很不高兴的时候，即使有客人在，脸上也挂满了冰霜。记得有一次送走客人后，母亲对父亲发泄着积蓄已久的强烈不满：“你就知道把人往家里带！家里穷得叮当响你不知道吗？你让我拿什么来做饭做菜？我看照这样下去，只剩下割我的肝、切我的肉炒给人吃了！可那也没有几斤几两！”自知理亏的父亲，倒是始终显得极为温和，笑嘻嘻地讨好母亲说：“有办法，有办法，你有办法。”母亲便吼道：

“我没有办法！下次你来做！”母亲发脾气归发脾气，下次父亲再次把客人带回家时，母亲还得想方设法做饭做菜。我从未见过父亲在母亲面前高声大嗓过，父亲知道说软话是击败母亲的最好武器，他还知道母亲的不容易，每道菜、每顿饭，都需要母亲上心费力去做，要是真把母亲惹恼了，再将客人带到家里来，冷锅凉灶的准下不来台。

母亲把菜做好，一碗碗地端到桌上来时，父亲就开始招呼客人喝酒，而母亲依旧在灶上洗洗涮涮不停地忙碌着。我们小孩子是没有上桌资格的，只能在周围远远地、贪婪地望着，心里惦记着桌子上的美味佳肴，眼睛里闪出艳羡的亮光，流露出明显的馋意。用一句家乡很常用、很形象的话来形容：嗓子里能伸出手来。父亲与客人喝酒的时候，我和大哥会在桌子周围、在客人的背后不停地转悠，并刻意制造出点响动，以期引起父亲和客人的注意，希望能够得到一块炒鸡蛋、咸鸭蛋或红烧鸡肉之类的赏赐。这一点小心机自然会被他们看个明白，我们也常常如愿以偿。虽然这说起来很丢人，但在那个时候实惠似乎更重要。因为母亲做不出更多的菜来，只能让我们眼巴巴地望着桌上的盘子，流露出克制不住的贪婪眼神。

最让我期待的，是父亲与客人们没完没了的猜拳行令。因为输酒耍赖的人常常让我给他们代喝，我便有机会在代完一杯酒后，趁机吃一口桌上的菜，我们家乡把这叫作“过咽”，运气好的时候，一顿饭能有三五次“过咽”的好机会，我和大哥会因此而感到很满足、很开心。但父亲却并不允许我随便给客人代酒，总是说自己的儿子还小，不能给他们随便代酒，会伤了小小的身体，要代的话也只能给他这个当父亲的代酒。父亲的话让我减少了代酒的机会，也让我失去了不少吃菜的机会，于是我对父亲的正确意见，似乎并不认可和领情。在酒的辣与菜的香之间，我经受着一种两难选择的困扰。

我发现人们的生活越是贫困，越想弄一点好的东西吃，以达到挡饿解馋的目的。而招待应邀而来的客人或不速之客，既为自己解馋，也加深了友情，可以说是两全其美。来了客人就要招待，招待了就要摆酒，摆上酒就要猜拳行令。在那些年头，人们自然喝不上什么好酒。所谓的中国名酒，村民们几乎闻所未闻，而且那时候人们根本就没有名牌意识。能有机会喝上的大多是几角钱一斤的地瓜干酿造的酒，这种酒味道很冲，口感非常苦涩，但人们仍然喝得津津有味，只要有菜下咽，就能喝个五迷三道，不省人事，倒也没见把人喝坏。比较高级一些的要数高粱大曲了，价格贵一点，味道也好得多，这得是相当有身份的、很重要的客人临门，父亲才肯拿它来待客。我就兴冲冲地拎着酒瓶到代销店去给父亲买酒，并且指名要高粱大曲。看来父亲在待客上也是分人的，这是我后来才悟出的。能喝上高粱大曲，对于各种乡下酒徒来说，脸上都会笑成一朵花。

我特别爱看客人们喝酒时猜拳行令，我认为这不仅是喝酒吃饭，也是人们重要的娱乐方式。

家乡通行的猜拳行令的方法大致有三种：一是划拳，两人同时出拳，以猜对双方手指头相加的数目者为赢。喊法可谓五花八门，但主要有“宝拳一对，一点不错，二喜来财，三星高照，四季如意，五进魁首，六六大顺，七巧升官，八匹大马，九星兆连，满堂福禄”等等，涵盖了从零到十的全部数字。划拳最有看头的是智慧与心理的较量，双方各怀心思和算度，斗智斗巧斗心眼，不乏高手行家、常胜将军。这类划拳的方式被广为采用，于酒席之间，山呼海啸，一波三折，悬念迭出，喊也喊得面红耳赤，喝也喝得酩酊大醉。

另一种叫“磕杠子”，这种方式似乎在全国都很流行。也是两人对阵厮杀，每人手里各拿着一支筷子，敲击桌沿发声，喊杠子、老虎、鸡、虫之中的一种，按杠子打老虎、老虎吃鸡、鸡吃虫、虫蛀杠子的循环相克的逻辑来决定胜负。这种玩法经常是一上来就刺刀见红，虽然也有种种算计，但硬碰硬的情形随时可见，很适合脾气耿介、思维直接，乐于短兵相接之人来玩。划拳者大多是男人，而“磕杠子”的玩法，则属于少数性格内向的男人和有资格上桌吃饭的女人的选择。其战斗的气氛更是异常浓烈，双方你来我往，各不相让，忘命争胜，直斗得脸红脖子粗的，很像威风八面、披挂上阵的关公。

还有一种叫猜火柴，这种玩法不太常见，是酒桌上既不会划拳，又不会磕杠子的温和斯文之人，被迫参与的较量。一方手里握着几根火柴棍让另外几人依次猜，猜中者对方喝酒，猜不中者自己喝酒。这种玩法的不足之处是缺乏刺激性和战斗性，激发不出喝酒的热烈气氛，玩的人一般很少，只是作为一种聊胜于无的补充，提升整个酒宴的参与度，或用以调节猜拳行令的节奏和情绪。

令我印象犹深的是，人们将酒倒在一只陶制的小酒壶里，放在火上燎或放进热开水中烫。加过温的酒更为浓烈，更有滋味。在秋、冬、春季节，特别是在数九严寒的隆冬，我们安徽江淮地区屋里屋外，一样的阴冷潮湿，有时屋里的温度甚至比屋外还要低。狂风大作、暴雪吹门的时刻，更能把人清瘦的身体冻透。喝下去的冷酒会像一把把冰刀，扎得人透心般得凉。加了温的酒壶，被手脚冻僵的酒徒攥在手里，如同捧着一颗发光发热、温暖身心的小太阳。我曾被指令拿酒壶给客人倒酒，发现那酒壶在手的感觉就是一个“烫”字，竟然也能使我凉凉的小身体发热。我后来逐渐悟出，那加了温的酒，不仅提升了酒的香味，使之充分地散发出来，使饮者陶醉其中；而且那份温热在这天寒地冻的时分，能令人对生活产生多一分的希望与温暖。应该是酒本身的无穷魅力，使饮酒者的情绪由平淡慢慢高涨起来，猜拳行令者的嗓门，也变得更加的高亢乃至放肆。

我看着客人们喝酒，既受到一种感染，也有一种羡慕，更有一种沉重。我记忆中的他们，每个人都是清瘦的、沧桑的，劳累使他们脸上布满了沟壑，身腰也都是佝偻的、弯曲的，声音更可能是嘶哑的、干巴的，看到他们，你只能想起两个词，那就是辛劳和苦难。尽管生活待他们过于薄情，但他们以走亲访友为由，喝点小酒苦中作乐，未尝不是一种面对和解脱的方式。因此我竟有些企盼，有朝一日长大后加入他们的行列，成为一名正式的饮酒者，能够堂而皇之地端坐桌上喝酒吃菜。但同时又隐约有些不以为然，开喝后的忘情，喝高时的失态，醉酒后的不堪，常常令场面变得不可收拾，最终不欢而散。有的还人事不省地倒在回家的路上，甚至就此黄泉路近。

我后来渐渐发现，这些能够在外面吃点喝点的客人大多是男人，他们经常借办正事、走亲戚的名义，到各处去混点吃喝，以酒取乐。女人们外出的机会则少之又少，大多数时间都在田间地头劳碌，日子更加艰辛，只能在家里守着锅台转，与酒宴是很少沾边的。如我的母亲，就很少有赴宴的机会，只有到了我的舅舅姨娘家，才像一个客人那样受到款待。大多数时间，母亲都是在自家酒宴结束之后，看还有没有剩菜剩饭，拿来填填肚皮。菜量常常本身就不足，当客人酒罢饭后，早已盘光碟净，只剩一碗冷饭给母亲就着咸菜将就着填饱肚子。尽管如此，包括母亲在内的女人们，对此也只有忍气吞声的份儿，顶多发几句没人真正当回事的牢骚而已。因此我为母亲与大多数乡下女人深感不平，对那些张着一张嘴到处混吃喝的男人们，在基于某种理解的同时，又心生些许憎厌之情。

# 兵车过

几乎每个少年都有一个从军的梦，我那时也是这样。

这样的梦总是不断地做，让一颗少年的心激动不已。

村子里有几个人在部队当过兵，探亲回来时，一个个红领章、红帽徽、绿军装，照得人眼花缭乱，迎上前的乡亲们都是笑脸和羡慕的眼神。当上兵就不再是一个普通的农民了，等于一下子提升了层次。在我们那儿，男青年找媳妇就像找金矿那样难，而当上兵找对象、娶媳妇就容易了很多。无论是谁穿一身绿军装，再带一个媳妇回家，那真是风光极了，让人看着眼馋。这也让很多当不上兵的男青年，心里像打翻了醋瓶子。

还有那银幕上放映的战斗故事片，当兵的几乎个个勇猛顽强，潇洒豪迈，最令青少年倾心了。那些冲锋陷阵、出生入死的战斗英雄，特别是像王成、董存瑞、李向阳等等，都是受到狂热追捧的对象。我们多想像他们一样，在血与火的战场，冒着枪林弹雨，跃马横刀，激情奔驰，创造出属于自己的惊心动魄的英雄故事。

少年时代的我们，并不懂得战争残酷血腥的本质，常常还为降生在一个和平年代而遗憾，觉得不能杀敌立功，那就是英雄无用武之地。

我们所具有的满身力气和满腔热情，只能化作对银幕上的战斗的模仿。我们常常把庄稼地、田间沟壑、干涸池塘当作战场，以手持的棍棒模拟成各种兵器，突突突地射击对手，在意念中把棍棒所指的小伙伴，当作各种各样的假想敌加以消灭，以满足自己的英雄梦想，抒放自己的战斗激情，体现与生俱来的男儿天性。

最让我们开心的是，有一次公路上过兵车。我从未见过那么多的车子，前不见首，后不见尾，一路蜿蜒而来。我和小伙伴们兴冲冲地向公路跑去，站在路旁新奇地、乐不可支地观看。

兵车都是墨绿色的，一辆接一辆地轰隆隆地开过来。车上坐着解放军战士，他们头上戴着柳枝编织的伪装帽，胸前斜倚着枪支，个个神情严肃，那架势像是要到前方去打仗。有的车子后面还拖着用绿色帆布包裹着的大炮，既神秘又威风。大炮在故乡这片土地上走过，我倍感自豪，眼前不由自主地浮现出电影中看到的万炮齐发、震天裂地的壮观场面。也许是因为经过村庄，看到很多围观者，解放军战士们的表情变得生动起来，有的还向我们招手致意，还有的用拇指和中指打着榧子，我们则学着标准的姿势向他们敬礼。那时，我多想成为他们中的一个，身穿绿军装，头戴伪装帽，骑马挎枪走天下。兵车开过去很久很久了，我们都还向着兵车消失的地方张望，好像兵车把我们的魂儿给勾走了。

后来又走过来一支野营拉练的队伍，看人数起码有一个团的规模。那是一种行军的队列，在公路上拉出了很长的队形，足足个把钟头才走完。有几个挎着短枪走在队伍外面的人，他们不时地喊着口令，调整着队伍的步伐和速度。所有人头上都戴着伪装帽，肩上挎着各种枪支，背上背着背包，腰上挎着子弹袋、水壶和手榴弹，一副雄赳赳、气昂昂的模样。他们的脚步声刚健有力，在沙质的路上留下整齐的沙沙声，是那样的美妙动听。

还有一次，那次的队伍没有穿村而过，而是在经过我们村子时停下了脚步。因为天色已晚，队伍便在我们村子宿营。有一个班的兵住在我家。母亲烧了热水给他们洗脚，还拿出咸菜给他们吃。战士们把房前屋后打扫得干干净净，把我家的水缸也挑满水，这同电影里描写的军民关系简直一模一样。有个干部模样的人还和蔼地问我上没上学，这让自认为学习成绩很好的我感到很自豪。为了炫耀自己所学，我写了一个自认为很难认的字，假装请教他怎么念，他没有犹豫就读出了这个字，还解释了它的字义，我感觉他好厉害。

在夜晚的灯光下，我得以近距离地欣赏他们的枪，它们整齐地靠在我家的墙边，一支支都擦得锃光瓦亮，在黑暗中放射出我不熟悉的光芒。我真想把枪拿在手里玩玩，但战士们没有同意，而且那表情中的含义是不容商量的。我多少有点沮丧，觉得他们怎么这样小气。

晚上，他们并排睡在我家铺着稻草的地上，均匀地打着呼噜。头一次有这么多的解放军战士睡在我家，那种新鲜感和兴奋感就别提了，常常挨到枕头就入睡的我，瞪大着眼睛，试图在黑暗中继续欣赏摆放在一边的那些漂亮的枪支。虽然我看不真切，但我知道那些真枪就真实地摆在那里，我甚至能闻见那浓重的机油味。

我不知道我是什么时候睡着的，等我第二天醒来时，解放军战士已经走了，他们睡过的地方已经被打扫得干干净净，屋子外面也是干干净净的。母亲已经下地干活去了。我回味着这突然而来、又突然结束的一切，心里觉得挺美，又觉得挺空，甚至有些困惑，这些情景是否真的出现过？怎么像做梦一样？

不过有一次兵车经过的时候，我感到的却是难过。那是一个落雪的日子，纷纷扬扬的大雪下了一夜，地上积了厚厚的雪，并且被风塑造出了各种形状。公路上自然也是很厚的雪。有一辆兵车经过，当车子行驶到村东大约百米的地方时，因雪天路滑，突然发生侧翻，车上的解放军战士全都摔倒在雪地上。村里人冒着雪跑过去，看有没有人受伤，帮忙拍打着战士身上的雪。大概受到一定程度的惊吓，有的战士脸上露出尴尬吃惊的神色；有的战士则开起了玩笑，说是坐了一回免费的飞机。在我看来一直都是天兵天将般的解放军怎么会翻车呢？这让我简直难以接受。有没有阶级敌人搞破坏呢？从道路的情况看并没有什么明显的异样，但我心里总是萦绕着一串问号。带车的干部解释说，主要是大雪天和路况差造成了这次不幸的翻车事故。我不免为近在眼前的道路感到脸红。这是一条公路，归公路局的道班负责，同村里的乡亲没什么关系，但军车毕竟是在我们这里翻的，总归是一件很丢人的事。

最令我震撼的是有一次过坦克。

那是一个月白风清的宁静夜晚，我们几个孩子正在月亮下玩耍，远远近近的村庄都像笼罩在一场梦里。此时的我们忽然感到脚下发生了强烈震动，远处有轰隆隆的、雷鸣般的声音传过来。我们惊骇无比，不知道发生了什么，借着月光向传来响声的方向望去，隐约看见有黑乎乎的庞然大物，正披着月光向我们移过来。我们谁都不知道那是什么，一开始还以为是传说中的鬼怪，因为在我们的经历中，从未在夜晚见过如此骇人的东西。我们几乎被吓傻了，继而从它们朦胧的形状和巨大的响声判断，可能是在电影中见过的坦克。“坦克！坦克！”我们大声地喊叫起来。这太不可思议了，也太刺激了，我们这里居然会有坦克开来？！我们简直不敢相信自己的眼睛和判断，但我们还是毫不犹豫地向着黑影移过来的方向奔去。

十多辆坦克一辆接一辆地向我们开过来，声音震耳欲聋。它们是那样沉重高大，炮管直指夜空，履带在坦克行进时发出哗哗哗的金属声，吹气带风般地显示着咄咄逼人的气势。我们被淹没在巨大的噪声中，听不见彼此想表达的感慨，只能用眼睛在月光下传递着万分的惊奇，那其中蕴含着的全是大开眼界的开心与兴奋。我觉得坦克的确是一种力大无比的钢铁怪物，比我想象的要更加令人生畏。它发出的声音虽是如此震耳欲聋，我却奇怪地觉得它们是一群无言的沉默者。我们没有看到一个人，也没听见有人说过一句话，只感受到大地在坦克履带下的颤抖。那一刻，我们的心也随着坦克的巨大震动在颤抖，我们那个可怜的小村庄都要被它们震碎了。我觉得坦克太威风了，要是能驾着它去冲锋陷阵杀敌人，那该多棒啊！

坦克没有在我们的村子停留，像巨浪一般径直往前走了。等它们的轰鸣声由强渐弱、由近及远地逐渐消失在夜色中，我们的村庄又在月光下恢复了往昔的宁静。我们的心却久久不能平静，我们经常把坦克作为时髦的军事术语来念叨，实际上对它竟是如此的陌生。从坦克的体积和声音上看，它真的代表着一种强大的力量，令作为肉体的我们无不感到自己的渺小。能驾驶坦克这种庞然大物在大地上、在战场上奔驰，真是一件了不起的事情。不过，我们很快就把坦克置之脑后了，毕竟它只是偶然出现了一下，离我们平常的乡村生活过于遥远。从军之后，我曾到坦克部队参观过，一见到那些更加威风凛凛的坦克，我便情不自禁地想起那个月光如水的夜晚，想起坦克给我留下的震撼。

# 一个也叫黄山的水库工地

我始终认为自己是个平庸的人。有时候我毫无道理地把这种平庸归因于我故乡的那片土地，我们那里既无高山，也无大河，既不是山区，也不是平原，缺少跌宕起伏、荡气回肠的风水。我不知道应该把这种地形叫作什么，后来读到一本《定远县志》的书才知道，原来叫作岗坡地。这种地形的特征是既不高耸，也不平坦；视线挡不住，可又望不远，在安徽的地形图上仅被标注出几乎不被注意的淡黄色，即略区别于周围低洼与平原的绿色。这种缺少起伏的地形，投射到我内心中似乎也影响了我性格的起伏。当然，这是根本站不住脚的，我们那里的名人并不在少数。

这种地形的好处在于拥有略高于周围的海拔。过去时常可以听到淮河泛滥的消息，不少地方常常被水淹没，人们总庆幸我们那里未曾闹过水灾。从北方韭山上流下来的雨水，很少出现成规模的洪水，仅形成若干条小河小溪，转过几道弯子就流走了，没有给当地的人们造成大麻烦。

我的这个不怎么闹水灾的故乡，却常常闹旱灾。在我写这篇文章的时候，从微信推文中看到我们那个地方又遭遇了气象性干旱天气，许多湖泊和水库的水量，只剩下不到往年的一半，甚至逐渐见了底。我想故乡一定又遭遇了令人揪心的旱灾。小河无水大河干，所有的大河都是由小河汇集而成的。我不懂气象，也不了解气象史，不明白我们那里为什么常闹旱灾，但对故乡的旱灾印象却极其深刻。乡亲们辛辛苦苦地栽下秧苗，期盼着秋天能有个好收成。然而枉有连绵的白云从天上飘过，却愣是一个夏天不落一滴雨。为稻田供水的水塘见了底，淤泥被晒出无规律的瓦片状的厚厚表皮，看上去像刀一样割得人直心痛。稻田的禾苗不是半枯而是全枯，平常在稻田里快乐游动生长的草鱼、鲇鱼、黑鱼等，在水源干涸之后的太阳蒸烤下，一摊一窝地散发出一阵阵腥臭味。水稻是占比很高的主粮，在村民的食物结构中应占五至六成，若水稻颗粒无收，必然导致人们挨饥与受困。在少年时代，我切身体会过旱灾带来的危害。

因此，当地政府和故乡的人们，对修水库表现出很高的热情。我高中毕业的那年冬天，就参加了一个名叫黄山水库的筑坝劳动。黄山水库因一座名叫黄山的小山得名，它是韭山的一个组成部分，与皖南的那个“黄山归来不看岳”的黄山远不是一回事。由于地形走向的原因，这里形成了一个大大的山洼，有几条小山的水流在这里汇集，库址就选在山洼的出口。那年我毕业后就到水库工地参加劳动。到达水库大坝时，我顿时被它的高耸震撼了，也被火热的劳动场面感染了。几百号的男女农民两人一组地抬着大筐的土，正往高高的大坝顶上艰难地爬去。我眼中的大坝就像一座大山，给我一种压迫的感觉。凛冽的寒风猛烈地吹拂着人们的身躯，虽身着单衣薄裳，但他们黧黑瘦削的额头上居然冒出豆大的汗珠，还把劳动的号子喊得很响亮。

就是在这个冬天，我作为生产队的正式劳力参加了筑坝劳动，和一个比我还小一岁的女孩贞子一组。别看她比我小，参加劳动的时间却比我早好多年。在我们两人抬土爬坡的过程中，她总是把筐绳往她那边挪，尽量使我感到轻松一些。往我们筐里铲土的人，也尽量少添几锹土，说我是个啃书本的学生，刚走出校门，身子骨又弱，不能同农民一样出笨力气，不能一上来就累着了。大坝很高，大概有三十多米，但从取土的地方往上爬的路程却有三百来米。我们俩像所有人一样抬着土艰难地往上爬，抬到坝顶时，一起用力，把筐翻过来将土倒在大坝上。然后一个人背着筐，一个人扛着扁担下坡，继续下一趟攀爬的征程。从那时候起，我体会到了重体力活的艰辛与劳累。哪怕是极不起眼的一平筐土，担在爬坡者的肩上也像山一样重。我就在想，重复农人先辈的命运也许就此开始了，尽管极其不甘心。

中午休息和晚上收工时，是大家拼命抢饭的时刻。我虽然已经很饿了，但不想和大家抢，而是拿起我仍然带着的书本，看一会儿再去吃饭。这样做，既是出于我不愿意跟人争抢的性格，也出于我对读书的热爱，算是延续一种惯性。只有在这种时候，我才有时间回到书本，聊以自慰，忘记劳累。在我看书时，居然有人帮我盛好饭放到我面前，说："赶快吃吧，再不去盛饭就没有了，吃不上饭还怎么干活？现在看书还有什么用？"并且富有经验地告诫我，"一定要抢着把饭吃饱，你的身上才会有劲儿。在盛饭时，第一碗不要盛得太满，只盛上大半碗就可以了，这样很快就能吃完。紧接着再盛第二碗，才能保证吃得饱。"对这样的好心告诫，我听得似懂非懂。筑坝的农民生活很苦，虽然有米饭或馒头吃，但佐餐的都是从自家带来的腌咸菜，他们倒很乐意分一些给我。这些无不让我大为感动，村民的质朴与善良就表现在这不起眼的小事上，使我在艰苦的生活中，认识了底层乡亲的可贵品质。你若跟他们不争不抢，他们是看在眼里的，反而会过来帮你。尽管他们身上也可能有种种缺点，会因积怨而彼此激烈争斗，但我始终非常感念这些乡亲们。他们身上反映出的人性中的爱憎与美丑，既那样真实，又那样自然。

在这个筑坝工地上，我见过一个来自县城中学的女生。因为她不与我同班，在学校也没同她说过一句话，只属于面熟。我并不知道她为什么一个人在这儿，又是属于哪个生产队的，是投亲靠友还是因为其他什么缘故，我也不便去问。在大坝工地相逢，我与这位女同学仍没有说话，只是从我们相互对视的目光中，识别出来我们是彼此曾经的同学，并且有一种惺惺相惜的感觉。她白皙的皮肤，孱弱的身体，与工地辛苦劳作的环境形成了强烈反差，显得那么格格不入。她也来为筑坝蓄水出力，让我不知如何评价这样的事情。黄山水库的筑坝工程结束后，我随村民们转移到了一个叫大石塘的水库，继续着那年冬天的劳作，没有再去过黄山水库，也没有再见过这个女生。直至今日，我都不知道她的名字。现在想起来，竟然感到其中蕴含着某种咀嚼不尽的人生况味。

在修筑黄山水库的工地上，发生过一件令我难忘的事。那天，我们像往常一样，单调地抬着大筐土往大坝上送，陡然间听到一阵瘆人的惊呼与惨叫。大家感到可能发生了什么不寻常的事情，马上停下脚步扔下大筐向喊叫声发出的地方奔去，原来是一辆红色的东方红牌拖拉机，底朝天地翻进了路边足有四五米深的大坑里，驾驶员被死死地倒扣在了下面。好在出事者的兄弟多，一边发疯似的招呼更多的人来抢救，一边下到坑底拼了命地往上掀拖拉机。有二十多人一拥而上，齐心协力，又拉又抬，终于把拖拉机拉了上来。人是被救出来了，但只剩下弱弱的一口气了，人们七手八脚地抬着他往医院送。后来听说拖拉机砸断了他好几根肋骨，好在他的命保住了。那一次，我第一次近距离地、真真切切地感受到了危险的突然降临，以及对生命所可能构成的威胁。我意识到这载重拉货的拖拉机，不仅可以拉货也可以杀人。我看到了那个人在坑底可怜而徒劳的挣扎，也感受到了危机来临之时的亲情与真情的爆发，但也体验到了人与人之间真实存在的冷漠。

那个年代，当一个拖拉机手是一件十分风光的事，只有有权有势的人才有资格开它，据说这个拖拉机手平常性格和做派都颇为张扬，全然一副盛气凌人、不可一世的架势，使一些人看着眼气不爽，所以翻车事故发生时，竟也有人在一旁风言风语，幸灾乐祸。那时候我就想，任何一件不寻常的事，都可以成为照见人心好坏的镜子，或许我们也应当吸取有益的人生教训。

黄山水库修好后，究竟发挥了多大作用，在我离开故乡后也没有再关注过，但我以为它一定起着某种定心丸的作用。我始终记着这个水库，并且在卫星拍摄的大比例地图中搜索过它。我久久地望着那片蓝色出神，因为在这道水库的大坝上，有我肩扛手抬过的垒土，有我在寒风中洒下的汗水，有乡亲们对我的温情暖意，有我感受与认识生活之重的日日夜夜。我很想哪一天重返故乡时，再去看看这座水库大坝，看看水库上的风景和水库下的良田。

# 人生中的第一次远行

那一年，我参加了轰轰烈烈的大串联。

1966年的夏天，我小学毕业后懵懵懂懂地参加了中考，并且考上了定远县第三中学。不过这个中学不在县城，而在西三十里店，也就是我家再往西二十里的地方。我已记不清我考了怎样的成绩，也记不清当时我拿到录取通知书的心情了，想必一定是很高兴的。因为可以在更明亮的大教室里上课，可以去图书馆借书看，可以到饭堂排着队打饭吃，这一切都远远超出我曾经的想象。虽然我将从图书馆借来的书，因未看完而翻过来夹在胳肢窝下，受到过老师善意而严厉的批评，却并没有使我情绪变坏。校园里整齐的教室，平展的道路，环绕的树木，以及天空飘动着的白云，都使我内心里充满了说不尽的喜悦。我想我一定要在这优美的环境里好好学习，因为我有一个朦胧的大学梦。我小学的各科成绩不错，那个时候的我笃定地认为自己一定能够考上大学。

开学是在那年的9月初，“文革”已经开展起来了。我们报到后仍开始了语文、物理、化学、英语等课程的学习。那时候我一点儿都不了解、不关心风起云涌的“文化大革命”，我以为那是大人们的事情，我的任务是上学读书。我常常陶醉于做功课、解习题，陶醉于老师和同学夸我学习成绩好，并且信奉“学会数理化，走遍天下都不怕”的名言，我想用优异成绩来证明我的“聪明”。

不过，事情像是在突然之间发生了变化，老师与同学越来越关心“文化大革命”了。我们那所中学虽然看上去是个远离尘嚣的港湾，但也逐渐感觉到呼啸的风雨了。校园的安静不再有了，老师没兴趣教书了，学生也在热烈地传递各种消息，仿佛外面的世界正在发生翻天覆地的变化。有些消息听起来那么激动人心，而我们却仍然置身事外。其中最激发想象力的消息是，学校应该停课闹革命，学生应该参加大串联，到伟大祖国首都北京去接受毛主席的接见。这时我们陡然想起广播中说过的，毛主席已经在天安门城楼多次接见红卫兵了，而且动不动就是几十万、上百万人。这太让人热血沸腾了，而我们对此居然听而不闻，无动于衷。难以置信的是，全国各地的大中学校的学生，早已展开了轰轰烈烈的大串联，而且参加大串联不用花钱买车票，沿途还有热情的革命群众送水送饭。这真是革命的时代！我们为什么不去大串联呢？现在想来，作为一名年轻无知的学子，似乎具有一种天然而蓬勃的革命热情，它让青春的躯体激情四溢，根本不去管这种热情会将自己引向何方。

能够到很远的地方去，这本身对我就很有吸引力，尽管我并不清楚大串联有什么实际意义，也并没有去想自己那时年岁还小，便义无反顾地积极报名参加了大串联。一支由二十多名初一学生组成的队伍，在班主任的率领下，从学校出发一路步行向西。我们每个人都背着农村常见的大花被子，像解放军战士那样，用麻绳把这些被子两竖三横地打好后威武地背在背上。我们还请人用红布缝成正好装下《毛主席语录》的布袋，斜挎在肩上。除了没有真正的枪支，我们在感觉上竭力把自己装扮成真正战士的模样。我们这种行进的队伍，人人挎着红色语录包，在沿途引来很多人的围观。据我的记忆，浩浩荡荡出发的我们，似乎没有谁带钱和粮票，也并不担心吃喝问题。我们每个人的心情都亢奋到了极点，因为我们的目的地是北京，这个名字本身就让我们激动，给我们无穷的力量。

从早上出发，我们走了六十里的路程，傍晚时分到了淮南线上的炉桥站，怀着激动的心情挤上了北上的火车。这是我第一次看见火车，它身躯庞大，黢黑沉重，似乎有王者风范，能够摧枯拉朽，但又有点儿病态的吞云吐雾，喋喋不休，在大地上没完没了地呼哧带喘。我已记不清我们怎么进站、怎么上车的，朦胧记得一切都那么新鲜而慌乱。车厢里拥挤极了，只能用水泄不通来形容。那时是深秋初冬时节的11月，天气已有很重的寒意了，但我们很快就满身是汗。车上的乘客看起来都是大串联的学生，一个个都与我年龄相仿，或比我稍大一些。我们拼命地挤进车厢中间的位置，扶着座位靠背直挺挺地站着。几乎所有的双人座位都坐了三个人，三人座位都坐了四个人。过道里人挨人不说，座位底下和货架上面也都睡满了人。我看见有个人在座位底下睡着了，紧挨着他脸的差不多有七八只臭脚。人们并不相互抱怨，也不互相推搡，甚至还挺友好和善，脸上堆着纯洁而神圣的表情，好像心中都怀着无比崇高的目标。我暗自庆幸的是，这外面的世界早已非常热闹了，我们勇敢地走出来真是太对了。

我看见同样没有座位的班主任，正在满头大汗地清点我们的队伍。他的一切努力都是徒劳的，依然有一小部分同学在他的视线之外。我看到我那些还不算很熟悉的同学，姿态各异地散落在拥挤的人群中，班主任要把他们一个个找出来还是有点难度的，他十分着急可又无可奈何。放在今天，我自然能够体会到当年他一个人带领二十人的年轻串联队伍到很远的地方要冒多大的风险，可当时的我对此却浑然不觉。除了一个王姓的男同学，一个住在兰店村的女同学，其他人我都记不得了，完全忘了那支串联队伍里还有谁。包括这位负责任的班主任，我也记不起来他叫什么名字，连他的长相都想不起来了。

北去的列车开得非常慢，几乎每个小站都要停靠一下，大站更不必说，而且停留时间很长。看样子车上的每个人都是参加大串联到北京去的，因为自从我们上车之后，再也没有人下车，所以后面的车站也再没有人能够上来。不是没有想上来的人，而是实在是上不来人了，车上的乘客密度已经严重超标。渐渐地，我站得有点累了，便四处张望，想找个小小的空隙坐下来歇歇，发现那是不可能的，想挪动一下胳膊、腿都很困难，绝望之下只好放弃这种奢望。我不知道北京究竟还有多远，也不知道什么时候才能够到达。但是这个目标鼓舞着我，挤和累在那个时候实在算不了什么。奇怪的是，一路上的车站怎么这么多，火车走不了多久又停车，一停也不知多长时间，这使我变得着急起来。

大约到了半夜时分，无论是卧是坐是站，车上的人都昏昏欲睡。我也于浑身酸胀中感到困意袭来，却又被一阵哭声惊醒。离我不远处，有个女孩在人群中拼命地挣扎蠕动，嘴里嚷着什么，看样子大概是要去卫生间，可她无论如何也挤不出去。处于拥挤中的人们想为女孩让开一条道，但苦于无法松动。女孩子急得哭了起来，声音中有一种忍无可忍的难过，继而爆发出惊天裂地的哭喊。女孩的脸上突然出现一种惶恐无比的表情，浑身止不住地颤抖，尖叫声也戛然而止，我想女孩可能是实在憋不住了，这让我联想起我上小学时的尴尬遭遇。我忽然很庆幸自己没有小便的愿望，大概因为那时没有养成喝水的习惯，一切的生活需求都降到了最低程度。如果我也像那女孩那样该如何是好？女孩那痛苦不堪的表情和控制不住的颤抖，我至今仍记忆犹新。

夜，在这列车的走走停停中慢慢地过去。那一夜，我才知道夜是那么漫长、那么难熬。

车窗外渐渐放亮了，由于时值深秋初冬的缘故，天空有雾迷漫，白茫茫的一片，外面什么都看不见。车在泰安站停了下来，后来我才知道可以从这个站下车去登泰山，但当时对此一无所知。火车一停就是很长时间，经过一夜困顿，不知是谁打开了车窗，我顿时感觉到了冷和饿。整个车厢的所有人都笼罩在饥渴的氛围之中。不久，令人惊奇的事发生了，随着一阵欢呼，一篮篮热腾腾的大馒头被递了进来。我从一个大篮子里拿了两个，没有拿更多，因为我觉得过于贪婪同一个有追求的“革命者”的身份不相符合。现在想来，这仍然有些匪夷所思，一定是当地的“革命群众”蒸好后送上车来的，这与我们曾经听到的传闻一致。值得回味的是，虽然人们饥肠辘辘，也渴望着得到更多的馒头，但车上的人并没有疯了似的去争抢，表现得斯文客气，大概是由于时处“革命年代”的缘故吧。我手中的馒头没几口就下肚了，这是我自头一天晚上起吃进去的唯一食物，它实在是太好吃了，那扑鼻的香味使我对山东大馒头留下无比美好的印象。

又经过一个白天，我们终于到了北京。我恍惚记得看到天安门城楼和天安门广场时的兴奋。巍峨的人民大会堂和历史博物馆（现为国家博物馆），高高耸立的人民英雄纪念碑和宽阔的长安街……那些在电影纪录片中的黑白影像，此刻全都变成彩色的了。站在天安门广场上，我想象着毛主席在天安门城楼接见红卫兵的壮观场面，也把此刻的天安门广场想象成红旗和欢呼的海洋。我们激动地期待着几天之后，也能像成千上万的红卫兵一样，在这里接受毛主席的检阅。但我们并不确切地知道，哪一天才是毛主席又一次接见的日子。

晚上，我们到了一个红卫兵接待站。所谓接待站，就设在我后来才弄清楚的劳动人民文化宫里长有粗大树木的空地上。我们从灯火明亮的天安门广场，来到有些影影绰绰的劳动人民文化宫，在接待人员的指点下，找了一块空地铺开被子，就算是天当房地当床了。那时我们并没有感到有什么不好，成千上万的串联者涌进北京，上哪里去找供人落脚的地方呢？许许多多看起来跟我们一样的串联者，都是这样就地而眠。北京的天气让我认识到那种大花被子的好，在露天广场里睡觉竟然并未被冻着。周围那些高大古松，有两三个人合抱那么粗，真让我大开眼界，还有那红色的墙壁，一切都和故乡与县城的景致截然不同。吃饭问题是怎么解决的？我全然没了印象，反正那几天似乎没有饿肚子。北京出生的妻子后来告诉我，在大串联的日子里，她曾经从家里拿出衣被等物品接待外地来的串联者。我开玩笑说，在那个寒风呼啸的日子里，没准我们还见过面呢！那时候，我做梦也不可能想到，我后来的大部分时间，会在这个长有古松的城市里度过。

我们最终没有机会受到毛主席的接见。我记不清是因为运气不好，还是因为我们的班主任病了。我们在北京只待了三天左右的时间，就匆匆离开了。在我们回到学校的时候，得到一个惊人的消息，说毛主席第八次接见红卫兵。听着广播里播送的消息，我们每个人都很难过，对匆匆而回的决定充满了埋怨。

属于我的大串联经历就这样热热闹闹地开始，又糊里糊涂地结束了。父母亲对我的平安归来很高兴。当初我告诉他们我们要外出串联的时候，他们是担心的，毕竟那时我还很小，且从未出过远门。但那是学校组织的活动，他们既不肯把担心说出来，又不忍心加以阻止。儿子能平安地回来，对他们来说就够了。今天说起大串联来，于我倒好像是一种平常又不平常的经历，与所谓的红卫兵造反行动远不是一回事。

# 与火车的不解之缘

清晨，阳光从楼顶照过来，晃着炫目的光，高高矮矮的建筑模糊了自己的轮廓，使那轮朝阳显得明亮、清新且霸道。这是我迁入新居后，迎来的不知多少轮朝阳。虽然我在京城读大学、干工作已经四十多年，算起来前后搬了五次家，像这样堂而皇之、浩浩荡荡地迎接早上的太阳，还是在最后一次搬家之后，心头不免生起许多的感慨与惊喜。毕竟，我们每个人都离不开太阳，即使不需要时刻关注它。每天照常升起的太阳，从地球人的角度说，我们只拥有其二十二亿分之一的热量。每当日出的时候，我都情不自禁地深情地凝视着，看着它在一年四季的不同时分，从不同的楼顶升起，好像在享受本应属于我的一种权利。

不过每天让我感到最亲近且惊异的，不只是太阳的照临，也有从窗下呼啸而过的轻轨地铁。作为交通枢纽的西直门，往西北、正北、东北方向去的列车，都是从北京北站出发。这两年，铁路被拆了，换成了更为快捷的高铁。西直门也是地铁 13 号线的始发站和终点站，轻轨列车从早晨 5 点多钟起到夜间 11 点多止，日复一日，沉闷且执着地来来去去，似有一种毋庸置疑的磅礴气势，在这座城喧嚣着，好像它才是大地与城市的主宰，使人的身心都在它的奔驰中颤抖。轻轨列车如同初出道的青年、刚得势的新贵、才登场的异类，急急而来，匆匆而去，以它独有的节奏强行插入这座城市，仿佛这座越来越庞大的城市就它最忙碌、最有用。列车在交错中摩擦出惊天动地的声响，给这个城市带来巨大的生气，也把我这个新居带进噪声的海洋，特别是在清晨，这种噪声更被放大了，那车轮仿佛就碾压在我的耳膜上。

一开始，我对此还有些新鲜感，因为交通便利和工业文明，离我这样一个农家出身的人是如此之近，让我感受到一种大幅度的文明跨越。但我渐渐对每天如潮水般涌来的此伏彼起、没完没了的噪声开始感到难以忍受，甚至是一种莫名的厌倦与恐惧，难道此生就要这样永无休歇地倾听列车的奔驰声吗？想想有点不寒而栗。同居一栋楼的、曾在一个单位的同事则说，他是天津人，小时候的家就紧贴着铁路，他是在火车的轰鸣声中长大的，如果听不到火车的声音一定是出了大事，还真的睡不着觉呢！现在可好了，又回到了从前。我说不清那表情是夸耀解嘲，还是幸灾乐祸。

与同事的闲聊，却不期然让我想起了我的过去。虽然我们定远县四周被铁路所环绕，如京沪线、淮南线等，但县城却不通火车，我知道火车已是很晚的事了。我家离有火车的最近地方炉桥镇大约 40 公里，别看不是很远，在那时那是相当遥远的距离了。最初，我是从少数远行归来的人们的描绘中，知道了还有火车这种神奇之物的存在。坐过火车的人讲起火车来，常常词不达意，除了用大、快、吓人等词汇来形容，却描绘不出更为具体的形象。我对火车心生无限的神往，私下里发狠一定要去坐坐火车，见见世面。后来，我在电影里看到了火车，它喷吐着白气，风驰电掣般地从银幕上驶过，我的心在震撼中夹杂着某种抑制不住的兴奋。1966 年的深秋初冬时赶上了大串联，我才第一次看见并乘坐上了火车，在紧张与激动中，我都不知道自己是怎么上的车，又是怎么下的车。参加大串连的人太多了，车厢里挤得水泄不通，根本没有座位可以坐下来，我曾经梦寐以求的火车之旅，变成一件慌乱的事。但我仍然为自己能坐一次真正的火车而感到十分开心。

对坐火车有更为清晰且深刻的感受，是在从军之后。那是 1973 年底，离 1966 年已经过去了 7 个年头。我们当上海军的新兵们，穿着海军服，胸前佩戴着大红花，在乡亲们热热闹闹的欢送和父母亲依依不舍的目光中，先是登上大卡车，往西到了炉桥镇，再转乘火车。由于有了上一次坐火车的经历，我开始注意观察与火车相关的细节了。那是在一个黑黑的夜晚，车站与铁路上闪着不甚明亮的灯光，红的绿的信号灯，让我感到铁路与火车像是谜一样的存在。一种说不出的感觉在我心里激荡，多年后，我觉得那种感觉就是所谓的对“诗与远方”的憧憬。我们这些尚没有佩戴领章帽徽的新兵，排着队鱼贯而入，坐在火车上属于新兵的专属座位上。

我至今仍清晰地记得那次坐车的情景。我们坐的不是小说里经常描写的那种闷罐车，而是真正的旅客列车，也就是后来我们所说的绿皮火车。虽然是硬座，但比起大串联时的“无立锥之地”，可以说是天上与地下的差别了。从炉桥经蚌埠、南京、上海、杭州，到宁波，列车走了一天多，但我并不觉得慢。我们可以按时吃饭，随时上卫生间，更重要的是可以透过玻璃窗尽情地欣赏窗外景色，那份走向外部世界的快意实在是无法形容。江南的青山绿水，特别是过了南京之后，自然风景更是格外生动，比故乡美多了，我的心情也大好。

我们在宁波站下了车，乘坐一辆军用卡车到达位于北郊的一个机场。我们的新兵连就设在这里。让我更加兴奋的是，这里是驻扎战斗机的机场，原来我们是海军东海舰队航空兵部队。现在看可能十分老旧，但当时还算不错的歼 -5、歼 -6、运 -5 飞机，每天在这里起飞降落。在两个多月的时间里，我们每天在战斗机的轰鸣声中，练习步兵的队列。其间，我们到航空兵机关礼堂去看电影，要经过宁波北站，那里有铁路横贯而过。从此经过时，铁路与火车总是不断地出现在我的视野中。后来，我被分配到东航机关工作，经过宁波北站的次数更多，我和战友一道去北边的骆驼桥、龙山、鸣鹤等地，为驻军放电影。铁道是我们进出的必经之地，一切就变得习以为常了。

在我的潜意识中，火车是使我最感诗意的对象，是我生活中重要的组成部分。我当兵后的第二年五月到青岛，参加一个培训班，结束后顺道回家看望祖父和父母及乡亲，后来陆续到杭州、上海等地出差，在完成任务的前提下到杭州的西湖、上海的城隍庙等地观光游览，都是拜火车所赐，是它把一个乡村青年带到了广大的外部世界，极大地改变了我的视野和空间感。因而我把乘火车外出旅行当作一种享受、一种浪漫、一种通向梦想的旅途。由此我始终对发明火车的人，心生一种由衷的敬意，对纵横交错在中国大地上的铁路建设者深怀感佩之情，也对能把火车这个庞然大物开得飞快的人佩服得五体投地。

当然，火车也带给过我忧伤，那是在不经意中出现的。一个平常的下午，在我们宁波驻地的不远处，有一个人尸骨破损地躺在路基旁，一块不大的衣物覆盖在这个人的身上。死者身边的铁轨、枕木、路基上，溅满了血迹。围观的人在议论死者的死因，是卧轨自杀，还是穿越铁路时被撞？均不得而知。我的脑子一片空白。看着公安人员平静地处理着死者的遗体，我不禁感到火车作为钢铁的庞然大物真是冷酷无情。我也想起不久前发生的另一桩事，一辆拉着满车兵的卡车，在经过火车道口时，不按警示要求与火车抢行，险些同火车撞上，大部分兵还没有反应过来，车就冒险通过了道口。有一个反应快的兵情急之下跳了车，却被摔伤了腿脚，后来不断被拿来嘲笑。一件突如其来的事发生时，是祸是福真的很难料定。但有一点是可以肯定的，就是那位汽车司机不能拿全车人的性命开玩笑。

外出是我后来人生中的重要内容，选择什么样的交通工具是必然的课题。现代生活的节奏越来越快，有很多事不允许有太多的过渡，于是飞机成了第一位的选择了。当我把波音、空客以及其他各种机型熟悉得不能再熟悉时，对火车的发展却不甚了了，后来听说有 Z 字头的车、T 字头的车、动车组，等等，但我对坐火车的兴趣却不大，大有一种忘了初心的嫌疑。

不过，在我国高铁获得了飞速发展之后，我又变得越来越喜欢坐火车了，特别是在乘车时间不超过 5 个小时的情况下，高铁又成了我的首选。因为它给人的感觉更安全，跑得再快也是紧贴着大地飞奔，而飞机则在风云变幻的万米高空，给人悬之又悬的感觉，而且由于种种原因发生延误的现象屡有所见。火车似乎也更有旅行的趣味，除了浏览风景，还可以打开电脑和书本干你该干的事，不必过于担心安全或延误。在已经变得十分轻微的车轮奔驰的摩擦声中，我可以仔细地品味外出旅行的分分秒秒，而不像飞机，更像是为了直接到达目的地。

此刻，轻轨仍在我的窗下来去，像阵旋风一样呼啸着，像潮水一样涨落着，用钢铁的声音加入或撕扯城市的喧嚣。由于距离太近，对于它，我有一种无法说清的滋味，无论晴阴雨雪，我都别无选择地要伴着它。那个曾经向往火车的少年，离我远去了。这种仍匆匆来去的忙碌身影，注定要让我将余生与轻轨的轰鸣声绑定在一起。我耳畔这种奔跑的钢铁巨兽，是充满动感的，让我在寂静的时刻，感觉到生活的奔腾与生命的流动。其实我早已适应了、习惯了这种轰鸣，对它的噪声几乎到了充耳不闻的程度。

当年向往火车的少年的梦想，如今停泊在一个过于奢侈的时空。刚才又有一列火车和两列轻轨列车同时经过，声音十分雄壮，犹如万马奔腾，犹如山崩地裂，我便出神地倾听着。我想从里面听出什么意思来，然而什么也没有听出来，唯有它们轰轰烈烈地响起，又渐小渐远地离去。

# 我遥远的故乡

到北京已经四十多年了。这四十多年里，我在国内国外跑遍了很多地方，看过了很多景致，但地处皖中的那个普普通通的小村庄，在我心中永远占有最重的分量。

那真是个普通得不能再普通的小村庄，连安徽省的分县地图上都懒得标出它的名字，但它是我日思夜想的故乡。即便我在北京的时间已经远远长于在故乡的时间，我也认为我永远是定远人，那里是我真正的心之所系、情之牵挂。我总是利用一切机会设法回到那里。每当回到故乡，我的心情就格外地兴奋和激动。因为这里是我的故土，我的少年和青年的大部分时光都在那里度过，每寸土地都留下过我的足迹。这里的一草一木，一沟一渠，朝日暮云，春雨秋风，都应该记得我少年和青年时的身影。我曾经那么熟悉这个地方，超过我熟悉自己手上的纹路。然而，今天这里的人们、房屋、道路、树木，我都逐渐陌生了。那些熟悉的面孔都被时间改变了原先的模样，变得苍老了，认不出了。有的则消失了，在我不知情的时候，一个个地离开了这个希望与绝望并存的人世。

这里有我的父母和长辈、兄弟和姐妹、亲朋和好友。每次回到故乡，熟悉我的那些乡亲，也不管我有了什么身份，也不管我是否有了儿女，都会提起我小时候许多可笑的事情。连那些比我年纪小的，纯粹是道听途说得来的，也会鹦鹉学舌般地好意地取笑我。许多事情我有记忆，有的完全没有了印象，有的则是张冠李戴。不过今天听来，却显得久远、苦涩但又温馨。在乡亲们眼里，我似乎从没经历过沧桑，从没经历过坎坷，永远是那个刚走出家门的稚嫩青年。他们因我的归来同我聊得很热络，对于我在外面究竟干了什么，好像并不关心。我能如期的离开、平安的回来，级别上能所有提升，婚姻家庭上能有变化，本身就是答案。谈更深入、更专业的问题，又不是他们所擅长，所以他们尽量选择他们感兴趣的话题与我攀谈。

但他们感兴趣的话题涉及的范围之大，又令我感到哭笑不得。比如有几个少年时期的朋友，差不多是半个国际国内问题的专家，谈起国家领导人，谈起美国、俄罗斯总统来，头头是道，有些内容我竟闻所未闻。有的看来还并不是瞎扯，不知是从大道还是小道所获。见我这个在外面工作的人，并没有什么令他们开眼的秘闻或趣事同他们交流，顿觉无趣。

每次回到家，家里人总是无比地亲热。特别是头一个晚上，父亲或大哥会把最重要的亲戚请来，母亲或大嫂做出最好最可口的家乡菜，隆重热烈地欢迎我的归来。席间猜拳行令是必不可少的，喝酒吃菜都是我熟悉的礼数和套路，久违的家乡话也洪水滔滔般地奔腾而来，这些都使我感到亲切又陌生。从第二天开始，重要的亲戚便轮流请我吃饭，这成了一种惯例，村里人都是这样招待从外面谋事归来的人。再往后，这种热度开始递减，一切都回归于日常。然而我还未从兴奋中恢复过来，便感受到实际生活的无趣与单调。有那么两次之后，我渐渐理解了这一切，每个人都有要紧事做，而我是个好不容易才回来一趟的客人，是他们生活中一个偶然出现的音符。

在我的印象里，那个村子从未发生过什么惊天动地的大事。人们平平常常地生活着，像一池塘的水那样波澜不兴；但又好像有说不完的小事，人与人之间的鸡争鹅斗不绝于耳。他们经历着各种大事小事，在苦难中没有彼岸地忍受着。不管生活中有没有希望，能不能看到亮光，他们都是那样平淡而坚忍地生活着。在情感深处，我既爱这个村庄，又鄙视这个村庄。这个村庄的水土把我养大，但在那些时候又总是那样的贫穷。虽然它土壤肥沃，水分充足，蓝天可爱，乡亲本分，但在很长的时间里也令人绝望，以至于我一想起它，就觉得心疼不已。

我怀念母亲在北京的日子。因为我已是家乡实质上的客人，无论从通信的角度，还是感情的角度，都很少能及时得到关于家乡的消息。人们也许觉得告诉我已经没什么必要，或者觉得我不感兴趣。母亲在我身边就不一样了，她不光是经常从北京回去，而且装上长途电话后，母亲使用得更多一些，来自故乡的各种消息不断地传来。由于种种原因，母亲在北京住了十七年，但我与母亲之间能交流的话题却非常少，甚至有时对母亲关心我工作上的事，还很不耐烦。对于来自家乡的消息，是我同母亲进行对话的一项重要内容。母亲告诉我什么人走了，这个人就能让我回忆起一段往事，我也跟着母亲唏嘘一番。母亲又说谁谁家添了什么人，我却感到漠然与无感，因为新添的人越多，意味着我对故乡也越陌生。

其实我的心很多时候都在故乡，那里有埋葬着亡父的坟墓。父亲去世前告诉大哥，一定要把他埋在大路旁边，以便死后依然能看见他的儿孙外出和归来。我想这既反映了他对儿孙的惦念，又防止他死后感到寂寞，怕儿女们把他置之脑后。大哥遵照父亲遗愿，把父亲葬在了通往县城的公路旁一个叫十八亩的旱地里。每次我经过县城回来，到达故乡的第一眼望见的便是父亲的坟墓。我总要在他的坟上烧一堆纸钱，让他在那个世界手头宽裕，并让他看一看这个世界的我。

令我悲伤的是，在我特别需要母亲帮我照看双胞胎孩子的时候，久病的父亲去世了。此前母亲一直在故乡照料病中的父亲，父亲走了，母亲就能抽开身来北京。母亲跟我说："你父亲的心多善良啊！他知道你需要我，他就自己走了。"我听了母亲的话，泪水哗哗地流了出来。其实父亲走的时候，我就守在身边。我们提议给他留个影，弥留之际的父亲，依然像往常一样认真，竭尽全力要让自己留在这个世界上的最后影像，能够好看一些。父亲被疾病折磨得瘦骨嶙峋，我从他的眼睛里看到他对人生的绝望和留恋，每想起这样的场景，我就心痛得要滴血。

母亲在北京生活的十七年，含辛茹苦地帮我和妻子拉扯大了两个孩子。在她年事已高，身体不好的时候，生怕一把老骨头丢在异乡，就提出回到老家，将来一口气上不来时好与父亲葬在一起。父亲故去二十四年后，母亲也走了。在母亲走的前两天，我还守在母亲身边，对她说，"在北京的这么多年，让你辛苦了"。同样处在病痛折磨中的母亲，却说出了让我意外的话："在北京多好啊！人再累有什么啊，也没这个病难受啊！"母亲这句话告诉我，她要的不一定是多么好的生活条件，她也并不怕辛苦劳累，怕的是身上有治不好的病呐！这是备受病痛煎熬的母亲，留给我最后的人生感慨。母亲火化时，我与大哥跪在焚化炉前与母亲告别。殡仪馆的工作人员在完成火化后，端出一小筐骨灰和骨头渣子，我盯着骨灰呆呆地看着，心里想这就是我的母亲吗？这就是给了我生命的母亲吗？我的意识不知为什么有些恍惚，不相信母亲就这样真的离开了我们。我们把母亲同父亲合葬在了一起，由于土地规划的原因，他们和那些也已经故去的其他长辈和亲友们，被迁到东北方向四五里地远的一片杨树林里。除了父亲母亲，我能在那里看到祖父祖母、曾祖父曾祖母以及其他长辈亲戚的坟墓，他们在这里重逢了。那里一年四季荒草过膝，林木遍地，鸟鸣不止，一片肃穆凄冷的气氛。只有点燃的纸钱、鞭炮，供奉的糕点果品，反映着后辈对他们的挂念。

我常常在思考一个问题，每个人都有自己的百年之后，我也一样。我多么想从这个世界离开之后，让自己的灵魂回到故乡，永远陪伴在父母身旁。但颇为矛盾和纠结的是，那自己的妻子怎么办呢？总不能让她也随我回到故乡吧？那里只是我的故乡，不是她的，如此一来不是让她漂泊异乡了吗？

故乡，每每想起，都在我心中泛起无尽纠结。

# 后　记

这本带有自传特征的散文体作品终于出版了，内心的愉悦无以言表。对于一个写作者而言，几乎没有比一本花费了很多心血的书面世，更让人感到值得庆贺的事了。感谢研究出版社总编辑丁波先生，是他给予本书的出版以热情的关怀和真诚的指导。感谢责任编辑赵明霞女士，她不仅在书名和体例上同我进行了频繁的交流与沟通，提出了非常具有建设性的意见和建议，而且一遍遍地对书稿进行认真的编辑，指出和修正了原书稿中存在的许多错误，为此付出大量的心血和时间，体现出极为热忱的态度和专业化的水准，实在令人赞佩。在此，谨向他们及所有为本书的出版施以援手的朋友，一并表示由衷的谢忱。

作者

2024 年 5 月于北京四道口